À CHARGE
DE REVANCHE !

ÉGALEMENT CHEZ POCKET

CONFESSIONS D'UNE
ACCRO DU SHOPPING
L'ACCRO DU SHOPPING À
MANHATTAN
L'ACCRO DU SHOPPING
DIT OUI
L'ACCRO DU SHOPPING A
UNE SŒUR
L'ACCRO DU SHOPPING
ATTEND UN BÉBÉ
MINI-ACCRO DU SHOPPING
L'ACCRO DU SHOPPING À
HOLLYWOOD
L'ACCRO DU SHOPPING À
LA RESCOUSSE
L'ACCRO DU SHOPPING
FÊTE NOËL

LES PETITS SECRETS
D'EMMA
SAMANTHA, BONNE À
RIEN FAIRE
LEXI SMART A LA
MÉMOIRE QUI FLANCHE
TRÈS CHÈRE SADIE
POPPY WYATT EST UN
SACRÉ NUMÉRO
NUIT DE NOCES À IKONOS
MA VIE (PAS SI) PARFAITE
SURPRENDS-MOI !
À CHARGE DE REVANCHE !

CONFESSIONS D'UNE
ACCRO DU SHOPPING /
L'ACCRO DU SHOPPING À
MANHATTAN
(en un seul volume)

LOVE AND THE CITY
(en collaboration avec
Lauren WEISBERGER)

**MADELEINE
WICKHAM *ALIAS*
SOPHIE KINSELLA**

UN WEEK-END ENTRE
AMIS
UNE MAISON DE RÊVE
LA MADONE DES
ENTERREMENTS
DRÔLE DE MARIAGE
DES VACANCES
INOUBLIABLES
COCKTAIL CLUB
UN DIMANCHE AU BORD
DE LA PISCINE

SOPHIE KINSELLA

À CHARGE DE REVANCHE !

Traduit de l'anglais
par Daphné Bernard

belfon

Titre original :
I OWE YOU ONE
publié par Bantam Press, une marque de Transworld Publishers, Londres

Ce livre est une œuvre de fiction et, à l'exception des faits historiques, toute ressemblance avec des personnes, vivantes ou mortes, est purement fortuite.

MIXTE
Papier issu de sources responsables
FSC® C003309

L'éditeur de cet ouvrage s'engage dans une démarche de certification FSC® qui contribue à la préservation des forêts pour les générations futures.

Pour en savoir plus :
www.editis.com/engagement-rse/

ISBN : 978-2-266-31360-5
Dépôt légal : juin 2021

À mon amie et éditrice
Joy Terekiev

1

Mon défaut ? Je prends tout trop à cœur. Impossible de ne pas m'impliquer. Dès que je vois un truc qui cloche, je dois l'arranger sur-le-champ. En un mot, je suis perfectionniste. On ne m'appelle pas Fixie (la Bricoleuse) pour rien.

Cette manie a des aspects positifs. Par exemple, à la réception de mariage de ma meilleure amie Hannah, j'ai vu immédiatement qu'il manquait des bouquets sur la moitié des tables. Je me suis débrouillée pour résoudre le problème avant l'arrivée des invités. Dans son discours de bienvenue, Hannah m'a remerciée pour avoir géré au mieux cette catastrophe florale ou, comme elle l'a appelée, ce « Flowergate ».

Mais il y a aussi des côtés négatifs. Comme le jour où, à la piscine du spa, j'ai essayé d'enlever le bout de fil qui avait atterri sur la jambe d'une fille allongée côté de moi. Je voulais rendre service, c'est tout. M bon, il se trouve que c'était un poil de foufoune lui avait poussé en haut de la cuisse. J'en ai rajou disant : « Oh ! pardon, je croyais que c'était u de fil », et elle a piqué un méchant fard. Deux autres clientes se sont mises à regarder et…

J'aurais dû me taire. Mais il était trop tard.

Bref… C'est ma petite bizarrerie, mon défaut. Il faut que je prenne tout au sérieux, même les broutilles. En ce moment précis, c'est une canette de Coca qui me turlupine. Elle trône devant un échiquier, sur l'étagère supérieure du coin loisirs de notre magasin. Par-dessus le marché, l'échiquier est couvert d'éclaboussures marron. Quelqu'un a dû ouvrir la canette sans précautions, ou bien la poser brusquement. Et personne ne s'est donné la peine de nettoyer les dégâts. Qui est le coupable ?

Je jette un coup d'œil inquisiteur autour de moi. Mon premier suspect ? Greg, un de nos vendeurs. Quand il n'a pas une canette de soda à la main, c'est une tasse isotherme recouverte de tissu camouflage et pleine d'un café infect. Il se croit où ? Dans l'armée ou dans un magasin d'articles ménagers ? Et puis, il laisse traîner ses boissons un peu partout. Il lui arrive même de les confier aux clients (« Vous pouvez me tenir ça une seconde ? ») pendant qu'il attrape un autocuiseur au sommet d'un présentoir. Je l'ai *sommé* d'arrêter.

Passons… Ce n'est pas le moment de se lamenter. Quelqu'un (certainement Greg) est responsable de ces affreuses salissures. Et cela, juste au moment où des visiteurs importants vont débarquer.

Action, réaction ! Oui, je sais ! C'est tout en haut du rayon. Oui, il faut grimper pour y passer un coup de chiffon. Oui, la plupart des gens s'en ficheraient. Ils diraient : « Bof, pas de quoi fouetter un chat. Restons zen. »

Je ne suis jamais zen.

Je m'efforce de regarder ailleurs, de me concentrer sur le reste du magasin qui est impeccable. Un peu bordélique, peut-être, mais c'est son style (« Maison Farr, fondée en 1985 », comme l'annonce notre enseigne). Nous proposons toutes sortes d'articles pour la maison, des couteaux aux tabliers en passant par les bougeoirs.

J'aperçois soudain un homme âgé en imperméable dans la section ustensiles de cuisine. Il tend une main tremblante vers une grande tasse blanche toute simple.

Je me précipite pour l'attraper.

— Et voilà, cher monsieur ! Je vais la déposer pour vous à la caisse. Vous fallait-il autre chose ?

— Non merci, fait-il d'une voix chevrotante. Je n'ai besoin que d'une seule tasse.

— Le blanc est donc votre couleur favorite ?

J'insiste mais en douceur car, pour moi, l'achat d'une seule et unique tasse blanche a quelque chose de terriblement poignant.

Il inspecte vaguement le rayon.

— Eh bien, à vrai dire, j'aime aussi le marron.

— Celle-ci vous tenterait ?

Je lui présente une tasse en terre vernissée qui, vu l'endroit inaccessible où elle se trouvait, a échappé à son champ de vision. Une tasse robuste, munie d'une grande anse. Idéale pour un bon thé au coin du feu.

Le regard du client s'éclaire. J'en étais sûre. Quand votre vie s'est rétrécie, le choix d'une tasse devient important.

— Elle coûte une livre de plus, j'annonce. 4,99 livres. Ça vous va ?

Parce qu'il ne faut jamais rien prendre pour acquis. Ne jamais présumer d'une vente avant qu'elle soit conclue. C'était une règle de mon père.

— C'est parfait, affirme-t-il en souriant. Parfait.

— Très bien. Par ici, s'il vous plaît…

Attentive à tous les dangers potentiels, je le guide le long de l'allée. Un geste de pure gentillesse ? Pas seulement. Cet homme a tout du maladroit patenté. Il n'y a qu'à le voir : mains tremblantes, regard incertain, sans parler du vieux caddie qu'il traîne derrière lui… Tous les symptômes qui indiquent un spécialiste de la casse. Et moi, je préférerais éviter de me retrouver avec un sol jonché de débris de vaisselle. Surtout avec l'arrivée imminente des amis de Jake.

J'adresse un sourire éclatant au vieux monsieur alors que le seul nom de Jake me donne des palpitations. Quand je pense à Jake, je stresse. C'est toujours comme ça. Normal ? Comment savoir ? J'ignore quels sentiments éprouvent la plupart des gens pour leurs frères et sœurs. Ma meilleure amie, Hannah, est fille unique. Et je ne me vois pas demander au débotté à d'autres copines : « Tu te sens comment par rapport à ton frère ou ta sœur ? Angoissée, nerveuse, sur tes gardes ? » Ce sont les réactions que provoque en moi la présence de mon frère. Avec ma sœur Nicole, je n'éprouve pas d'anxiété mais plutôt de l'exaspération et la furieuse envie de taper sur quelque chose.

Pour résumer, je ne suis à l'aise avec aucun des deux.

Peut-être parce qu'ils sont plus âgés que moi et que c'était difficile d'être à leur hauteur. Quand je suis entrée au collège, à onze ans, Jake, qui en avait seize, était la star de son équipe de foot. Nicole avait quinze ans : elle était si jolie qu'une agence de mannequins l'avait repérée. À l'école, tout le monde voulait être ami avec eux. Les autres me demandaient, stupéfaits : « Jake Farr est *ton frère* ? Nicole Farr est *ta sœur* ? »

Nicole était déjà aussi versatile et vague qu'aujourd'hui, mais Jake était le dominant. Concentré, énergique, colérique. Je me souviens encore de la fois où, après une dispute avec maman, il a filé dans la rue et s'est mis à shooter dans une canette de soda en criant des injures. C'était le soir. Je l'observais d'une fenêtre à l'étage, à la fois captivée et effrayée. J'ai maintenant vingt-sept ans. Mais il reste toujours en nous une part de l'enfant que nous avons été – n'est-ce pas ?

Je me sens nulle par rapport à Jake pour bien d'autres raisons. Des raisons concrètes. Des raisons financières.

Mais je me refuse à y penser. J'aime mieux me montrer aimable avec le vieux monsieur, lui donner l'impression que j'ai du temps à lui consacrer. C'est ce que papa aurait fait.

Morag scanne l'étiquette du prix et le client sort un porte-monnaie en cuir hors d'âge.

— 50 ? marmonne-t-il en examinant une pièce. C'est 50 pence ?

— Montrez-moi, dit Morag avec un calme angélique.

Morag travaille avec nous depuis sept ans. Elle a d'abord été une cliente. Puis, après avoir lu l'annonce que nous avions punaisée sur le tableau d'affichage, elle s'est proposée pour le job. Désormais, elle est sous-directrice et se charge de tous les achats de cartes de vœux, d'anniversaire et autres avec un goût infaillible.

— Non, c'est une pièce de 10 pence, rectifie-t-elle avec gentillesse. Vous n'avez pas une pièce d'une livre ?

Pendant ce temps, mon œil revient au Coca et à l'échiquier taché. « Aucune importance, je me dis à moi-même. Tu n'as pas le temps de le nettoyer. Et les visiteurs ne vont pas le remarquer. Ils viennent pour nous faire tester leurs huiles d'olive, pas pour inspecter la propreté du magasin. Allez, Fixie, oublie ! »

Oublie !

Mais je ne peux pas. Ces taches me rendent dingue.

Je regarde en l'air. Mes doigts sont pris d'une sorte de mouvement impossible à refréner, comme chaque fois qu'une situation m'horripile : ils pianotent les uns sur les autres. Et mes pieds se livrent à une danse bizarre d'avant en arrière, d'avant en arrière.

Depuis que je suis enfant, c'est comme ça. Plus fort que moi. Ce serait de la folie d'aller chercher un escabeau, un seau d'eau et un chiffon et de frotter l'échiquier alors que les gens de l'huile d'olive vont s'amener d'un moment à l'autre. Je le sais.

— Greg ! je crie malgré moi en le voyant émerger du rayon verrerie. Vite ! Apporte-moi l'escabeau, s'il te plaît. Il faut que j'enlève ces saletés.

En regardant l'endroit que je montre du doigt, il a un petit sursaut de culpabilité. Ah ! Ah ! C'est bien la preuve qu'il s'agit de sa canette de Coca.

— Ce n'est pas moi, se défend-il. Absolument pas moi.

Puis il rectifie :

— Enfin, si c'est moi, je n'ai pas fait attention.

Comme Greg est un employé très fidèle qui travaille sans compter ses heures, je passe sur ses défauts.

— Peu importe ! Il faut juste s'en débarrasser.

Greg a l'air de digérer l'information.

— D'accord. Mais il y a des gens qui arrivent, non ?

— Oui, *vite*. On se dépêche.

— OK, fait-il sans bouger d'un poil. Oui, j'ai compris. Au fait, où est Jake ?

Bonne question. Car c'est mon frère qui a rencontré ces mecs de l'huile d'olive. Dans un bar, apparemment. C'est lui qui leur a fixé ce rendez-vous. Et il brille par son absence.

Mais ma loyauté familiale m'empêche de dire tout haut ce que je pense. La loyauté vis-à-vis de la famille est mon principe numéro 1. Ma règle d'or. La voix de Jésus guide certaines personnes. Moi, c'est celle de mon père que j'entends encore me dire avec son accent du East End londonien, avant de mourir : « La famille, il n'y a pas mieux, Fixie. La famille nous fait fonctionner. Elle est tout. »

Tout ça pour dire que la loyauté familiale est notre religion.

— Il se repose tout le temps sur les autres, ronchonne Greg. On ne sait jamais quand il va venir. On ne peut pas lui faire confiance. Aujourd'hui, le staff est réduit. Et ta mère a pris sa journée.

Tout ça est vrai, mais la voix de papa résonne une fois de plus à mes oreilles : « Priorité à la famille, Fixie. Ne jamais laver son linge sale en public. S'en occuper plus tard, en privé. »

— Je te rappelle que Jake a ses propres horaires. C'est organisé de cette façon une fois pour toutes.

Toute la famille Farr travaille au magasin : ma mère, moi, Jake et Nicole. Ma mère et moi à temps complet. Jake s'est bombardé « consultant » de la boîte. Il a un autre business, prépare en ligne un master de commerce et se pointe au magasin quand il peut. Quant à Nicole, elle suit des cours pour devenir professeure de yoga du lundi au vendredi : ses apparitions n'ont donc lieu que pendant les week-ends. Et encore, pas tout le temps.

— Il doit être en chemin, j'ajoute sèchement. De toute façon, on doit se remuer, là. Allez ! L'escabeau, s'il te plaît !

Pendant qu'il l'apporte en traînant des pieds, je me rue dans le cagibi et remplis un seau d'eau chaude. Il faut seulement que je grimpe, que j'essuie la surface de l'échiquier, que j'enlève la canette, que je redescende et que je range tout avant l'arrivée des gens. Simple comme bonjour.

Entourée par le rayon torchons et le matériel à confitures, la partie loisirs est un peu biscornue, mais papa l'a installée ainsi et pas question de changer. Il adorait les jeux de société et de plein air. Pour lui, ils étaient aussi essentiels à un foyer que des cuillères. Les clients qui viendraient pour acheter une bouilloire repartiraient aussi avec un Monopoly.

Et depuis sa mort, il y a neuf ans, nous essayons de garder le magasin tel qu'il l'a agencé. Nous vendons toujours des assortiments de réglisse. Nous avons toujours un petit coin bricolage. Et la section loisirs est pleine de jeux variés, de ballons et de pistolets à eau.

Évidemment, papa pouvait vendre n'importe quoi à n'importe qui. Un grand commerçant. Honnête. Authentique. Le contraire du baratineur. Il croyait en tout ce qu'il avait en magasin, désirait que ses clients soient comblés. Et il y parvenait. Il avait créé une enclave bien particulière dans ce coin chic de l'ouest de Londres (étant un pur produit des quartiers populaires, il se considérait comme un « immigrant »), et elle continue à vivre. Même si le nombre de clients de ses débuts va en s'amenuisant.

— Bon, je finis ça en trois secondes, j'annonce en transportant le seau.

Une fois juchée sur l'escabeau, je frotte les taches. Juste au-dessous de moi, Morag explique à une cliente les différentes fonctions d'un couteau à découper la viande. Je résiste à l'envie de m'en mêler. Car je m'y connais en coutellerie. J'ai suivi des cours de cuisine pour devenir chef. Mais bon, on ne peut pas être partout à la fois…

— Ils arrivent, claironne Greg. Une voiture se gare sur notre emplacement.

Jake a insisté pour que notre seule et unique place de parking soit réservée aux gens de l'huile d'olive. Il veut paraître, mon frère ! À la demande « Vous avez un parking ? », il répond par un « Bien sûr ! » plein d'assurance. Comme si nous étions propriétaires de tout un garage souterrain.

— T'inquiète ! J'ai terminé.

Je laisse tomber le chiffon dans le seau et entame ma descente, la canette de Coca à la main. Mission accomplie en deux temps, trois mouvements. Et un souci de moins ! Un !

— Attention !

Greg s'inquiète. Mais comme il est sans arrêt en train de nous bassiner avec des conseils de santé et de sécurité, je ne lui prête aucune attention.

— Stop ! hurle-t-il tout d'un coup.

— Oh là là ! Fixie ! s'écrie au même moment Stacey, une de nos caissières, dont la voix nasale et perçante se reconnaît d'un bout à l'autre du magasin.

En me dévissant la tête, je constate la catastrophe que j'ai déclenchée. Ma manche s'est accrochée à un panier de basket qui s'est lui-même pris dans l'anse d'une gigantesque boîte transparente remplie de balles en caoutchouc qui se répandent sur les étagères. Impossible de les empêcher de dégringoler. *Merde !*

— Oh non !

Avec ma main libre, je tente de me protéger d'un déluge de petites balles. Elles rebondissent gaiement sur ma tête, mes épaules et sur le sol. À quoi sert de stocker autant d'objets aussi nuls ? Je vous le demande !

En touchant terre, je mesure l'étendue des dégâts. Par miracle, rien ne semble cassé, mais le sol n'est plus qu'un tapis multicolore de balles en caoutchouc.

— Allez, Greg et Stacey, on s'y colle en équipe ! Ramassez-moi tout ça. Je vais recevoir les visiteurs.

Un coup d'œil tandis que je me précipite vers la porte d'entrée me permet de constater que Greg et Stacey n'ont rien d'une équipe. C'est plutôt le contraire, en fait. Ils se gênent mutuellement tout en se criant dessus. Greg fourre les balles dans sa chemise et les poches de son pantalon.

— Remets-les *dans la boîte* ! j'ordonne.

— Je les avais même pas vues, les taches de Coca, observe Stacey en haussant les épaules. C'était vraiment pas la peine de s'en occuper.

« Franchement ! Tu ne pourrais pas t'abstenir de faire des remarques inutiles ? »

Voilà ce que j'ai envie de lui rétorquer. Mais je m'abstiens. D'abord parce que Stacey est une excellente employée. Il faut juste supporter ce que maman et moi appelons les CDS (traduction : les Commentaires Déplacés de Stacey).

Ensuite et surtout, si je ne dis rien, c'est parce qu'elle a raison. J'aurais dû ne rien faire. Mais je ne peux pas m'empêcher de régler les problèmes. C'est mon défaut. C'est dans ma nature, dans mon moi profond.

2

Ils ont l'air hyper chics, les copains de Jake. Pas étonnant. Mon frère aime fréquenter le gratin. L'ascension sociale, c'est son truc. Depuis l'enfance. Au début, cette ambition se limitait à son équipe de foot. Puis, pendant l'adolescence, il a commencé à faire ami-ami avec des gens en vue ; et soudain, il s'est mis à critiquer notre maison, nos vacances et même, une fois, l'accent de papa. (Une autre engueulade homérique. Avec maman hors d'elle. Et des cris furieux provenant du rez-de-chaussée dont je me souviens encore.)

Il travaillait comme agent immobilier à Fulham, quand il a démarré son propre business. À partir de là, il est devenu franchement snob. Il adore fréquenter le genre de mecs qui portent des chaussures à boucle et qui parlent pointu. Au fond, il déteste le fait de ne pas être né à Chelsea. De ne pas être un de ces people invités aux fêtes de la famille royale et qui prennent des vacances six fois par an. À défaut de faire partie de cette clique, il traîne souvent dans les pubs rupins de King's Road en compagnie de types qui s'appellent Rupert ou Marmeduke.

Les deux mecs hâlés en polo et chaussures de bateau qui descendent de leur Range Rover appartiennent clairement à cette catégorie. Pour être honnête, je trouve ce style un peu intimidant. Mais courage ! Je m'avance pour les accueillir. L'un examine le magasin d'un œil critique. Ce qui me hérisse un peu. D'accord, ce n'est pas la plus belle façade du quartier – immeuble construit en 1970. Mais les vitrines scintillent et la disposition des torchons est très réussie. J'ajoute que notre local est vaste et bien achalandé : plusieurs comptoirs de présentation en devanture, trois allées de marchandises ; tout ça fonctionne à merveille.

— Bonjour, fait le plus grand. Je suis Clive Beresford. Et vous ? Felicity ?

En entendant *Fixie*, bon nombre de gens comprennent *Felicity*. J'ai l'habitude.

— Je suis Fixie, je dis en lui serrant la main. Bienvenue à la Maison Farr.

— Je me présente : Simon, dit l'autre type en sortant une grosse mallette du coffre. Nous vous avons trouvés. Bel emplacement que vous avez là !

— Oui, nous avons de la chance.

— Mais pas vraiment dans Notting Hill, hein ?

Je suis étonnée.

— Pourquoi Notting Hill ?

— Jake nous a dit que votre entreprise familiale se trouvait à Notting Hill.

C'est bien Jake d'affirmer une chose pareille, je me dis en pinçant les lèvres. Il doit aussi raconter que Hugh Grant est un habitué du magasin.

Je rectifie poliment :

— Non, nous sommes à Acton, en fait.

— Mais vous projetez de vous agrandir à Notting Hill très bientôt, non ? insiste le dénommé Clive en passant la porte. Votre frère nous en a parlé.

Nous agrandir à Notting Hill ? N'importe quoi ! Jake a juste voulu impressionner deux types rencontrés dans un bar. Rien de plus. Mais j'entends la voix de mon père : « Priorité à la famille, Fixie. »

— Pourquoi pas ? je dis en souriant. Qui sait ?

Je les entraîne au cœur du magasin. Puis je m'arrête et, dépliant les bras vers les casseroles, les nappes et les boîtes en plastique, j'annonce fièrement :

— Voilà ! C'est nous !

Silence. Visiblement, ils s'attendaient à autre chose. Simon fixe une rangée de bocaux en verre tandis que Clive jette un coup d'œil intrigué à un jeu de Monopoly. Dans la seconde qui suit, une petite balle en caoutchouc atterrit sur sa tête.

— Ooooh ! C'est quoi, ce… ?

Une balle perdue. Pas de chance. Je me répands en excuses.

— Ça alors ! Désolée. Je me demande vraiment d'où vient cette balle.

— Donc, vous envisagez de devenir un traiteur de luxe ? Vous avez déjà un rayon épicerie fine ?

Simon a l'air intrigué.

Regain de poils hérissés. Quel genre de bobards Jake leur a-t-il donc servis ? En tout cas, moi, je ne suis pas responsable.

— Oui, absolument. Nous offrons une sélection d'huiles, vinaigres et épices. Mais je vous en prie, posez votre mallette.

— Parfait.

Il la place sur le comptoir que nous avons débarrassé (normalement, nous serions allés dans l'arrière-boutique, mais elle est encombrée de boîtes de bougies parfumées pas encore déballées).

— Je vais tout d'abord vous expliquer notre démarche. Nous avons sélectionné une gamme d'huiles d'olive d'exception (ah là là ! sa façon snobinarde de prononcer *gâââmme* !) dont vous allez avoir un avant-goût.

Pendant qu'il parle, lui et son acolyte sortent plusieurs grandes bouteilles d'huile d'olive de leurs coffrets en bois. Simon dispose quelques soucoupes de dégustation tandis que Clive arrange en pyramide une myriade de petits carrés de pain.

Il raconte quelque chose au sujet des hectares d'oliviers d'une propriété en Italie, mais je n'écoute pas vraiment. C'est Greg qui me préoccupe. Il s'approche, avec ses poches bourrées de balles. Son entrejambe a l'air gonflé, énorme, carrément… *anormal.* Pourquoi a-t-il gardé ces fichues balles sur lui ?

Je lui lance un regard furibard et chargé de reproches (« Pourquoi tu ne t'es pas débarrassé de ces balles ? »). La grimace qu'il m'adresse est lourde de sous-entendus (« Il y a une bonne raison, crois-moi ! »).

Je reste perplexe. Greg agit en toute bonne foi, je n'en doute pas. Mais sa logique est aussi imprévisible qu'exaspérante. Il est comme un ordinateur en fin de course qui marche parfaitement puis décide soudain d'expédier tout le contenu de votre boîte mail sur une adresse au Venezuela.

— Essayer nos produits vous ferait plaisir ?

Clive a terminé son boniment. Il me tend le plateau de cubes de pain avec les soucoupes d'huile.

C'est typique de Jake d'organiser ce rendez-vous quand maman est absente. Qu'est-ce qu'il s'imagine ? Que son œil perçant ne verra rien ? Maman remarque tout. Chaque vente, chaque échange, chaque mail. Rien ne lui échappe.

Changement d'atmosphère. Les deux types si smart jettent des regards en coin à l'entrejambe avantageux de Greg. Je les comprends : c'est un spectacle plutôt dérangeant.

— Excusez la drôle d'apparence de Greg, je dis en riant. Généralement, il n'est pas comme ça. Il a simplement un…

— … un dérèglement hormonal, me coupe Greg le plus naturellement du monde.

Je manque de m'étouffer avec mon morceau de pain. Mais où va-t-il chercher ce genre de truc ?

— C'est très gênant, ajoute-t-il.

J'ai l'habitude de ses excentricités mais parfois elles me laissent complètement abasourdie.

— Il y a plein d'anomalies dans notre famille, poursuit Greg, ravi d'avoir un auditoire. Mon frère est né avec un demi-pancréas. Et ma mère a un rein complètement nase et…

Désespérée par la tournure de la conversation, je tente de l'interrompre :

— Merci, Greg ! Merci pour ces inf… Merci.

Les deux types semblent encore plus perturbés. Quant à Greg, il arbore une expression d'autosatisfaction qui signifie à coup sûr : « J'ai sauvé l'affaire, hein ? »

Je me demande pour la centième fois si on ne pourrait pas l'envoyer suivre une formation. Un stage pour apprendre « Comment ne pas être Greg ».

— Qu'importe ! je m'exclame dès qu'il tourne les talons. J'adore ces huiles d'olive.

Je n'ai pas à me forcer. Elles sont riches, délicieuses, avec un arôme particulier. Surtout la verte au goût un peu poivré.

— Aux clients, elles seraient vendues combien ?

— Voici les tarifs, répond Simon en me tendant un document imprimé.

Je regarde les prix et manque de défaillir. Normalement, je garde mon calme dans ce genre de situation mais là, je m'entends presque hoqueter :

— *95 livres ?*

— Il s'agit d'un produit de qualité extra, rétorque Clive sans broncher. Comme nous vous l'avons expliqué, c'est un domaine oléicole rare et le procédé d'extraction est unique…

Si ce n'était pas aussi ridicule, il y aurait de quoi se tordre de rire.

— Mais qui va dépenser 95 livres pour une bouteille d'huile ? je demande. Pas un client de ce magasin. Désolée.

— Mais quand vous ouvrirez à Notting Hill ? lance Simon. Le business est très différent là-bas. À propos, « Notting Hill Grand Gourmet » est un nom épatant.

Hein ? Je m'efforce de dissimuler ma surprise. Notre raison sociale est « Maison Farr ». D'après le nom de papa qui s'appelait Michael Farr. Et il n'y a pas de raison que ça change.

— Voici l'huile d'olive que nous avons en stock, annonce Greg en posant une bouteille sur le comptoir. 5,99 livres, prix de détail. Juste pour info.

Il observe les deux types de ses gros yeux gris globuleux.

Silence. Puis Simon remarque :

— Bien sûr, mais cette qualité n'est pas la même que celle de nos produits. Je ne veux pas être grossier mais si vous goûtez, vous verrez la différence. Puis-je me permettre ?

C'est malin de leur part d'inclure Greg dans la conversation. Simon verse notre huile bon marché dans une soucoupe et y trempe quelques cubes de pain. Résultat ? Il n'y a pas photo. Comparée aux leurs, notre huile semble fadasse.

Mais on doit connaître ses consommateurs. Et leurs limites. Au moment où je m'apprête à expliquer à Simon qu'il n'y a aucune chance pour que notre clientèle, pragmatique et réaliste, dépense 95 livres pour de l'huile, Jake fait son entrée.

Il présente bien, mon frère. Depuis toujours. Il a la mâchoire carrée et les yeux pétillants de notre père. Et il s'habille à merveille. Dans le genre agent immobilier sélect : blazer bleu marine, cravate, chaussures impeccables. Et même boutons de manchettes.

Comme d'habitude, des sensations négatives me submergent. Je me sens inutile, coupable, médiocre, nulle. Et je perds mes moyens.

Rien de nouveau. Mon grand frère provoque toujours ce genre de réactions. Et pourquoi pas ? Si mon credo est *Priorité à la famille*, ma profession de foi est *Sois loyale*. Je suis toujours loyale et réglo quoi qu'il m'en coûte.

La triste vérité est que Jake représente la réussite et moi, l'échec. Il a créé une boîte d'import-export sans un sou vaillant, ni aucune aide extérieure. Il s'est fait une petite fortune en découvrant une marque de culottes sans couture, couleur chair, qui partent comme des petits pains dans une chaîne de magasins discount. Il roule en voiture de luxe et distribue ses cartes professionnelles. J'ajoute qu'il est (presque) titulaire d'un master.

Et moi ? J'ai emprunté de l'argent à maman (sur « notre héritage », comme dit Jake) pour monter une affaire de traiteur qui n'a pas marché. Je n'ai toujours pas remboursé mon prêt.

Suis-je le mouton noir de la famille ? Hélas, non ! Ça serait glamour et pittoresque. Je suis seulement la brebis stupide qui garde toujours sous son lit un stock de tabliers vert foncé brodés du logo « Farr Traiteur & Saveurs ». (Impossible de me résoudre à les vendre.) Et qui se sent particulièrement stupide en présence de Jake. Je dirais même franchement idiote. Car soit j'ouvre à peine la bouche, soit je bégaye.

J'ai des opinions, des idées. Quand je suis seule aux commandes du magasin – ou avec maman –, je suis capable de donner des ordres au personnel. Je peux me faire respecter. Mais, avec Jake et parfois avec Nicole, je m'y reprends à deux fois avant d'exprimer mon point de vue. Car le non-dit entre nous est clair : « Qu'est-ce que tu en sais, ma pauvre ? Tu as fait faillite. »

Maman est la seule personne qui me donne confiance en moi. Sans elle, je ne sais pas comment je m'en serais sortie.

— *Ciao*, les amis ! Vous êtes déjà là ! s'écrie Jake.

Ciao ? Nous avons grandi sous le même toit mais *ciao* ne fait pas partie de mon vocabulaire.

— Salut, mon pote, fait Clive en lui tapant dans le dos.

— Dis donc, en fait de Notting Hill, le magasin se trouve à Acton, ironise Simon en lui serrant la main.

— Ce n'est que le début d'un empire, se marre mon frère.

Le regard en coin qu'il me jette en dit long : « J'espère que tu n'as pas merdé. » Celui que je lui renvoie est implicite : « C'est quoi, ce "Notting Hill Grand Gourmet" ? »

Mais il m'ignore. Comme souvent quand il se trouve avec ses amis super chics. Par peur, sans doute, que je dévoile les salades que je l'ai entendu raconter. Jamais je ne ferais ça – *priorité à la famille* –, bien qu'aucun de ses bobards ne m'échappe. Des exemples ? Il prétend qu'il a fréquenté un collège privé alors qu'il était élève dans une école polyvalente. Il glisse des allusions à notre « petite baraque à la campagne » ! Vraiment ? À moins qu'il pense aux toilettes extérieures situées au fond du jardin, je ne vois pas.

— Alors, voilà ces fameuses huiles ! s'exclame Jake. *Fantastico !*

— Il faut que tu viennes te rendre compte par toi-même. La propriété est extraordinaire.

— Ouaiiis. J'adore ce coin du monde.

Première nouvelle ! À ma connaissance, Jake n'a jamais mis les pieds en Italie mais, au lieu de le trahir, je l'informe :

— Tu sais qu'une bouteille coûte 95 livres. Trop cher pour nos habitués, tu ne crois pas ?

Mon frère est furieux de ma remarque. Je sais pourquoi. Il préfère oublier que nos clients appartiennent à la catégorie de ceux qui font attention à leur budget. Il rêve d'une clientèle de milliardaires.

— Mais si vous devenez un établissement de luxe, il y a un marché. Et elles sont extraordinairement bonnes. Vous êtes d'accord sur ce point, Fixie ?

— Elles sont délicieuses. Mais nos clients sont-ils capables d'apprécier cette qualité ?

À coup sûr, ma voix chevrote. Et, au lieu d'affirmer un fait, je pose une question. Voilà l'effet que la présence de Jake produit sur moi. Je me déteste de paraître si hésitante. Ce que je ne suis pas. *Pas du tout.*

— Ils apprendront à les apprécier, réplique Jake. Nous organiserons des soirées dégustation, des tests…

Et, s'adressant à Clive et Simon :

— Nous allons passer commande, les amis. Reste à déterminer la quantité.

Panique. Impossible de commander sur-le-champ, surtout en l'absence de notre mère.

— Jake, on pourrait en discuter avant ? j'objecte.

— Pas la peine !

L'expression de son regard m'ordonne clairement de *fermer mon clapet.*

Oh, quelle galère ! Même si le trac m'assaille, je dois m'accrocher. Pour maman.

— Je… (Je m'éclaircis la gorge pour être plus ferme.) Nos clients viennent ici pour trouver des articles pratiques d'un bon rapport qualité-prix. Ils n'achètent pas de produits de luxe.

— Eh bien, c'est à nous de les *éduquer*. De leur apprendre à abandonner le médiocre pour s'habituer à l'excellence.

Là-dessus, il trempe un cube de pain dans l'huile ordinaire et le met dans sa bouche avant que personne ait le temps de dire un mot.

— Hum ! Sublime ! fait-il en mâchant. On voit tout de suite la différence de niveau. La saveur de noisette, la richesse, l'onctuosité… Je dis : félicitations, *amici*. Je suis vraiment impressionné par la qualité.

Il veut leur serrer la main. Mais, trop sidérés pour faire le moindre geste, Simon et Clive l'ignorent.

— Laquelle est la plus chère ? demande Jake qui a terminé sa dégustation.

Silence. Je ne sais plus où me mettre. Tout mon être est gêné pour lui.

Mais gloire à la bonne éducation de ses copains chics. Le visage impassible, Clive sauve la situation avec doigté.

— Simon, tu sais laquelle c'est ? fait-il en fronçant les sourcils.

Son associé pige en un quart de seconde.

— Non, je ne sais plus. Les soucoupes ont été mélangées donc peut-être que…

— C'est notre faute : il y en avait trop.

— Tu as raison. À la longue, tout a le même goût.

Ils sont tellement sympas avec Jake, qui ne se rend compte de rien, que j'ai envie de leur dire : « Merci d'être de vrais gentlemen, les gars. D'être si gentils avec mon âne bâté de frère. »

Mais, bien entendu, je la boucle. Simon et Clive se regardent et, par accord tacite, décident de remballer leur marchandise. Nous continuons à bavarder gaiement pendant qu'ils rangent leur matériel et qu'ils promettent de rester en contact.

Nous n'ouvrons la bouche qu'une fois qu'ils ont démarré. Jake est le plus rapide.

— Bravo, Fixie ! Tu leur as fait peur. Joli travail !

— Écoute, Jake, je suis désolée, mais je crois vraiment que…

Quelle nouille je suis de m'excuser ! Pourquoi faut-il toujours que je me comporte ainsi ?

— Je crois que…

— Ouais, je sais ce que tu crois. J'essaye d'avoir une stratégie pour l'avenir de la boîte. L'agrandir, l'améliorer, la faire monter en gamme, la rendre profitable.

— Mais Jake, 95 livres pour une bouteille ? C'est pas sérieux !

— Et pourquoi pas ? L'épicerie d'Harrods en vend à ce prix.

Harrods ? J'en reste sans voix.

Greg nous observe et je plaque en vitesse un sourire sur mes lèvres. Papa nous tuerait s'il savait qu'on se chicane devant les employés.

— Jakey ?

Leila, l'amoureuse de Jake, fait son entrée dans le magasin, toute mignonne avec ses lunettes de soleil en bandeau et sa robe jaune à jupe plissée. Elle me fait toujours penser à Bambi. Elle a de longues jambes fines et porte des sandales à plate-forme qui font un petit bruit de sabots quand elle marche. Elle regarde le monde à travers ses immenses cils avec un air un peu traqué. Pour résumer, je dirais qu'elle est adorable. Pas question de me disputer avec Jake devant elle.

Pas parce qu'elle est super gentille. Parce que – règle d'or des Farr – *priorité à la famille.* Bon, d'accord, Leila ne fait pas partie de la famille. Pas vraiment. Pas encore. Jake et elle sont ensemble depuis trois ans – ils se sont rencontrés dans une boîte de nuit – et visiblement ne se disputent jamais. Elle n'est pas le genre à chercher querelle. Jake doit quand même l'énerver de temps en temps. Pourtant, elle n'y fait jamais allusion. Elle m'a même confié un jour : « Ton frère, c'est une vraie crème. » J'ai failli tomber à la renverse. Lui ? Une *crème* ?

— Coucou, Leila, je dis en l'embrassant. Tu as fait du shopping ?

Elle est aussi frêle et petite qu'une enfant. Comment a-t-elle la force de trimballer tous ces sacs ? Mystère.

— J'ai gâté ma petite madame, clame Jake. Et nous avons aussi un cadeau pour maman.

Il appelle toujours Leila sa « petite madame » bien qu'ils ne soient même pas fiancés. Je me demande parfois si cette situation la dérange. D'un autre côté, rien n'a l'air de la perturber. Un jour, Jake participait à une réunion de boulot au magasin. Au bout d'une heure, on s'est rendu compte qu'il l'avait laissée dans la voiture pour surveiller l'arrivée éventuelle d'une contractuelle. Eh bien, vous savez quoi ? Elle regardait tranquillement son portable tout en chantonnant, sans paraître lui en vouloir. Et quand maman s'en est offusquée, il a juste répondu : « Mais c'est elle qui a proposé de rester. »

Leila agite devant moi un pochon Christian Dior. Cette vision me serre le cœur. Je ne peux pas me permettre d'offrir à maman son parfum Dior. Cela dit, elle aime bien aussi les produits Sanctuary que je lui achète. Le seul fait de penser à ma mère a des vertus apaisantes. Pas besoin de me faire du souci pour cette histoire d'huile. Maman arrangera tout. Elle va parler à Jake calmement, fermement. Elle l'empêchera de commander cette huile d'olive ridiculement chère.

Maman gère la famille, la maison, le magasin... Tout, en fait. Elle est notre patronne. Notre soutien. Quand papa est mort soudainement d'une crise cardiaque, c'est comme si quelque chose s'était libéré en elle. Comme si elle avait puisé une force dans son chagrin : la volonté de ne pas laisser sa disparition détruire notre famille ou notre business. Depuis neuf ans, elle mène tout tambour battant. J'ajoute qu'elle suit des cours de zumba *et* qu'elle est la reine de la pâte feuilletée. Maman est incroyable. Elle affirme qu'elle parle tous les soirs à papa et le tient au courant de chaque détail. Bizarre ? Oui, mais je la crois.

Normalement, elle travaille au magasin du matin au soir. Pour quelle raison est-elle absente aujourd'hui ? Ce soir, c'est sa fête d'anniversaire et elle a pris sa journée pour cuisiner. Oui, je sais, n'importe quelle femme de son âge – ou autre – aurait demandé à d'autres personnes de faire la cuisine à sa place. Mais pas ma mère. Elle va préparer des friands à la saucisse, une salade Waldorf et une tourte aux pommes. Comme tous les 2 août, pour autant que je m'en souvienne. C'est une tradition. Et les traditions, chez les Farr, c'est sacré.

— Au fait, dit Jake à Leila, j'ai arrangé ton problème de facture pour la réparation de ta voiture. J'ai dit au type du garage : « N'essayez pas d'entuber ma copine ou vous aurez affaire à moi. » Et crois-moi, il s'est empressé de baisser son prix.

— Oh, Jake, tu es mon héros ! susurre Leila.

— De toute façon, tu devrais avoir un modèle plus performant. On va s'en occuper pendant le week-end.

Les yeux de la « petite madame » brillent d'émotion.

— Oh, Jakey ! Quel ange ! Tu es d'accord avec moi, Fixie ?

— Euh… oui, je bredouille avec un pauvre sourire. Absolument.

Morag et sa cliente – une femme d'âge mûr – se dirigent vers la caisse. Immédiatement, Jake passe en mode vendeur-séducteur.

Il s'approche, l'air radieux, et lui demande :

— Vous avez trouvé ce que vous vouliez ? Ah, un couteau de boucher ! Navré, chère madame, mais je dois vous poser une question délicate : avez-vous dépassé les dix-huit ans, l'âge requis pour ce genre d'achat ?

La cliente rigole en piquant un fard. Je souris. Jake peut être charmant quand il veut.

— Au revoir, au revoir, lançons-nous en chœur avec des mines ravies quand elle quitte le magasin.

Puis Jake commence à jouer avec ses clés de voiture, comme il le fait toujours depuis qu'il est en âge de conduire.

J'ai plein de trucs à lui dire. C'est comme si je voyais les mots se former dans une bulle devant ma bouche. Des mots sensés, passionnés au sujet de la Maison Farr, de notre travail, de notre père. Mais, pour une raison quelconque, je n'arrive pas à propulser les mots hors de leur bulle.

Pour l'instant, Jake semble perdu dans ses pensées. Ce n'est pas le moment de le déranger. Leila ne bronche pas non plus : elle attend, le front plissé par l'inquiétude.

Elle est tellement jolie, Leila. Toujours bienveillante, n'émettant jamais de jugement sur qui que ce soit. La manucure est sa passion. Forcément, c'est son métier. Cela dit, l'état minable de mes ongles ne la fait ni sourciller ni ricaner. Elle accepte les gens comme ils sont. Mon frère compris.

Il s'est arrêté de jouer avec ses clés et semble reprendre ses esprits. Qu'est-ce qui a bien pu lui passer par la tête ? Je n'en ai pas la moindre idée. Bien que nous ayons grandi ensemble, mon frère reste une énigme pour moi.

— On va à la maison, annonce-t-il. Donner un coup de main à maman.

En fait d'aider notre mère, il va se boire une bière en regardant la chaîne Sky Sports. Mais pas la peine de le provoquer.

— D'accord. On se voit plus tard.

Notre maison se trouve à dix minutes de marche du magasin. J'ai parfois l'impression que l'une est une annexe de l'autre. Je commence à remettre en ordre une série de sets de table, quand Leila me demande :

— Tu mets quoi ce soir, Fixie ?

— J'sais pas. Une robe, je pense. Rien d'extraordinaire.

C'est l'anniversaire de maman. Il y aura des amis, des voisins et oncle Ned. J'ai l'intention d'être à mon avantage mais ce n'est tout de même pas la soirée de l'Embassy Ball, la grande compétition de danse anglaise.

— Ah bon ! répond Leila, un peu étonnée. Tu ne vas pas… ?

— Pas quoi ?

— Je pensais qu'étant donné que…

Elle n'en dit pas plus. Comme si je devinais ce qu'elle sous-entend.

— Étant donné que *quoi*... ?

Quand j'insiste, elle pivote sur ses plates-formes et s'approche de Jake.

— Jakey, s'étonne-t-elle (sur un ton de reproche version soft et tempéré par un sourire d'adoration béate), tu ne lui as rien dit ?

— Ah oui. Ryan est de retour, fait-il en levant les yeux au ciel.

Quoi ?

Je le regarde sans pouvoir proférer un mot. J'ai le souffle coupé mais, tel un ordinateur lancé, mon cerveau a commencé à analyser les mots « de retour ». De retour, ça signifie quoi, au juste ? De retour en Angleterre ? Chez lui ? Auprès de moi ?

Non, à l'évidence, il n'est pas de retour auprès de moi.

— Il est rentré, explique Leila, les yeux humides de compassion. Son histoire avec l'Américaine n'a pas marché. Il vient à la fête de ta mère. Et il a demandé de tes nouvelles.

3

Combien de fois un cœur peut-il se briser ? Je l'ignore. Mais je sais que le mien n'a pas cessé d'éclater en mille morceaux. Et chaque fois à cause de Ryan Chalker.

Il n'est pas au courant. Car je suis assez bonne pour dissimuler mes sentiments (enfin, je crois !). Mais voilà : depuis mes dix ans, je suis folle amoureuse de Ryan. Il en avait quinze quand je l'ai rencontré dans un Burger King qu'il fréquentait avec Jake et une bande de copains. J'ai fait tout de suite une fixation sur lui. Comment pouvait-il en être autrement vu ses cheveux blonds, son profil, son aura ?

Quand je suis entrée au collège, mon frère et lui étaient inséparables. Ryan venait à la maison tous les week-ends, n'arrêtait pas de raconter des histoires drôles et de flirter avec maman. Au contraire des autres garçons de son âge, pas un bouton ne l'enlaidissait. Sa coiffure était hyper stylée. Il arrivait même à rendre *sexy* son uniforme d'école. Bref, il était irrésistible.

En plus, il avait de l'argent. D'après la rumeur, un parent proche lui avait laissé une petite fortune. Il organisait tout le temps des fêtes. Pour ses dix-sept ans, il a même reçu une voiture. Un cabriolet décapotable. J'ai vingt-sept ans et je mets ma main à couper que je ne posséderai jamais de décapotable. Mon frère et Ryan sillonnaient tout Londres, capote baissée, musique à fond, comme deux rock stars. C'est d'ailleurs Ryan qui a présenté Jake à toute cette bande de gens dans le coup. Ils sont devenus tous les deux des piliers de ces boîtes de nuit dont on parle dans les magazines people. Le lendemain, à la maison, ils nous racontaient leur soirée. Quand j'ai eu l'âge requis, maman m'a permis de sortir quelquefois avec eux. J'avais l'impression d'avoir gagné au loto. Ils étaient au centre d'une effervescence incroyable. Et j'en faisais partie.

Ryan pouvait se montrer foncièrement gentil. Je me souviendrai toujours du soir où nous sommes allés au cinéma. Je venais de rompre avec un certain Jason dont les potes étaient assis derrière nous. Ils ont commencé à faire du chahut, à se moquer de moi. Sans crier gare, Ryan s'est retourné et leur a flanqué une raclée. À l'école, dès le lendemain, la rumeur s'est répandue. Tout le monde disait : « Ryan aime Fixie. »

Bien sûr, j'en riais. Je prenais ça à la blague. Mais au fond, j'étais profondément amoureuse de lui. J'avais l'impression que nous étions liés. Je me disais : « On finira certainement ensemble. Comment pourrait-il en être autrement ? Nous sommes faits l'un pour l'autre. »

Au cours des années se sont produites plusieurs occasions où j'ai cru avoir ma chance. La fois au Pizza Express quand il m'a gardée longuement dans ses bras pour me féliciter. La fois où il m'a serré la cuisse. La fois où il m'a demandé si j'avais un copain. À la réception qui a suivi l'enterrement de mon père quand, assis pendant un bon moment à côté de moi, il a évoqué toutes sortes de souvenirs de papa. À l'anniversaire de mes vingt et un ans, quand il a chanté en karaoké « I don't want to miss a thing » d'Aerosmith en me dévisageant tandis que mon cœur s'emballait et que j'étais persuadée que « ça y était enfin ». Mais ce soir-là, c'est avec une dénommée Tamara qu'il a quitté la fête. Au cours des années, j'ai pleuré secrètement en observant ses histoires sentimentales. Toutes les filles du West End de Londres semblaient lui tomber dans les bras. Toutes sauf moi.

Et puis, il y a cinq ans, il a déménagé à Los Angeles pour devenir producteur de cinéma. Un véritable producteur. Le job glamour et inaccessible par excellence. J'ai conservé comme une relique la carte professionnelle qu'il m'a donnée avant de partir, avec un logo abstrait et une adresse sur Wilshire Boulevard.

Je l'aurais oublié plus facilement s'il avait disparu pour de bon. Mais non : il revenait tout le temps à Londres, passait voir Jake. Visites mémorables ! Les cheveux décolorés par le soleil, plus séduisant que jamais, il racontait d'innombrables anecdotes sur les gens d'Hollywood.

« Tom a fait ci et ça », disait-il.

« Tom ? Mais qui est ce Tom ? » C'est ce que je pensais avant de réaliser qu'il parlait de Tom Cruise. Mon cœur se serrait à l'idée que je connaissais quelqu'un qui connaissait Tom Cruise.

Pendant tout ce temps, je suis sortie avec d'autres mecs. Mais Ryan était niché au fond de mon cœur. Et finalement, l'an dernier – seize ans exactement après notre première rencontre –, il est arrivé très éméché et malheureux à la fiesta d'anniversaire de Jake. Le fin mot de l'histoire m'a échappé, mais je crois qu'il était question d'un patron de studio qui lui avait fait une entourloupe.

Ayant une grande capacité d'écoute, je l'ai laissé cracher son venin sur le type en question. J'opinais du bonnet tout en me lamentant avec lui. Une fois son matraquage terminé, je me suis aperçue qu'il me regardait. Qu'il me fixait vraiment. Comme s'il venait de se rendre compte que j'étais une femme adulte.

« Je t'ai toujours appréciée, Fixie. Tu es si naturelle, si rafraîchissante. Pourquoi n'est-on jamais sortis ensemble ? »

Il avait l'air sincèrement étonné.

Mon cœur battait à toute allure. Mais pour une fois, je l'ai joué cool. Je lui ai longuement rendu son regard en disant :

« Eh bien…

— Eh bien… » a-t-il répondu en me gratifiant d'un de ses sourires nonchalants.

Incroyable mais vrai ! Trois minutes plus tard, on filait. En direction de l'appartement où il séjournait. La nuit que nous avons passée a répondu à tous mes fantasmes d'adolescente. Et plus encore. J'exultais en silence : « Voilà ! C'est arrivé ! Je suis avec Ryan. » Dix jours de bonheur intégral.

Et puis il est reparti pour Los Angeles.

Bien sûr qu'il est reparti. Je m'attendais à quoi ? Qu'il me demande en mariage ?

(Pas question de répondre à cette question. Même pas dans le secret de ma tête. Parce que je risquerais de dévoiler mon rêve le plus ridicule. À savoir que nous sommes faits l'un pour l'autre et que, ayant découvert cette vérité, nous n'allons plus jamais nous quitter.)

En ce jour gris d'avril, quand il m'a embrassée avant de prendre son avion, il semblait plein de remords.

« Tu m'as fait tellement de bien, Fixie », m'a-t-il murmuré.

Comme si j'étais une cure de jus de fruits ou une conférence TED sur le développement personnel.

« J'espère que tu reviendras me voir », ai-je répliqué aussi légèrement que possible.

Sincère ? Pas du tout. En fait, je souhaitais entendre : « Fixie, chérie, la vérité vraie, c'est que je suis incapable de vivre sans toi. Monte dans cet avion avec moi, je t'en supplie. Maintenant. »

Qu'importe ! Curieusement, rien de la sorte ne s'est produit.

Ensuite, j'ai appris par Jake qu'il avait une nouvelle copine à L.A. Qu'avec cette Ariana, ils s'engueulaient sans arrêt mais que leur couple était solide. À quelques reprises, je suis allée les voir sur Facebook. (Rectification : tout le temps.) Je lui ai écrit des messages amicaux avant de les effacer. Et pendant ce temps, vis-à-vis de maman, de Jake, de tout le monde en fait, je faisais semblant de ne pas y attacher d'importance. Avais-je d'autres options ? Non.

Mais c'était un mensonge. Car je m'en suis toujours voulu de l'avoir perdu. Et, en mon for intérieur, contre toute logique, j'ai continué à espérer.

Et le voici de retour. Les mots résonnent dans ma tête comme des coups de tambour (« Il est de retour ! Il est de retour ! ») tandis que j'essaye avec frénésie une série de barrettes comme une gamine de quatorze ans éblouie par tout ce qui brille. Comme si le choix de l'ornement capillaire parfait allait avoir l'effet d'une baguette magique et rendre Ryan fou amoureux d'un coup d'un seul.

Impossible de rentrer directement à la maison. Et s'il était déjà là, étendu sur le canapé et ravi de me surprendre avec son fameux sourire ? J'ai besoin de me préparer. À 17 heures, j'ai demandé à Greg de fermer le magasin à ma place avant de partir faire des courses sur High Street. Je me suis acheté un nouveau rouge à lèvres. Et, à ce moment précis, je suis plantée devant un miroir en espérant me transformer en princesse par la grâce d'une pince à cheveux en strass. Peut-être une fleur serait-elle plus seyante ? Ou un bandeau à paillettes ?

Tout ça, c'est pour gagner du temps. Revoir Ryan me stresse terriblement, alors je préfère me cramponner à ce détail sans intérêt que personne ne va remarquer. C'est moi tout craché.

Je choisis finalement deux barrettes scintillantes, des pinces à cheveux et, comme porte-bonheur, une paire de pendants d'oreilles dorés. Je règle mes achats et sors dans la tiédeur de la fin d'après-midi. Maman doit être en train de dresser la table. D'empiler les gobelets en carton. D'enrouler les couteaux et fourchettes dans des serviettes. Pourtant, je veux encore traîner un moment. Mettre de l'ordre dans mes pensées.

Machinalement, j'entre au café Allegro qui est notre établissement favori. Je prends un sachet de café en grains pour la maison – on est toujours à court et celui d'Allegro est délicieux –, je commande un thé à la menthe et vais m'asseoir près d'une fenêtre. Il faut que je réfléchisse. Pour trouver la bonne formule de bienvenue. Pour déterminer ma façon d'accueillir Ryan. En femme sûre d'elle et séduisante, ni extravertie ni austère.

En soupirant, je sors mes accessoires du sac en papier et commence mes essayages devant mon petit miroir de poche. Ces clips de cheveux ? Pas séduisants du tout. Les boucles d'oreilles dorées ? Horribles. Il faudra que je les rapporte à la boutique.

Le type assis en face de moi me jette un regard amusé par-dessus son ordinateur portable. Je rougis. Est-ce moi, Fixie Farr, qui essaye des barrettes dans un café ? Aurais-je perdu le sens des convenances ?

Je fourre tout dans le sac au moment où une grosse goutte d'eau vient s'écraser sur ma table. Je regarde en l'air. Maintenant que j'y pense, j'ai remarqué en m'asseyant qu'un mince filet d'eau s'écoulait du plafond dans un seau posé par terre.

J'arrive à attirer l'attention d'une serveuse qui vient apporter un croque-monsieur à un client.

— Il y a une fuite là-haut.

Elle suit du regard le doigt que je pointe vers le plafond et hausse les épaules.

— Ouais. On a mis un seau.

— Mais maintenant l'eau dégouline sur la table.

En levant le nez, je décèle deux points d'où l'eau suinte. L'ensemble du plafond est dans un sale état. Accroché à son téléphone, le type en face de moi ne semble pas concerné.

— Oui, Bill, je sais. Mais écoute…

Sa voix transpire la bonne éducation. Joli costume. Chaussures chères et bien cirées.

— Ils font des travaux au-dessus, explique la serveuse qui a l'air de s'en moquer royalement. On les a appelés. Vous voulez changer de place ?

J'aurais dû me douter que, si une table proche de la fenêtre était libre dans un établissement aussi bondé, c'est qu'il y avait un lézard. Évidemment, il n'y a pas d'autre chaise vacante. Mais je ne suis pas le genre à faire des histoires, je peux m'accommoder de quelques gouttes. Et, de toute façon, c'est bientôt l'heure de partir.

— Pas de problème, je dis. Je voulais juste vous prévenir. Vous allez avoir besoin d'un autre seau.

La serveuse hausse de nouveau les épaules avec une expression facile à interpréter (« J'ai terminé mon service alors rien à secouer de cette fuite ») et retourne derrière le comptoir.

— Bon sang de bois !

L'exclamation accompagnée d'un geste agacé vient du type d'en face, toujours au téléphone.

Je souris intérieurement. Plus personne ne dit « bon sang de bois » aujourd'hui, mais papa l'utilisait souvent.

— J'en ai marre de ces intellos qui sortent de Cambridge bourrés de diplômes, poursuit-il avant d'écouter son interlocuteur, puis il reprend : Ça ne devrait pourtant pas être sorcier de trouver la bonne personne pour ce boulot. Mais Chloé me dégotte toujours… Je sais. Oui, d'accord. Mais tu sais ce qu'ils veulent tous ? M'expliquer les théories géniales qu'ils ont apprises à la fac. Au lieu de prendre des initiatives.

Quand il se penche pour attraper sa tasse de café, nos regards se croisent pendant une seconde. Je ne peux réprimer un sourire car j'ai l'impression d'entendre mon père.

Pourtant, à première vue, ce trentenaire en cravate, jeune entrepreneur, est différent de papa, dont le visage était buriné par des années passées sur des marchés en plein air. Mais je perçois dans son ton la même énergie, le même pragmatisme, la même impatience vis-à-vis des messieurs-dames Je-sais-tout. Comme lui, papa n'avait pas de temps à perdre avec les théories. « Allez, on s'y met ! » était son mot d'ordre.

Le type continue :

— Je veux engager quelqu'un de brillant, de malin, de solide. Quelqu'un qui connaît le monde, qui ne s'est pas contenté d'écrire une dissertation sur le monde mais qui s'y est frotté. Les diplômes, je m'en fiche. C'est du bon sens que je recherche. Du bon sens !

Il est mince et dynamique avec un reste de bronzage estival. Ses cheveux ? Châtains foncés avec des reflets plus clairs dus au soleil. Quand il se penche à nouveau vers sa tasse, ses traits sont dans l'ombre. Je perçois tout de même des pommettes saillantes. Ses yeux ? Difficile à dire. Brun clair ou noisette, je me dis en l'observant à la dérobée. Mais soudain ils attrapent la lumière et je les vois teintés de vert. Ils ont des nuances végétales.

Classer les yeux par couleur, c'est une de mes manies. Les miens sont double expresso. Ceux de Ryan, d'un bleu qui rappelle le ciel de Californie. Le bleu des yeux de maman s'apparente aux profondeurs des océans. Et les prunelles de ce gars me font penser à des sous-bois.

Apparemment, sa colère est tombée.

— Oui. J'ai une autre réunion avec Chloé la semaine prochaine. Je suis sûr qu'elle attend ce moment avec impatience.

Et il se fend d'un sourire contagieux.

Tiens ! Il peut se moquer de lui-même. Un point gagnant sur papa qui, bien que doté d'un cœur immense, n'avait aucun sens de l'autodérision. C'était inutile de lui envoyer des cartes d'anniversaire rigolotes : il ne comprenait pas la blague et parfois même s'en offusquait.

— Oh ça ! s'écrie le gars.

Il remue sur sa chaise et se passe la main dans les cheveux. Tout à coup, il a l'air contrarié.

— Navré. Je… Non, pas question. Tu connais Briony, elle a tendance à exagérer, donc non. Pas de gym à la maison pour le moment. Les projets de Tanya étaient super, elle a beaucoup de talent mais… Bien sûr, je vais la rémunérer pour le temps qu'elle a passé… Non, pas en l'invitant à dîner. Avec des honoraires en bonne et due forme. Très bien. On se voit bientôt. Salut !

L'humour est revenu. Il pose son téléphone et regarde par la fenêtre comme pour se reprendre. Bizarre, mais j'ai le sentiment de le connaître. De le décoder. Si nous n'étions pas deux Anglais dans un café londonien, j'aurais pu entamer la conversation avec lui. Mais nous le sommes. Et ce genre de chose ne se fait pas.

J'opte donc pour le comportement londonien classique : les yeux dans le vague pour ne surtout pas attirer son regard, je prétends n'avoir rien entendu de son échange téléphonique. Il pianote sur le clavier de son ordinateur. Il est 17 h 45. Il faut que je m'en aille bientôt.

Mon téléphone vibre. Un SMS. De mon frère m'annonçant que Ryan est à la maison ? Ou mieux, de Ryan lui-même ? Hélas, non. C'est Hannah qui répond au message que je lui ai envoyé au début de l'après-midi :

Ryan est de retour ? Je croyais qu'il était à L.A.

Le sourire aux lèvres, je tape immédiatement :

Il y était !!! Mais il est à Londres, célibataire, et il a demandé de mes nouvelles !!!

J'appuie sans réfléchir sur « envoyer ». Erreur ! J'ai mis trop de points d'exclamation qu'Hannah va interpréter comme des signaux d'urgence. Je parie qu'elle va m'appeler dans moins d'une minute.

Nous sommes amies de cœur depuis que, à l'âge de onze ans, nous avons été élues cheffes de classe ensemble. Nous nous sommes aperçues tout de suite que nous étions faites pour nous entendre. Nous sommes toutes les deux organisées. Nous aimons faire des listes. Nous agissons. Mais, pour être honnête, Hannah est plus efficace que moi. Elle ne remet rien au lendemain, ne trouve jamais de bonnes excuses pour lambiner. Elle s'attelle immédiatement aux tâches à accomplir : que ce soit remplir sa déclaration d'impôts, nettoyer son frigo ou dire à un garçon lors d'un premier rendez-vous qu'il n'embrasse pas bien. (Sans broncher, le garçon en question lui a demandé comment elle aimait être embrassée. Elle lui a fait une démonstration. Et maintenant ils sont mariés.) C'est la fille la plus raisonnable et la plus directe que je connaisse. Elle est actuaire de profession, commence ses courses de Noël en juillet et… Ah ! Qu'est-ce que j'avais dit ? Son nom s'affiche sur l'écran de mon téléphone. Je fais comme si j'ignorais la raison de son appel.

— Coucou, Hannah ! Comment va ?

Elle entre immédiatement dans le vif du sujet.

— Alors comme ça, Ryan est ici ? Et sa nana de L.A. ?

— Apparemment, c'est fini.

Je joue la fille nonchalante alors qu'une voix intérieure me serine en cadence : « C'est fini, c'est fini. »

— Hum ! (Pas convaincue.) Fixie, je croyais que tu étais *enfin* guérie.

Je ne lui en veux pas d'insister lourdement sur le mot *enfin*. Depuis la première fois que j'ai posé les yeux sur Ryan, je n'ai pas cessé de la bassiner avec mes sentiments pour lui. Quand on a atteint l'âge requis, je l'ai traînée dans tous les pubs de Londres dans l'espoir de tomber sur lui. « On fait le "circuit Ryan" aujourd'hui ? » disait-elle. Et, après son retour en Californie au printemps dernier, elle a dû endurer les conversations qui portaient sur lui une fois sur deux.

Rectification : tout le temps.

— Mais je suis guérie, j'affirme en baissant le ton pour que tout le café ne profite pas de ce que je dis. C'est lui qui voulait savoir comment j'allais. Intéressant, non ? Mais rien de plus. Juste intéressant.

Je me force à paraître décontractée alors que le seul fait qu'il demande de mes nouvelles me donne le vertige.

— Hum ! fait encore Hannah. Il t'a envoyé un texto ?

— Non. Mais il doit vouloir me faire la surprise.

Troisième « Hum ».

— Fixie, tu te souviens qu'il vit à L.A. ?

— Mais oui !

— Et que ta vie tourne autour de votre business familial ?

— Je sais.

— Donc les perspectives de rapprochement sont à peu près nulles. Ça paraît impossible.

— Arrête de mettre les points sur les *i*, je marmonne, furieuse, en me tournant vers la fenêtre pour plus de discrétion. Il faut toujours que tu dissèques tout en détail.

Ah ! Si ma meilleure amie pouvait être une fille romantique un peu farfelue qui s'exclamerait : « Waouh ! Ryan est de retour. Vous êtes faits pour vivre ensemble. »

Et qui m'aiderait à choisir les bonnes fringues pour l'occasion.

Ma sœur Nicole est assez romantique et farfelue. Mais ma vie ne l'intéresse pas.

— Je dis ça parce que 1. je te connais comme si je t'avais faite, 2. tu espères toujours qu'un miracle va se produire et 3. ça m'inquiète.

Silence. À quoi servirait de rétorquer : « Ne sois pas ridicule » ? Quel est l'intérêt de mentir à sa meilleure amie ?

— Je n'espère qu'à 10 % ! Ça ne fait de mal à personne.

C'est ce que je finis par affirmer en observant les allées et venues d'une contractuelle.

— Au contraire ! réplique Hannah. Ça signifie que tu ne regardes aucun autre mec. Il y a plein de types bien dans la nature, tu sais, Fixie. Des types qui te conviendraient.

Je sais ce qu'elle sous-entend. Le mois dernier, elle a essayé de me fourguer un collègue à elle. Le type ne m'a pas branchée. Il était sympa mais trop convenable.

— C'est clair comme de l'eau de roche, persiste ma copine. Ryan est beau gosse, glamour et tout et tout.

Mais je te pose la question : vas-tu rater l'occasion de tomber sur le bon numéro juste pour dix minutes passées en compagnie de Mister Hollywood ?

— Bien sûr que non, je réponds au bout d'un moment, même si la mention « dix minutes avec Mister Hollywood » me rappelle instantanément tous mes moments au lit avec Ryan et que ce souvenir me donne chaud.

— Mon conseil : tire un trait sur cette histoire et va de l'avant, décrète Hannah.

Je l'imagine assise à son bureau, en train de souligner énergiquement des chiffres en colonnes avec une règle, puis de tourner la page sans se poser de questions.

Il faut dire qu'Hannah n'a jamais succombé aux charmes de Ryan. En terminale, elle est sortie avec tous les forts en maths du lycée pour finalement choisir Tim, le plus brillant – ou, plus exactement, le plus brillant après elle. Ils sont restés ensemble pendant toute cette année. À la fac, ils se sont séparés et ont eu, chacun de leur côté, d'autres fréquentations. Puis ils se sont retrouvés et se sont mariés. Selon toute vraisemblance, Tim avait fait des progrès dans sa manière d'embrasser. Aujourd'hui, ils ont de bons boulots et essayent d'avoir un enfant. En gros, tout va bien pour eux.

— D'après toi, je suis censée faire quoi, alors ?

Je suis brusque parce que je sais qu'elle a raison et que ça m'énerve même si je l'adore, car c'est une vraie amie qui s'occupe de mes états d'âme, m'appelle et me fait la leçon.

J'insiste :

— Oui, s'il est là ce soir, qu'est-ce que… ?

Je m'arrête net. Dire ce que j'ai sur le cœur pourrait me porter la poisse.

— Quoi ? S'il te fait des avances et veut reprendre les choses où vous les avez laissées l'an dernier ?

— Par exemple.

— C'est simple. Peux-tu faire l'amour avec lui sans te transformer en flaque quand il repartira pour l'Amérique ?

— Bien sûr. Le sexe, c'est du sexe. Rien de plus.

— Pas d'accord ! Pas pour toi. Encore moins avec Ryan. Cette histoire va te perturber. Et tu vas venir sangloter sur mon épaule.

— Et si ça m'était égal ?

— Tu es en train de m'expliquer que ça vaut le coup de coucher avec lui, même si tu dois ensuite pleurer comme une Madeleine ? dit Hannah qui aime toujours mettre les faits en équation.

— Oui, je déclare, en me souvenant du corps bronzé de Ryan contre le mien. Oui, oui, oui.

— Dans ce cas, je cours acheter des mouchoirs, répond ma copine que j'imagine lever les yeux au ciel.

— Il ne viendra peut-être pas ce soir. Si ça se trouve, on est en train de parler dans le vide.

— Bon, je te vois tout à l'heure, conclut Hannah. Avec ou sans Ryan.

D'humeur morose, je regarde par la fenêtre. Au fond, c'est sans doute le scénario le plus réaliste. Ryan doit avoir des tonnes d'invitations plus amusantes que l'anniversaire de maman. Il ne va pas se pointer. J'ai acheté toutes ces barrettes pour des prunes.

Le type d'en face répond à son téléphone. Je dresse l'oreille.

— Salut, Briony. Oh, tu as eu Tanya ? Bien. Non, ce n'est pas ce… (Il semble chercher le mot adéquat.)

Écoute, Briony (il paraît acculé), je ne cherche pas à gâcher… Non, nous n'avons décidé de rien.

Je ne suis pas la seule à avoir des embrouilles sentimentales, on dirait.

— C'est ce que tu penses ? persiste le gars. Puis-je te rappeler qu'il s'agit de mon appartement ?

Il lève les yeux et s'aperçoit que je suis tout ouïe. J'ai beau me détourner en vitesse, il se lève et vient vers moi.

— Excusez-moi, je sors téléphoner. Ça ne vous ennuie pas de surveiller mon ordinateur ?

— Pas de problème.

Je le regarde se faufiler entre les tables vers la sortie en s'exclamant :

— Je n'ai rien promis du tout. C'était ton idée…

Je sirote mon thé à la menthe et jette un coup d'œil à son ordinateur. Un MacBook. Il l'a laissé ouvert sur une page où s'affichent plusieurs fichiers. Je penche la tête pour lire l'inscription. « GEF : Gestion équitable de fonds. » Le nom ne me dit rien. Il faut dire que les fonds d'investissement, ce n'est vraiment pas mon truc. Ces trucs de fonds et d'actions, c'est du chinois pour moi. Dans la famille Farr, on fait trois choses avec l'argent : on le dépense, on le réinvestit dans l'affaire ou on démarre un autre business. Mais on ne fait pas confiance à un type en costume gris qui s'amène avec un dossier dont l'élaboration a probablement coûté une fortune.

Comme il n'y a rien d'autre de passionnant à inspecter, je continue à boire mon thé tout en passant en revue mes options vestimentaires pour ce soir. Est-ce que mon top en dentelle bleue fera l'affaire ? Tout d'un coup, mon alarme personnelle se met à sonner : quelque chose ne va pas.

Quelque chose se passe.

Ou va se passer.

Impossible à analyser mais mon sixième sens est en émoi. Je dois agir. Immédiatement.

Vite, Fixie. Fonce !

Sans réfléchir, je plonge par-dessus la table comme un champion de rugby qui transforme un essai et j'attrape l'ordinateur du type. Une demi-seconde plus tard, une partie du plafond s'écroule sur moi dans un déluge de plâtras et d'eau.

— Ah !

— Oh, mon Dieu !

— Au secours !

— C'est un attentat ?

— Allez l'aider !

Tous ces cris résonnent dans ma tête. Quelqu'un me pousse en hurlant :

— Ne restez pas là !

Mais j'ai tellement peur que l'ordinateur s'abîme que je reste figée dans la même position protectrice jusqu'à ce qu'une bonne âme jette sur moi des feuilles de papier absorbant. L'eau ne dégringole plus, mais des morceaux de plâtre continuent à se détacher. En levant enfin le nez, je vois la tête terrifiée des autres clients.

— J'ai cru que vous étiez morte, s'écrie une adolescente en pleurs.

Elle est tellement affolée que j'éclate de rire. L'atmosphère se décrispe.

— L'eau gouttait. Je savais que ça allait arriver.

— Vous auriez pu être tuée !

— Vous devriez attaquer en justice ! Ce n'est vraiment pas normal !

Deux minutes auparavant, nous étions des étrangers qui s'ignoraient. Désormais, nous sommes intimes. Un vieux monsieur me propose de tenir l'ordinateur pendant que je me sèche. Mais pas question de le donner. Je m'essuie donc tant bien que mal d'une main en râlant intérieurement : « Décidément, c'est pas mon jour ! »

— Qu'est-ce qui se passe ici ?

Le gars. Il vient de revenir et me contemple, bouche bée. Les commentaires s'arrêtent, le silence se fait. Tout le monde nous observe avec curiosité.

— Ah, c'est vous ! Tenez, voilà votre ordinateur. J'espère qu'il n'est pas trop mouillé.

Première fois depuis le sinistre que j'ouvre la bouche.

Je lui tends son Mac – parfaitement sec – et il s'approche pour le prendre. Son regard incrédule s'attarde sur moi avant de se lever vers le plafond en ruine puis de descendre vers le plancher recouvert de débris et de flaques d'eau.

— Mais qu'est-ce qui est arrivé ?

— Un léger problème de plafond, je dis, en essayant de minimiser l'accident.

Mais, comme un chœur de tragédie grecque, les autres clients s'empressent de le mettre au courant.

— Le plafond s'est effondré.

— Elle a plongé sur la table. Rapide comme l'éclair.

— Elle a sauvé votre ordinateur. Sûr et certain. Sans elle, il aurait été fichu.

— Messieurs, mesdames !

Une serveuse s'efforce d'attirer notre attention.

— Toutes nos excuses. Par mesure de sécurité, nous sommes obligés de fermer l'établissement. Avant de sortir, je vous prie de vous avancer vers le comptoir où vous seront servies gratuitement une boisson à emporter ainsi qu'une pâtisserie de votre choix.

Tandis que les clients s'agglutinent autour du comptoir, la plus âgée des employées vient vers moi, l'air inquiet.

— Madame, nous sommes sincèrement désolés pour la gêne occasionnée. En compensation, nous vous offrons un bon de 50 livres en espérant que vous ne… (Elle s'éclaircit la voix avant de continuer.) Bien évidemment, nous prendrons à notre charge la facture de pressing pour vos vêtements.

Son air implorant en dit long. Je pige tout de suite.

— Ne vous en faites pas, je déclare. Je ne vais pas vous poursuivre en justice. En revanche, un autre thé me ferait très plaisir.

Soulagée, elle se dépêche d'aller me préparer un thé à la menthe. Pendant ce temps, le mec en costume qui a vérifié son Mac me jette un regard accablé :

— Je ne sais pas comment vous remercier. Vous m'avez sauvé la vie.

— Vous exagérez !

— D'accord ! Ma vie professionnelle. Pas seulement l'ordinateur, ce qui aurait déjà été moche, mais ce qu'il contient. Des trucs que j'aurais dû sauvegarder.

Il ferme brièvement les yeux et secoue la tête.

— Quelle leçon !

— Ce genre de choses arrive. J'ai de la chance d'avoir été là.

— C'est moi, le chanceux, rectifie-t-il en fermant le capot de l'ordinateur.

Le soleil couchant éclaire son visage. Ses yeux ont vraiment la couleur des sous-bois. Ils m'évoquent des cerfs gambadant dans une clairière, des branches ployant sous les feuilles, des odeurs de tourbe. Et puis me voilà de retour dans le café.

— À vous voir, je ne dirais pas que vous avez eu de la chance. Vous êtes complètement trempée. À cause de moi. Je me sens responsable.

— Mais non, je proteste, un peu gênée par son regard inquisiteur.

C'est vrai que mon tee-shirt est mouillé. Très mouillé ?

Mouillé jusqu'à en devenir transparent ? Est-ce pour cette raison que tous les regards sont braqués sur moi ?

Je croise les bras sur ma poitrine.

— Le plafond est tombé. J'ai pris toute l'eau sur la tête. Vous n'y êtes pour rien.

— Mais auriez-vous plongé dans cette direction si vous ne m'aviez pas promis de surveiller mon ordinateur ? Sans doute pas. Vu vos réflexes incroyables, vous vous seriez mise hors de danger.

— Qu'importe !

— Pas du tout. Je vous suis très reconnaissant. Puis-je... Je ne sais pas, moi... Puis-je vous offrir un café ?

— Non merci.

— Un muffin alors ? Celui aux pépites de chocolat paraît délicieux.

Il est marrant, lui !

— Non, sans façon.

— Et… si je vous invitais à dîner ?

— Pas sûr que Briony soit contente.

Comme je n'ai pas pu m'empêcher de sortir cette vanne, j'ajoute :

— Navrée. Je vous ai entendu parler au téléphone.

Un sourire désabusé s'affiche sur son visage.

— Vous avez raison.

— Bon, je dois y aller ! Ravie d'avoir bavardé avec vous, je dis, tandis que la serveuse m'apporte mon thé à la menthe.

— J'aimerais vous prouver ma gratitude, insiste-t-il.

— Pas la peine. Tout va bien.

Je souris poliment et tourne les talons. Au moment de passer la porte, je l'entends crier :

— Attendez ! Ne partez pas ! J'ai quelque chose pour vous.

Je suis tellement intriguée que je reviens sur mes pas. Il se tient près du comptoir et griffonne fiévreusement sur une serviette en papier.

— Je rembourse toujours mes dettes, explique-t-il. Toujours.

Sur la serviette, je lis :

À charge de revanche.
Bon pour…
Valable sans limite de temps.

Sous mes yeux, il signe – d'une écriture tellement illisible que je ne peux pas déchiffrer son nom – et ajoute la date.

— Si je peux vous rendre un service, déclare-t-il. N'importe lequel… Surtout, n'hésitez pas.

Il fouille dans sa poche, en extirpe une carte professionnelle et regarde autour de lui en fronçant les sourcils.

— Il me faudrait un trombone. Ou une pince.

— J'ai ce qu'il vous faut.

Après avoir posé mon gobelet en carton, je plonge la main dans le sac contenant mes nouvelles barrettes pour en sortir un clip orné de strass.

— Parfait. (Il fixe sa carte professionnelle à la serviette en papier.) C'est moi. Sebastian Marlowe.

— Et moi, je suis Fixie Farr.

Il hoche la tête avec sérieux et me serre la main très formellement.

— Enchanté de vous avoir rencontrée, Fixie.

Après quoi il me donne la reconnaissance de dette sur la serviette en papier.

— Gardez-la. Mon offre est sincère.

— Je vois ça, dis-je en essayant de garder mon sérieux. Si j'ai besoin d'investissements à long terme, je vous fais signe.

Mon ton est un peu moqueur, mais il ne semble pas le remarquer. En fait, ses yeux brun-vert s'illuminent.

— Oui, je vous en prie. Dans ce cas, nous prendrons rendez-vous. Je serais enchanté de vous conseiller…

— Ça ne risque pas d'arriver, mais merci quand même pour la proposition.

Avec du retard, il se rend compte que je plaisante et il se fend d'un sourire.

— De toutes les manières, je suis à votre disposition. Ce ne sont pas des paroles en l'air.

— Très bien, merci.

Je glisse la serviette dans mon sac pour lui faire plaisir.

— Voilà. En sécurité et bien au chaud. Maintenant je dois vraiment filer. Une fête de famille m'attend.

— Si vous croyez que je blague, Fixie, vous vous trompez. À charge de revanche ! N'oubliez pas.

— Pas de souci, je réponds, sans en penser un traître mot mais en lui adressant toutefois un dernier sourire éclatant. Ne vous inquiétez pas, je m'en souviendrai.

4

Ryan n'est pas encore arrivé. Pas plus que Jake, d'ailleurs.

Je me dirige tout de suite vers le salon et jette un coup d'œil par la porte entrouverte, prête à décamper au cas où ils seraient installés sur le canapé en train de siroter des bières. Mais personne. Ouf ! Je suis hors de danger.

En allant vers la cuisine, je croise Nicole qui photographie une guirlande de papier accrochée au plafond. Pour apporter une touche festive, je suppose. Pourtant, notre maison n'a besoin d'aucun ornement supplémentaire. Au cours des années, maman a recouvert chaque mur de photos de famille, de collages encadrés, de souvenirs mis sous verre. Elle a un don pour la déco, maman. Nicole aussi. Mais ce talent ne figure pas dans mes gènes. Pas plus que la beauté d'un top-modèle. Jake et moi avons hérité de notre père ses yeux et cheveux noirs. Un accord intéressant, paraît-il. Mais Nicole, même si elle n'a jamais vraiment percé comme mannequin, est d'une beauté renversante. L'ovale de son visage, le turquoise de ses yeux, la ligne étirée de ses sourcils… Tout cela produit un ensemble presque sublime. Même moi, sa sœur, je passe mon temps à l'admirer. C'est dire.

— Bonjour, Nicole !

Elle fait un signe de tête, l'œil fixé sur l'écran de son téléphone. Bien qu'elle soit mariée, elle vit avec nous depuis un petit moment. Son mari, Drew, est parti travailler à Abu Dhabi pendant six mois : il installe un système informatique pour une multinationale mais ma sœur n'a pas voulu l'accompagner.

« *Abu Dhabi ?* a-t-elle protesté comme si cela suffisait à expliquer son refus. *Abu Dhabi ?* Et mon yoga, alors ? »

Fin de non-recevoir. Drew est parti seul, ils ont sous-loué leur appartement et Nicole a regagné le nid familial. Depuis, le frigo est bourré de yaourts probiotiques, ses longs colliers ethniques traînent partout et tous les matins j'entends son podcast lui répéter, sur fond de musique celtique, de ne pas se sous-estimer.

Elle trouve l'absence de son mari plus difficile à supporter que prévu : elle n'arrête pas de soupirer, d'inspecter son téléphone et d'expliquer ses problèmes d'anxiété à tous les gens qu'elle rencontre. Cela dit, Drew est également à plaindre. Il appelle sur notre ligne fixe quand il ne peut pas joindre Nicole sur son portable. Finalement, maman et moi l'avons très souvent au téléphone. Il nous parle de la chaleur atroce, de ses insomnies, de ses conflits au bureau avec un certain Baz. La dernière fois, il avait l'air si mal qu'on a sélectionné sur Google un certain nombre de maladies avant de lui envoyer les liens qui correspondaient.

Nicole et lui sont sortis ensemble pendant un an avant de se marier. Il bossait comme un fou, dans le domaine des technologies de l'information, si bien que je l'ai à peine vu avant la cérémonie. Mais depuis son départ, je bavarde avec lui si souvent au téléphone que j'ai l'impression de mieux le connaître. Il est doté d'un bon sens de l'humour. Je comprends que Nicole l'ait épousé. Mais pourquoi n'est-elle pas partie avec lui ? Il n'y a donc pas de cours de yoga à Abu Dhabi ?

Tout d'un coup, je me souviens d'un truc.

— Ah, Nicole, tu as eu mon message ? J'ai parlé à Drew hier soir. Apparemment, il n'a pas la malaria.

— Ah bon, fait ma sœur distraitement, puis, avec plus de passion : Tu ne trouves pas ma guirlande ravissante ? Je la poste sur Pinterest. C'est comme…

J'attends qu'elle termine sa phrase avant de me rendre compte qu'elle a fini. C'est souvent le cas avec Nicole : elle passe en mode silencieux alors que son interlocuteur patiente poliment.

— Très réussie, je dis. Où est Jake ?

— Pas vu.

— Mais il était en route pour donner un coup de main à maman. C'est ce qu'il m'a annoncé, il y a environ deux heures.

Nicole hausse les épaules et prend une nouvelle fois sa guirlande en photo.

— Alors personne ne l'a aidée ?

J'ai des accents de procureur alors qu'en fait je me sens coupable. Au lieu de faire du shopping ou, pire encore, de m'arrêter au café, j'aurais dû rentrer à la maison pour seconder maman.

— Si, moi ! riposte ma sœur. J'ai fait les décorations.

— Bien sûr. Mais je parlais de l'aider pour la cuisine, le ménage et tout.

— J'ai besoin de me défouler en créant. D'accord ? Je suis soumise à un stress maximum. Mon mari est à l'autre bout du monde, au cas où tu l'aurais oublié. Je souffre de troubles d'anxiété liés à la séparation, Fixie. Il faut que je m'occupe de mon bien-être.

— Je sais, mais…

— Ma professeure de yoga m'a avertie que, si je ne trouvais pas d'exutoires à mon angoisse, je risquais de souffrir de *problèmes mentaux*.

Elle me balance cette info comme un atout décisif.

— OK. Euh… désolée.

Je me rue dans la cuisine pour trouver maman penchée sur le plan de travail, exactement comme je m'y attendais. En jean et tablier, avec ses cheveux grisonnants ramenés en petit chignon et sans un poil de maquillage, elle découpe une grande feuille de sucre rose à l'aide d'un genre de cutter en plastique. Une goutte de pâte à gâteau orne le lobe de son oreille.

A-t-elle pris le temps de se faire un brushing ou d'appliquer un masque sur son visage ? Pas du tout. À mon avis, elle n'a même pas pensé à ce qu'elle allait porter ce soir. Chaque année, notre plus grand défi est de l'amener *à assister à sa fête d'anniversaire*.

— Salut, maman !

Elle m'interrompt d'un geste, tout à sa tâche, le front plissé par la concentration. Elle est naturellement belle, ma mère, avec ses pommettes hautes, son visage fin et expressif. On voit d'où Nicole tient sa grâce.

— Je peux faire quelque chose ?

— Chut ! Attends une seconde !

Elle est entièrement absorbée dans l'élaboration d'une pivoine en sucre. Très soigneusement, elle en assemble les pétales avant de leur attacher une feuille en sucre vert.

J'applaudis.

— Superbe !

— Pas mal, hein ?

Maman pose la pivoine en sucre sur un cupcake puis tapote le cutter en plastique.

— Très bien, cet ustensile. Une bonne affaire. Mérite qu'on en commande.

On ne peut jamais la prendre en flagrant délit de repos. Non seulement elle prépare les cupcakes pour son propre anniversaire, mais elle teste en même temps un nouvel article destiné au magasin. Jamais, au grand jamais, elle ne proposerait un produit auquel elle ne croit pas. Par conséquent, chaque casserole, chaque récipient ou boîte de rangement, chaque gadget de cuisine doit obtenir son approbation. Est-ce que ça fonctionne bien ? Est-ce d'un bon rapport qualité-prix ? Est-ce que ça correspond à l'attente de nos clients ?

— Vanessa va adorer ce cutter, ajoute-t-elle.

— Absolument.

Je souris en pensant à Vanessa, avec ses gilets en patchwork, son imperméable rouge et son enthousiasme débridé. C'est une de nos habituées. Elle est aussi membre de notre club de pâtisserie, qui se réunit tous les mardis soir. Morag fait des démonstrations sur une cuisinière portative et tout le monde met la main à la pâte. Sur un panneau, au milieu de la boutique, sont affichées les photos des gâteaux réalisés. En plus, nous avons créé une page Instagram. Ce sens chaleureux de la collectivité : voilà ce qui fait la particularité de la Maison Farr.

Profitant d'une pause, je propose à maman de prendre le relais :

— Va te changer, je m'occupe du reste.

Quand elle me regarde, ses yeux s'écarquillent.

— Fixie, qu'est-ce qui t'arrive ? Il fait si mauvais que ça ?

Elle regarde par la fenêtre la fine pluie d'été qui s'est mise à tomber pendant que j'étais en chemin.

— Non ! Juste un petit pépin. Rien de grave.

— Ma pauvre, tu as vu ta tête ! s'exclame Nicole qui vient d'apparaître.

J'insiste :

— Allez, maman, va te préparer. Relaxe-toi, prends un long bain.

— Laisse-moi juste confectionner encore deux fleurs, répond-elle en roulant une autre feuille de pâte sucrée.

— Bon, alors je file arranger mes cheveux. Je n'en ai pas pour longtemps.

— Nicole, si tu n'as rien d'autre à faire, prépare-moi un café, s'il te plaît, demande maman.

— Oh, du café ? grimace ma sœur. Mais je ne sais pas comment marche la machine.

À Noël dernier, Jake a offert à notre mère une machine à café. Un peu compliquée à utiliser sur le plan technique mais si on veut, on peut. Nicole, elle, semble pathologiquement incapable d'y arriver. Elle examine l'appareil et demande :

— Ça veut dire quoi, « vider le réservoir des capsules » ?

On a beau lui expliquer et lui montrer trois fois de suite, elle ne pige pas. Si bien qu'à la fin, on le fait soi-même.

— Je m'en occupe, j'annonce en attrapant une tasse.

— Bonsoir, maman ! lance Jake qui fait son entrée dans des effluves d'after-shave et de bière. Bon anniversaire !

Il l'embrasse sur la joue et lui tend le pochon Dior.

— Chéri, tu n'aurais pas dû ! s'écrie maman.

Quand quelqu'un dit « tu n'aurais pas dû », ça signifie généralement le contraire. Pas dans le cas de maman. Que l'on dépense de l'argent pour elle l'énerve. Particulièrement quand ce sont ses enfants. Elle est certes touchée mais inquiète en même temps, car elle trouve ce gaspillage inutile.

Beaucoup de choses sont superflues à ses yeux. Elle ne voyage jamais à l'étranger. Ne se maquille qu'exceptionnellement. Prend rarement des vacances. Ne lit pas de journal. Je ne suis même pas sûre qu'elle vote (elle dit le contraire mais je la soupçonne de mentir pour s'épargner les reproches).

Les seuls sites en ligne qu'elle consulte sont ceux des fournisseurs de matériel ménager, des fabricants d'ustensiles de cuisine et des spécialistes des arts de la table. Elle regarde le feuilleton *EastEnders*, pratiquement depuis qu'il existe, dirige la Maison Farr, suit des cours de zumba – et c'est à peu près tout. De temps à autre, je lui suggère de partir visiter un pays ou de passer quelques jours dans un de ces spas installés dans de jolis manoirs à la campagne. Peine perdue. Elle se contente d'un gentil petit sourire accompagné de cette phrase rituelle : « C'est parfait pour d'autres gens que moi, mon chou. »

Quant à fréquenter quelqu'un, là, on oublie tout de suite. Elle n'a pas regardé un autre homme depuis la mort de papa. Ni accepté une invitation masculine. Elle dit qu'il est toujours à ses côtés, qu'elle lui parle et n'a besoin de personne d'autre. Quand Jake a voulu l'enrôler dans un club de rencontres pour seniors, elle a piqué une crise, ce qui n'est pas son genre.

— Jake, si *tu* préparais un café pour maman ? suggère Nicole. Où est Leila ?

— Je l'ai envoyée acheter un supplément de bière.

Tout de suite me vient l'image de la gracile Leila ployant misérablement sous le fardeau de dix caisses de bière. Avant que je puisse me museler, les mots jaillissent de ma bouche.

— Ryan est là ?

J'ai comme un chat dans la gorge. Je rougis sous le regard des membres de ma famille. Mais qu'est-ce qui m'a pris de prononcer le nom de Ryan ? Et s'il se matérialisait dans la cuisine alors que j'ai encore les cheveux dégoulinants et mon jean de travail ? Je n'aurais qu'une issue : me réfugier à l'intérieur du frigo.

— Pas encore, répond Jake. Mais regarde-toi ! C'est ton nouveau look de fête ? Le style belette sauvée des eaux ?

Instantanément, ma sœur se tord de rire.

— C'est vrai, Fixie, tu as exactement l'air d'une belette sauvée des eaux.

— Je n'y peux rien ! Un plafond m'a dégringolé sur la tête.

— Mon chou, tu te feras belle après une bonne douche, conseille maman d'un ton apaisant.

Je précise : apaisant avec une note d'acier trempé apte à calmer les ardeurs moqueuses de mon frère et ma sœur.

Maman est comme les cavaliers de dressage qu'on voit sur les chaînes équestres à la télé. Il suffit qu'elle change sa voix d'un iota pour que tout le monde lui obéisse à la façon des chevaux de concours olympiques. Tout le monde, même Jake.

— Ça va, Fixie ? fait Nicole toute penaude. Excuse-moi, c'était bête.

— Fixie, je ne pensais pas ce que j'ai dit, s'amende Jake. Monte te préparer. Et prends ton temps. T'inquiète : je monte la garde.

Tellement adorable quand il le décide, mon frère. Je me calme aussitôt. Et, récupérant mon sac d'accessoires à cheveux, j'annonce :

— Je vais me préparer. Maman, tu devrais venir avec moi. On pourrait choisir tes vêtements pour ce soir.

— Dans un moment, promet-elle vaguement, tout à la fabrication de nouvelles pivoines en sucre.

Ce sera plus simple de la convaincre quand je serai prête moi-même. Aussi, je me rue au premier étage, j'enlève prestement mes affaires mouillées et je passe vite fait sous le jet de la petite cabine de douche vieillotte de notre salle de bains.

Je n'ai pas toujours habité ici. Pendant un moment, j'ai vécu avec Hannah. Dans un appartement à Hammersmith pour lequel, grâce à son salaire élevé, je ne payais pas beaucoup. Mais quand c'est devenu sérieux entre elle et Tim, je me suis sentie mal à l'aise de jouer les chaperons, le soir.

Ensuite, mon business de traiteur a capoté, les circonstances ont changé. Maman m'a proposé de revenir à la maison : « Beaucoup de filles de ton âge habitent encore chez leurs parents, mon chou. »

Et donc, sans honte aucune, j'ai réintégré le foyer familial. Franchement reconnaissante de l'option qui s'offrait à moi.

Drapée dans une serviette de bain, je commence à me sécher les cheveux sur le palier car il y a là non seulement plus d'espace, mais aussi un grand miroir. Pendant une des pauses « silence » que je m'autorise, je dresse l'oreille. La voix de Jake. Provenant de la cuisine.

Notre maison n'est pas immense et les cloisons sont plutôt fines. Bien que je ne saisisse pas exactement le sens de ses paroles, je perçois son intonation. Il est lancé dans un discours que personne n'interrompt. Des soupçons m'assaillent. Enroulée dans ma serviette, je descends quatre à quatre.

— Je le répète, c'est une occasion formidable, roucoule mon frère. La qualité et le goût de ces huiles sont proprement extraordinaires. Mais, maman, je ne veux pas t'embêter avec des détails. Tu es suffisamment occupée. Tu m'autorises à passer commande ? Dix bouteilles ?

Quoi ?

En arrivant au rez-de-chaussée, j'enrage. L'ignoble ! Il ne me consulte pas ! Et profite de ce que maman a d'autres chats à fouetter !

Merde ! Ma serviette est tombée.

Je l'entortille bien serrée autour de moi et m'approche de la cuisine en haletant.

— Maman ! Au sujet de cette huile d'olive…

Je sens aussitôt mes pensées s'obscurcir, des nuages menaçants s'amonceler au-dessus de moi. Je poursuis malgré tout :

— J'en ai déjà discuté avec Jake et je ne pense vraiment pas…

Ça y est ! Je bégaie. Ma détermination m'a abandonnée. Je me déteste.

— Cela ne te concerne pas, Fixie, déclare Jake, l'œil mauvais.

— Au contraire !

Maman apaise l'atmosphère sur-le-champ.

— Jake, Fixie ! Vous savez bien que je ne commande jamais de nouveau produit sans avoir étudié les informations qui le concernent. Montre-moi le dossier, Jake.

Jake, conciliant :

— Mais ce n'est pas le moment, maman, avec ta fête d'anniversaire, les préparatifs et tout.

— Mais si, chéri. Fais-moi voir.

— Très bien.

Il lui présente une liasse de papiers. Debout, nous l'observons pendant qu'elle parcourt les pages. Quand elle arrive à la liste des prix, elle cligne des yeux.

— Trop cher, chéri, dit-elle en rendant le dossier à Jake. Beaucoup trop cher pour nous.

— Ce sont des produits sophistiqués, rétorque Jake, très différents de ce qui existe sur le marché.

Mais maman fait non de la tête.

— Chez Farr, une huile sophistiquée veut dire dorée et comestible. Un point, c'est tout. Pas ça.

— Pourquoi ne pas viser plus haut ? Les gens achètent ce type d'huiles. Ils adorent. Chez Harrods…

— Peut-être que les rayons de chez Harrods regorgent de marchandises de luxe, le coupe maman calmement. Mais si nous proposons une huile à 100 livres la bouteille, non seulement nous ne la vendrons pas mais nos clients s'en trouveront choqués et même offensés.

Elle a raison. J'imagine Vanessa traverser le magasin en brandissant une bouteille tout en râlant : « 100 livres pour ça ? Mais c'est du vol caractérisé ! »

— Mais, insiste Jake…

— Non, c'est non ! le coupe maman comme elle le faisait quand il avait dix ans et jurait comme un charretier. Ça suffit. Ma réponse est non. Ton père aurait pris la même décision.

Quand elle en appelle à papa, cela signe la fin de la discussion. Jake me lance un regard noir comme si j'étais responsable mais je m'en moque. Je me sens soulagée. Et stupide. Comment ai-je pu penser un instant que Jake réussirait à embobiner maman ? Notre capitaine. Celle qui mène la barque.

— Je monte pour finir de sécher mes cheveux, j'annonce.

Le regard de ma mère me parcourt de haut en bas. Quelque chose cloche ? Mais soudain, elle m'adresse un des sourires chauds, encourageants, merveilleux dont elle a le secret.

Quand elle sourit, son visage se plisse. Les rides se déploient en éventail à partir du coin de ses yeux, s'inscrivent en faisceaux sur ses joues, creusent des lignes profondes sur son front. Le chagrin l'a beaucoup marquée. Je m'en suis aperçue. Certaines personnes trouvent ces rides peu esthétiques. Moi, je pense au contraire qu'en chacune d'elle se niche une belle dose de vie et d'amour.

— Demande à Nicole de te coiffer avec son fer à boucler, dit-elle en lui lançant un regard insistant.

— Oui, acquiesce mollement Nicole, en levant le nez de son téléphone. Je vais le faire. Monte.

Maman souhaiterait que ça gaze mieux entre ma sœur et moi. Elle aimerait qu'on soit comme les deux doigts de la main, à la manière des sœurs qu'on voit au cinéma, qui s'embrassent pour un rien et se confient tout.

J'ai essayé. Mais autant vouloir que l'eau se mélange à l'huile. Ça ne prend pas.

— Et Jake, ajoute-t-elle alors qu'il attrape une bière dans le frigo. Peux-tu m'aider à disposer les cupcakes sur un plat ? Sans abîmer le dessus, s'il te plaît.

— D'ac, fait Jake sans enthousiasme.

Quand il pose sa bière, je réprime un sourire. Personne n'a le pouvoir de persuader mon frère de laisser sa bière de côté pour présenter des cupcakes. Personne, sauf notre mère.

5

La chambre de ma sœur ressemble à une page d'Instagram en trois dimensions. Pas un coin, pas un mur sans une photo d'elle, une citation encadrée ou un accessoire à la mode. Je m'attarde devant un collage en noir et blanc de photos de son mariage et soupire une fois de plus. C'est fou ce qu'elle est belle. Comment se sent-on en se levant le matin quand on est aussi gâté par la nature ?

Sur chaque prise de vue, Drew la dévisage comme s'il n'en croyait pas ses yeux. Il est grand, beau gosse, avec d'épais cheveux bruns et un visage rayonnant de franchise, mais il ne joue pas dans la même cour que sa femme. Esthétiquement parlant, tout au moins. Même sa mère serait d'accord avec cette affirmation. Je regarde la photo qu'ils ont envoyée avec leur mot de remerciement. Ils posent sous un arbre, Drew a l'air follement épris tandis que Nicole semble…

Eh bien, elle semble câline. Oui, c'est ça, câline.

Je n'ai jamais vraiment compris quel genre de rapports elle avait avec lui. Mais une fois encore, c'est Nicole. Elle ne s'exprime pas, ne se confie pas. Même à notre mère. Si on la pousse dans ses retranchements, elle s'échappe, change de sujet ou prend un regard parfaitement vide.

Elle a rencontré Drew grâce à un ami commun. Au début, il lui a donné un coup de main sur son projet de boîte d'art de vivre en ligne. Il venait tout le temps à la maison, l'idée les emballait, nous faisions tous des suggestions. Et puis Nicole a laissé tomber. Mais à ce moment-là, ils sortaient déjà ensemble. Ensuite, très vite, ils se sont fiancés. Maman trouvait que c'était trop rapide. D'un autre côté, Drew était le type même du gendre idéal : gentil, équilibré et plein de bonnes intentions. Et leur mariage a été *sensationnel*.

Je m'éloigne du collage et examine les coussins qui s'accumulent sur le canapé. Tous comportent des maximes brodées comme *Aime-toi* ou *Du temps pour moi*, et même *Une boîte vide ne sert à rien : prends soin de toi d'abord.*

Nicole allume des bougies parfumées dans leurs supports en verre qui, eux aussi, affichent des formules : *Amour*, *Énergie*, *Compassion*.

— Compassion est mon mot d'ordre, affirme-t-elle avec sérieux. La compassion nourrit l'âme. La compassion est ce qui nous rend humain.

Vraiment ? J'essaye de cacher ma surprise. C'est bien la première fois qu'elle tient ce genre de discours.

— Je suis complètement d'accord, je déclare alors qu'elle farfouille dans un tiroir à la recherche de son fer à boucler. À ce propos, nous devrions faire plus pour nos clients. Commencer une série de démonstrations culinaires pour les seniors, par exemple.

Une façon de nous rapprocher, me dis-je. Si nous lançons ensemble un projet commun, cela créera des liens entre nous… Mais Nicole, qui s'est assise, me jette un de ses regards vagues.

— La Maison Farr n'a rien à voir là-dedans, s'emporte-t-elle. Maman et toi, vous êtes complètement obsédées par ce stupide magasin.

Là, elle dépasse les bornes. Ce stupide magasin, comme elle dit, lui garantit un toit sur la tête. Et comment aurait-elle pu avoir un mariage aussi somptueux sans les revenus générés par ce stupide magasin ?

Mais je la boucle car je veux rester positive et proche.

— La compassion concerne notre *moi profond*, poursuit-elle sur un ton docte. Elle concerne notre parcours spirituel. Elle définit notre lumière intérieure et la façon dont nous la projetons.

Ah ouais !

— Parfaitement, je rétorque. Je me disais justement que certains de nos habitués devaient se sentir un peu seuls…

Elle ne m'écoute même pas.

— La compassion est en fait un concept bouddhiste, continue-t-elle en branchant le fer. *Seul un être épanoui peut faire le bien*. C'est une citation de Bouddha. Tu devrais te rapprocher du bouddhisme, Fixie. C'est…

J'attends qu'elle m'explique. En pure perte. Elle a terminé avant de commencer.

Mais je secoue la tête avec un air pénétré.

— Peut-être, un jour.

— Ma professeure de yoga, Anita, dit que les affirmations positives sont essentielles pour moi en ce moment, ajoute Nicole. Je dois absolument stimuler ma production d'endorphines car, avec Drew à l'autre bout de la planète, je suis particulièrement vulnérable. Je pourrais dévisser.

— Ma pauvre. C'est terrible.

— Elle dit que je dois me donner la priorité absolue. Prendre soin de moi. Tu vois ? On s'occupe toujours des autres, mais parfois il faut dire : « Que les autres aillent se faire voir ! L'important, c'est moi. Je le *mérite.* » Assieds-toi là.

Je me pose sur la chaise qu'elle m'indique. Elle brosse mes cheveux, vaporise un produit et commence à enrouler une mèche.

Un livre intitulé *Trouvez votre équivalent animal* traîne sur sa coiffeuse.

— Les profils psychologiques m'intéressent aussi. Mon profil animal, c'est la libellule. Je vais te donner un questionnaire et tu pourras rediriger ta vie en fonction de…

Elle stoppe net et jette un coup d'œil critique à la mèche qu'elle vient de boucler.

— Tes cheveux ne *brillent* pas vraiment.

— Non, tu as raison.

Mes cheveux sont de la même longueur que les siens. Mais alors que sa chevelure ondule en cascade dans des dégradés de tons naturels, la mienne se contente de *tomber* aux épaules. Nicole vaporise à nouveau du produit et tire une mèche si fort que j'en ai les larmes aux yeux.

— Tu sais que Ryan a une copine. Elle s'appelle Ariana. Je ne sais pas ce que tu espères, Fixie, mais…

— D'après Leila, ils ont rompu, je lance trop rapidement.

L'air sceptique de ma sœur !

— Ah bon ? Je suis cette fille sur Instagram. Elle est étonnante. La compassion, c'est son truc. La compassion à travers les recettes de cuisine.

— Excellent. Mais maintenant, ils ne sont plus…

— Tiens, c'est elle !

À ma plus grande consternation, Nicole me fourre son téléphone sous le nez.

— Quelle source d'inspiration, cette Ariana ! Un jour, j'ai posté un commentaire sur sa salade à la grenade et elle m'a répondu.

J'ai envie de crier : « Arrête ! Ne me montre pas les photos de cette nana, copine ou ex-copine de Ryan. » Mais de quoi j'aurais l'air ? D'une crétine. Alors je me tais. Nicole n'agit pas par méchanceté. Elle ne réfléchit pas, c'est tout. Elle fait défiler les photos, sans doute pour retrouver son commentaire. J'en suis presque à fermer les yeux. Mais impossible d'y échapper. C'est donc d'un regard glauque que je zieute la blonde Californienne en minishort qui fait du yoga, des gâteaux et du patin à roulettes.

Je connais déjà la page Instagram d'Ariana. Évidemment ! Qu'est-ce que vous croyez ? Je me tiens informée de ses faits et gestes jusqu'au jour où je décide d'arrêter, avant de recommencer à la suivre. Elle doit me cataloguer dans la catégorie « adeptes cinglées ». À condition qu'elle m'ait repérée, ce qui semble plus qu'improbable au milieu de ses 26 000 followers.

— Je l'ai !

Ariana en top rose et legging, en position d'arabesque, présente à ses fans une grande assiette composée.

Finalement, je lâche :

— Elle fait quoi exactement ? Des salades ? Du ballet classique ?

— Les deux. C'est sa nouvelle spécialité. Elle cuisine en même temps qu'elle s'entraîne.

— Bien, bien ! je commente en tâchant de ne pas me laisser obséder par les dents blanches et le derrière parfaitement bombé de ladite Ariana. Bravo !

Nicole, toujours occupée à travailler mes cheveux, regarde l'écran de son téléphone qui vient de biper. Un message. Elle fronce les sourcils.

— Je dois m'en aller.

Elle pose le fer à boucler, saisit son sac et ajoute, après coup :

— Désolée. Julie, une copine de yoga, est au métro. Comme elle n'est jamais venue ici, je lui ai proposé de la retrouver à la station.

— Tu me laisses en plan ? Et mes cheveux alors ?

— J'ai commencé. Tu n'as qu'à finir toi-même.

— Mais j'en suis incapable.

Je me regarde dans le miroir en grimaçant : une partie de mon crâne croule sous une masse de boucles. L'autre moitié est couverte d'un rideau de cheveux raides qui évoque tristement une fille faisant tapisserie dans une soirée.

— Allez, Nicole, continue, s'il te plaît ! Ça ne va pas te prendre longtemps.

— Mais Julie est arrivée. Elle m'attend.

— Elle peut sûrement trouver le chemin.

— Ce n'est pas le problème, s'offusque Nicole. Franchement, Fixie, tu pourrais être moins égoïste ? Mon mari se trouve à l'autre bout du monde. OK ? Je traverse une période difficile.

Son téléphone sonne.

— Oh, salut, Drew ! Je suis occupée, là. Je peux te rappeler ?

Elle raccroche et darde sur moi un regard torve.

— L'amitié est absolument vitale pour maintenir mes endorphines au bon niveau. Et tu veux que je reste pour arranger tes cheveux ?

Cette façon de présenter les choses me cloue le bec.

— Excuse-moi, je marmonne. Vas-y. Je vais essayer de terminer.

— *Merci*, fait Nicole d'un ton acide. Et n'oublie pas d'éteindre les bougies en partant. Sinon, c'est…

Comme d'habitude, elle s'interrompt brusquement.

— Ne t'en fais pas. Et merci encore.

J'attrape le fer à boucler, enroule quelques mèches en essayant – sans succès – de ne pas me brûler les doigts, et inspecte le résultat. Consternant !

Mes cheveux rebiquent dans le sens *contraire*. L'effet est bizarre.

Je recommence – en me brûlant encore – et finalement j'abandonne. Je ne peux pas continuer à me battre avec mes frisettes alors que maman est débordée. J'attacherai mes cheveux et puis c'est tout.

Avant de quitter la pièce, je débranche le fer, souffle les bougies, redresse un cadre où on peut lire : *Se croire capable, c'est déjà une moitié du travail accomplie.* Puis je vais dans ma chambre et attache un petit chignon avec une de mes nouvelles pinces. J'enfile ensuite la plus courte de mes robes noires car Ryan m'a dit un jour que j'avais des « jambes super ». Un peu de maquillage appliqué vite fait et je termine par un coup d'œil dans la glace en comparant, malgré moi, mon teint pâle d'Anglaise au bronzage californien d'Ariana.

Mais fini de déprimer. Il y a du bruit dans la chambre de maman. Il est temps d'aller l'aider.

Ma mère possède en tout et pour tout deux robes habillées. Le shopping vestimentaire ne l'amuse pas (« Parfait pour les autres, mon chou »). Pourtant, elle est mince et ravissante avec sa vieille robe de lin bleue et ses escarpins à talons assortis. Je précise que tout provient d'une boutique solidaire. Elle est assise devant sa coiffeuse en forme de haricot et moi, perchée sur son lit, je lui passe mes produits de maquillage au fur et à mesure (dans sa trousse, tout est si ancien qu'il ne reste plus que les « mauvaises » couleurs).

— Ça a bien marché aujourd'hui ? demande-t-elle avant de passer un peu de fond de teint.

— Très bien. Ce matin, un couple est venu équiper sa cuisine entièrement. Ils ont *dévalisé* le magasin.

— Formidable !

Les yeux de ma mère étincellent comme chaque fois que nous faisons une bonne vente.

— J'ai seulement été obligée de me débarrasser de Greg. Il n'arrêtait pas de leur demander s'ils cuisinaient souvent à la maison et quels plats ils préparaient. Il voulait connaître leur méthode pour réussir le risotto. Tu vois le genre ! Cela partait d'une bonne intention mais, en réalité, il leur tapait sur les nerfs.

— Pauvre Greg. Il se donne du mal.

— Et Jake a fait venir ses copains de l'huile d'olive… Il a des idées de grandeur, j'ajoute en sentant une onde de tension dans l'air. Il veut ouvrir une succursale à Notting Hill. Et rebaptiser le magasin « Notting Hill

Grand Gourmet ». Tu imagines ? Nous n'avons même pas de rayon traiteur !

Je pensais que maman serait aussi horrifiée que moi par ces foutaises. Mais elle se contente de hocher la tête en disant :

— Ça n'arrivera jamais. Tu connais Jake. Il faut toujours qu'il invente de nouveaux projets. Mais ne t'inquiète pas, Fixie. Je lui en toucherai un mot.

Elle parle si facilement et calmement que mon nœud à l'estomac se défait déjà. Maman a ce pouvoir. Elle est comme une acuponctrice qui sait où se situent les points de pression. Il lui suffit d'une phrase par-ci, d'un baiser par-là, pour que tout s'aplanisse. En sa compagnie, juste maintenant, je sens les menaces disparaître. Notre magasin s'appellera toujours Maison Farr. Et Jake ne pourra pas concrétiser ses combines prétentieuses.

— Il paraît que Ryan sera là ce soir, reprend maman en étalant négligemment un peu d'ombre à paupières.

Non pas qu'elle n'y connaisse rien – elle me maquillait à la perfection pour mes compétitions de patinage artistique, quand j'étais petite, avec poudres et paillettes –, mais quand c'est pour elle, elle ne s'applique pas vraiment.

— Oui, il doit venir, je dis avec nonchalance. Je me demande ce qui l'amène en Angleterre.

— Fixie, mon chou, fais attention ! N'oublie pas que l'année dernière il t'a brisé le cœur.

Ah non ! Maman ne va pas s'y mettre, elle aussi !

— Pas du tout, je rétorque. Je n'ai pas eu le cœur brisé. On a eu une histoire ensemble, elle s'est terminée. Ce n'est pas la fin du monde.

Vu son air peu convaincu, je ne sais pas pourquoi je m'échine à faire semblant.

— Ryan a toujours fait partie de ta vie, continue-t-elle. Nous l'aimons tous beaucoup. Mais, ma Fixie, plein d'autres hommes peuplent le monde.

— Tu as raison.

Je suis catégorique bien qu'une petite voix me souffle le contraire dans l'oreille : « D'autres hommes, oui. Mais pas comme lui. »

— Il est séduisant. Il réussit bien à Hollywood, mais en matière affective il a toujours été un peu…

Elle cherche le mot exact.

— Oh, mon chou, ma tête ne fonctionne plus. Quel est le mot que vous utilisez tout le temps ? Choule ?

— *Choule* ? Tu veux dire *chelou* ?

— Oui, c'est ça, répond maman en riant.

J'éclate de rire à mon tour tout en pensant : « C'est sans doute vrai, mais les gens changent, n'est-ce pas ? »

— Quoi qu'il en soit…

Visiblement, maman considère que son sermon est clos. Elle referme les pots et les tubes, et s'examine sans enthousiasme :

— Mission accomplie ?

— Et le mascara ?

— Trop compliqué. Parfait pour les autres femmes, mon chou.

— Bonsoir, Fixie ! Bonsoir, Joanne !

Drapée dans une robe rouge vif hallucinante, Hannah se tient dans l'embrasure de la porte. Sa garde-robe est incroyablement sexy, sans doute pour compenser son job qui ne l'est pas du tout. Quand elle dit aux gens ce qu'elle fait, ils la dévisagent en s'étonnant : « Vraiment, vous travaillez comme *actuaire* ? »

— Coucou, ma belle, je dis en l'embrassant. Je n'ai pas entendu la sonnette.

— Nicole sortait et m'a laissée entrer. Quelques invités sont arrivés en même temps que moi. Pour aider, je suppose.

Typique des amis de maman. Dans certains cercles, il est de bon ton de se pointer chez ses hôtes avec un certain retard. Mais dans la bande de maman, les invités viennent de bonne heure avec la ferme intention d'aider. Les femmes relèvent leurs manches. C'est à qui mettra la dernière main aux vol-au-vent. Quant aux hommes, ils boivent des bières et fument, tout en échangeant des anecdotes sympas sur mon père.

— Tim est en chemin, annonce Hannah.

À quoi je réponds :

— Super !

Je tâche d'être bienveillante quand il s'agit de Tim. C'est un mec solide et loyal, doté de la même intelligence logique que sa femme. Mais il n'a pas son empathie. Il va toujours trop loin et dit des choses désagréables sans s'en rendre compte.

Un exemple ? Il date du lycée, un jour où j'avais raté un examen d'anglais.

« Mais Fixie, c'est simple : tu n'as pas révisé assez », m'avait-il expliqué doctement.

Il n'y a que Tim pour avoir l'audace de sortir une telle vacherie !

Hannah ne semble pas s'émouvoir du caractère direct de son mari. Elle aime son côté brut, son honnêteté foncière, son sérieux. Il s'amuse parfois ? Il joue ? Oui, si c'est pour un quizz spécial QI supérieurs, pendant lequel il corrigera sans relâche le candidat rival.

— Tu as quelque chose à boire, Hannah ? s'enquiert maman.

— Du jus de pamplemousse.

Pas d'alcool, évidemment. Nous savons qu'Hannah s'impose une discipline de fer afin de tomber enceinte. Elle essaye depuis quatre mois. De ce fait, elle est devenue imbattable en matière de congés parentaux, de matelas ergonomiques pour berceaux, d'allaitement. Après avoir épluché des tonnes de bouquins sur l'art et la manière d'élever les enfants, elle a opté pour un mélange d'éducation française et danoise. Apparemment, ce système hybride produit des bambins super relax, sophistiqués *et* grands amateurs de légumes. (« Pourquoi pas la bonne vieille méthode anglaise ? » lui ai-je un jour suggéré. « *Anglaise* ? Et puis quoi, encore ? » a-t-elle répliqué comme si j'étais tombée sur la tête.)

— Qu'est-ce que je peux faire pour vous aider, Joanne ? demande Hannah à ma mère. Procédons par ordre.

Procéder par ordre : sa formule clé. Que ce soit pour traiter le dossier d'un client ou se laver les cheveux. Sa liste des choses à faire pour Noël, qui totalise 926 entrées, commence le 26 décembre par : « Commander du papier cadeau ».

— Tout est prêt, répond paisiblement maman.

Pour un de ses anniversaires, Hannah lui a offert un agenda avec planning hebdomadaire et codes de couleur sur lequel maman griffonne quand elle est au téléphone. C'est qu'elle est un peu vieux jeu, ma mère ! Elle gère le magasin à l'aide d'un carnet à spirale sur lequel figurent des notes énigmatiques comme « fourchettes 68 » ou encore « Greg ? ». Mais elle s'y retrouve parfaitement.

La sonnette de la porte d'entrée retentit. Émotion, palpitations. Est-ce… ? Se pourrait-il que ce soit… ?

— J'y vais, je m'écrie sans réfléchir. Et tant pis si maman et Hannah échangent des regards entendus. En manquant de dégringoler sur mes talons hauts, je me précipite au rez-de-chaussée tout en révisant ma formule d'accueil :

Bonsoir, Ryan !

Bienvenue, Ryan !

Salut, bel étranger !

En arrivant à la porte, mon cœur se serre. Une chevelure grise se profile à travers la vitre dépolie. Et quand j'ouvre, une voix familière et rauque me lance :

— Dépêche-toi ! Ne me fais pas poireauter comme ça sur le paillasson !

Super… L'oncle Ned !

Une heure plus tard. Ryan brille toujours par son absence. Et je suis à deux doigts de poignarder oncle Ned. Rien de nouveau : à chaque réunion de famille, il me donne des envies de meurtre. Mais, comme c'est le frère de papa et le seul membre vivant de cette branche de la famille, je dois lui sourire poliment. Et surtout, maman déteste qu'on le critique.

Nous sommes dans le salon. Les nombreux amis de maman bavardent en dévorant des friands à la saucisse. Il y a de la musique et de la fumée de cigarette dans l'air. Cette histoire d'aller fumer sa clope dehors agace maman. Comme papa fumait dans la maison, elle en est presque à encourager les gens à faire pareil.

— Comment marchent les affaires, Joanne ? interroge oncle Ned.

— Pas mal du tout, sourit maman entre deux gorgées de mousseux.

— Je ne suis pas étonné. Mike était le meilleur dans son domaine. Avec ce qu'il a créé, tu es tranquille à vie.

— Effectivement, acquiesce maman, l'œil humide. Il vivait pour et par son magasin.

— Mon frère avait un don, explique oncle Ned à une amie de maman qui en sait certainement autant que lui sur la Maison Farr. Il devinait les désirs de sa clientèle. Un homme malin. Maintenant, Joanne n'a plus qu'à suivre le modèle.

Je bouillonne intérieurement. D'accord, papa a installé le business. Mais il insinue quoi, exactement ? Que maman s'est contentée de se la couler douce pendant les neuf dernières années ?

— Bob m'est d'une aide précieuse, tu sais, rectifie maman.

Bob, notre directeur financier, se tient près du buffet avec un air hésitant. Il va pour piquer une saucisse cocktail, se ravise, examine le plateau de quiches et finalement met deux chips dans son assiette. (Bob Stringer : l'homme le plus prudent du monde.)

— Bob ! Il est épatant. Grâce à lui, tout fonctionne, confirme oncle Ned.

Nouveau bouillonnement. Bob est très utile, c'est vrai, mais tout ne fonctionne pas grâce à lui. Cette fois, pas question de la boucler.

— Bob est super compétent. Mais c'est maman qui fait tourner le magasin…

Oncle Ned me coupe :

— Dans toute organisation, il faut un homme. Quelqu'un qui porte la culotte. Et depuis que le pauvre Mike nous a quittés… Tu t'en sors formidablement, Joanne, ajoute-t-il en tapotant la main de maman.

À ce contact, maman tressaille légèrement. Mais elle le laisse parler. Et moi, bien que furieuse, je ne le contredis pas davantage. J'ai essayé dans le passé : ça n'a mené à rien, si ce n'est à mettre maman dans tous ses états.

Au dernier déjeuner de Noël, ses propos condescendants m'ont vraiment énervée. Je lui ai volé dans les plumes. Résultat : « Comment oses-tu me dire des choses pareilles après tout ce que j'ai fait pour vous tous ? » a-t-il rugi, rouge comme un coq.

Maman a calmé le jeu en lui assurant que je ne pensais pas ce que j'avais dit.

Mais je n'allais pas m'écraser. J'ai emmené maman, toujours coiffée de son chapeau de fête en papier, dans la cuisine et je lui ai sorti tout ce que j'avais sur le cœur. En concluant ainsi :

« Comment peux-tu rester assise sans broncher ? Toi, une femme de caractère ? C'est toi, la super boss… Il doit s'y résoudre ! »

Si j'espérais la remonter, c'était raté. Elle m'a écoutée, un peu embarrassée, pour finalement déclarer :

« Il n'en pense pas un mot, ma Fixie. Et puis, quelle importance ? Ton oncle a répondu présent quand j'en ai eu besoin.

— D'accord, mais…

— Il m'a aidée à négocier le nouveau bail après la mort de ton père. Tu t'en souviens ? J'étais une loque. Ned a pris les choses en main. Je lui en serai toujours reconnaissante.

— Je sais, mais…

— Il a obtenu des conditions très avantageuses. En manœuvrant très astucieusement. Il est meilleur qu'il en a l'air, tu sais. Pas parfait, bien sûr. Mais qui l'est ? Tout le monde a ses petits travers. »

Personnellement, je n'aurais pas qualifié la misogynie forcenée de mon oncle de « petit travers ». Mais j'ai laissé filer. Et puis, c'était le 25 décembre. Personne n'a envie de fâcher sa mère le jour de Noël.

Depuis, j'ai renoncé à défendre mon point de vue. Pour des raisons qui la regardent, maman tient à sa bonne image d'oncle Ned. Disons que c'est son point faible. Car, pour le reste, elle est solide et clairvoyante.

Je sais pourquoi elle le défend, en réalité. Oncle Ned fait partie de la famille. C'est un lien avec papa. Et, à ses yeux, c'est plus précieux que n'importe quoi.

Après une courte pause, maman s'empresse habilement de changer de sujet :

— Comment va ta vie sentimentale, Ned ?

Il vient de divorcer pour la troisième fois. Je me demande bien ce que les femmes voient en lui, mais le monde a ses mystères.

— Oh là là, les bonnes femmes ! Certaines sont jolies à regarder mais elles *jacassent* tellement que j'ai besoin de boules Quies.

Comment ce malotru peut-il être le frère de mon père ? Papa était du genre vieille école. Il estimait que son rôle était de pourvoir à l'entretien de sa famille et il détestait l'argot. Il respectait maman en particulier. Et les femmes en général.

Un soir qu'elle était un peu pompette, maman m'a confié qu'oncle Ned tenait de son père qui pouvait se montrer « difficile ». Mais elle n'a rien révélé de plus. Et j'ai à peine connu mon grand-père. À mon avis, oncle Ned constitue à lui seul une énigme familiale comme il en existe dans les sagas de la télé.

— Tu vas trouver quelqu'un, prédit maman avec son calme légendaire. Et la pêche ?

Au secours ! Pas la pêche ! Quand il s'embarque dans une histoire de pêche à la mouche, il ne s'arrête jamais.

— Eh bien, l'autre jour, j'étais au bord de la rivière et… Ah, Jake ! Comment va le business, mon garçon ?

Dieu merci. On échappe à des heures de truite saumonée.

— Plutôt bien, oncle Ned, merci. Quelques accords intéressants se profilent à l'horizon. J'ai également assisté à la Global Finance Conference cette semaine – tu y es déjà allé ?

Bien sûr que non ! Mon oncle travaillait pour une compagnie d'assurances comme responsable administratif de la succursale de la ville de Woking. Je parie qu'il n'a jamais mis les pieds au siège. Et moins encore à la Global Finance Conference. Mais il préférerait mourir que de l'admettre.

— Ah, c'était le bon temps, mon garçon ! soupire oncle Ned comme s'il était un vieil habitué de cette conférence. Je me souviens : on faisait des affaires, on picolait et tout le toutim. Mais chut ! Ce qui se passe à ces réunions est top secret. Tu es d'accord ?

— Absolument, renchérit Jake en levant son verre.

Quel duo d'imposteurs ! Si mon frère y est allé, c'est uniquement parce qu'il a bénéficié du laissez-passer supplémentaire d'un ami.

— On a eu de ces moments dans la boîte, frime oncle Ned en soufflant la fumée de sa cigarette. Les histoires que je pourrais vous raconter…

Il ponctue son bla-bla d'un grand geste de la main qui envoie valdinguer un verre posé sur une table au bout du canapé. Des débris de verre jonchent le sol, à sa plus grande exaspération.

— Fixie ! Nicole ! Que l'une de vous soit assez gentille pour enlever ça !

L'une de vous ? Quel culot ! Mais maman s'en mêle, effleure le bras de ma sœur et lui dit :

— Ça ne t'ennuie pas de t'en charger, mon chou ?

— Et Jake, tu en es où de ton master ? continue oncle Ned.

— J'avance, j'avance. Il va m'ouvrir des tas de portes.

— Rien de plus utile qu'un diplôme !

Et les voilà partis dans des considérations professionnelles où il est question de qualifications et d'occasions en or. Mais je n'écoute pas. Je regarde Nicole nettoyer. Quel manque d'efficacité ! Avec son balai, l'œil vissé sur son téléphone, elle étale les débris au lieu de les rassembler. Elle ne se rend pas compte que c'est du verre ? Que quelqu'un peut se blesser ?

Mes doigts commencent à pianoter. Mes pieds à gigoter, d'avant en arrière, d'avant en arrière. C'est insupportable. Il faut que j'agisse.

— Laisse, je m'en occupe ! je dis en me saisissant du balai.

J'attrape une corbeille à papier vide et commence à ramasser les débris.

— Fixie, tu es extra ! fait Nicole de son ton monocorde. Tu sais toujours comment procéder.

Elle est déjà en train de composer un numéro sur son portable, sinon je lui aurais demandé de me dénicher un vieux journal pour envelopper les débris. Je continue l'opération déblayage, trouve un vieil exemplaire de *Radio Times*, me plie en deux pour repérer les derniers éclats et…

Une voix de stentor résonne.

— *Ryan* est de retour ?

J'ignorais que Tim était arrivé. Je me relève pour lui dire bonsoir. Mais il ne semble pas percuter. Les cheveux tout collés sur le front, il me regarde de ses yeux perçants et demande :

— Vous êtes à nouveau ensemble, toi et Ryan ?

Salaud de Tim ! C'est bien son genre de me mettre mal à l'aise devant tout le monde.

— Non ! C'est-à-dire : pas *non*, c'est impensable mais…

— Donc tu y penses…

— Pas du tout, je proteste en croassant presque.

— Mais si, intervient Nicole. Tu en parlais avec maman.

Merci, ma chère sœur ! Vite ! Il faut absolument qu'on parle d'autre chose mais l'horrible Tim persiste :

— Combien de temps vous êtes restés ensemble ?

— Très peu. Dix jours. Rien. Et puis il vit à Los Angeles, alors…

— Oui. Là-bas, ils n'ont pas les mêmes critères de beauté, je crois. Pour les femmes, en tout cas. Elles se font refaire les lèvres, trafiquer les seins, etc. Et elles ne prennent pas une ride. Ryan ne t'a pas vue depuis un an. Ça te fait donc un an de plus. Traduit en langage californien, ça donne quoi ? Dix ans ?

— Si je suis ton raisonnement, je suis devenue une vieille bique.

J'essaye de prendre la vacherie à la rigolade. Mais Tim est capable de filer le sujet qu'il tient comme un chien de chasse, sans remarquer que vous avez la gorge en sang. D'habitude, Hannah fait diversion avec finesse. Mais elle semble avoir disparu. Où est-elle passée ?

Comme en réponse à ma question, la sonnette retentit et je l'entends s'écrier depuis l'entrée :

— Je vais ouvrir.

Une pause et puis, d'une voix claironnante :

— Oh, c'est toi ? Ryan ! Bienvenue en Angleterre.

Les invités dardent sur moi des regards pleins de curiosité. J'imagine tout d'un coup ma dégaine, avec un balai à la main : rien de très flatteur. Avec ça, impossible de remettre du gloss. Et, *oh mon Dieu, il est là !*

Il se tient à l'entrée du salon. Superbe. Bronzé, ses cheveux ondulés décolorés par le soleil, dans son tee-shirt effrangé, il tranche sur les autres invités. Il s'approche de moi. Silence éloquent de l'assistance. Le souffle court, je me répète en boucle : « Cool, Fixie, cool ! N'espère *rien* ! »

Mais qu'il est beau ! Il *rayonne.*

— Hé, Fixie ! Tu m'as manqué.

Ses yeux bleus se rivent aux miens, son inimitable sourire indolent s'affiche.

Ensuite, sous les yeux des spectateurs muets, d'un geste empreint d'intimité, il détache mes cheveux qui tombent sur mes épaules.

Surtout pas ! je voudrais crier. Mais trop tard ! Ryan me dévisage, l'air sidéré. Pas étonnant, avec mes cheveux raides d'un côté et bouclés de l'autre !

Derrière moi, quelqu'un laisse échapper une sorte de ricanement. *Bravo,* Fixie ! Après une année d'attente, c'est ta façon de l'accueillir ? Avec un look de folle ?

Mais avant que je puisse lui expliquer le pourquoi du comment, Ryan a pris mon visage entre ses mains et m'embrasse. Un vrai baiser. Comme s'il se fichait pas mal de mes cheveux. Comme si personne d'autre ne comptait. À travers une sorte de brouillard, j'entends le « Oooh ! » de Nicole et le « Merde alors » de Tim.

Un instant après, notre étreinte terminée, sous le regard médusé de tous, je rassemble mon courage pour lancer, très calme :

— Ravie de te voir, Ryan ! Tu es là pour combien de temps ce coup-ci ? Une journée ?

Il m'observe avec une expression mi-moqueuse, mi-rieuse.

— En fait, je suis de retour.

— Je vois ça.

— Non, vraiment de retour. Pour de bon. J'en ai fini avec Los Angeles. C'est plié.

Il... *Quoi ?*

Le sang bat à mes tempes. Difficile de digérer l'information. Ou de la croire. Il est de retour *pour de bon* ? *Définitivement ?* Il faudrait que je trouve un commentaire spirituel. Un truc percutant. Mais rien ne me vient.

— Dans ce cas, je ferais bien de te donner à boire, j'arrive finalement à dire au bout d'un moment.

Les yeux de Ryan pétillent comme s'il devinait mon trouble.

— Oui, bonne idée, répond-il en me baisant la main.

En allant au buffet, j'essaye de me ressaisir. Même en rêve, son retour définitif en Angleterre paraissait improbable. *Inenvisageable.*

Alors que je prends une bière dans le baquet plein de glace, je sens le bonheur m'étourdir. Généralement, je ne crois pas aux miracles. Mais cette fois – en ce jour unique –, j'y crois.

6

Comme chaque année, la fête se passe à merveille. Je devrais aider maman avec les profiteroles. Débarrasser les assiettes. C'est vrai. Mais, pour une fois, Nicole peut bien donner un coup de main. Et Jake. Tout le monde, en fait. Parce que Ryan a des choses à me dire et que c'est prioritaire.

Nous sommes seuls, installés dans la petite pièce à l'arrière de la maison qui donne sur le jardin. Elle est bourrée du mobilier que nous avons enlevé afin de dégager le salon pour la réception. Vous savez quoi ? Ça nous est bien égal d'être assis par terre entre deux canapés. Nous sommes dans notre bulle, comme cloués sur place. Ryan parle depuis près d'une heure et je l'écoute, en état de choc. Car ce qu'il raconte me surprend complètement.

Dans le passé, chaque fois qu'il revenait, sa conversation portait entièrement sur L.A. Sur le glamour de la ville. L'effervescence qui y régnait. Les gens célèbres qu'on y croisait. Ce soir, il me révèle la vérité. La triste réalité. Rien à voir avec l'ancien Ryan : il semble abattu. Désenchanté. Comme s'il en avait sa claque.

Plus il s'exprime, plus je m'aperçois qu'il en a vraiment assez de Los Angeles. Pour lui, c'est une affaire réglée. Comment est-il passé de la période « Mon meilleur pote, Tom Cruise… » à ce stade désabusé ? Je l'ignore. Je comprends en revanche qu'il n'a aucune envie d'y retourner.

— Là-bas, les gens sont des faux-jetons, ne cesse-t-il de répéter. Une bande de salopards hypocrites.

Je n'ai pas bien capté le récit de ses malheurs – deux des personnages incriminés s'appellent Aaron, ce qui n'aide pas au décryptage des faits – mais j'ai compris qu'il s'était associé avec deux mecs qui n'avaient pas tenu leurs promesses et qu'il avait perdu son argent.

— Tu claques tout ton fric, dit-il sombrement. Chaque discussion de boulot doit avoir lieu dans un restaurant japonais ou à bord d'un yacht. Cette surenchère, c'est grotesque.

— Quand tu dis que tu as perdu ton argent, ça signifie que…

— Que je suis complètement fauché, Fixie. Ruiné. Sans même un toit sur ma tête.

— Oh merde !

Ryan Chalker, ruiné ? Incroyable. Presque impossible à concevoir. Je me souviens de lui à dix-sept ans et de ses balades avec Jake dans sa décapotable. Il avait de l'argent. Il était *riche*. Comment a-t-il pu tout perdre ?

— Tu vas faire quoi dans l'immédiat ? Où vas-tu…

— Pour le moment, j'habite chez Jake. Ton frère est très serviable. Mais on tombe de haut quand on a un rêve, qu'on fait tout pour le réaliser et qu'on se casse la figure.

— Je sais exactement ce que tu veux dire.

Son histoire me remet en mémoire toutes sortes de souvenirs cuisants. Je me rappelle la pile de tabliers verts cachés sous mon lit. Et l'abominable humiliation de mon échec.

— J'ai vécu la même expérience, je lui confie, en fixant le tapis. Tu savais que j'avais créé une affaire de traiteur ? Je travaillais beaucoup pour les Smithson, un couple qui était dans les relations publiques. Ils avaient une agence de com et recevaient sans arrêt leurs clients. Le problème, c'est qu'ils ne me payaient jamais. Je me suis retrouvée couverte de dettes et ça a été le début de… Pour te résumer la situation, j'achetais du filet de bœuf bio premier choix, je rémunérais mon personnel, tout le monde se régalait, mais je ne voyais jamais un kopeck.

Impossible d'empêcher ma voix de trembler. Je n'évoque pas souvent mes déboires avec les Smithson parce que ça me donne l'impression d'être idiote. Ou pire, terriblement honteuse de ne pas avoir écouté maman. Les petites entreprises, elle connaît. Les risques encourus, aussi. Elle a tenté de me mettre en garde. Elle me posait des questions pratiques sur ma facturation et ma trésorerie. Mais je voulais tellement réussir que j'enjolivais mes réponses.

Jamais je ne referai une pareille erreur. Jamais plus je ne me dissimulerai la réalité. Jamais plus je ne ferai confiance à ma bonne étoile. Jamais plus je ne me lancerai dans un business fondé sur des belles paroles, des poignées de main et des promesses. J'ai appris la leçon. J'ai acquis de la jugeote. Voilà le point positif de ce fiasco.

— Il y a eu d'autres raisons, je lui explique. Le climat financier en berne. Mes objectifs trop hauts. Pénétrer le marché s'est avéré plus difficile que je l'escomptais. Et le comportement des Smithson n'a aidé en rien.

— Tu leur as fait un procès ? demande Ryan. Tu pourras récupérer un peu de ce qu'ils te doivent ?

Je secoue la tête.

— Ils ont déposé leur bilan.

Le coup de grâce. Après avoir ignoré mes factures, mes mails et même mes visites à leur bureau, ils se sont déclarés en faillite. Je figure sur leur liste de créanciers, quelque part sur un fichier informatique. Et je n'ai pas pu me permettre de continuer mon business. Pas moyen d'obtenir de crédit supplémentaire. Et je ne voulais plus rien demander à ma mère. Farr Traiteur & Saveurs est mort de sa belle mort.

C'est alors que j'ai décidé de concentrer toute mon énergie sur l'entreprise familiale. Parce que je l'aime. Qu'elle fait partie de notre patrimoine. Et que c'est complètement dans mes cordes. Parfois, j'utilise mon expérience de chef en conseillant les clients sur des ustensiles de cuisine. Et si je songe avec nostalgie à mon affaire de traiteur, je me rappelle que j'ai eu ma chance.

— Personne ne peut comprendre sauf les gens qui ont traversé ce genre de crise, je dis.

Le regard brûlant de Ryan plonge dans le mien.

— Tu as raison, Fixie. Ils ne pigent rien. Toi, tu es la seule à comprendre vraiment.

Mon cœur chavire – *Suis-je la seule à comprendre Ryan ?* – mais je fais en sorte de ne pas me liquéfier sur place.

— J'ai rompu avec ma copine, m'annonce-t-il brusquement. On en apprend des vertes et des pas mûres sur les gens. J'ai pourtant essayé de lui parler… mais les filles comme ça sont superficielles. Elles s'en foutent, de qui tu es. Ce qui leur importe, c'est ce que tu peux leur apporter. Ce que tu peux dépenser. Le coup de pouce professionnel que tu peux leur donner. Dès qu'elle s'est aperçue que j'avais des emmerdes (il claque des doigts), notre histoire s'est terminée.

— Quelle garce ! j'assène.

Ryan me lance un demi-sourire de connivence.

— Et maintenant ? Quels sont tes plans ?

— Dieu seul le sait. Mais ce sera un truc *différent.* Fini, la poudre aux yeux. Je veux travailler avec des gens authentiques. Relever mes manches et bosser sur du concret.

— Tu peux te lancer dans n'importe quel domaine, avec l'expérience que tu as.

— Disons que je m'y connais en deux ou trois conneries.

— Il faut juste que tu choisisses ta voie. Un nouveau métier. J'imagine qu'au début tu seras obligé de réviser tes attentes à la baisse…

— Évidemment ! Je ne vais pas être bombardé directeur général.

Il regarde dans le vague pendant quelques instants et ajoute à voix basse :

— Si j'ai appris quelque chose, c'est à faire preuve d'humilité.

C'est fou ce qu'il me touche, Ryan. Il me ressemble tellement. Bouleversé et démoralisé par une expérience désastreuse. Mais pas battu. Jamais vaincu.

— Je te félicite de tout mon cœur, je dis. C'est drôlement courageux de recommencer à zéro. Je sais parfaitement ce que tu ressens.

En avalant quelques gorgées de ma boisson, je réfléchis aux différentes possibilités qu'il a devant lui. Ce qui ne m'empêche pas d'admirer en douce ses épaules d'athlète. L'année dernière, il était en super forme. Mais cette année, je le trouve au top du top. Bras costauds et musclés. Peau veloutée. Une vraie publicité pour l'art de vivre sain et sportif de L.A.

— Comment je pourrais t'aider ? je lui demande.

— Parler avec toi est déjà une aide précieuse. Je vais également contacter quelques chasseurs de têtes.

Son regard bleu plonge dans mes yeux et, une fois de plus, je fonds.

— Des chasseurs de têtes ! Mais bien sûr ! Ils vont être séduits par tes expériences auprès des grandes compagnies hollywoodiennes, enchantés d'avoir un candidat comme toi à présenter.

— Fixie, tu me remontes le moral à bloc.

— Eh bien, tout ce que je te dis, je le pense vraiment.

J'aimerais bien qu'il se penche pour m'embrasser mais non, il se tourne vers l'étagère remplie des coupes que j'ai gagnées. Comme on utilise rarement cette pièce, ces trophées sont pratiquement tombés dans l'oubli. Ignorés de tous sauf de maman. Ryan les examine un à un avec fascination.

— J'avais oublié que tu avais été championne de patin à glace. Ta grande passion, non ?

— C'est de l'histoire ancienne. J'ai arrêté.

Je me lève à mon tour et jette un coup d'œil malgré moi à mes trophées.

— Mais tu étais excellente. Pourquoi as-tu abandonné ? demande-t-il en examinant une photo de moi, âgée de treize ans – vêtue d'une robe turquoise, je glisse sur la glace avec une jambe au-dessus de la tête.

— Par manque d'intérêt, je suppose.

Cette photo me remet en mémoire des moments hyper désagréables. Elle a été prise le jour où tout a basculé. Un jour de compétition. J'avais répété mon programme libre pendant des mois. La famille était venue me soutenir et m'applaudir.

Si je ferme les yeux, je me retrouve à la patinoire, cet endroit que j'ai considéré comme un second foyer pendant des années. Je peux sentir l'air froid de l'enceinte, le tissu soyeux de ma robe. Je revois maman qui n'arrête pas de tournicoter autour de moi pour me prendre en photo et Jake, d'une humeur massacrante. Il est furieux parce que maman, l'ayant surpris en train de boire en cachette dans sa chambre, lui a supprimé son argent de poche. Je suis son punching-ball de prédilection. Tout de même, quand il s'approche, je m'attends à des encouragements et pas à ce qui va suivre.

« Combien d'heures chiantes j'ai été obligé de me farcir à te regarder faire la dinde sur la glace ? me chuchote-t-il à l'oreille. Maman est obsédée par ton patinage. Papa est content. Mais Nicole et moi ? Tu ne t'es jamais dit que tu nous pourrissais la vie ? »

Oh, le méchant choc ! Avant que je puisse reprendre mon souffle, il tourne les talons en me laissant tremblante comme une feuille.

Si je suis tombée ce jour-là, c'est sa faute. Il m'a déconcentrée. Il y avait peut-être du vrai dans sa tirade. En patinant, j'ai senti mes jambes flageoler. J'avais *toujours* considéré le patinage comme quelque chose de positif. Toujours cru que mon frère et ma sœur étaient fiers de moi. C'est ce que maman ne cessait de me répéter.

Mais, tout d'un coup, le point de vue de Jake m'a perturbée. L'empressement de maman frôlait l'excès. Les leçons et les costumes coûtaient des fortunes. Et puis toute cette attention axée sur ma petite personne. Voilà ! C'était clair ! J'ai perdu pied, au propre et au figuré. Et je suis tombée. Une sale chute.

Après le désastre, on m'a dit de ne pas m'en faire – *Ce n'est pas grave, tu as réussi ton saut pendant les répétitions et tu y arriveras la prochaine fois*. Mais je n'avais plus le cœur à ça. Trois mois plus tard, j'ai abandonné le patinage artistique malgré les protestations de mon entraîneur Jimmy.

Jake n'était pas le seul responsable. Je l'étais aussi. À cause de ma personnalité. Les meilleurs patineurs ont le spectacle dans le sang. Ils s'épanouissent quand ils ont un public. La jalousie d'un frère n'a aucune prise sur eux. Au contraire, l'adversité les aiguillonne. Dans une situation semblable, ils abordent leurs sauts en pensant « Va te faire voir » et atteignent des sommets. Quand Jake a lancé sa grenade offensive sur moi, j'ai négocié mes sauts en pensant « Je m'excuse ».

S'aplatir ne vous rend pas puissant. Être désolée vous déstabilise. À la fin de mon programme, je tenais à peine sur mes lames.

— Tu patines encore ? demande Ryan.

Sa question me fait tressaillir malgré moi.

— Non.

Puis, pour corriger ma réponse trop abrupte, j'ajoute :

— Je suis retournée à la patinoire pendant mon année de césure. Sans faire de compétitions. J'ai passé un diplôme d'éducatrice et je donnais des cours à des débutants.

— J'imagine qu'aujourd'hui tu ne peux plus supporter la vue d'une patinoire, commente Ryan en rigolant.

— Tu as raison.

En fait, c'est faux. J'aime toujours les patinoires. Chaque année, je retourne à la Somerset House, à Londres, quand la piste de glace y est installée entre mi-novembre et mi-janvier devant ce magnifique bâtiment situé à l'est de Waterloo Bridge. J'adore observer les gens glisser – ou, pour la plupart, trébucher. Mais je n'ai plus aucune envie de chausser les patins.

Je lui prends la photo des mains en me creusant la tête pour passer à autre sujet. C'est à ce moment-là que Jake surgit, une bière à la main.

— Ah, vous voilà ! s'écrie-t-il d'un ton presque accusateur.

— Tu as aidé maman ?

Il ignore ma question. Me voyant avec la photo, il lève les yeux au ciel.

— Alors, ma petite, on exhibe son passé glorieux ? Ryan, tu aurais dû la voir atterrir sur les fesses, ricane-t-il. Ça valait vraiment le coup ! Je regrette de ne pas l'avoir filmée.

— Je ne me fais pas de bile pour toi, Fixie, réplique Ryan en m'adressant un clin d'œil. Je parie que tu es toujours retombée sur tes pieds.

Je repose la photo en silence. Jamais je n'ai évoqué cet épisode avec Jake. Ni la vacherie qu'il m'a sortie ce jour-là. Est-ce qu'il sait seulement quel impact elle a eu sur moi ?

Qu'importe ! Il faut tourner la page.

— J'ai trouvé ! je m'exclame, quand surgit une idée. Ryan, tu devrais venir travailler au magasin avec nous pendant un temps. Tu apprendrais le négoce de détail à fond. Ensuite, tu irais dans une boîte plus importante.

Je fais comme si c'était une simple suggestion d'ordre professionnel. Alors que mon cœur déborde d'un espoir délirant. Voilà la parfaite solution. Je le verrais tous les jours… Il se sentirait en famille…

— Je ne sais pas, dit-il en fronçant son nez bronzé. Jake, mon pote, tu ne m'as pas apporté une bière ?

Je tâche de garder le sourire pour qu'il ne s'aperçoive pas de ma déception. Pourquoi cette réaction ? Elle a quoi de bizarre, ma proposition ? Rien. Mais pas la peine d'insister. S'il ne veut pas travailler chez Maison Farr, on ne peut pas le forcer.

Je pose à nouveau la question à Jake :

— Tu as donné un coup de main à maman ? Et Nicole ?

— Fous-moi la paix avec ça, Fixie. Maman, je ne l'ai même pas vue.

Depuis l'irruption de mon frère, notre bulle magique a éclaté. Je me sens soudain en tort. De ne pas avoir aidé. D'avoir oublié la fête. De négliger tout ce qui ne concerne pas Ryan et moi.

— Je vais voir si elle a besoin de moi, j'annonce. La connaissant, je suis sûre qu'elle s'active encore dans la cuisine.

Mon attitude n'est pas totalement altruiste. En fait, j'ai besoin de la présence apaisante de maman. Jake a le don de m'exaspérer. Sans parler de Ryan qui m'a mise dans tous mes états. Ce qu'il me faut, c'est une bonne dose de sa voix harmonieuse, pondérée et affectueuse, de sa calme présence. Je veux qu'elle me dise quelque chose qui va m'égayer et me faire regarder la vie sous un autre angle.

Je traverse l'entrée et jette un œil dans le salon où tous les invités, maintenant assis dans les fauteuils, les canapés et même par terre, bavardent, fument et grignotent. Mais, bien entendu, ma mère n'est pas parmi eux. Je le savais !

— Maman, tu es là ? j'appelle en me dirigeant vers la cuisine.

Dans l'entrebâillement de la porte, le bleu de sa robe me saute aux yeux. Mais quelque chose me chiffonne. Je me précipite tandis que mon esprit s'emballe. Un truc cloche. Quoi ? Je l'ignore…

— Maman ?

Je me fige sur place.

Elle est affalée sur la table, immobile, agrippée à sa douille de pâtisserie, le visage dissimulé par ses cheveux en désordre.

— Maman ? je m'écrie d'une voix étranglée. *Maman ?*

Je lui touche doucement l'épaule mais elle ne réagit pas. Je suis terrorisée.

— Maman ? *Au secours !*

Je crie, tapote ses joues frénétiquement, essaye de voir si elle respire. Je ne sens pas son pouls mais à vrai dire, je ne sais pas comment on fait pour tâter un pouls. J'aurais dû prendre des cours de secourisme…

— Maman, réveille-toi, s'il te plaît… Au secours ! À L'AIDE !

Les larmes de panique dégoulinent sur mes joues.

— AU SECOURS ! Venez, je vous en prie !

Bruits de pas dans l'entrée. J'attrape mon portable avec difficulté. Mes doigts refusent de m'obéir. Le moment est surréaliste. Je me suis toujours demandé quel effet ça faisait de composer le numéro d'urgence, 999. Maintenant je sais. C'est la sensation la plus effrayante du monde.

7

Quand tout arrive en même temps, c'est difficile de faire face. De faire bonne figure. De garder l'esprit clair.

D'abord Ryan débarque sans prévenir, ce qui est déjà assez difficile à négocier. Ensuite maman s'écroule et je vois mon univers s'effondrer. Après, nous allons aux urgences et on nous dit qu'elle va s'en remettre. Un autre choc à absorber, de soulagement cette fois.

En fait, elle n'est pas en très bonne santé. Il semblerait même qu'elle ait des problèmes depuis longtemps.

Elle n'a jamais parlé de ses douleurs de poitrine. *Typique d'elle.* Quand les médecins nous ont mis au courant, j'ai eu envie de hurler. Pendant tout ce temps, son cœur présentait un risque et elle n'a jamais rien dit ? Ses ennuis sont dus au tabac, semble-t-il. Elle-même a beaucoup fumé et papa en était à trente cigarettes quotidiennes. Et puis, il y a le fait qu'elle travaille quatorze heures par jour. Encore. À son âge.

Changez de vie. C'est la phrase que chaque médecin a prononcée pendant les quelques jours où elle est restée à l'hôpital. « Il faut changer votre façon de vivre, madame. » Quand maman répliquait : « Je ne vais pas changer parce que ce que je fais me plaît », ils se contentaient tous de répéter : « Vous devez absolument changer », mais cette fois en nous regardant, Nicole et moi. Ils nous chargeaient de lui faire entendre raison. (Jake n'était pas exclu du lot mais il n'était pas souvent au chevet de maman. Des réunions importantes, paraît-il.)

Deux semaines se sont écoulées depuis la fête d'anniversaire. Si ça n'avait tenu qu'à nos efforts, rien n'aurait beaucoup bougé. Mais tout cela est désormais sans importance. Car vendredi dernier s'est produit un bouleversement de poids : Karen, la sœur de maman, est arrivée.

Notre tante Karen, nous la connaissons *à peine*. D'accord, elle est notre tante, mais elle vit en Espagne depuis vingt-sept ans. Elle ne revient jamais en Angleterre parce qu'on « s'y gèle le popotin ». Elle n'envoie jamais de mail parce que « c'est une vraie galère, ce machin ». Elle n'a pas assisté au mariage de Nicole pour des histoires de « paperasserie compliquée ». Mais maintenant elle est là. Et non seulement maman a changé, mais la maison entière n'est plus la même.

Elle a débarqué comme un ouragan bronzé en traînant une valise à roulettes rose vif, ses cheveux méchés ramassés en une maigre queue-de-cheval.

« Joanne, me voilà ! a-t-elle signalé à maman assise dans le canapé. Ne t'inquiète pas. Je vais prendre les choses en main. Mais d'abord, des fleurs pour la malade. »

Sidérées, nous l'avons vue sortir de sa valise, avec des gestes de prestidigitateur, un bouquet de fausses fleurs rouges.

« Je n'offre pas de fleurs fraîches. Une dépense inutile, à mon avis. Dans un vase, celles-là font le même effet et en plus elles durent des siècles. »

Elle m'a tendu les fleurs en plastique et a inspecté maman de près.

« Dis donc, ma cocotte, tu as de ces rides ! Bon, moi aussi, tu me diras. Mais ce sont des rides de rire. Regarde-toi ! Tu es aussi marquée qu'une bonne femme qui a un pied dans la tombe. Faut que ça s'arrête ! Une vie sans plaisir, à quoi ça sert ? C'est décidé : je te prends avec moi. »

Au début, je n'ai pas compris ce que tante Karen entendait par « Je te prends avec moi ». Et puis j'ai pigé. Elle l'emmène en Espagne. Je me suis dit : « Formidable. Maman a besoin de vacances. » Avant de rectifier : « Non, sûrement pas. Elle n'ira pas. » Mais c'était sous-estimer tante Karen. À sa façon, elle a de l'influence sur maman. Elle est la seule à pouvoir lui dire certaines choses. Par exemple, elle l'a persuadée de mettre du vernis semi-permanent sur les ongles. Maman l'a écoutée et lui a même permis de le lui appliquer. Combien de fois Leila s'est vu refuser de lui faire une manucure ?

Et maintenant, elle parle d'emmener maman en Espagne. Maman qui n'est plus montée dans un avion depuis son voyage de noces. Les médecins ont donné leur feu vert (j'ai appelé un spécialiste pour avoir confirmation). Elle s'est acheté un nouveau maillot de bain, un chapeau et un billet d'aller simple. Elle ne sait pas combien de temps durera son séjour. Au moins six semaines, apparemment. Tante Karen a été ferme sur ce point. Elle prétend que les vacances courtes sont stressantes, que maman ne se détendra pas comme il faut. Elle a aussi dit qu'elles feraient sans doute un saut à Paris, qu'elles n'avaient jamais passé beaucoup de temps ensemble et que c'était le moment de se rattraper.

C'est super. *Absolument* super. Maman mérite de se relaxer, de voir du pays et de renouer avec sa sœur. Quand elle m'a déclaré qu'elle serait absente six semaines, je l'ai prise dans mes bras et lui ai dit :

« Cool, maman. C'est formidable ! Tellement génial ! »

Elle est partie d'un petit rire nerveux.

« C'est long, tout de même. »

Mais je l'ai rassurée.

« C'est bon pour toi. Et ça va passer très vite. »

Aujourd'hui, nous avons une réunion : maman, Jake, Nicole et moi. Ordre du jour ? La manière dont nous allons diriger le magasin. Mon frère et ma sœur ont promis d'accorder plus de temps au business familial. (Tiens donc ! Les cours de yoga de Nicole ne sont pas aussi « prenants » qu'elle nous le serinait ?) Nous avons augmenté les heures de travail de Stacey et réorganisé les équipes pour que tous les secteurs soient couverts. Quand même, sans maman, ça va faire bizarre.

Nous avons débarrassé la table à rallonges que nous utilisons seulement à Noël et nous voici tous les quatre installés autour, avec nos tasses de café. Je n'en reviens pas de la nouvelle apparence de maman. Sa peau a la couleur d'un petit-beurre bien cuit et ses lobes sont ornés de pendants d'oreilles bleus tout brillants. Hier soir, tante Karen lui a vanté les mérites de l'autobronzant. Et ce matin, ces « petits cadeaux » à pampilles bleues ont fait leur apparition pour la première fois à ses oreilles. Personne n'occupe le fauteuil muni de solides accoudoirs en bois qui est en bout de table. C'est resté le fauteuil de papa. Personne ne s'assied dessus, ni ne l'a changé de place. C'est dire comme nous respectons notre père et la place qu'il occupait dans notre famille.

Tante Karen arrive en trombe et pose triomphalement un bol de guimauves roses sur la table. Stupéfaction de notre part.

— Grâce à moi, vous découvrez les marshmallows, hein ? dit-elle avant de s'installer et d'en fourrer un dans sa bouche.

C'est sa phrase rituelle chaque fois qu'elle introduit un élément nouveau dans notre maison – c'est-à-dire tous les jours. Des fleurs artificielles aux bols de bonbons posés partout en passant par des désodorisants d'ambiance électriques, elle « améliore » constamment notre intérieur avec des trucs qui ne sont pas vraiment *notre* genre. Et chaque fois, elle s'exclame : « Grâce à moi, vous découvrez ça, hein ? » Mais elle est si vive, si enjouée, si autoritaire aussi, que nous ne protestons pas.

Jake regarde les marshmallows d'un œil désapprobateur, repousse légèrement le bol et s'adresse à maman :

— Alors, comme ça, tu es sur le départ pour l'Espagne.

— *Hola !* lance Nicole. *Por favor, signor.*

— *Por favor-e*, corrige Jake.

— Non, *por favor*, affirme Nicole.

— C'est *por favor*, confirme tante Karen. Mais ne t'embête pas avec ces bêtises, Joanne. Le type de la plage, Miguel, dit qu'il parle seulement espagnol. C'est faux ! Parle-lui en anglais, fort et en articulant. Il comprendra.

— Vraiment ? fait maman décontenancée. Mais s'il est espagnol…

— Il parle anglais correctement quand il le veut bien, ironise tante Karen. Je l'ai entendu au bar karaoké. Il chante les airs d'Adele, des Pet Shop Boys… Quoi d'autre ? De Wham ? Beaucoup de Wham.

— Le sujet est fascinant, interrompt Jake. Mais peut-on revenir à nos moutons ?

— Oui, parce que j'ai une annonce à vous faire, dit maman en jetant un coup d'œil à tante Karen qui est visiblement au courant de ce qui va suivre.

Maman s'est confiée à tante Karen avant de nous parler ? Je me sens exclue. Mais l'impression ne dure pas. Car très vite elle nous regarde tour à tour et lance sa bombe :

— On m'a fait une offre d'achat pour le magasin.

Quoi ?

Silence surpris. Jake lève les sourcils. Nicole marmonne une sorte de « Waouh ». Quant à moi, je suis en état de choc total. Une offre ? Pour la Maison Farr ? Mais qui pourrait l'acheter ? *C'est nous*, les Farr ! Contre ma volonté, je laisse échapper une protestation énergique :

— Mais nous ne voulons pas vendre ! Ou bien je me trompe ?

— Eh bien, dit maman, c'est la question. Je vieillis. Et les choses ont… changé.

Tante Karen ajoute son grain de sel.

— Votre mère doit se reposer. Et on lui propose beaucoup d'argent.

— Combien ? interroge Jake.

Maman fait glisser un bout de papier vers le milieu de la table.

Je n'ai jamais réfléchi à la valeur de notre commerce. Nous fixons en silence le chiffre indiqué, en réfléchissant aux changements potentiels de nos existences. Effectivement, c'est beaucoup.

— Votre mère pourrait prendre sa retraite. Se détendre enfin. Acheter un petit appartement près de chez moi en Espagne, continue tante Karen.

Un signal d'alarme retentit dans ma tête.

— Mais c'est dingue ! Comment se fait-il qu'on t'ait fait une offre juste *maintenant* ? J'espère que ce n'est pas un de ces avocats véreux qui magouillent sur le dos des gens souffrants ?

— Non, dit maman en riant. Tu sais, ma Fixie, des offres, il y en a eu tout le temps au cours des dernières années. Je les ai toujours refusées. Mais après ce qui s'est passé…

Les méninges en mode calcul, j'examine encore le montant inscrit. Oui, c'est une belle somme. Mais si ça signifie la fin de la Maison Farr, de nos revenus, de nos jobs… finalement, ce n'est pas tellement.

— Maman, tu veux vraiment *vendre* ?

J'ai posé la question d'un ton que je souhaite neutre. Pragmatique. Encourageant. Adulte, quoi ! En même temps, rien qu'à cette idée de vente, mes yeux se mouillent.

Vendre ? Notre Maison Farr chérie ? L'entreprise adorée de *papa* ?

En voyant ma tête, maman baisse sa garde et prend ma main dans la sienne.

— Bien sûr que je ne veux pas vendre. Mais je ne souhaite pas non plus que l'entreprise devienne un fardeau pour vous, mes enfants. Si je me retire, que se passera-t-il ? Faire marcher la Maison Farr nécessite un plein temps. La charge de travail est lourde. Écoutez, la décision est entre vos mains. C'est à vous de trancher. Pas en fonction de moi. Ou de ce que papa aurait souhaité. Mais en pensant à vous.

Elle aussi a l'œil humide. Les joues un peu rouges. Son émotion est perceptible. Je pense que maman et moi sommes les seules de la famille à ressentir l'omniprésence de papa dans le magasin. Aux yeux de Jake, la Maison Farr représente seulement des espèces sonnantes et trébuchantes. Et pour Nicole ? Difficile à dire. Ça doit évoquer… je ne sais pas, moi… des licornes, peut-être.

— Je veux le garder, je déclare sans hésitation. Pas question d'abandonner. Maman, tu pars pour l'Espagne. Et ne te fais pas de bile ! On va gérer. N'est-ce pas, Jake et Nicole ?

— Tout à fait d'accord, dit Jake à ma grande surprise. La Maison Farr a un grand potentiel. Cette offre semble correcte. Mais nous pouvons demander le double. Et même le triple.

— Et toi, Nicole, quelle est ton opinion ? interroge maman.

— Si tu veux vendre, je dirais… genre… euh… ça me va, déclare-t-elle avec son habituelle voix traînante. Mais si tu ne veux pas, alors… eh bien…

Nous attendons qu'elle exprime sa pensée avant de nous rendre compte qu'elle *a* terminé.

— Très bien, conclut maman. Je dois vous avouer que je suis soulagée. Je ne désire pas vendre la Maison Farr. C'est une belle et bonne petite entreprise.

— Oui, mais un tiens vaut mieux que deux tu l'auras, réplique tante Karen en brandissant le bout de papier. On met à ta disposition du cash solide. De la sécurité. Si tu ne vends pas maintenant, tu risques de le regretter.

— Si maman vend maintenant, elle risque de le regretter aussi, contre-attaque Jake. Vous savez quoi ? C'est l'occasion de faire passer notre petit magasin familial à un niveau supérieur. De mettre le turbo. Nous avons déjà le nom, le lieu et la présence en ligne… les possibilités sont infinies. Mais on doit voir grand. Changer l'image. Se recentrer. Il faut sans doute engager un consultant en marketing. J'en connais quelques-uns. Je peux les briefer et écouter leurs recommandations. D'accord pour que j'organise ça ?

Je reste bouche bée. Pourquoi a-t-on soudain besoin d'engager un consultant ? Combien ça va coûter ? Qu'est-ce qu'il sous-entend par « mettre le turbo » ?

Maman le remet gentiment à sa place.

— Pas pour le moment, Jake. Contente-toi de garder le magasin à flot pendant mon absence. À mon retour, on reconsidérera tes idées. Là, tout de suite, nous devons régler quelques problèmes de marchandises.

Pendant qu'elle fait un topo sur nos fournisseurs, j'ai du mal à me concentrer. Car tout d'un coup, pour la première fois, je me rends compte de la situation. Maman part. Je vais diriger le magasin avec Nicole et Jake. *Comment* va fonctionner notre trio ?

J'écoute à moitié tandis que maman fait circuler une liste pense-bête qu'elle a écrite à la main et photocopiée. En fait, mon principal souci concerne Jake. J'ai peur qu'il prenne une de ses décisions stupides et que je ne puisse pas l'en empêcher. Maman me dévisage comme si elle lisait mes pensées. Je lui souris aussitôt. Tout faire pour qu'elle ne se tracasse pas : telle est ma priorité.

La réunion terminée, nous nous levons. Maman me prend à part. Les autres se sont éclipsés dans la cuisine. Nous sommes seules.

— Fixie, mon chou, je vois que tu te fais du souci. Je suppose que c'est à cause de Jake.

Ses mots piquent droit dans une ancienne blessure cachée. Sans la regarder en face, je dis :

— Tu le connais, il peut se montrer un peu…

— Je sais et je comprends. Je pars mais je ne te laisse pas en plan. J'ai trouvé une solution à laquelle tu pourras recourir pendant mon absence.

— Ah, quelle chance ! Qu'est-ce que c'est ?

Je me doutais bien que maman sortirait un atout de sa manche. Allons-nous l'appeler tous les jours sur Skype ? A-t-elle engagé un brillant collaborateur ? Avons-nous un nouveau système informatique que Jake ignore ?

— C'est oncle Ned, dit maman avec un sourire jusqu'aux oreilles.

Mon cœur se serre. Oncle Ned ? C'est lui, la solution miracle ?

— Très bien.

Maman prend ma réponse étranglée pour une acceptation.

— Je l'ai prévenu. Il m'a promis de garder un œil sur la Maison Farr pendant que je serai en Espagne. En affaires, c'est un homme de tête. On peut lui faire confiance.

Je suis sans voix. Oncle Ned ?

— Il est tellement gentil avec nous, poursuit maman. Il sera d'un grand réconfort.

Faux ! Archifaux ! Il n'est pas gentil avec moi. Il ne me sera pas d'un grand réconfort.

— C'est une bonne idée. Sans conteste. Mais je me demande si oncle Ned est la personne qu'il nous faut.

— Tu te souviens comme il a été serviable dans cette embrouille de bail locatif, me rappelle maman. Je me sentirais plus heureuse s'il t'apportait son soutien.

J'ai envie de glapir ! D'accord, il nous a peut-être sortis d'un problème, mais c'était il y a neuf ans. Et depuis, il a fait quoi pour nous ?

— Tu détestes ses conceptions démodées, ajoute maman en rougissant. Moi aussi, d'ailleurs. Mais il fait partie de la famille, mon chou, et la Maison Farr compte pour lui. C'est l'essentiel.

Ses yeux brillent de détermination comme chaque fois qu'elle évoque la famille. Elle a pris sa décision. Inutile qu'elle se fasse du souci. Aussi, je la boucle. Et je souris gaiement.

— Tout va marcher comme sur des roulettes. Le plus important est que tu réussisses tes vacances. Tu as déjà l'air tellement branchée !

J'effleure ses pendants d'oreilles scintillants qui, entre vous et moi, paraissent tout à fait incongrus contre ses cheveux gris coiffés sans recherche. (Un rendez-vous est déjà pris chez le coiffeur de tante Karen en Espagne.)

— Il m'est difficile de vous laisser, tu sais, Fixie. Plus que je ne l'imaginais. Même maintenant… je me demande si je fais bien.

Malgré son petit rire, je décèle une trace d'anxiété sur son visage. Bon sang ! Serait-elle en train de faire machine arrière ?

— Ne change pas d'avis, maman. Vas-y. Ça va être topissime.

Elle m'adresse le même petit sourire.

— Maintiens le navire à flot, Fixie. Et fais en sorte que la famille reste soudée.

À mon avis, elle ne plaisante qu'à moitié. Dans son for intérieur, elle se fait un sang d'encre. Comme moi.

— C'est toi, le pivot, ajoute-t-elle. Tout tourne autour de toi.

C'est tellement absurde que j'en rirais presque. Maman est le fondement de la famille. Elle nous soutient. Elle nous rapproche, elle nous soude. Sans elle, nous ne serions que deux sœurs et un frère complètement disparates.

Mais pas question de laisser apparaître mes pensées intimes. Je dois la soutenir avant qu'elle change d'idée et décide de bosser dans le magasin seize heures d'affilée au lieu de s'envoler vers la mer et le soleil.

— Écoute, maman, quand tu reviendras, on s'assiéra à cette même table pour célébrer à la fois la bonne marche du magasin et la bonne entente de la famille. Promis, juré.

8

Le lendemain, après son départ avec tante Karen, tout me semble morne. Jake et Leila sont allés au pub et je me suis lancée dans la confection d'une sauce bolognaise pour le dîner. C'est ce que maman aurait fait. Pourtant, même si je cuisine, c'est loin d'être pareil. La maison est privée de la merveilleuse ambiance qu'elle seule sait donner. Et je ne me sens ni à l'aise ni relax.

Pour être honnête, ce n'est pas uniquement son absence qui me pèse. L'autre raison, c'est le silence de Ryan. Il ne s'est pas manifesté depuis la fête. Pas une visite, pas un coup de fil. Juste un SMS : Désolé pour ta mère.

Tout de suite après l'anniversaire, il est allé voir sa famille à Sonning, dans le Berkshire. Il aurait pu tout aussi bien disparaître dans un trou noir. Il n'a répondu à aucun de mes textos. Une ou deux fois, Jake m'a transmis un « hello » de sa part. En fait de communication, rien de plus. Bon, franchement, à ce moment-là, je n'y pensais pas trop. La santé de maman était la priorité.

Mais aujourd'hui je ne peux pas m'empêcher de me demander ce qui se passe.

Je fixe ma casserole avec découragement, remue la mixture et j'éteins le gaz. Je vais sortir acheter de la glace. Comme remontant, rien de plus efficace qu'un pot de Ben & Jerry's.

En marchant d'un bon pas sur High Street, je repère un gars qui avance à vive allure devant moi. Cheveux ébouriffés. Immédiatement, je me demande si c'est celui du café. Pour me réprimander aussitôt : « Ma pauvre Fixie, arrête tes idioties. C'est impossible. »

C'est quand même bizarre de penser tout de suite à lui. Encore plus bizarre de me sentir rougir. Incroyable, en fait. Car, depuis l'épisode du café, je n'ai pas *songé* à lui une seule fois. Rectification : peut-être une ou deux fois. Je me suis rappelé ses yeux qui avaient quelque chose de spécial. Oui, je me souviens maintenant : la couleur des sous-bois.

Il consulte son téléphone et j'aperçois son visage. C'est lui ! Sebastian… quelque chose. J'ai oublié son nom de famille. Il lève les yeux, me voit avancer vers lui et sourit immédiatement avec l'air de me reconnaître.

— Bonsoir ! lance-t-il.

Je m'arrête à sa hauteur.

— Bonsoir ! Comment ça va ?

Je plonge dans son regard brun-vert puis détourne vite les yeux. Pas la peine d'exagérer.

— Ça roule. Je viens d'appeler un taxi, dit-il en désignant l'écran de son portable.

— De retour à Acton ? Ou vous êtes du coin ?

— Non, je suis venu pour… pour quelque chose.

— Très bien.

Ce ne sont pas mes oignons. Alors je m'en tiens là. Fin de notre échange de politesses. Pourtant, il semble vouloir continuer. Me raconter un truc.

— À vrai dire, je suis venu dans ce quartier pour consulter « le gourou de la préparation au ski », dit-il en mimant des guillemets. Vous saviez que « le gourou de la préparation au ski » habitait Acton ?

— Non. Et je ne savais pas non plus que ce genre de gourou existait.

Je suis sur le point de lui avouer que je n'ai jamais skié, mais il poursuit avec animation :

— Je l'ignorais aussi jusqu'à ce que ma copine m'offre deux sessions et insiste pour que j'y aille. Ce que j'ai fait.

— Et alors, c'était comment ?

— D'une nullité intégrale, s'exclame-t-il. À un point qu'on n'imagine pas. Révoltant !

Son indignation est si cocasse que j'éclate de rire. J'imagine pourtant qu'il a de vraies raisons d'être à ce point mécontent. Et donc, je m'enquiers :

— Comment ça ?

— Au premier rendez-vous, il n'a pas arrêté de parler de la façon dont il avait gagné sa médaille de bronze aux Jeux de Vancouver. Aujourd'hui, il m'a raconté en détail comment il avait raté de justesse le bronze aux Jeux de Sotchi. Des informations que j'aurais pu avoir sur Wikipédia en cinq minutes, si le sujet m'avait intéressé, ce qui n'est pas le cas.

Je rigole et demande :

— Et la préparation au ski ?

— J'ai eu droit à cette information ultra-pertinente : « Faire travailler vos jambes est indispensable. À raison de deux sessions par semaine pendant six mois. »

— Quelle arnaque ! Je compatis !

— Ça me fait plaisir. Désolé, hein… mais il fallait que je m'épanche. Bon, assez parlé de moi. Comment va la vie pour vous ?

J'ouvre la bouche pour répondre que tout est OK. En même temps, je ne trouve pas ça très honnête. Donc je lui confie que maman a dû être hospitalisée.

— Oh non ! dit-il. Et moi qui vais… Qu'est-ce que je peux faire pour vous ?

En quoi peut-il aider ? Sa réaction gentille mais absurde me fait à nouveau sourire.

— Elle va mieux maintenant. Elle est partie se reposer.

— Tant mieux ! dit-il d'un air très concerné.

Il hèle le taxi qui se range le long du trottoir.

— Mon taxi est là. Eh bien, c'était sympa de vous croiser.

— Au revoir, je réponds alors qu'il ouvre la porte du véhicule. Navrée que vous ayez une si mauvaise image d'Acton. Le plafond qui s'écroule et le gourou douteux. On peut faire mieux, vous savez !

— Pas grave. Acton est tout de même cher à mon cœur.

— Il y a un formidable restaurant thaï dans le coin. Si vous aimez cette cuisine, bien sûr.

— J'adore, dit-il, la main sur la portière. Merci pour le tuyau. Ah ! Et n'oubliez pas ! Je vous dois un service. Sérieux. Vous vous en souvenez, j'espère ?

— Évidemment !

Le taxi s'éloigne. Je repars le sourire aux lèvres en me remémorant sa fureur comique.

Ce petit échange m'a remonté le moral. Pourtant, en atteignant la maison, je me sens à nouveau à plat. Je réchauffe la sauce des pâtes qui sent délicieusement bon et j'allume la radio pour écouter le feuilleton *The Archers*, car c'est ce que maman ferait à cette heure de la journée. Mauvaise pioche. Comme je n'écoute jamais *The Archers*, je ne comprends rien à l'intrigue.

— Salut, Fixie !

Nicole s'amène dans la cuisine. Pour m'aider ? Pas du tout ! Elle n'a même pas remarqué que je préparais le dîner. Elle s'appuie au comptoir et pique un petit morceau du parmesan que je m'apprêtais à râper.

— J'ai une idée, annonce-t-elle pensivement. On devrait faire du yoga au magasin.

— Du yoga ? Tu veux dire créer un rayon consacré au yoga ?

— Mais non ! Des *cours* de yoga. Le soir. Je les animerais en tant que prof.

Je pose la spatule en bois sur le repose-cuillère de maman en forme de petit lapin (notre best-seller à Pâques : 6,99 livres). C'est une plaisanterie ? Mais ma sœur me regarde avec une expression archi-sérieuse. Autant elle est vague et imprécise au quotidien, autant elle peut se montrer volontaire et obstinée quand elle désire quelque chose.

— Nicole, la Maison Farr est une quincaillerie. Nous vendons des casseroles. Pas des leçons de yoga.

— Nous avons créé un club de pâtisserie, rétorque-t-elle.

— Oui mais comme outil de promotion. Nous vendons des moules et des ustensiles. Ça favorise le business.

— Plein de magasins organisent toutes sortes d'événements en soirée. Le yoga pourrait accroître notre clientèle.

— Mais à quel endroit ?

Je n'arrive même pas à imaginer deux personnes étaler leur tapis de yoga dans le magasin.

— Nous n'avons qu'à déplacer quelques trucs. On peut se débarrasser de deux étalages.

— Quoi ? Tous les soirs ? Et les remettre en place ensuite ?

— Mais non, fait-elle comme si j'étais bouchée. S'en débarrasser pour de bon. Il y a trop de marchandises de toutes les manières. Même maman le dit. Le magasin est bourré de trucs.

Non mais !

— Nous n'allons pas supprimer des rayons uniquement pour faire de la place pour ton yoga !

— C'est ton opinion, Fixie.

— Et l'équipe de nettoyage ? Elle démarre à 18 heures. Dans ce cas, on la fait venir quand ?

Nicole me jette un regard sans expression. Comme si elle ignorait que le ménage doit être fait tous les jours dans le magasin.

Mais oui, elle *l'ignore*. Elle vit vraiment sur une *autre planète*, ma sœur !

— On peut toujours s'arranger, déclare-t-elle au bout d'un moment. Comme on le fait pour le club de pâtisserie.

« OK, Fixie ! Allez, essaye d'être positive. »

— Et tu vendrais quoi au juste ?

Elle fronce les sourcils.

— Nous ne *vendons* rien. Nous proposons des leçons de yoga.

— Mais…

— Il faut toujours que tu aies des objections, Fixie.

— Et toi, à peine maman a le dos tourné, tu t'empresses de vouloir tout chambouler.

— Tu devrais avoir l'esprit plus ouvert. Je parie que si je téléphonais à maman, elle approuverait mon idée.

— Certainement pas, je réplique, furieuse.

J'en suis tellement sûre que, pour lui prouver que j'ai raison, je suis prête à composer le numéro de maman. Finalement, je m'abstiens.

— Tu devrais faire du yoga, remarque Nicole placidement. Tu respires mal. Regarde comme tu es stressée.

J'aimerais lui lancer à la figure que ma respiration n'est pas la cause de mon stress. Mais penser à notre mère m'apaise. Elle serait bouleversée si elle savait que, quatre heures seulement après son départ, on commence à se disputer à propos du magasin. Je me force donc à respirer profondément.

— Après tout, les réunions sont faites pour qu'on discute de points précis, je dis. Mettons ton yoga à l'ordre du jour de la prochaine assemblée familiale.

Pas de souci à se faire. Je parie qu'oncle Ned et Jake seront contre.

— En attendant, tu peux t'occuper des spaghettis ?

— Pas de problème, répond Nicole qui a repris son ton languissant.

Absorbée par l'écran de son portable, elle se dirige vers le garde-manger, attrape un paquet de pâtes et se plante devant les étagères, parfaitement immobile. Pendant ce temps, je commence à mettre le couvert.

— Nicole ?

— Oui ! Oui !

Elle prend un faitout, le pose sur la plaque chauffante et demande :

— Combien de spaghettis, tu penses ?

— On est quatre pour dîner.

Nicole a l'œil fixé sur le paquet.

— D'accord, mais je ne sais jamais quelle quantité il faut.

— Je dirais une poignée par personne.

J'envoie un SMS à Leila : Dîner dans 10 minutes environ, et dispose les verres à eau sur la table. Où en est Nicole ? Elle a sorti la moitié des spaghettis de leur paquet qu'elle inspecte la mine perplexe. Je rêve ! Elle n'a même pas rempli le faitout d'eau.

Je prends les choses en main, ajoute du sel, allume la plaque et récupère les pâtes.

— Je m'en occupe. Tu sais que nous avons un gadget pour mesurer les spaghettis ? On peut se le procurer au magasin.

Quand je lui montre l'instrument muni de trous, elle ouvre de grands yeux et déclare :

— Je ne savais pas que c'était une mesure à spaghettis. Fixie, tu es extra. Tu sais toujours tout.

Sur ce, elle quitte la cuisine sans demander son reste et tombe sur Leila dans le couloir.

— Fixie ! s'écrie cette dernière. Devine qui est là.

Elle se rue pour me lisser les cheveux. Ensuite, telle une magicienne, elle produit un tube de brillant à lèvres qu'elle applique sur ma bouche.

— Quoi ?

— *Ryan*, chuchote-t-elle.

— *Et alors* ? je demande, les yeux écarquillés.

Avant qu'elle ait le temps de m'expliquer, j'entends la voix de Jake.

— Par ici, mon pote ! On va bouffer.

Je laisse volontairement passer cinq secondes avant de me retourner. Ryan. Là. Dans notre cuisine.

Toujours aussi grand, blond et craquant. Mais sans son habituel sourire indolent. Il a le visage fatigué et soucieux.

— Coucou, Fixie, dit-il distraitement. Ça gaze ?

— Tiens, dit Jake en lui versant un verre de vin. Pour noyer ton chagrin, mon pote. Il reste dîner, ajoute-t-il à mon intention.

— Formidable !

Remous dans mes entrailles. Tempête sous mon crâne. Il est à Londres. Et avant, il était où ? Pourquoi il a l'air si déprimé ? Pourquoi ce silence radio ? Il a une nouvelle copine ? En tout cas, il est bel et bien là.

— J'espère que tu aimes les spaghettis, Ryan !

Ma voix enjouée sonne faux.

— Affirmatif !

Après une gorgée de vin, il regarde dans le vague pendant un petit moment puis semble enfin s'apercevoir de ma présence.

— Permets-moi de venir te saluer en bonne et due forme, me dit-il.

Il s'approche et me plante un baiser sur la bouche.

— Désolé de ne pas m'être manifesté, murmure-t-il. Ça a dû être l'enfer avec ta mère à l'hôpital et tout.

Je me suis dit que tu ne voudrais pas m'avoir dans les pattes.

— Euh… tu as raison.

— Je ne voulais pas déranger, tu sais. J'ai préféré vous foutre la paix.

J'ai deux ou trois répliques sur le bout de la langue. « Tu n'aurais pas été dans mes pattes. » Ou : « Tu aurais pu au moins envoyer un SMS. » Tout d'un coup, la phrase de Sebastian me vient à l'esprit : « Qu'est-ce que je peux faire pour vous ? » Un mec que je *viens juste* de rencontrer.

Mais… tout le monde réagit différemment, je suppose. Surtout aux urgences médicales. Mon amie Hannah est venue à l'hôpital, elle s'est assise avec moi dans la salle d'attente et a cherché sur Google tout ce que le médecin a dit. Mais voilà, c'est Hannah.

Mon expression doit trahir mes pensées, parce que Ryan examine mon visage avec attention. Il a soudain l'air affligé.

— Je ne savais pas quoi faire, explique-t-il. J'ai paniqué. Je me suis éloigné. Mais c'était stupide. Tu dois me considérer comme une vraie merde.

— Mais non ! Pas de problème. Maman est partie en vacances. Tout va bien.

Je souris pour le rassurer, mais il garde son air chagrin.

— Ma vie est un vrai foutoir en ce moment.

Il termine son verre et laisse échapper un énorme soupir.

— Ryan, ça va s'arranger, le réconforte Leila.

— Quoi de neuf sur le front du boulot ? je demande.

Ryan secoue la tête.

— Les chasseurs de têtes…

L'eau du faitout déborde. J'ai envie d'entendre la suite mais aussi que mes spaghettis soient *al dente.*

— Assis, tout le monde. Je vais vous servir. Jake, tu appelles Nicole ?

— Je t'aide, propose Leila.

Nous remplissons les assiettes, Jake verse le vin, Nicole se glisse à sa place. Je regarde autour de la table avec un petit sentiment de fierté. Nous dînons en famille. Tout va bien se passer pendant l'absence de maman. Sûr et certain.

— Alors, ça a donné quoi avec les chasseurs de têtes ? je me risque à demander.

Leila fait une grimace. Ryan explique :

— Cinq ans d'expérience dans le cinéma ? On pourrait croire que… (Il prend une bouchée de pâtes.) Non, je n'ai aucune expérience dans les bidules informatiques. Non, je n'ai pas de qualification professionnelle précise. Non, je ne suis pas… comment dit-on ?… un expert du numérique. (Il avale une gorgée de vin.) Mais j'ai appris sur le tas. Je m'y connais en transactions. J'ai une bonne connaissance du comportement des gens. C'est à se demander si tout ça ne vaut strictement rien !

— Ils ne t'ont rien proposé ?

— Rien que des mots ! Ils me disent : « Oui, on peut vous trouver un poste tout de suite. Un type avec autant de possibilités que vous, pas de problème. » Mais tu sais ce qu'ils m'ont proposé ?

— Non.

— Un boulot dans un centre d'appels.

— Un centre d'appels ?

— Plutôt insultant ! commente Jake avec vigueur.

Pour une fois, nous partageons la même opinion. C'est sympa !

— Quel genre de centre d'appels ? je demande.

— Une entreprise de télémarketing. Pour vendre je ne sais même pas quoi. Des assurances à deux balles. Pas de salaire. Seulement payé à la commission. J'ai décliné l'offre avant d'en savoir plus. Lors du rendez-vous suivant, j'ai précisé : « Pas de télémarketing. » « Aucun problème, ont-ils dit. On va vous trouver quelque chose. » Mais c'est de la foutaise. Ils n'ont rien.

— C'est dur ! commente Jake. La plupart des boîtes dégraissent en ce moment.

— Alors, tu vas faire quoi ? je demande avec anxiété.

Ryan mâchonne en silence, le regard absent.

— Qui sait ? Au moins, à Los Angeles… je connaissais les codes de la ville. J'ai essuyé des échecs là-bas mais… l'endroit m'est familier. Pour le meilleur et pour le pire. Je sais comment il fonctionne. Alors recommencer à zéro ici… Londres a changé. L'ambiance est impitoyable.

Digérer ce qu'il vient de dire me demande quelques secondes.

— Tu ne peux pas retourner à L.A., je proteste. Tu disais que tu refusais d'y remettre les pieds.

— Impossible de continuer comme ça, Fixie. Et de camper chez ton frère.

— T'inquiète, mon pote ! dit ce dernier.

— Tu ne peux pas habiter chez ta mère ? fait Nicole.

— Non ! Pas avec mon beau-père dans la place. On ne s'entend pas. C'est d'autant plus difficile que j'étais très proche d'elle.

Pauvre Ryan ! Je le plains. Je ne peux même pas imaginer ce que serait mon existence si maman s'était remariée avec un homme que je n'aimais pas. Je meurs d'envie de dire : « Installe-toi ici. Il y a plein de chambres. » Mais ça serait pousser le bouchon trop loin, non ?

— Tu vas trouver. Il y a plein d'autres chasseurs de têtes… Plein d'occasions. Tu disais être d'accord pour commencer à un niveau plus bas…

— Oui, je leur ai dit ça. Je leur ai aussi parlé des programmes accélérés de promotion. À quoi ils m'ont répondu : « Mais quels sont vos diplômes ? »

Pause gênée autour de la table. Un silence que Nicole ne craint pas de rompre en disant :

— C'est vrai, j'avais oublié que tu avais laissé tomber la fac.

Typique d'elle d'exprimer tout haut ce que tout le monde préfère taire. OK, il a interrompu ses études universitaires. Ce qui ne l'a pas empêché de réussir à Hollywood. Mais j'imagine que les diplômes comptent quand on cherche un job haut de gamme.

— Tu ne pourrais pas reprendre un cursus ? je suggère, bien que je sache pertinemment que c'est la dernière chose dont il ait envie.

— Plutôt crever ! Ou les gens apprécient ce que j'ai à offrir ou c'est tant pis pour eux.

Grosse déprime. Le ton de sa voix à lui seul montre qu'il traverse une sale période. C'est dur à avaler, les refus ! Pour n'importe qui. Mais justement, il n'est pas n'importe qui. Il est Ryan Chalker. La vedette de l'école. Pas la tête de classe, pas le génie des maths, mais le numéro 1. Le chouchou absolu. Le type le plus cool du lycée. Le golden boy dont la vie s'annonçait truffée de succès. Comment peut-il se retrouver dans une situation aussi moche ? À croire que ces chasseurs de têtes ne perçoivent pas ses qualités. Je suis désolée pour lui. Et je pardonne ses rugissements. Après tout, il est comme un lion blessé.

Après le dîner, Nicole disparaît à l'étage pour regarder une série sur Netflix. Leila va chercher les cigarettes de Jake dans la voiture. Je reste à ranger la cuisine. Avec un problème à résoudre. Cette histoire de boulot pour Ryan me turlupine. Dans quelle branche peut-il trouver ? Je vide les assiettes, remplis le lave-vaisselle tout en réfléchissant. « Un job, un job, un job... »

Et ça me revient ! Mais oui ! Récemment, j'ai entendu parler d'un poste à pourvoir. Au café. Sebastian en discutait au téléphone avant que le plafond s'écroule.

En refermant le lave-vaisselle, j'essaye de me souvenir des détails de sa conversation. Il voulait quelqu'un de malin, doté d'un solide bon sens. Quelqu'un qui connaissait le monde. Les diplômes ? Il s'en moquait. Oui ! La description colle à 100 %.

— Ryan, écoute ! L'autre jour, j'ai entendu parler d'un job qui t'irait comme un gant. Pas besoin de qualification. Juste du discernement, de la jugeote et...

— Quel genre ? ricane Jake. Faire griller des hamburgers ?

— Dans la gestion de fonds. Une boîte qui en a assez des étudiants bardés de diplômes. Qui recherche des gens astucieux, d'accord pour y aller à fond. Comme toi, par exemple !

— Fixie, tu y connais quelque chose en gestion de fonds ? s'étonne mon frère.

— Eh bien, oui ! Il se trouve que j'en ai entendu parler. Ryan, qu'est-ce que tu en penses ?

Il ne daigne pas me regarder en face.

— Tu es adorable d'essayer. Mais c'èst un domaine extrêmement compétitif. Pourquoi le patron d'un fonds me ferait-il entrer dans son équipe ? Ce n'est pas ma partie et je n'ai pas fait d'études appropriées.

— Mais ça leur est égal, je te dis ! Je vais te donner le nom de la boîte et on regardera sur Internet. Il y aura un formulaire de candidature. Tu as des chances de…

— Je t'arrête tout de suite ! Tu *te rends compte* de la concurrence qui existe pour ce type de poste ? Entre les matheux hyper doués et les petits génies de l'informatique…

— Ne sois pas négatif ! J'ai une information de première main. Le gars au téléphone répétait qu'il ne voulait pas embaucher des gens des grandes écoles. Je te file le nom et tu vas sur Google.

Je cours dans l'entrée où j'ai laissé mes affaires. La serviette en papier est toujours dans mon sac. Avec la carte professionnelle retenue par ma barrette en strass. Je les rapporte dans la cuisine en lisant à voix haute le nom de la boîte.

— GEF. Gestion équitable de fonds. Voilà.

J'ouvre mon ordinateur, tape le nom. Apparaissent sur l'écran le visage et les cheveux en bataille d'un mec que je reconnais : *Sebastian Marlowe, fondateur et président-directeur général.*

Je lis le premier paragraphe :

— « Basé près de la station de métro Farringdon… Investissements et moralité… »

— C'est *quoi*, cette connerie ? se marre mon frère.

Je préfère l'ignorer.

— Tu ne veux pas essayer quelque chose de moral pour changer ? je demande à Ryan. Bon, ouvre tes oreilles, je te lis la description du job.

J'ai déjà cliqué sur la rubrique « offres d'emploi » et trouvé l'annonce.

— « Recherchons stagiaire. Les candidatures pour le poste vacant sont acceptées. Veuillez trouver le formulaire ci-joint. Description du poste. Vous êtes de préférence titulaire d'un master en finance d'entreprise ou diplômé d'une école de commerce. À défaut, quelques années d'expérience dans le domaine des affaires seront prises en compte. » Tu vois ?

Ryan fronce le nez.

— Stagiaire ? Il s'agit d'un stage ?

— Je te vois bien faire le larbin, mon pote, ironise Jake. Pour moi, ce sera un café avec une goutte de lait. Et dépêchez-vous, jeune homme !

Je rectifie en vitesse :

— Il ne s'agit pas d'un stage. Mais d'une formation.

— Payée combien ? demande Ryan.

— Ce n'est pas important. Ce qui compte, c'est d'avoir un pied dans la place. Je trouve que c'est une formidable occasion.

Silence dans les rangs. Si j'espérais voir un sourire sur le visage de Ryan, j'en suis pour mes frais. Pas d'étreinte euphorique, non plus. L'air concentré, il lit la description du poste.

— J'sais pas, en fait. Ce qu'il me faut, c'est un vrai travail, pas un stage minable. Tu sais, à Los Angeles, j'ai *employé* des stagiaires.

— D'accord mais…

Pas la peine de remuer le couteau dans la plaie. Je sais exactement ce qu'il ressent. Pendant le mois qui a suivi la débâcle de Farr Traiteur & Saveurs, j'ouvrais l'œil le matin en ayant tout oublié de mes déboires. Et puis, une seconde plus tard, la réalité me heurtait de plein fouet et c'était abominable.

— Qu'est-ce que c'est ? demande Ryan en avisant la serviette en papier. « À charge de revanche. Bon pour… Valable sans limite de temps. » Ça veut dire quoi ?

— Oh, rien du tout !

Curieusement, je pique un fard.

— Ouais, c'est quoi ? intervient Jake en lisant à son tour. Qui t'est redevable ?

— Lui. Le mec.

— Quel mec ?

— Euh… le boss.

— *Lui ?* s'étonne Ryan en montrant le visage de Sebastian qui s'affiche toujours sur l'écran. Pour quelle raison ?

— J'ai sauvé son ordinateur.

— Comment ça ? s'exclament-ils en chœur, l'air abasourdi.

— Pas de quoi en faire tout un plat. Il y a eu une fuite et j'ai protégé son ordi. Il m'a dit que j'avais sauvé sa vie professionnelle. Il voulait me remercier en m'offrant un café. Bref… Pour finir, il m'a écrit cette reconnaissance de dette. Mais c'est pour rire. Rien de *sérieux*.

Ryan n'a pas l'air de capter.

— Ton geste a sauvé sa vie professionnelle, répète-t-il lentement. Donc il te doit un service. Pourquoi pas offrir un job à quelqu'un de ta connaissance ? Un vrai poste avec salaire à l'appui.

Je le dévisage. Non, il n'imagine quand même pas… ? Non, *j'hallucine…*

— Mais je ne peux pas lui demander ça ! C'est un inconnu. Un étranger. En fait, je suis tombée sur lui ce soir dans la rue, complètement par hasard, je précise. Mais je ne le connais pas…

— On s'en fout ! Il te doit une faveur. Tu as le droit de la réclamer, s'écrie Jake. C'est marqué là-dessus en toutes lettres.

— Mais non ! Je n'ai fait qu'éviter que son ordinateur soit trempé. Un petit service, en fait.

— Tu n'en sais rien, rétorque mon frère. Tu ignores ce qu'il y avait dans son ordinateur. Tu lui as probablement évité de perdre plein de fric.

— Des millions, renchérit Ryan. Tu as peut-être sauvé sa boîte.

— Oui ! rajoute Jake. Grâce à toi, il a économisé des millions. Et il te prouve sa reconnaissance avec un café ? Quel radin !

Je respire à fond pour retrouver mon calme.

— Écoutez-moi, tous les deux. Il n'est pas question que je me pointe dans son bureau pour lui réclamer un poste sous prétexte qu'il me doit un service. Ryan, pourquoi tu n'envoies pas ta candidature ? Tu as de l'expérience et un bon CV…

— Oh, arrête de me bassiner avec ça ! Je n'obtiendrai jamais ce job. Si tu crois qu'en lisant mon CV, il m'engagera dans sa boîte équitable et morale de mes…

— Et pourquoi pas ?

Ryan secoue la tête en fixant la table. Quand je croise finalement son regard, j'y perçois une douleur morne. Une peine teintée de honte que je connais bien.

— Je vais rentrer à Los Angeles ! Navré, Jake ! On va devoir ajourner nos projets.

— Non ! je m'insurge. Tu ne peux pas y retourner.

— Rien ne me retient ici, dit-il avec une sorte d'aigreur désabusée.

— Mais si ! Enfin, peut-être ! Si je…

— Si tu… quoi ?

— Je…

Bon sang ! J'avale une gorgée de vin pour gagner du temps et analyser mes sentiments contradictoires. Quelques minutes auparavant, l'idée d'aller me prévaloir de la reconnaissance de dette de Sebastian me paraissait *impensable*. J'en tremblais de dégoût. C'était moche. Répugnant. Il n'en était pas question. Point final.

Et voilà que maintenant j'envisage le contraire. Pourquoi me montrer si pointilleuse après tout ? Peut-être ai-je *évité* que Sebastian perde des millions. Peut-être me *doit*-il un service. Un service digne de ce nom.

En plus, Ryan serait un candidat parfait. Il est tellement brillant, tellement expérimenté. Sans parler des épreuves qu'il a traversées. Aujourd'hui, il mérite qu'on lui donne une chance. Et puis, il y a du vrai dans ce qu'il affirme : envoyer sa candidature n'est pas le bon moyen pour décrocher le poste. Le marché du travail est cruel. Et si je n'agis pas, il va disparaître encore une fois à Los Angeles avant qu'on puisse même…

De toute façon, Sebastian peut refuser. Oui, il est libre de dire non. Cette dernière considération renforce ma décision.

— D'accord, je vais lui demander.

Et j'avale à la hâte une autre gorgée de vin avant de changer d'avis.

— Tu es géniale, Fixie !

Ryan m'embrasse d'une manière qui me donne le vertige. Puis il lève son verre à ma santé et je rougis.

— Qu'est-ce qui se passe ici ? demande Leila en revenant avec les cigarettes de Jake.

— Fixie a dégotté un job pour Ryan, l'informe Jake en m'adressant une grimace affectueuse.

— Tu es la meilleure, Fixie ! me félicite Leila.

— N'est-ce pas ? s'enthousiasme Ryan en passant son bras autour de mes épaules.

Toute cette approbation me réchauffe le cœur. C'est tellement rare. Tellement *délicieux*. Ryan m'embrasse encore et cette fois sa main remonte le long de ma cuisse. Si j'avais encore des doutes, je viens de les balayer. Je vais lui trouver un job, il m'en sera reconnaissant. Jake sera impressionné. Rien que du bonheur à l'horizon.

Après avoir rangé la cuisine, nous regardons la télévision pendant un moment – mais j'ai du mal à me concentrer. Je suis trop consciente de la présence de Ryan à côté de moi, de sa cuisse qui se frotte contre la mienne, de son bras autour de mes épaules. Ça y est ? On est ensemble ? Vraiment ensemble ?

— On rentre, annonce Jake dès que l'émission se termine.

Leila se lève immédiatement.

— Tu viens, Ryan ?

— Pas tout de suite.

Il me serre discrètement le bras et ajoute :

— Je reste encore un moment. Tu es d'accord, Fixie ?

— Oui, je réponds d'une voix enrouée. Pourquoi pas ?

Dites-moi pourquoi je feins l'indifférence alors que tout mon être hurle sa liesse en silence ?

Question : Dois-je aller prendre une douche rapide ?

Réponse : Non. Ne le quitte pas.

Ça remonte à plus d'un an. Vais-je me rappeler ce que je dois *faire* ?

— Parfait, dit Jake la mine rigolarde.

Leila vient m'embrasser. Ses yeux brillent d'excitation en nous regardant à tour de rôle.

— Fixie, tu es ravissante, murmure-t-elle à mon oreille. Mais juste… je vais arranger tes cheveux.

Elle aplatit une mèche rebelle et passe un peu de brillant sur mes lèvres. La reine de la retouche en toute discrétion.

— Merci !

Je lui souris. En retour, elle me serre les mains avec ferveur comme pour me souhaiter bonne chance.

Ils partent et nous voilà seuls. Enfin ! Une seconde de silence. Et Ryan se penche pour m'embrasser. Un vrai baiser passionné. Je lui réponds de toutes mes forces, de tout mon corps. Toutes les sensations reviennent. Oh, comme il m'a manqué !

Je m'aperçois maintenant à quel point j'étais malheureuse. Deux petites larmes s'échappent du coin de mes yeux. Je les essuie vite. Inutile que Ryan s'imagine que je suis trop sentimentale. Car ce n'est pas le cas. Je pleure simplement parce que j'étais certaine qu'on ne se retrouverait plus jamais.

Il est encore plus sexy qu'avant. Tellement musclé. Ses biceps ont *doublé* de volume. En caressant son torse dur comme du bois, l'excitation me coupe le souffle. Je parviens néanmoins à garder la tête claire – suffisamment pour lui proposer de monter dans ma chambre.

— Tu as un grand lit ? demande-t-il d'un ton aguicheur.

— Il fera l'affaire, je crois.

Il n'est jamais venu dans ma chambre. L'an dernier, il séjournait dans un appartement qui appartenait à un de ses copains du cinéma. Et c'est sur un lit king size que nous avons passé notre temps à batifoler. Le mien n'est pas gigantesque, mais au moins j'ai changé les draps hier.

Arrivés dans ma chambre, nous culbutons sur mon lit. On s'embrasse, on roule l'un sur l'autre. Ryan déboutonne ma blouse, j'essaye de déboutonner sa chemise en même temps. Nos doigts s'emmêlent et j'éclate de rire.

Ryan s'assied et dit d'un ton faussement sérieux :

— On se calme ! Un bouton à la fois.

Quand il retire sa chemise, je retiens mon souffle en découvrant son torse bronzé. Quel corps *sensationnel* ! D'ailleurs, il ne se gêne pas pour admirer son reflet dans le miroir.

— Tu fais de la musculation ?

— Oui, tous les jours, je soulève cent kilos.

— Formidable ! je m'exclame en espérant que mon enthousiasme est perceptible.

Cent kilos ? Ça me semble énorme. D'accord, je n'y connais rien. Mes haltères pèsent cinq kilos chacun. Comment peut-il soulever un tel poids ? Quelqu'un l'aide ? J'ai assez envie de lui demander. Mais ce n'est sans doute pas une bonne idée. Un autre compliment me paraît plus approprié :

— Tu es magnifique, Ryan ! je m'écrie.

— Et toi encore plus, fait-il en enlevant ma blouse. Tu m'as manqué, Fixie. Tu aurais dû m'accompagner à L.A. Les choses auraient peut-être tourné différemment.

Surprise, surprise ! J'aurais dû *l'accompagner en Californie* ? Première nouvelle. S'il me l'avait demandé, j'aurais filé là-bas aussi vite qu'une fusée.

Sur un ton farceur, je lance :

— Je ne me souviens pas d'avoir été invitée.

— Je n'aurais pas dû te laisser. Quelle grosse erreur ! Toi et moi, on s'entendait à merveille. Tu vois ce que je veux dire.

Ses mains tendres et câlines vont et viennent sur mon corps.

J'aimerais crier : « Oui, je sais ! Qu'est-ce que tu crois ? »

Heureusement, je n'ai pas encore atteint le point culminant de l'extase. Pas encore. Je fais ma raisonnable.

— Nous sommes ensemble, maintenant. Profitons du moment présent.

Et je le renverse sur le lit. Et il m'embrasse à pleine bouche. Mais soudain, il s'arrête, l'œil fixé sur un point, derrière mon épaule.

— C'est quoi, ce truc ?

Je suis son regard. Horreur ! *Nooon !* Comment puis-je être aussi bête ?

Le problème avec les chambres, c'est qu'on s'habitue à leur décor. L'abat-jour défraîchi, la porte de l'armoire qui grince, la pile de bouquins entassés dans un coin : on ne les remarque même plus. De la même manière, on ne fait plus attention aux souvenirs du lycée qui encombrent le siège près de la fenêtre : un foutoir de papiers et de bulletins sur lequel trône une photo encadrée de… devinez qui ?

— C'est *moi* ?

Ryan s'est penché pour attraper la photo qu'il examine avec fascination.

Petit rire décontracté.

— Ah ouais ! Je crois ! Faut qu'un jour je range ces vieux trucs scolaires.

Va-t-il faire une réflexion ? S'étonner que je conserve une photo de lui dans ma chambre ? Non. Il se contente d'observer l'image : lui et mon frère adossés contre la clôture du lycée. C'est moi qui ai pris la photo. Manches retroussées et cravate d'uniforme de travers, Ryan sourit. Ses cheveux brillent. Il rayonne d'un halo doré. La perfection incarnée.

— À cette époque, je manquais d'envergure, commente-t-il. J'étais un pauvre empaffé.

— Tu étais sublime, je rétorque en lui caressant le dos.

Au lieu de réagir, il s'empare d'un vieux DVD dont l'étiquette indique : « Jake au pique-nique du parc ».

Catastrophe !

— Notre pique-nique du parc ?

— Oui. J'ai filmé le match de foot et le reste.

Ce pique-nique est une tradition de notre école. Chaque année, tous les garçons dont c'est le dernier jour de lycée vont dans le parc, jouent au foot, boivent de la bière et font une fête débridée. Chaque année, les voisins écrivent au journal local pour se plaindre. Je n'étais pas censée être présente mais j'avais réussi à me glisser dans l'enceinte avec Hannah pour immortaliser l'événement. J'ai surtout filmé Ryan. Parce que je ne savais pas si j'allais le revoir.

— Le match. Je m'en souviens. Si tu le passais ?

Il jette un œil à ma télé. Ça alors ! Maintenant ? Là ? *Tout de suite ?* J'espère qu'il plaisante !

Eh bien, non !

Bon, pas de problème. On va mettre nos câlins entre parenthèses pendant un petit moment. Ce n'est pas comme si j'éprouvais un besoin urgent. (En fait, si ! J'ai une envie *pressante* de m'envoyer en l'air avec Ryan.)

J'insère le DVD. Silence. Soudain nous voici transportés quatorze ans auparavant, lors d'une journée ensoleillée. Le parc fourmille d'élèves de dernière année paressant sur l'herbe, sirotant de la bière, jouant au foot. Certains gars sont torse nu, comme Ryan qui, une bouteille à la main, dribble, court, se démarque, talonne, rigole, s'amuse et ressemble au golden boy qu'il est.

Je me souviens de m'être glissée près des lignes de touche, de l'avoir filmé avec une caméra empruntée à maman et, plus tard, de l'avoir regardé en boucle.

— Comment en sommes-nous arrivés là, Fixie ? soupire-t-il.

Mon cœur se serre. Il affiche la même expression morose que Jake, les soirs où il a trop bu. L'expression qui signifie « Putain, pourquoi j'ai vieilli ? » et qui déclenche immanquablement le couplet sur le thème « Où est passée ma vie ? ».

Moi aussi, ces pensées me traversent l'esprit. Comme tout le monde. Mais nous ne sommes pas dans ma chambre pour disséquer les aspects merdiques de l'existence. Nous sommes sur mon lit pour faire l'amour.

— Écoute, Ryan ! Je suis heureuse d'être avec toi. On s'est retrouvés… Tu vas avoir un boulot extra… Les choses vont s'arranger pour le mieux.

— Tu crois ?

Ses yeux sont toujours vissés sur l'écran. Sur le garçon agile et insouciant qu'il était.

— Affirmatif ! Tu es Ryan Chalker. Rien que ton nom me donnait la chair de poule autrefois. Je te croisais dans les couloirs et je me pâmais. Je n'étais pas la seule. Toutes les filles de l'école étaient dans le même état de transe. *Tout le monde*, en fait, avait le béguin pour toi. Même les profs.

Ryan se détend. Ses mains agrippent mes hanches.

— Tu pensais quoi de moi ? demande-t-il nonchalamment. Tu aimais quoi ?

— Mais tout, absolument tout ! Tes cheveux, ton rire, ta silhouette de sportif.

— J'étais moins athlétique qu'aujourd'hui. Je ne faisais même pas de gym.

Il recommence à m'embrasser, avec plus de détermination, puis murmure dans mon oreille :

— Et quoi d'autre ?

— À mes yeux, tu étais comme une rock star. Je me disais que si tu me demandais de sortir avec toi, je mourrais de bonheur.

Il rit gentiment avant de me presser contre lui.

— Et encore ?

Visiblement, ces louanges l'excitent. Continuons sur cette lancée.

— Tu étais le mec le plus sexy du lycée. J'aurais tout donné pour que tu m'embrasses, mais tu ne me regardais pas. Tu étais Ryan, le dieu du sexe.

— Et puis ? fait-il en haletant.

Il me déshabille complètement. Nous entrons dans le vif du sujet.

J'improvise :

— Quand tu étais à proximité, je remontais un peu ma jupe. Je te regardais jouer au basket… euh… tu étais tellement superbe. Je rêvais que tu plonges sur moi au lieu de dribbler…

Attends, mais c'est du grand n'importe quoi ! Mais Ryan s'en fiche.

— Et encore ? souffle-t-il en me pénétrant.

OK ! Difficile de faire appel à des trucs sexy pendant qu'on fait l'amour. Mes méninges refusent de fonctionner. Elles veulent s'abandonner à ces sensations divines. Mais je dois continuer à parler.

— La fois où nous sommes allés à la plage, tu irradiais de sensualité. Les filles étaient comme des folles…

— Et alors ?

— Ta libido était tellement évidente… Tout en toi était extraordinaire… Et tes lunettes de soleil étaient vraiment cool, je conclus, complètement à court d'improvisation.

— Et ma voiture ? se déchaîne-t-il, le visage tordu. Merci pour l'idée !

— Ta voiture ! Bien sûr ! Ce que je l'aimais, cette voiture. Tellement sexy, luisante et longue. Oui, sexy, je répète pour faire bonne mesure. Et… et dure. Je me triture les méninges pour trouver un autre mot adéquat… Et palpitante, je dis, saisie d'une inspiration soudaine. Une voiture tellement… vibrante.

— Oh mon Dieu ! rugit Ryan en jouissant avant de retomber sur moi comme un poids mort.

Pendant au moins une demi-heure je n'ose pas faire un geste.

— Oh bordel ! s'exclame finalement Ryan en me libérant.

— Tu l'as dit.

Je suis d'accord avec son exclamation même si je ne comprends pas ce qu'il veut dire exactement.

Nous nous taisons pendant quelques instants. Ryan examine le plafond avant de soupirer.

— Tu me plais, Fixie. Je te l'ai déjà dit ?

— Oui, au moins deux fois, je confirme, le sourire aux lèvres.

— Ma vie est tellement pourrave que j'ai besoin que tu me remontes. C'est de toi que j'ai besoin.

Il me dévisage. Ses yeux bleus sont sans défense, son visage déborde d'honnêteté. Je me sens à nouveau fondre de tendresse. Ryan a besoin de moi. Pas d'une fille de Los Angeles roulée comme une déesse. Non, de *moi*.

— Le monde est dur, mais à deux on peut y arriver, je déclare pour dire quelque chose de profond.

— Je suis d'accord.

Il me plante un baiser sur le nez, se lève, enroule une serviette autour de ses hanches et se dirige vers la salle de bains pendant que je reste sur le lit, comme assommée.

C'est arrivé ! On a fait l'amour. Nous sommes ensemble (enfin, je crois !). Je lui plais. Et il me plaît, sans aucun doute.

OK. Prochaine étape : ne pas se séparer.

Je sais ! Au lieu de trop réfléchir, je devrais profiter du moment. Me relaxer et savourer le fait que Ryan et moi avons couché ensemble. Rien de plus, rien de moins.

Mais je suis comme ça. Impossible d'empêcher mon esprit de s'emballer.

Je ne pourrais pas supporter de le perdre comme la dernière fois. Il doit rester à Londres. Nous devons passer du temps ensemble. Nous devons nous habituer l'un à l'autre, fusionner, nous détendre. Nous comporter comme un vrai couple. Mais il ne restera que si je lui obtiens ce job. Tout dépend du facteur boulot. Tout.

Pendant que Ryan fait marcher notre douche archaïque, je commence à avoir des scrupules. Mon futur bonheur dépend d'une promesse griffonnée sur une serviette en papier. Impensable mais vrai.

Et si ça foire ? Si le poste est déjà pourvu ?

Ou si Sebastian me dit que ce qu'il a écrit n'était qu'une blague sans valeur ?

Oui, mais il a réitéré son offre ce soir. Et il avait l'air sincère. L'était-il ? Ou était-ce simplement de l'humour pince-sans-rire ?

Et s'il confirme que sa proposition est sérieuse, qu'ils cherchent toujours un candidat, mais que Ryan n'est pas pris ?

Réponse : Il faut que je le persuade. C'est tout.

9

Généralement, mes jambes sont stables. Elles ne tremblent pas. Mais en arrivant dans Clerkenwell Road, j'ai l'impression qu'elles vont me lâcher et que je vais me retrouver les fesses dans le caniveau.

Je me suis habillée comme il sied à un rendez-vous avec un gestionnaire de fonds : jupe droite et chemisier avec un trench-coat emprunté à Nicole (elle le portait quand elle a été – très brièvement – secrétaire dans la City). Je suis trop couverte pour ce mois d'août mais, à mon avis, c'est la tenue adéquate. J'ajoute que des talons hauts me serrent les orteils. Soudain, toute cette histoire me semble absurde. Vais-je vraiment réclamer un job très bien payé en me contentant de présenter un gribouillis sur une serviette en papier ?

GEF est installé là depuis deux ans. Avant, ils étaient au coin de la rue. Et encore avant, dans l'appartement de Sebastian Marlowe à Islington où, tous les vendredis soir, il préparait des pâtes pour son équipe. J'ai lu ces détails dans un article de *MoneyWeek*.

Je me suis beaucoup renseignée sur sa boîte, en fait. Je sais précisément ce qu'ils font (investissements dans des sociétés et des fonds pour des organismes ou des particuliers). Je sais ce qu'ils visent (aider les clients à construire un portefeuille en s'engageant à respecter un haut niveau d'exigence éthique, sociale et environnementale). J'ai aussi vérifié la situation exacte de Sebastian Marlowe (en gros, il dirige l'entreprise).

Après avoir avalé ces informations, prise d'une subite impulsion, j'ai tapé son nom sur YouTube. Je ne m'attendais pas à ce que j'ai trouvé. À dire vrai, je ne sais pas ce à quoi je m'attendais. Certainement pas à un clip où, lors d'une grande réunion d'actionnaires, on le voit critiquer les inégalités de salaires. Le titre de la vidéo est : « Sebastian Marlowe prend à partie le conseil d'administration de Roffey Read ». Micro en main et cheveux en désordre, il exprime tranquillement son indignation sur le fait que sir Keith Barrowdine touche 8,9 millions d'émoluments alors que ses ouvriers au bas de l'échelle reçoivent le salaire minimum. Il rappelle ensuite qu'autrefois cette noble et ancienne société hébergeait les ouvriers dans des cottages et leur assurait une certaine qualité de vie. Les membres du comité ont-ils aujourd'hui la moindre idée des conditions de logement de ces employés ? demande-t-il. Est-ce une coïncidence si la plupart de ces salariés mal payés se trouvent être des femmes ? Il termine sa diatribe en disant qu'il se fait le porte-parole d'un grand nombre d'actionnaires qui pensent la même chose, que le conseil d'administration se cramponne à des habitudes aussi dépassées que nocives et qu'il devrait se reprendre sans tarder.

Drôlement stimulante, son intervention !

Il y a deux autres vidéos sur YouTube. Sur chacune, il tient le même discours devant différents auditoires. Pour terminer, j'ai trouvé dans le *Financial Times* une interview où il raconte ses débuts.

Il a perdu ses parents relativement jeune. Son père est mort quand il avait dix ans. Sa mère, huit ans après. Et son frère aîné, James, a succombé aux suites d'un accident de vélo il y a deux ans. Ces tragédies, au lieu de le briser, ont renforcé son amour de la vie et sa passion de la justice. Ses collègues le décrivent comme un type gai, équilibré et plein d'empathie. Il y a même une photo de lui avec la légende : « Le croisé de Clerkenwell ».

Tout cela devrait me réjouir car, clairement, Sebastian est un type bien. Mais en fait, ça me déprime. Car moi, j'arrive pour lui soutirer un job. Bon, d'accord, soutirer n'est peut-être pas le bon mot. Pourtant ma démarche me paraît un peu sournoise. Un peu vénale.

Ça l'est… ou pas ?

Depuis que j'ai pris ma décision, mon état d'esprit n'a pas arrêté d'osciller. Je m'explique. *Être honnête* : telle est ma devise. J'essaye d'organiser ma vie en fonction de ce principe. Dans ce cas précis, qu'est-ce que ça signifie ? D'un côté, je me sens tout à fait honnête. Il me doit un service. Je suis dans mon bon droit. Mais de l'autre, ça coince. J'ai sauvé son ordinateur et, en échange, il donne un *boulot* à mon copain ? Est-ce correct ?

Oui, mais il a vraiment insisté pour rembourser sa dette.

Et peut-être que, sans moi, il aurait perdu des millions.

Peu importe ! De toute façon, j'y suis. J'ai rendez-vous dans cinq minutes. Et je suis aiguillonnée par la pensée que Ryan a besoin de ce travail. Par conséquent, moi aussi.

Je l'ai laissé au Starbucks du coin. Au moment où je l'ai quitté, il m'a prise dans ses bras en disant :

« Tout commence maintenant. Un nouveau départ. Croisons les doigts, Fixie. »

Incapable de respirer tellement j'étais nerveuse, j'ai répondu :

« Croisons les doigts. »

Et puis il a souri.

« Tu peux le faire ! »

Ses yeux bleus ont plongé dans les miens avec une intensité dont j'ai rêvé pendant des années. Je n'ai pas sauté de joie – juste un petit sourire et un sobre : « Je l'espère ! » Mais je me suis sentie amoureuse comme jamais. Enfin ! Il est avec moi. Main dans la main avec moi. Il dépend de moi. Tout ce que j'ai tellement souhaité se produit.

En me dirigeant vers l'immeuble, je me repasse le film des jours précédents. J'ai vu Ryan tous les jours, à la maison. Quelque chose a vraiment changé entre nous. Dans le bon sens. On est sur la même longueur d'onde. *En phase.* Il se confie à moi. Demande mon avis. Ne cesse de me toucher – passant un bras autour de mes épaules ou me prenant sur ses genoux. Bref, nous n'avons jamais été aussi proches.

Mais une question me revient constamment à l'esprit. Y a-t-il une chance pour que cette félicité dure ? La réponse se trouve à deux pas, dans le bureau de Sebastian Marlowe.

Je pousse la porte et monte au premier étage.

D'abord l'accueil, avec le logo GEF inscrit en lettres vertes. Puis le grand espace ouvert, des gens assis derrière leurs ordinateurs. Un bruit de conversation filtre à travers une porte. Derrière son bureau, la réceptionniste d'un certain âge m'adresse un sourire quasi maternel.

Je prends mon courage à deux mains :

— Bonjour, je suis Fixie Farr et j'ai rendez-vous avec Sebastian Marlowe.

— Bien sûr. Il vous attend. Voulez-vous une tasse de café ?

— Avec plaisir. Merci.

Je m'attends à être dirigée vers la salle d'attente quand la porte qui me fait face s'ouvre brusquement. Le voici. Plus grand que dans mon souvenir. Les cheveux en bataille brillant dans le soleil. Ses yeux couleur sous-bois me dévisageant. Avec un sourire amical.

— Bonjour ! Vous êtes venue, finalement !

— Oui, je dis en souriant aussi.

— Eh bien, entrez !

Une fois dans son bureau, je me sens détendue. Est-ce le tableau contemporain accroché au mur ? Le canapé fatigué en cuir ? L'endroit a quelque chose de très humain malgré la présence de trois ordinateurs. Un mur couvert d'étagères croulant sous les livres, deux grandes plantes vertes et un vieux tapis usé complètent le décor. On se croirait plus dans un living-room que dans un bureau.

— Je vais chercher du café. Vous aimez le café ? Sinon, je peux vous avoir une infusion ou…

— Du café, c'est parfait. Mais votre réceptionniste va m'en apporter.

— J'en suis sûr. Mais comme elle s'est foulé la cheville, elle ne doit pas trop bouger. Cela dit, elle n'en fait qu'à sa tête. J'y vais, si vous me permettez.

— Merci.

Je m'approche de la bibliothèque. Comme le reste de la pièce, son contenu est original : livres de business, romans, sculptures ethniques. L'étagère du haut est seulement occupée par deux grands vases modernes. Celui de gauche est posé en retrait par rapport à l'autre. Ça y est ! Ce manque de symétrie me tarabuste. Je meurs d'envie de rectifier l'alignement.

« Ça ne te regarde pas, Fixie. Ces vases ne t'appartiennent pas. Ce n'est pas ton problème. Regarde ailleurs. »

Mais impossible. Mes doigts ont commencé à pianoter. Comment peut-on vivre avec deux vases installés n'importe comment ? Il n'a pas remarqué ? Il s'en fiche ? Je fixe le vase incriminé et mes pieds démarrent leur pas de deux spasmodique : en avant-en arrière, en avant-en arrière. Régler le problème serait facile. J'en aurais pour une seconde. En fait…

Ça me démange. Je *dois* les aligner. Je m'avance et lève un bras. Au moment où je ramène le vase à la hauteur de l'autre, Sebastian déclare :

— Personne n'a touché à ces vases depuis que ma grand-mère les a posés sur cette étagère, juste avant sa mort.

Hein ? *Quoi ?*

Je fais volte-face. Sebastian est à la porte avec deux tasses de café.

— Oh, je suis vraiment désolée ! Je n'aurais jamais dû. Mais ces vases étaient décalés. Ce genre de truc me rend dingue. Je n'y peux rien. C'est mon plus gros défaut. Il faut que j'arrange ce qui cloche. Généralement, le problème empire mais…

— Il ne faut pas me prendre *complètement* au sérieux. J'adore faire marcher les gens. C'est mon plus gros défaut. Au fait, appelez-moi Seb.

Il accompagne ses mots d'une grimace si drôle que j'éclate de rire. Pourtant, je tremble encore de peur. Et si son histoire de grand-mère était vraie ?

Ou pire : si un des vases abritait les cendres de sa grand-mère ? J'en frémis. Et si j'avais osé déranger le souvenir sacré d'un être qui lui est cher ?

— Vous avez l'air soucieuse, dit-il en me scrutant.

Spontanément, je réponds :

— C'est l'idée qu'il puisse s'agir de l'urne contenant les cendres de votre grand-mère.

— En effet, ce serait fâcheux. Heureusement, les cendres de ma grand-mère reposent en toute sécurité dans un cimetière.

Je devrais m'asseoir mais, pour une raison bizarre, je jacasse comme une pie. Un vrai moulin à paroles.

— Nous avons éparpillé les cendres de mon père dans la mer. Un désastre. Nous les jetions dans les vagues mais le vent fort nous les renvoyait en pleine face. Ma mère clignait des paupières en s'écriant : « Mike, espèce de vieille mule, veux-tu bien retourner dans l'eau ? C'est toi qui as choisi d'y aller, après tout ! » Et puis le chien de papa est arrivé à toute allure… Oh, pardon, je raconte n'importe quoi.

Je viens de me souvenir que les membres de sa proche famille sont morts et moi, je ne cesse de blablater à propos de cendres. *Tais-toi, Fixie !*

— Bien, si nous commencions ? fait-il au bout d'un instant.

— Oui, pardon ! Allons-y !

Il a fallu que je touche à ce vase. Pourquoi ? Je suis furieuse contre moi-même. Je suis incorrigible. Irrécupérable.

Mais je peux changer. Je vais changer. La prochaine fois que quelque chose me dérange, sauf si c'est super important ou d'une portée vitale, je renonce. *Je laisse tomber.*

— Racontez-moi la suite, dit Sebastian. Que s'est-il passé avec le chien ?

— C'est sans aucun intérêt !

Quand je lève les yeux au ciel, il se met à rire – du même rire juvénile que dans le café. S'ensuit un silence. Visiblement, il attend que je lui explique le but de ma visite.

C'est le moment. Mais je suis encore toute secouée. J'ai besoin d'un moment pour récupérer. À tout hasard, je lance :

— J'aime votre bureau !

— Vous m'en voyez ravi.

— Certains bureaux impressionnent. Mais le message du vôtre est différent. Il semble dire : « Allez ! On s'y met ! On va bien s'amuser. »

Mon babillage n'a ni queue ni tête. Pourtant Sebastian a l'air enchanté de mon analyse :

— Ça me plaît, ce que vous venez de dire ! Oui !

Je bois mon café à petites gorgées histoire de temporiser. Sebastian déguste le sien. Scène sans paroles.

À toi de jouer, Fixie. *Lance-toi !*

— Alors voilà, en fait je suis venue vous voir à propos de ma reconnaissance de dette, je déclare d'un ton que j'espère léger.

— Content de l'entendre.

Je me détends un peu. Donc il n'a pas oublié. Oui, mais je ne suis pas encore entrée dans le vif du sujet.

— OK. Alors… (Gorgée de café pour gagner du temps.) Premièrement, je dois vous demander si vous étiez sérieux.

Sebastian semble surpris.

— Évidemment. Je vous dois une faveur. Je vous suis redevable de votre gentillesse. Mon offre est toujours valable. Vous avez gardé la serviette en papier ?

— Bien sûr, je m'exclame en la sortant de mon sac. Vérifiez par vous-même !

Il se penche et fait semblant de l'examiner avec attention.

— Oui. Je déclare cet acte parfaitement authentique.

Il repousse la serviette vers moi et me regarde bien en face.

— Que puis-je faire pour vous ? Voulez-vous un conseil financier ?

— Non, autre chose.

Quelle galère ! Mais je dois continuer à ramer.

— Un truc différent.

Allez ! Dis-le !

— Pas de problème. Ce que vous désirez. Toujours pas de muffin aux pépites de chocolat ? rigole-t-il.

— Non, pas de muffin, mais un job, j'affirme en plantant mes ongles dans mes paumes.

— Un *job* ?

Il est sous le choc mais se reprend vite.

— Désolé, ajoute-t-il en voyant mon expression. Je ne voulais pas… euh… Un job ? Waouh ! OK.

Je l'observe passer en revue les faits dans sa tête, se remémorer les détails. Pas besoin de lui rappeler la mention « N'importe quel service », il s'en souvient.

Je reprends :

— Ce n'est pas rien, je sais. C'est même une énorme faveur, mais je me suis dit que le service pouvait devenir réciproque. Au café, l'autre jour, j'ai entendu que vous ne trouviez pas la personne adéquate pour un job. Que vous vouliez quelqu'un de dynamique, prêt à bosser dur et à apprendre, différent des jeunes candidats bardés de diplômes.

Son visage passe de la méfiance à l'enthousiasme. Il me regarde comme si c'était la première fois qu'il me voyait.

— Oui, c'est ça ! Excusez ma première réaction. Je pense que vous seriez parfaite pour nous. J'ai déjà vu la manière dont vous réagissez en temps de crise. J'ai constaté que vous réfléchissez vite, que vous allez de l'avant. Vous êtes brillante, positive, honnête… Vous avez *clairement* (il jette un coup d'œil en biais aux vases) le sens du détail. Sans plus de cérémonie, je dirais que j'aimerais beaucoup vous accueillir dans l'équipe. Nous devons parler salaire, bien sûr…

Je pique un gigantesque fard. *Merde ! Merde !* Et *merde !* Il faut absolument que je stoppe ce délire.

— Attendez ! Non ! C'est ma faute… ! J'aurais dû… Vous ne comprenez pas. J'aurais dû vous dire…

— Dire quoi ?

— Que le job n'est pas pour moi.

— Mais…

— Je vous demande un job pour quelqu'un d'autre. Quelqu'un que je connais.

Après m'être éclairci la voix, je précise :

— Je transfère la créance.

Son regard tourne au vert glauque.

— Mon « bon pour » vous était destiné. C'est vous et uniquement *vous* que je veux récompenser.

— Je serai récompensée, croyez-moi ! Je désire vraiment rendre service à cette personne.

Il fixe la serviette en papier sur le bureau en cogitant à fond.

— Alors, comme ça, vous avez décidé que notre accord est transmissible.

— Pourquoi pas ? je réplique avec d'autant plus d'assurance que j'avais prévu sa remarque. Toutes les créances peuvent être cédées. Après tout, c'est comme un marché.

— Peut-être, mais ce n'est pas nécessairement souhaitable.

— D'accord, mais c'est ce que je voudrais. S'il vous plaît.

Les yeux de Seb ont pris une teinte sombre. Il joue nerveusement avec une agrafeuse. Une façon de retarder sa décision ?

— Si je saisis bien, vous me demandez de donner du travail à une personne totalement inconnue.

— Je suis une totale inconnue et pourtant vous m'avez presque engagée.

— Vous n'êtes pas une inconnue. Au moins…

Apparemment, ce n'est pas clair pour lui. Je me demande s'il ressent la même chose que moi dans le café, quand, en l'entendant parler au téléphone, j'ai eu l'impression de le décoder cinq sur cinq.

Ce genre d'étincelle se produit. Parfois, les connexions entre personnes se font instantanément. Parfois, on a beau essayer, le courant ne passe pas. (Cf. oncle Ned.)

— Qui est cette personne ? demande Seb. A-t-elle de l'expérience dans la gestion d'investissements ?

Un bon point pour lui : il s'efforce de se montrer positif et impartial.

— Une personne au masculin. Un ami.

Nouveau changement d'expression.

— Il a déjà occupé ce genre de poste ?

— Non. Mais est-ce essentiel ? Vous vouliez quelqu'un avec l'expérience du monde. Dans ce domaine, personne n'a plus d'expérience que Ryan. Il a monté son propre business, il s'est frotté aux requins d'Hollywood…

— Hollywood ?

— Il était dans la production. Mais il a trouvé le milieu atroce. Peu fiable. Il veut appliquer ses principes professionnels à quelque chose qui en vaut la peine. Comme ce que vous faites. Je vous ai vu sur YouTube. Drôlement bien envoyée, votre intervention sur les salaires des directeurs !

Seb hausse les épaules.

— Ça fait partie de mon credo.

— Ryan pense pareil ! je m'exclame. Il veut améliorer les choses. Comme vous.

En ai-je dit assez pour le persuader ? Visiblement, non. Sebastian secoue la tête.

— J'ai du mal à comprendre, dit-il. Un producteur de cinéma veut occuper un poste junior dans une boîte qui fait de la gestion équitable de fonds ? Un boulot de recherches plutôt ingrat et payé des cacahuètes ? Pardon de me montrer aussi sceptique mais…

Je le coupe sans hésiter :

— Il n'est plus producteur à Hollywood. D'ailleurs, il a tout perdu. Il a traversé une sale période. Il sait qu'il doit repartir de zéro. Il est résolu à bosser dur, à apprendre, à plonger les mains dans le cambouis. Croyez-vous qu'il doive être puni pour avoir essayé et échoué ? (L'exaltation fait grimper ma voix.) Il a beaucoup à apporter, il a du talent mais il se sent rejeté. La plupart des gens ne consentiraient même pas à lui donner une chance. Mais vous pouvez être l'exception. Celui qui changera le cours de sa vie. Et ça en vaudra probablement la peine.

Sebastian digère en silence ma plaidoirie.

— Vous faites une bonne avocate, dit-il finalement. Vous n'avez jamais pensé à vous inscrire au barreau ?

— Je ne m'exprime pas bien.

Il se marre.

— En tout cas, vous m'avez convaincu. Dois-je rencontrer ce… Ryan – c'est ça ?

— Il attend à deux pas d'ici avec son CV. Je lui demande de venir ?

J'envoie le texto en silence. Sebastian est aussi muet que moi. Au bout d'un moment, il m'annonce qu'il va refaire du café et quitte la pièce.

J'entends vaguement sa voix parvenant d'un bureau mais je n'essaye pas de saisir ses propos. Toute ma volonté se concentre sur mes deux mains agrippées à mes hanches pour ne pas toucher aux vases.

Leur tête-à-tête imminent me rend nerveuse. J'espère que Ryan va jouer franc jeu avec Seb. Qu'il ne sera pas en mode défensif, qu'il ne crânera pas. J'espère qu'il montrera sa vraie personnalité. Qu'il sera le Ryan meurtri, plein d'humilité qui en a pris plein les gencives mais qui est prêt à redémarrer quelle que soit la charge de travail. Le Ryan qu'il est avec moi, quoi !

Je sursaute quand Seb revient.

— Il sera là d'une seconde à l'autre, je dis.

— Très bien.

Son sourire est aimable mais moins chaleureux. Il y a de l'embarras dans l'air.

J'attends avec impatience l'arrivée de Ryan. Quand il apparaît, mon cœur s'emballe. Avec son hâle et ses cheveux blonds, il ressemble à un acteur de cinéma. Il salue Seb avec un sourire éblouissant et lève sa main pour faire un *high-five*. Mais il ne bronche pas quand Seb lui tend la sienne pour une poignée de main traditionnelle. Au contraire, il semble très à l'aise, comme si c'était ce qu'il avait en tête depuis le début.

— Alors c'est vous, l'homme mystérieux, fait-il avec son charme habituel.

— Je vous renvoie le compliment, plaisante Seb.

Il est déterminé à se montrer positif. Vraiment sympa de sa part. Il veut donner sa chance à Ryan alors qu'il aurait pu me renvoyer dans mes cordes.

— Fixie me dit que notre poste de chercheur analyste junior vous intéresse.

— C'est elle, la responsable, répond Ryan en riant. Elle a sauvé votre boîte et j'imagine que vous lui devez un grand service.

Je tressaille intérieurement et j'interviens en toute hâte :

— Je n'ai jamais dit ça !

— Eh bien, je serais ravi d'avoir un entretien avec vous. Vous avez travaillé à Hollywood, si j'ai bien compris.

— Hollywood. N'y mettez pas les pieds ! Cet endroit regorge d'individus hypocrites et malfaisants. Il y a un mois, j'étais assis au restaurant de l'hôtel Château Marmont. Vous connaissez ?

— Je crains que non.

J'ai envie de disparaître sous terre. Si seulement Ryan ne frimait pas avec les noms ! D'accord, il est méfiant. Mais quel besoin a-t-il d'en faire des tonnes ? Pourvu que Seb s'aperçoive qu'il est juste mal à l'aise.

— Eh bien, ce jour-là, j'ai eu une révélation. En un instant, tout est devenu clair, fait-il en claquant des doigts. Je me trompais de ville, de pays, de carrière. J'avais deux options : traîner en longueur ou… limiter mes pertes. Je suis donc revenu avec l'intention de repartir d'un nouveau pied, en faisant tout ce qu'il faut pour.

— Je vois, dit Seb. Et vous pensez vraiment que la gestion de fonds est le domaine qui vous convient ?

Silence. Le regard bleu de Ryan va et vient de Seb à moi puis fait le tour du bureau. On dirait qu'il cherche la réponse adéquate.

— Au fond, je ne sais pas. Je croyais que la production de film était pour moi. C'était faux. Tout ce que je peux dire, c'est que, si vous me donnez ma chance, si vous m'aidez à me rétablir, je vous revaudrai ça.

Je travaillerai comme un fou et vous en serai reconnaissant jusqu'à la fin de mes jours.

Bravo ! Voilà le Ryan que j'aime – honnête, passionné, raisonnable, persévérant. Le Ryan qui a encaissé les coups sans jeter l'éponge.

Le visage de Sebastian s'est adouci pendant que Ryan parlait. Il a presque l'air d'éprouver de la sympathie pour lui.

— Tout le monde peut prendre une veste, commente-t-il. À Hollywood plus que partout ailleurs. Je vous félicite d'accepter de commencer et d'apprendre un nouveau métier.

— Je suis heureux d'apprendre. *Désireux* d'apprendre. Et puis, qui sait ? Ce que le monde du cinéma m'a enseigné pourrait un jour vous être utile.

Seb l'observe en silence. On dirait qu'il l'évalue. Au bout de quelques secondes, il semble avoir pris sa décision.

— Je vais appeler Alison, la directrice du département recherches, si ça ne vous ennuie pas. Elle va vouloir faire votre connaissance.

Il est temps pour moi de tirer ma révérence.

— Bon, je m'en vais ! Vous avez des tas de trucs à vous dire sur des tas de sujets. Bonne réunion ! Et merci, Seb. Merci mille fois.

Instinctivement, je m'empare de la serviette en papier, prends un stylo et griffonne « Payé » suivi de la date. Puis, je la lui tends :

— Voici votre reçu. Pour solde de tout compte. Mais l'expression est faible. Vous avez fait *plus* que solder votre dette.

— J'y suis très sensible, merci à vous, répond Seb dont les yeux se plissent en lisant.

— À tout à l'heure, Fixie, dit Ryan. On se retrouve au 6 Folds Place. D'accord ? Êtes-vous membre de ce club privé ? demande-t-il à Seb.

— Non, ce n'est pas tellement mon genre d'endroit.

— Bien vu ! C'est assez prétentieux.

— Par contre, j'ai un faible pour la cuisine thaïe. Fixie, vous pouvez me donner les coordonnées du restaurant dont vous m'avez parlé l'autre jour ?

— Bien sûr.

Sa carte de visite avec son numéro de téléphone étant toujours attachée à la serviette en papier, je lui envoie par texto le nom et l'adresse du restaurant. Je ne suis qu'une intermédiaire dans cette affaire de job. Mais plus je suis gentille avec Seb, plus Ryan en bénéficiera. Pas vrai ?

— Merci. Je vais chercher Alison. Au revoir, Fixie.

Pour je ne sais quelle raison, me voilà tout intimidée.

— Au revoir ! Et merci encore.

Quand il sort du bureau, j'exulte. Ouais ! Ryan a trouvé un job ! Il va rester à Londres !

— Tu t'es bien débrouillé ! je murmure.

— Non, c'est *toi*.

Il sourit et, après un coup d'œil autour de lui, il m'embrasse. Je ferme les yeux et, pour la première fois depuis un moment, je me détends. Plus de souci à se faire. Ryan est là pour de bon.

Pourtant, pas question de jouer la fille en manque d'affection. De lui demander ce que ça va changer pour nous. D'un autre côté, j'ai fait tout ça avec un seul but en tête.

— La situation est différente maintenant que tu restes, non ? je lance.

Soudain je panique à l'idée qu'il puisse répondre : « Qu'est-ce que tu sous-entends ? » ou : « Il faut qu'on parle, Fixie. » Ou un truc épouvantable du même style. Mais non ! Il prend mon visage entre ses mains et, les yeux brillant de bonheur, déclare :

— Oui, la situation est différente. Absolument.

10

Je suis allée au 6 Folds Place plusieurs fois avec Jake. C'est *horriblement* cher. Même les portiers transpirent le luxe avec leur polo gris foncé. Belles gueules, en plus ! Sans parler de leur expression dédaigneuse qui dit clairement : « Vous êtes sûre de faire partie de ce club ? Parce que franchement vous n'avez pas le bon look. Alors, du balai, rentrez chez vous ! »

Ils ont raison : je ne suis pas membre. Et mes chaussures à 19,99 livres n'ont pas leur place ici. Mais ce club est comme un second foyer pour mon frère. Il m'a invitée et les portiers sont donc bien obligés de nous supporter, moi et mes escarpins bon marché.

Jake et Leila sont certainement déjà attablés. Pourtant, je suis dans une telle bulle d'euphorie que je préfère rester dehors pour envoyer des messages à Ryan.

C'est stupéfiant comme tout se passe à merveille.

Comme je n'ai pas eu de ses nouvelles de tout l'après-midi, je lui demande par SMS :

J'espère que l'entretien s'est bien passé.

Il me répond :

Fantastique.

Moi :

Super ! Tu seras bombardé patron en un rien de temps !

Au moment de ranger mon téléphone, je me dis qu'aborder la question de l'avenir sera plus facile en écrivant que de vive voix. Que c'est le moment de parler en toute franchise. Je rassemble tout mon courage et tape :

Et maintenant ?

Au cas où il aurait besoin de points sur les *i*, je complète :

Où vas-tu habiter maintenant que tu as un boulot ? Chez moi ? L'offre tient toujours, tu sais.

Hum ! Trop pressante, la proposition ! Mais comme je l'ai déjà envoyée, j'ajoute :

Si tu en as envie.

L'écran n'affiche rien pendant un moment. Je le fixe en retenant ma respiration, le cœur battant, les doigts cramponnés à mon téléphone. Et j'attends, j'attends…

Sa réponse arrive. Un miracle :

Oui ! Génial ! On va tout faire pour y arriver ! Et vite.

Il veut emménager chez moi. Ryan Chalker veut s'installer avec moi. Je relis son message au moins vingt fois de suite. Pour m'en assurer. D'une certaine façon, ce n'est pas une surprise. Depuis qu'il m'a avoué qu'il aurait aimé que je parte avec lui en Californie, nous avons établi des bases plus solides. Malgré ça, j'étais anxieuse, inquiète d'avoir mal interprété la situation. Mais l'évidence figure sur mon portable. Noir sur blanc. Il veut s'impliquer. Faire avancer notre relation. Il veut tout ce que je souhaite.

Je ne suis pas en avance : il faudrait que j'entre dans le club. D'ailleurs, Ryan ne va pas tarder à arriver. Pourtant, arrêter là cette conversation paraît inconcevable. Mes doigts courent sur les touches tandis que j'ouvre mon cœur :

Ryan, c'est le début de quelque chose de merveilleux. Une nouvelle vie. Toi et moi. Je resterai à tes côtés pendant que tu commenceras une nouvelle carrière. Je t'aiderai de toutes les manières possibles. Apporte tes affaires quand ça t'arrange et on fêtera l'événement dignement.

J'appuie sur « envoyer ». Et, tout à ma béatitude, j'écris un PS :

Je suis si heureuse !!!!

Pour finir, je compose un autre SMS rempli de smileys : flûtes de champagne, petites maisons, myriades de cœurs.

J'adore les émoticônes. Elles expriment bien nos… émotions.

Je me décide finalement à entrer en adressant un sourire radieux au plus farouche des portiers. Personne ne peut me démoraliser ou percer ma bulle de bonheur. Ryan veut s'installer avec moi. Il veut partager mon lit. Et vite. Il a écrit ces mots : *et vite* !

Je soupire d'aise en pénétrant dans le bar et fais un signe à Leila, tout à fait ravissante dans une robe en soie crème et des escarpins à logo Vuitton. Je porte mon éternelle robe noire mais j'inaugure les baskets en satin que j'ai reçues pour Noël. Le détail fashion qui change tout.

En me dirigeant vers la table que Leila et Jake occupent, je m'émerveille. Quel luxe ! Que ce soit l'épaisseur soyeuse de la moquette, la qualité et le design des sièges, les lumières tamisées qui éclairent judicieusement l'endroit ou le bar recouvert de cuivre. Et que dire du prix des boissons ? Rien à moins de 15 livres. Ce détail me chiffonne – 15 livres pour un verre ? –, bien que Jake m'ait prévenue que, ce soir, il prend tout à son compte. Si jouer les nababs lui fait plaisir, d'accord. Pour ma part, je serais aussi contente avec une bouteille de pinot grigio à la maison. (Et, à mon avis, Leila aussi.)

En les embrassant, je remarque qu'une bouteille de champagne trône déjà sur la table. Mon frère remplit une flûte pour moi. Nous trinquons. Après quoi, ils poursuivent leur conversation au sujet d'un canapé que Jake a repéré chez Conran.

— Je vais le commander, dit-il. Le cuir est moelleux comme du beurre. Fais un saut à la boutique pour le voir mais je le commande de toute façon.

— On peut regarder en ligne un canapé plus abordable, avance Leila.

Aussitôt Jake se renfrogne.

— Pas question d'acheter une copie. Je veux le modèle authentique.

Comme je n'ai jamais mis les pieds chez Conran, je me garde bien d'ajouter mon grain de sel. Je préfère me carrer confortablement dans mon fauteuil et m'imprégner de l'atmosphère. Même la musique a l'air d'être composée sur mesure. Pour les membres milliardaires d'un club hyper sélect. Décidément, tout est prévu pour qu'on nage dans un océan de bien-être.

Personnellement, je me sentirais bien n'importe où. Plus qu'heureuse, je suis euphorique. Je n'arrête pas de relire les messages de mon téléphone. *Ryan veut vivre avec moi, Ryan veut vivre avec moi...*

Soudain, il est là, se frayant un chemin entre les tables. Du calme ! Mais mon cœur bat la chamade. Toutes les filles zieutent le mec blond et bronzé aux belles dents blanches et à l'allure si décontractée. Et c'est vers *moi* qu'il se dirige.

Il a un bouquet à la main. Des fleurs ! Même dans mes rêves les plus romantiques, je n'avais pas imaginé cette scène.

Il me tend le bouquet – des lys enveloppés dans du papier vert.

— Fixie, tu es la meilleure !

Et il m'embrasse.

— C'est toi, le meilleur, je réplique.

Je vais pour lui chuchoter quelque chose d'intime dans l'oreille comme le font tous les amoureux du monde mais la manœuvre échoue. Il s'est déjà dégagé pour dire bonjour aux autres.

— Ryan ! Wouah ! couine Leila.

— Bravo, mon pote ! s'écrie Jake en lui tapant dans la main.

Puis, avisant d'un œil critique la bouteille de champagne déjà ouverte :

— Il nous faut une bouteille spéciale pour célébrer un événement spécial.

Il claque des doigts pour appeler le garçon. Le geste me fait bondir. Tellement grossier. Mais c'est mon frère tout craché.

— Une bouteille de Cristal Roederer, demande-t-il avec emphase.

Je m'empêche de jeter le moindre coup d'œil au prix sur la carte des boissons, histoire de ne pas tomber dans les pommes.

— Ryan, tu te souviens quand, à la fin de la première, après nos examens, tu as claqué 200 livres pour une bouteille de Krug qu'on a sifflée dans ton jardin ? Aujourd'hui, c'est ma façon de te rendre la pareille.

Je m'en souviens aussi mais je ne pipe pas. Jake avait promis de m'emmener avant d'oublier. Il est rentré à la maison tout rouge et plein de boue, et on l'a entendu parler de la bouteille à 200 livres pendant des semaines. Il s'est servi de cet exploit pour draguer. Et vous savez quoi ? Avec certaines filles, ça a marché.

Le garçon verse le Cristal dans de nouvelles flûtes. Nous portons un toast à Ryan. Tandis que je déguste le champagne, plusieurs questions me viennent à l'esprit, une après l'autre. Jake apprécie-t-il vraiment le champagne de luxe ? Est-il capable de faire la distinction entre plusieurs qualités ? La plupart des gens peuvent-ils faire la différence ? N'est-il pas dérangé par le prix ?

Je ne sais rien des finances de mon frère. Apparemment, il réussit bien. Parfois, je me dis qu'il est millionnaire sans qu'on le sache.

Assez pensé à Jake ! Je félicite Ryan assis à côté de moi :

— C'est un grand jour ! Tu as été formidable.

— Je le savais, fait Leila en lui tapotant le genou. Je l'avais d'ailleurs dit à Jakey.

Je la coupe :

— Ça montre seulement qu'on peut améliorer le cours des événements, aussi pénibles soient-ils, à condition d'être souple, humble et prêt à travailler dur.

— Travailler dur ! s'esclaffe Jake. Tu entends ça, Ryan ? Tiens, tu vois le type bien sapé accoudé au bar ? C'est Ed. Je vais te le présenter. Viens.

Ils se lèvent, en nous laissant en plan Leila et moi. Ce qui ne me dérange pas outre mesure. Je suis ravie de siroter mon champagne en observant Ryan qui fait son numéro pour le copain de Jake :

— Eh oui ! Je quitte la production de cinéma pour la gestion de fonds. Une bonne idée, je trouve. Comme on dit, il faut suivre l'argent à la trace.

Rire désinvolte.

C'est fou, cette métamorphose soudaine. Il est radieux. Exubérant. Sûr de lui. Rien à voir avec le lion blessé des jours précédents. Aujourd'hui, il est le roi de la jungle. Le golden boy.

Et c'est grâce à moi. À moi, Fixie.

— Oui, je les ai intéressés pendant l'entretien… Et, bien sûr, je leur ai filé un petit billet…

Le copain de Jake rigole et je souris dans mon verre. Mon téléphone vibre au moment où j'allais proposer à Leila de rejoindre les mecs. Je vais pour l'éteindre quand je m'aperçois que c'est un appel de maman.

— Bonjour, maman ! Attends une seconde. Je te prends dehors.

Je n'ai pas parlé à ma mère depuis son départ. Elle m'a envoyé un texto pour me dire qu'elle était bien arrivée mais je n'ai pas entendu le son de sa voix. Tout en me dépêchant de sortir, je me rends compte qu'elle me manque beaucoup.

— Maman ! Comment ça va ?

— Fixie, tout est formidable. J'aimerais tant que tu sois là.

Une phrase toute faite ? Pour beaucoup de gens, oui. Mais pas pour ma mère. D'abord, elle ne part jamais nulle part. Ensuite, le côté cliché de la formule lui échappe certainement.

— Tu te plais bien, là-bas ?

Dommage que je ne puisse pas voir son visage !

— Il fait si chaud, s'étonne-t-elle comme si elle s'était imaginé que le sud de l'Espagne serait frisquet. L'appartement donne sur la plage. Je me baigne tous les jours. Heureusement que j'ai acheté un maillot. Et la nourriture est délicieuse. Nous mangeons beaucoup de fruits de mer et de poissons. Ta tante commande toujours trop de sangria…

Adossée au mur, je l'imagine barboter dans la mer, se prélasser au soleil, goûter à la sangria avec sa sœur. C'est ce qu'elle aurait dû faire depuis longtemps.

— Et le magasin ?

Sa question me ramène à la réalité. Je me sens un peu coupable. Car, récemment, je me suis concentrée davantage sur Ryan que sur la Maison Farr.

— Tout va bien, j'affirme.

— Ned m'a envoyé un mail pour me dire que vous avez votre première réunion demain.

— C'est exact.

— Pas de problèmes avec Jake et Nicole ?

Et si je lui parlais des cours de yoga suggérés par Nicole ? Non. Pas la peine de l'inquiéter. Je vais me débrouiller toute seule.

— Tout se passe à merveille. Ne t'en fais pas.

Nous bavardons encore un moment. Une fois la communication terminée, je retourne dans le club en me mordillant les lèvres. Maintenant que l'avenir de Ryan est assuré, je vais m'occuper du magasin.

Il est toujours au centre de l'attention au bar et, comme il ne remarque pas ma présence, je profite d'un trou dans la conversation pour lui donner une petite tape sur le bras.

— Oh, viens que je te présente ! dit-il.

— En fait, je vais m'éclipser, si ça ne t'ennuie pas. Demain, nous avons une réunion de famille à propos du magasin. Je voudrais la préparer.

— Très bien, acquiesce Ryan.

— Amuse-toi bien. Je te vois plus tard.

— Plus tard ? Pourquoi plus tard ?

— Ben… Je croyais que tu t'installais à la maison ?

— Fixie, répond Ryan avec un rire amusé. Fixie ! Fixie ! Tu me dis quoi, là ? Que nous devons *vivre* ensemble ?

Le choc me laisse sans voix. Mon cerveau n'arrive pas à intégrer ses paroles. Il plaisante ? Évidemment, je pense que nous devons vivre ensemble. On vient juste d'en parler, il me semble. On dirait pourtant qu'il tombe des nues.

Comme je le dévisage, l'air sidéré, il m'entraîne à deux pas du groupe avec un grand soupir.

— Entre toi et moi, il se passe quelque chose de sensationnel. De merveilleux. Par contre, vivre ensemble tout de suite me paraît être *la plus mauvaise* des options. Pas de décision hâtive. Prenons notre temps.

Les mots s'entrechoquent dans ma tête. Rien n'a de sens.

— Mais ton texto ?

— Quel texto ?

— Sur notre avenir. Il y a cinq minutes. Je t'ai demandé et tu as dit… Je vais te montrer sur mon téléphone. Voilà. Tu as répondu : « Oui ! Génial ! On va tout faire pour y arriver ! Et vite. »

— Oui ! Je veux grimper les échelons très vite.

Les échelons ? Pour être *bombardé patron* ?

Il répondait à *ce texto-là* ? Malgré mon total désarroi, je parviens à lancer comme si de rien n'était :

— Mais mon autre message ? Tu ne l'as pas…

— Quel autre message ? Dans le dernier, tu me voyais déjà patron. Pourquoi, tu disais quoi d'autre ?

Il ne l'a pas reçu. Mon bonheur sans nuages est fondé sur un malentendu.

— Oui, tu disais quoi ? répète Ryan.

Panique à bord. Il n'est pas question qu'il sache ce que j'ai écrit. Plutôt mourir… de honte.

— Rien du tout. C'est sans importance. Oublie !

— Tu me comprends, Fixie ? reprend-il gentiment. On vient à peine de se remettre ensemble. Ça serait ridicule de vivre sous le même toit.

— Tu as raison ! je confirme en émettant une sorte de rire étranglé. C'est bien la *dernière* chose que je souhaite. La *dernière*, vraiment ! Cela dit, tu voulais que je sois avec toi à L.A., si je me souviens bien.

À son tour d'être étonné.

— Fixie, Los Angeles, c'est… Écoute, je prends notre histoire extrêmement au sérieux.

— Moi aussi.

— Nous devons donc procéder par étapes. Oh ! Voici des messages. Ce sont les tiens ?

Oh, naaaan ! C'est bien le moment !

— Ne les lis pas ! j'ordonne d'une voix suraiguë. C'est juste du bavardage sans intérêt. D'un ennui mortel. En fait, je devrais les effacer.

Le cœur battant, je lui arrache son portable et, ignorant son regard médusé, j'appuie frénétiquement sur la touche « supprimer ». Mais quelle humiliation de voir défiler mes petits mots d'amour et d'allégresse. Je fais aussi disparaître les émoticônes. Et c'est fini.

En lui rendant son téléphone, je plaque sur mon visage un sourire éblouissant. Mais, au fond de moi, je suis anéantie. Il a raison, bien sûr. Qu'est-ce que j'imaginais ? Quand on pense long terme, on agit avec lenteur et discernement.

C'est juste que…

… qu'on ne peut pas s'empêcher de fantasmer.

— Bon… à un de ces jours, je lance en m'efforçant de paraître désinvolte.

Comme si ne plus le voir m'était égal. Comme si c'était le cadet de mes soucis. Comme si je m'en fichais éperdument.

— Je t'envoie un message. On se prévoit un truc tous les deux bientôt. Et merci encore pour aujourd'hui, bébé !

Il me plante sur les lèvres un petit baiser léger. Je suis très tentée de rester. Oui, mais j'ai déjà annoncé que je m'en allais. Si je change d'avis, ça va sembler bizarre. Je prends donc mes fleurs et sors du club, en me disant qu'il y a au moins cinq conclusions positives à tirer de la situation présente.

1. Il ne veut pas qu'on se quitte.
2. Il n'a pas lu mes messages absurdes.

3. Il m’a offert des fleurs.

4.

5.

Oui, il en manque deux ! Mais trois, c’est déjà pas mal, non ?

11

Oncle Ned a réservé une table chez Rules, à Covent Garden. Le décor ? Résolument victorien avec banquettes en velours rouge et mobilier sombre. Les spécialités ? Huîtres et gibier. Les prix du menu me font tressaillir.

J'ose un commentaire :

— Drôlement… somptueux, oncle Ned ! Généralement, nos réunions ont lieu au magasin et maman apporte des sandwichs.

— Ta mère aime faire profil bas, commente-t-il avec bienveillance. C'est son genre de coquetterie. Moi, je dis : si on fait du business, il faut voir *grand.*

Il lève son gin-tonic comme pour se porter un toast. J'acquiesce car je ne veux pas commencer la soirée par une dispute. Cela dit, je ne pige pas. Pourquoi se rencontrer dans un restaurant de luxe pour parler du magasin ? Ma devise à moi serait plutôt : si on fait du business, on dépense de l'argent pour le business et pas pour se goberger dans des établissements hors de prix.

Jake et Nicole, visiblement enchantés, choisissent du foie gras et des langoustes. Une fois nos commandes passées, oncle Ned s'éclaircit la voix avec force raclements de gorge.

— Avant de commencer à parler de cette petite entreprise familiale, j'aimerais vous assurer que je ne suis là qu'en tant que médiateur. Je répète : *médiateur*. Vous n'avez pas très envie d'écouter un vieux schnock comme moi et c'est compréhensible. Je veux juste m'assurer que vous ne ferez pas échouer le navire, c'est tout. Vous apportez la bouteille de chablis ? demande-t-il au sommelier. Au fait, Jake, j'imagine que tu as emporté la carte bancaire du magasin ?

— Ne t'en fais pas, oncle Ned. Je m'occuperai de la note. Sur le compte de la Maison Farr.

— Tu es un bon gars ! se réjouit oncle Ned en avalant une lampée de son gin-tonic. Donc, comme je vous l'ai dit, je suis là pour aider, écouter, conseiller.

« Et pour siffler du gin à nos frais », je me dis tout en regrettant instantanément cette méchante pensée. Maman fait confiance à oncle Ned, donc il faut que je prenne sur moi. Il a renégocié le loyer. En affaires, il doit être avisé. Gardons l'esprit ouvert !

— Alors je vais commencer, lance Jake. J'ai des tas d'idées pour le magasin.

— Moi aussi, intervient Nicole. Des tonnes.

— La Maison Farr ne peut pas rester telle qu'elle est, reprend Jake.

— Je suis de ton avis, enchaîne Nicole.

Je ne comprends pas très bien. Notre magasin a-t-il *à ce point* besoin de changement ? Il rapporte bien. D'ailleurs, maman nous a chargés de garder la boutique, pas de la transformer.

— Je n'ai pas *énormément* d'idées, j'annonce. Quelques-unes seulement.

— On t'écoute, Fixie. Partage tes petites idées, ce sera toujours ça.

Pardon ? Sa condescendance est telle que j'ai envie de rétorquer : « Une bonne idée vaut mieux que cent mauvaises. » Ou, au moins, de lui clouer le bec avec un discours élaboré.

Mais, comme toujours, j'ai le trac. Surprendre Jake qui lève les yeux au ciel sape tout mon aplomb. Les nuages noirs s'amoncellent. Mes lèvres tremblent. Au moment d'ouvrir la bouche, le souffle me manque. N'en sort qu'un filet de voix.

— À mon avis, nous devrions revoir nos rayons. Peut-être supprimer la section loisirs. Et la confiserie. Nous ne vendons que des réglisses. Ça n'a pas de sens.

— Papa et moi étions les seuls à aimer les assortiments de réglisse, intervient Nicole. Il disait toujours…

J'attends de voir si elle continue. Mais comme d'habitude, elle laisse sa phrase en plan. Je respire à fond et poursuis :

— Pareil pour la section bricolage. Je sais que papa aimait ces rayons, mais ils sont démodés et ne génèrent que peu de bénéfices. Nous devrions nous concentrer sur tout ce qui concerne la cuisine et la table. Les clients apprécient les gadgets, ils aiment échanger des tuyaux et partager leur savoir-faire. Ils savent qu'ils peuvent nous faire confiance. Nous pourrions en faire notre slogan : « Faites confiance à la Maison Farr. »

En parlant, je prends de l'assurance. Ma voix devient audible. En fait, j'ai du plaisir à exposer mes opinions. Je continue sur ma lancée :

— Vous connaissez Vanessa, la cliente à l'imper rouge ? Récemment, elle a gagné un grand concours de pâtisserie. Tout son équipement venait de chez nous. C'était une super pub. En plus, la pâtisserie est en plein boom. J'ai imprimé des chiffres sur cette page, si vous voulez la consulter… Nous devons tirer profit de cette vogue en la gérant le mieux possible. Pour ça, il faut suivre toutes les émissions télévisées sur le sujet. Vendre les articles adéquats. Renouveler notre gamme pour suivre la tendance. Certains produits traînent sur les étagères depuis des années. Il faut les retirer.

Si j'espérais que mon speech suscite des commentaires, c'est raté. Personne ne dit mot, ni ne regarde le résultat de mon étude.

Tant pis ! Sans me démonter, je conclus :

— Focalisons-nous sur nos activités principales et appuyons-nous sur les valeurs chères à la Maison Farr. Le sérieux, les prix justes, le bon sens, le conseil. Toutes les qualités essentielles aux yeux de notre père. Toutes les qualités que revendique notre mère. Toutes les qualités qui font notre réputation.

Mon frère et ma sœur sont-ils contaminés par ma ferveur ? Vont-ils trinquer à la mémoire de papa et à la santé de maman ? Pas du tout. Nicole a l'air perdu dans un rêve et Jake fronce les sourcils.

— Tu as terminé ? s'enquiert-il dès que je marque une pause.

— Euh, oui ! Tu en penses quoi ?

— Franchement ?

— Oui, franchement.

Il frappe un grand coup sur la table.

— Eh bien, je vais te dire où est le problème : ta conception des choses est étriquée. Tu ne vois pas plus loin que le bout de ton nez. Vanessa dans son imper rouge ? Mais bordel ! Il nous faut de l'ambition. Du haut de gamme. Des partenariats stratégiques avec des grandes marques.

— Je te ferais remarquer que nous proposons déjà des grandes marques.

— Quoi ? Moules-à-gâteaux-pour-vieilles-chouettes.com ? se moque-t-il. Je parle de *style de vie*. De *luxe*. C'est tout le magasin qui a besoin d'un reboot. J'ai rencontré un type à Ascot l'an dernier. Il travaille pour les montres Hannay. J'ai gardé sa carte. On pourrait conclure un accord avec lui si on fait ce qu'il faut…

— Les montres Hannay ? Tu plaisantes. Elles coûtent une fortune.

— Nous vendons déjà de l'horlogerie. C'est donc un prolongement naturel de notre gamme. Oncle Ned, tu peux *imaginer* les marges ?

— Jake, nous vendons des pendules murales de cuisine, je proteste. Aucun modèle ne dépasse les 30 livres.

Au lieu de m'écouter, il sort une brochure de son attaché-case.

— Ça, c'est un type avec lequel je suis en contact qui me l'a donnée, dit-il. Il vient de Prague. On a dîné ensemble plusieurs fois. L'autre soir, je l'ai emmené au casino.

— Selon le vieil adage « travailler dur, s'amuser dur », rigole oncle Ned.

J'en reste bouche bée. Au *casino* ? Quand maman et moi rencontrons un nouveau fournisseur, c'est soit dans un salon professionnel, soit dans l'arrière-boutique autour d'une tasse de café. Certainement pas au casino.

— Il est propriétaire d'une usine de papeterie, poursuit Jake. Production haut de gamme, sophistiquée, le top. En négociant un bon deal, nous aurons l'exclusivité de la marque pour tout Londres.

— Bravo, Jake ! admire oncle Ned. C'est grâce à ton réseau, hein ?

Je feuillette la brochure en essayant de ne pas bondir. Dans le genre bizarre, on ne fait pas mieux que ces papiers à lettres ! Une profusion d'ornements dorés, de couleurs inhabituelles, des cartes décorées d'affreuses sirènes. Personne n'achètera des machins pareils.

— Jake, nos clients veulent soit des cartes sympas avec des blagues dessus, soit des cartes imprimées de Cath Kidston. Ils ont un sens pratique développé…

— Justement ! explose-t-il. C'est le problème !

Je le dévisage avec stupéfaction.

— Tu dis quoi, là ? Que nos clients *sont* le problème ?

— Londres est plein d'étrangers, bourrés aux as, chics, qui claquent des fortunes. Des financiers, des avocats, des courtiers. Pourquoi *ceux-là* ne viennent pas à la Maison Farr ?

— En fait, Vanessa est juge à la Haute Cour, je lui assène.

Mais c'est le cadet de ses soucis.

— Il faut vivre avec son temps, avancer avec le courant. Londres est la ville des play-boys du monde entier. Ce sont eux, notre cible.

Son discours est hallucinant ! J'ai une vision soudaine : une rangée de play-boys du monde entier habillés en Dolce & Gabbana en train d'inspecter nos casseroles. Je me mords les lèvres pour ne pas pouffer.

— Nous devons nous reprendre en main, nous montrer novateurs, proclame Jake.

— D'accord avec toi, dit Nicole, à la surprise générale. C'est comme mon projet de yoga. Nous allons créer un espace de relaxation et bien-être, explique-t-elle à oncle Ned. Avec des cours du soir. Et peut-être aussi une herboristerie… Tu sais…

Elle stoppe à mi-course et nous réalisons, une fois de plus, que son esprit a dû dévier sur autre chose.

J'interviens illico :

— Nicole, je sais. Tu m'as déjà mise au courant. Mais honnêtement, ce n'est pas faisable.

J'explique à Jake :

— Nicole veut supprimer des rayons pour avoir de la place pour ses cours de yoga. Mais ces marchandises sont indispensables…

— Je trouve que c'est une excellente idée ! me coupe-t-il. Le yoga va attirer des gens nouveaux. Les femmes qui font du Pilates, les mères de famille branchées, tous ces gens dans le coup.

Il perd la tête ! Moi qui comptais sur lui pour repousser cette folie.

— Une *excellente* idée ? Mais nous n'avons pas l'espace suffisant !

— On peut éliminer certains étalages. En priorité, les boîtes en plastique atrocement déprimantes.

— À la place, il y aura des tapis de yoga, songe Nicole à voix haute. Des briques de yoga. Des coussins de…

Elle fait des moulinets avec ses mains comme si les mots étaient superflus.

— Jake, les gens viennent chez nous pour acheter du matériel pour le rangement et la conservation des aliments, j'objecte. Ils savent que nous avons un grand choix de boîtes en plastique.

C'est à devenir dingue. J'ai l'impression que Jake et Nicole n'ont qu'une *très vague* notion du magasin.

— Oncle Ned, quel est ton avis ?

Quand je pense que je lui demande son arbitrage ! Il faut vraiment que je n'aie pas le choix.

Il répond en pontifiant :

— Pour moi, le loisir est un département en pleine croissance. Et le yoga, tout à fait dans la tendance. Enfin, pour ce que j'en sais, ajoute-t-il avec un gros rire. À ce propos, si vous pensez agrandir ce rayon, n'oubliez pas la pêche.

La *pêche* ? Je rêve ? Il a un truc derrière la tête.

— L'univers de la pêche est très lucratif, fait-il d'un air entendu. L'équipement, en particulier. Des articles très appréciés. Une demande en hausse. C'est mon humble avis.

Je suis sans voix. Ces paroles émanent-elles vraiment d'un homme d'affaires avisé ?

— La pêche reflète parfaitement l'impulsion que je veux donner à la Maison Farr, confirme Jake. La famille royale pêche.

La famille royale ?

Gardons notre calme !

— Jake, je ne vois pas le rapport entre la famille royale et nous.

— Bordel ! Tu es vraiment bornée ! J'essaye d'avoir de belles aspirations. D'améliorer notre image de marque. Regarde Burberry, regarde…

Il s'interrompt quand deux serveurs s'approchent avec nos commandes et secoue sa serviette en me regardant d'un air menaçant. Et voilà mon aplomb nettement ébréché.

— Jake, comment va ton propre business ? veut savoir oncle Ned alors qu'on sert nos entrées.

Mon frère lui adresse un sourire sibyllin.

— Je suis sur le point de me remplir les poches avec des bijoux en diamants. Des boucles d'oreilles, des colliers, tout ça. C'est mon prochain gros truc.

Oncle Ned semble impressionné.

— Des bijoux en diamants ? Voilà une idée d'avenir !

Pourvu qu'il ne suggère pas que la Maison Farr en commercialise !

Je m'encourage silencieusement. « Allez, sois forte, Fixie ! Arrête de te laisser démonter. Dis ce que tu penses ! »

Par conséquent, une fois nos verres remplis et nos assiettes servies, je prends mon courage à deux mains et me lance :

— Le problème, c'est que nous ne sommes pas sur la même longueur d'onde. Apparemment, nous avons deux conceptions différentes de la Maison Farr. Il faudrait peut-être établir une déclaration d'objectifs.

— Oui ! fait Jake. Enfin une chose sensée !

— J'ai du papier, dit Nicole en sortant de son sac un carnet avec, sur la couverture, ces mots : *Rêve ! Crois en toi ! Agis !* Inscrivons nos idées et…

Elle arrache une page pour chacun de nous. Jake demande à un serveur de nous prêter des stylos à bille.

— Non, non ! s'esclaffe oncle Ned quand Nicole lui passe une feuille. Je ne suis que le médiateur. Mais allez-y ! C'est une excellente idée !

Sur ce, il étale une bonne couche de pâté de crevettes sur un toast qu'il croque voracement.

Nous attaquons nos entrées et écrivons en silence. Jake expédie sa copie en trente secondes. Nicole semble rédiger une dissertation. Quant à moi, je ne cesse de rayer les mots et de recommencer. Lorsque finalement je termine, ils me regardent tous avec impatience.

— Désolée. Je voulais juste… (Je fixe ma feuille avec inquiétude.) C'est assez compliqué, non ?

— Pas du tout, réplique Jake. C'est l'évidence même.

— Ah bon ? Pour moi, ça n'a rien de simple. J'ai mes idées, mais de là à les exprimer aisément…

— Tu n'as pas de facilités avec les mots, s'apitoie Nicole. Alors que moi, j'ai toujours aimé écrire.

— Voyons ce que vous avez noté, dit oncle Ned à la façon d'un professeur. Fixie, à toi !

— OK. La mission de la Maison Farr est de vendre des articles raisonnables à des prix raisonnables dans un environnement chaleureux et attentionné.

En levant les yeux, je croise le regard incrédule de mon frère.

— Raisonnable ? répète-t-il. *Raisonnable ?*

— C'est un peu ennuyeux, commente Nicole.

— C'est emmerdant à mourir, tu veux dire ! « Des produits raisonnables », se moque-t-il avec une horrible grimace. « J'aimerais acheter des produits raisonnables, s'il vous plaît. » Vachement bandant !

— J'essayais de définir nos idéaux…

— Nos idéaux sont, premièrement : gagner de l'argent, et deuxièmement : gagner de l'argent.

Il fait une pause pour marquer le coup avant d'ajouter d'un ton incantatoire :

— Pouvoir. Profit. Potentiel.

— Ah, ça, c'est du lourd ! s'emballe oncle Ned. Répète un peu pour voir ?

— Pouvoir. Profit. Potentiel. Pas la peine d'en dire plus.

Fier comme un paon, mon frère.

— Pas d'accord ! lance Nicole. On se moque du pouvoir et du profit. Ce qui compte, c'est l'atmosphère.

— Absolument ! je m'écrie, soulagée.

— Ce sont les vibrations, continue-t-elle. C'est notre être profond. Je vais lire ce que j'ai écrit, d'accord ? « Bienvenue à la Maison Farr, bienvenue dans votre espace de sérénité. En passant notre porte, vous sentez vos épaules se décontracter, tout votre être se relaxer. Vous entamez un parcours. Dans quelle direction ? Considérez le chemin. Regardez les possibilités qui s'offrent à vous. Accueillez votre nouveau moi. Contemplez les objectifs que vous pouvez réaliser. Ne vous mésestimez pas… Vous savez que vous pouvez être la personne de vos rêves. »

Sur sa lancée, elle se met à déclamer :

— « Laissez-vous guider pour trouver la paix. Avec notre aide, vous allez briser ces barrières et atteindre ces sommets… La Maison Farr sera… votre phare. »

Un lourd silence s'installe. Soudain, Jake émet un puissant ricanement.

— Navré, Nicole, mais c'est vraiment du charabia.

— Mais non, s'emporte Nicole. C'est inspirant. Quel est ton avis, Fixie ?

— Eh bien, c'est un beau et bon message. Maintenant, est-ce réellement une déclaration d'objectifs ? Pour moi, c'est plus adapté à un prospectus pour un spa.

— Vous êtes tellement *obtus* ! s'insurge Nicole. C'est votre défaut à tous les deux. Deux personnalités psychologiquement sournoises. Jake, je ne serais pas étonnée que tu sois une Vipère. Crois-moi, c'est loin d'être souhaitable.

— Tu me cherches, ma parole !

Il se met à siffler comme un serpent à travers la table. Jake est quand même hilarant à ses heures.

— C'est une de mes autres idées, reprend Nicole, furieuse. J'aimerais déterminer le profil animal de tous les gens qui travaillent au magasin. De façon à mieux utiliser leurs talents. Ça sera un « plus » en termes de développement personnel. Et je veux augmenter notre présence sur Instagram.

— D'accord pour Instagram ! dit Jake.

— Oui ! je m'exclame, soulagée d'avoir enfin trouvé un point d'accord. On peut poster encore plus de recettes de pâtisserie et de photos des gâteaux de nos clients...

— Toujours ta fichue manie du « fait maison », hein, Fixie ? s'impatiente Jake. Instagram n'est pas fait pour montrer les biscuits roulés des vieilles dames.

— Mais si ! Cela maintient le sens de la communauté et encourage la communication entre nous et nos clients. Tu ne trouves pas, Nicole ?

Mais ma sœur a les yeux dans le vide.

— La Maison Farr devrait avoir un visage, annonce-t-elle. Tu te souviens, Jake, quand Emma Watson était le visage de Burberry ? On la voyait partout.

— Ah, Burberry ! soupire-t-il. Quelle marque époustouflante !

— Le visage de la Maison Farr, c'est forcément moi, persiste Nicole. J'ai été mannequin, après tout.

Elle nous regarde tour à tour avec insistance comme pour nous dissuader de lui rappeler qu'elle n'a en fait posé qu'une seule fois. Et pour la feuille de chou du quartier.

— Vous pourrez faire des photos de moi dans le magasin. En fait, je serais ravie de m'impliquer dans les médias sociaux. Je sens que c'est mon domaine.

— Moi, je vais m'atteler à des opérations de partenariat, annonce Jake. Monter des associations avec des noms qui ont le vent en poupe. On commande une autre bouteille ?

— Et toi, Fixie, interroge oncle Ned, quelle va être ta priorité ?

Je le dévisage en réfléchissant furieusement. « Vous êtes complètement à côté de la plaque ! Vous ne comprenez rien à la Maison Farr ! » Voilà ce que j'aimerais déclarer.

Mais qui m'écouterait ? Personne à part maman. Et pas question de l'embêter avec tout ça. *Pas question.*

— Fixie, tu fais des merveilles au magasin, avance gentiment Nicole. Tu es à l'aise avec la clientèle. Tu devrais te concentrer sur la vente, les marchandises et le personnel.

— D'accord. J'ai une suggestion : pourquoi ne venez-vous pas au magasin pour cerner la clientèle et vous faire une idée précise de ce que nous sommes ?

— Très bien, acquiesce Jake. Demain matin première heure ?

— Je suis libre, confirme Nicole.

Un coup d'œil sur l'agenda de mon téléphone : c'est bon.

— Je vous préviens simplement que Bob sera là.

Bob est l'indispensable rouage de l'affaire. Il se charge de la paye, fait les comptes, discute des grandes décisions budgétaires avec maman. Il est l'interlocuteur de notre comptable et s'occupe en gros de tout ce qui a trait aux finances du magasin. Sa collaboration avec maman marche comme sur des roulettes. Une des raisons ? Quand on lui demande de dépenser de l'argent et qu'elle ne veut pas, elle se réfugie derrière son avis. « Je vais demander à Bob », répond-elle invariablement. Or tout le monde sait que le Bob en question est aussi audacieux que le pantalon beige qu'il porte tout le temps.

— Encore mieux, commente Jake. Je ne l'ai pas vu depuis des siècles. Ce sera utile de reprendre contact avec lui.

— Parfait ! Je vais demander au personnel de venir plus tôt que d'habitude.

— Je ferai un saut moi aussi, annonce oncle Ned. Je ne veux pas négliger mes devoirs.

— Super ! Vivement demain !

Je termine mon potage en m'efforçant de voir le côté positif des événements. Quand Jake et Nicole se seront fait une idée précise du magasin, ils y réfléchiront à deux fois avant de se lancer dans leurs entreprises foldingues. Ils comprendront. Forcément. Car il s'agit de mon frère et de ma sœur. Nous sommes les Farr. Nous formons un clan.

Le lendemain, j'arrive au magasin de bon matin. Pas de temps à perdre : j'arrange les étalages, époussette les comptoirs, réaligne les torchons. Je me sens comme une mère de famille, à la fois fière de ses rejetons et protectrice. Je souhaite que Jake et Nicole aient la même affection pour la Maison Farr que celle que j'éprouve.

Je fais une pause devant les chiffons imprégnés d'huile de lin. Ils font partie de nos best-sellers – déjà trois réassorts. Notre clientèle adore ceux aux motifs scandinaves. J'admire leur design tout en me souvenant du soir où maman et moi les avons choisis sur catalogue. Nous savions qu'ils se vendraient bien. Nous le *savions*.

— 'Jour, Fixie !

Ce ton nasal, ça ne peut être que Stacey. Ça tombe bien. Je dois la voir en tête à tête avant l'arrivée du reste de la troupe.

— C'est quoi, cette agitation ? demande-t-elle en passant dans ses cheveux blond platine des doigts aux ongles argentés. Pourquoi faut qu'on se pointe plus tôt que d'hab' ?

— Mon frère et ma sœur viennent. Nous allons avoir une réunion rapide avant l'ouverture. Mais d'abord il faut que je te parle d'un sujet délicat.

— Ah bon ? fait Stacey sans enthousiasme. Je peux me faire un café avant ?

— Non. Je n'en ai pas pour longtemps.

Bien que le magasin soit vide, je la prends à part et baisse la voix.

— Stacey, il faut arrêter de donner des conseils sexuels aux clients.

— Mais je le fais pas !

Stacey est la reine du déni. Un jour, je lui ai dit : « Ne pars pas tout de suite, j'ai besoin de toi ! » Et elle m'a répondu : « Mais je ne m'en vais pas ! », alors qu'elle était sur le seuil avec son manteau sur le dos.

— Oh si ! Je t'ai entendue hier après-midi. Avec une fille. Tu parlais de… (je chuchote) de pinces… ménagères.

— Oh, ça ! s'exclame-t-elle sans se démonter. C'est juste venu dans la conversation.

— Quel genre de conversation ? Je serais curieuse de savoir.

— Je lui expliquais le mode d'emploi. C'est ce qu'on est censé faire, non ?

— Ce sont des pinces pour sceller les sachets. À utiliser dans la cuisine. Pas pour…

Silence. Impossible de terminer. Pas à haute et intelligible voix, tout au moins.

— Pas pour les tétons… conclut Stacey.

— Chuuuut !

— Tu crois que tous les gens qui achètent ces pinces ferment les sachets en plastique avec ? fait-elle, imperturbable, en mâchant son chewing-gum.

Rapide évaluation de notre clientèle.

— Oui, à 99 %, j'affirme.

— Non, à 50 %, rectifie-t-elle. Et les spatules ? (Regard entendu.) Tu crois que chaque achat de spatule en caoutchouc a un but innocent ?

Je suis abasourdie. Que peut-il bien se passer dans sa tête quand elle additionne les prix à la caisse ?

— Écoute, Stacey, tu peux délirer autant que tu veux. Mais avec les clients, abstiens-toi. C'est totalement inconvenant.

— *D'accord.*

Elle lève les yeux au ciel comme pour signifier qu'elle fait une immense concession.

— Au fait, hier j'ai vendu deux aspirateurs Dyson. Un pour la mère, l'autre pour la fille. Mon bla-bla a marché au poil. La mère, qui vient d'emménager dans un nouvel appart après son divorce, va revenir pour équiper entièrement sa cuisine.

Du Stacey pur jus. Dès qu'elle va trop loin, elle se rétablit d'un tour de passe-passe magistral.

— Bon boulot ! Je te félicite !

Brouhaha derrière moi. Greg, oncle Ned, Jake et Nicole arrivent de conserve. Nicole raconte quelque chose à Greg qui lui jette des regards de merlan frit. (Il a toujours eu un gros faible pour elle.) Oncle Ned regarde autour de lui comme s'il découvrait le magasin. Pour être honnête, ça fait un bon bout de temps qu'il n'y a pas mis les pieds.

Je l'accueille :

— Bienvenue à la Maison Farr, oncle Ned ! Tu connais Stacey ? Et Greg ?

— Oui, dit oncle Ned, toujours à son inspection. Parfait, parfait !

— Est-il possible d'augmenter la température ambiante ? demande Nicole à Greg. De cette façon, on pourrait faire du hot yoga.

Oh ! la tête de Greg !

— Hot ? Ouais ! Tout ce qui est hot, j'adore ! balbutie-t-il.

Je remarque soudain que ma sœur traîne une valise à roulettes.

— Qu'est-ce que tu as là ?

— Mon maquillage pour les prises de vue d'Instagram. La prochaine fois, je demanderai à un professionnel.

Un maquilleur professionnel ? Et quoi encore ! Je suis sur le point de lui balancer une vanne, quand oncle Ned me tape sur le bras.

— Fixie, c'est dans le rayon loisirs que tu peux inclure un coin pêche. Des cannes, des filets, des cuissardes…

— Euh, peut-être… je marmonne avec diplomatie.

— Oh, cet endroit ! peste Jake. Je le trouve chaque fois encore plus ringard. Qu'est-ce que c'est, *ça* ?

Il inspecte avec dégoût un emballage.

— Des mousselines pour faire de la gelée ou de la confiture.

— Qui fait encore de la gelée et de la confiture ?

— Nos clients. C'est un passe-temps très répandu…

Il me coupe la parole :

— Tout le monde est là ? Tout le personnel ? Parce qu'on doit leur dire quelques mots.

— Morag vient de pousser la porte. Nous sommes donc au complet. En tout cas, tous ceux qui travaillent aujourd'hui. Christine est de l'autre équipe et…

— Peu importe ! On commence tout de suite. Rapprochez-vous, tout le monde ! demande-t-il d'une voix puissante. Comme vous le savez, mes sœurs et moi-même avons pris les commandes du magasin pendant l'absence de notre mère. Nous voulons du changement. Dans les grandes largeurs.

Il frappe sa paume de son poing. Stacey écarquille les yeux.

— Ce magasin a besoin d'un coup de pied au derrière. Nous voulons de la vente incitative. Nous voulons des ventes croisées. Nous voulons du *profiteering*.

Quel jargon ! Sait-il seulement que *profiteering* signifie bénéfices excessifs ? J'aimerais rectifier mais impossible : il est sur sa lancée.

— On change la donne, les amis ! C'est l'heure de vérité ! Nous voulons transformer la Maison Farr en un magasin incontournable, haut de gamme, séduisant. Un endroit où les gens d'influence se précipitent. Où les *beautiful people* ont leurs habitudes. Ce sera l'Abercrombie & Fitch de l'art de vivre. Et je veux que vous projetiez une image stylée, tendance, sexy.

— Sexy ? s'affole Morag.

— Oui, sexy, aboie Jake. Moderne, branchée, dans le coup.

Il inspecte l'audience avec un air de mécontentement grandissant. Greg, hébété, regarde Nicole de ses yeux gris globuleux. Stacey, adossée à un comptoir, mâchonne son chewing-gum. Morag, les cheveux gris ébouriffés par le vent, n'a pas retiré son manteau mal coupé. On est loin du « Waouh, quel personnel sexy et dans le coup ».

— À mon tour ! Si ça ne te dérange pas, Jake, intervient Nicole, en lui donnant un petit coup de coude.

Il fait la tête mais la laisse prendre la parole.

— Je suis impatiente, tout excitée ! Et vous ?

Sidéré, le personnel ne pipe pas. Puis Greg lance d'une voix étranglée :

— Moi aussi !

Ce qui lui vaut un sourire radieux.

Elle poursuit :

— Il y a tant de possibilités ici. C'est sans limites. Mais êtes-vous au maximum de votre potentiel ?

Elle fixe Morag, laquelle recule précipitamment d'un pas.

— Je désire vous aider en utilisant les ressources d'un profilage psychologique spécialisé dans l'étude du travail en équipe. Améliorons-nous ! Mettons à profit nos qualités personnelles ! Laissons notre imagination nous montrer la voie !

Grands gestes de bras pour accentuer sa tirade. Du coup, un pichet posé sur une étagère vacille dangereusement.

— Utilisons Instagram. En pleine conscience. Réformons-nous. Gravissons cette montagne. Nous pouvons le faire. Ensemble.

Silence encore plus lourd.

— Putain, c'est quoi ces conneries, ronchonne Stacey dans sa barbe à l'intention de Greg.

Il faudra que je la réprimande. Pourtant, je pense exactement la même chose. C'est du grand n'importe quoi.

Quand il est clair que le sermon est terminé, j'interviens :

— Merci, Nicole, pour ces conseils… euh… pleins de grâce. On arrête maintenant avec les discours, mais c'est vrai que nous cherchons à améliorer le magasin.

Donc, si vous avez des suggestions, n'importe lesquelles, faites-le savoir. Merci.

— Une seconde ! réplique oncle Ned alors que le personnel va pour se disperser. Je suis peut-être un vieux schnock (rire appuyé) mais on m'a demandé de garder un œil sur ce magasin et, au cours de ma carrière, j'ai appris pas mal de choses pratiques sur la question… (Autre rire théâtral.)

— Nous n'en doutons pas, oncle Ned ! Au fait, je vous présente le frère de notre père. Son expérience dans le domaine du business est précieuse. Fais-nous profiter de ton savoir, s'il te plaît.

— Eh bien, j'adhère tout à fait à ce qu'a dit mon neveu Jake sur l'importance de l'apparence. L'apparence est primordiale, vous comprenez ? Premier constat : vous, les filles, je vous conseille de porter des tenues plus attrayantes. Un joli haut, des talons. Et mettez plus de rouge à lèvres, du parfum, etc. Il faut les séduire, les clients, flirter avec eux…

Je suis paralysée. Il ose dire ça ? À notre personnel féminin ? *Tout haut ?*

— Désolée, je croasse, avant de retrouver ma voix. Je voudrais éclaircir les propos de mon oncle pour éviter toute… erreur d'interprétation. Par « talons », il veut dire « n'importe quelle hauteur qui convient au confort de vos pieds ». Et à propos de « rouge à lèvres », cela reste « une option facultative pour les employés ». De sexe féminin ou masculin, je précise précipitamment. Quant à la mention « flirter », elle signifie dans sa pensée « avoir des relations cordiales ».

Oncle Ned a l'air furieux de ma mise au point. Tant pis ! Priorité à la famille, d'accord. Mais restons dans les limites de la décence.

Je conclus :

— Eh bien, voilà. C'est tout ! Merci encore. Il est temps de faire l'ouverture.

— Morag, tu devrais mettre du rouge à lèvres, suggère Stacey alors qu'elles se dirigent vers la porte du magasin. Ou genre du gloss. Ou du crayon à lèvres. Tu vois…

— Excuse-moi de t'avoir interrompu, oncle Ned. Mais tu n'as pas à dire aux filles de flirter avec les clients. On va avoir des ennuis.

— Oh, le politiquement correct ! s'emporte-t-il. Je n'ai pas de temps à perdre avec cette absurdité.

Restons polie…

— Rien à voir, oncle Ned ! Simplement, conseiller au personnel de flirter avec la clientèle, ça peut être considéré comme du harcèlement sexuel.

Pendant un instant, il me dévisage avec un air d'incompréhension totale. Puis, après une sorte de grognement bruyant, il s'en va chercher un panier.

— Pendant que je suis là, autant faire mon shopping, annonce-t-il. Où je peux trouver un fer à repasser ?

Il se dirige vers le rayon entretien du linge. Nicole, pendant ce temps-là, extirpe une liasse de papiers de son sac. Elle tend une feuille à Greg.

— Voilà le questionnaire psychologique. C'est fondé sur des recherches scientifiques, donc…

Évidemment, elle s'arrête en cours de route. Greg se met à lire tout haut :

— Première question : « Vous êtes invité à une réception. Est-ce que vous y allez ? » Ça dépend, dit-il après un moment de réflexion. Pour une partie de Donjons et Dragons, j'en suis. Pour un enterrement de vie de garçon, pareil. Pour une garden-party avec des mémés sur leur trente et un, je dis non. Pour…

— Une réception normale, le coupe Nicole. Amusante, distrayante. La question est : tu veux y assister ou pas ? Simple comme bonjour : fête ou pas fête ?

Morag et Stacey se sont jointes à nous. Nous attendons la réponse de Greg. Sourcils froncés, il cogite sec. Avant de demander :

— Il y aura de l'alcool ?

— Oui, s'impatiente Nicole. Écoute, ne te prends pas la tête. Note ta réponse. Toi, Morag, je suis presque sûre que tu es un Hibou. Et toi, Greg, sans doute un Lynx. Ce qui veut dire que tu dois travailler avec un Renard.

— Moi, je suis un Renard ? s'enquiert Stacey en prenant son questionnaire.

— Certainement pas. Tu as tout de l'Albatros.

— Ben alors, Greg va bosser avec qui ? s'enquiert Stacey avec son air habituel de fausse innocence. Je demande ça parce que si c'est genre scientifique et qu'il n'y a pas de Renard ici, il faut peut-être qu'on en embauche un.

Soupir exaspéré : Nicole semble prise de court.

— Contente-toi de remplir le questionnaire, dit-elle. Je vais m'occuper d'Instagram. Greg, tu peux m'aider ?

Sur ce, Jake déboule, la critique à la bouche :

— Ce magasin a besoin d'une rénovation majeure. Une modernisation totale – sols, éclairage. Et des super tableaux sur les murs. Oooh ! Enfer et damnation ! *Qui* est cette vision d'horreur ?

— C'est Sheila, je fulmine. Et elle n'est pas une vision d'horreur.

D'accord, Sheila n'a rien d'une *beautiful people*. Elle est trop grosse, ses fringues sont pitoyables, et on ne dira rien de son bonnet en laine et de ses vieux sacs à provisions. Mais c'est une fidèle. Une habituée de la maison. Elle me salue avec chaleur et gagne le fond du magasin où elle va passer des heures à étudier les poches à douille et les cercles à gâteaux.

— Quel look atroce ! Il faut qu'elle débarrasse le plancher, lance Jake.

— Ce n'est pas un look, mais une cliente.

Une fois de plus, mon frère se fiche de ma remarque.

— Nous devons absolument faire des travaux, répète-t-il en désignant une étagère de présentation. Et engager un décorateur.

Mon malaise coutumier est de retour. Pourquoi toujours cette folie des grandeurs ?

— Nous n'avons pas les fonds pour, je proteste.

— Comment tu le sais ?

— Je ne le *sais* pas mais…

— Maman se montre toujours ridiculement prudente. Je suis persuadé qu'on a une réserve importante de cash. Oh, cette femme ressemble vraiment à une clocharde.

— On devrait instaurer un code vestimentaire pour nos clients, tu ne trouves pas ? j'ironise.

Généralement, je ne suis pas sarcastique avec mon frère. Mais là, j'ai osé.

— Oui, pas mal comme trouvaille ! approuve-t-il. Ah tiens, voici justement l'homme de la situation.

Bob entre, portant son éternel pantalon beige et ses chaussures pour pieds sensibles. Il paraît légèrement déconcerté par l'accueil de Jake.

— Salut, Bob ! je dis. Mon frère et ma sœur sont avec nous ce matin.

— Je veux te parler gros sous, dit Jake d'emblée. On peut s'isoler quelque part ? Dans l'arrière-boutique ?

Quand ils s'éloignent, je vérifie consciencieusement les étalages. Du coin de l'œil, j'aperçois oncle Ned parcourir les allées en remplissant son panier de choses et d'autres : un fer, une théière, une nappe en toile cirée. Il est quand même sympa de faire tous ces achats chez nous.

Soudain, que vois-je ? Nicole en jean moulant et top archi-court prendre la pose devant un présentoir de casseroles tandis que Greg, armé de son portable à elle, s'apprête à la mitrailler. La valise à maquillage grande ouverte bloque entièrement le passage.

Elle fait bouffer ses cheveux.

— Il faut donner une image sexy, dit-elle. Tu penses que j'ai l'air d'une bombe ?

— Oui, balbutie un Greg éperdu. Ouiiii !

— Greg, tu as les casseroles dans le champ ? je m'empresse de demander. On verra des articles sur la photo ?

— Il ne s'agit pas de montrer les casseroles, mais le visage de la Maison Farr, corrige Nicole, énervée.

Mon commentaire sur la question est stoppé net par l'arrivée de deux femmes en jean et cardigan. Pourquoi Morag ne se précipite-t-elle pas ? Perchée sur un tabouret, elle est plongée dans le questionnaire et n'a même pas remarqué les clientes. À moi d'y aller. Mais Stacey se pointe, la mine renfrognée :

— J'ai voulu débarrasser ton oncle et commencer à encaisser ses achats, mais il m'a dit qu'en tant que directeur temporaire, il ne payait rien.

— *Quoi ?*

Stacey hausse les épaules.

— C'est ce qu'il a dit. Il estime que c'est cadeau. Il se fout de moi, hein ?

Je suis stupéfaite. La famille et les amis ont droit à 20 % de réduction. Pas à des articles gratuits.

Priorité à la famille ? D'accord. Pas de critique devant autrui ? Entendu. Mais quand même, il ne manque pas de culot !

— En fait, les règles ne sont pas encore *complètement* établies, je dis, histoire d'éluder le problème.

Pendant cet échange, les deux clientes se sont rendues au rayon casseroles. Elles essayent de s'approcher du présentoir pour mieux voir la marchandise.

— Excusez-moi, dit l'une à Nicole, vous pourriez vous déplacer, seulement une seconde ?

— Désolée, mais je suis au milieu d'une prise de vue, rétorque Nicole.

— Oh mais seulement pour…

— C'est très important ! Pourquoi vous n'allez pas regarder d'autres articles en attendant ?

Elle délire ! On ne traite pas la *clientèle* de cette manière. Je vais le lui dire ! Discrètement mais tout de suite ! Hélas, l'apparition d'oncle Ned m'en empêche. Tout en fourrant un coquetier dans son panier, il me confie en jubilant :

— Je choisis un peu de tout. Dis-moi : où ai-je des chances de dénicher un porte-toasts ?

— Hum, oncle Ned, à propos de la remise concédée à la famille, je…

Mais maintenant, c'est Jake qui revient de son tête-à-tête avec Bob. Je précise que ce dernier a l'air complètement flippé.

— Le magasin entier a clairement besoin d'être revu et corrigé, assène mon frère. En premier lieu, il faut refaire le parquet.

Le parquet ? Une priorité ?

— Non, Greg ! hurle Nicole. Pas comme *ça*. Tu ne sais pas comment *marche* Instagram ?

— « Vous avez le béguin pour votre voisin. Que faites-vous ? »

Ça, c'est Morag, le front ridé de perplexité, qui nous fait profiter du questionnaire psychologique.

— « 1. Vous le repérez sur Tinder… »

Je sens le sang battre à mes tempes. Il y a de quoi, non ? D'un côté, Morag absorbée dans ses questions et réponses. De l'autre, Nicole, une casserole posée en équilibre précaire sur sa paume devant un Greg transformé en photographe. Au milieu, oncle Ned et son panier débordant de marchandises. Et, pour couronner le tout, Jake expliquant en détail le style Ralph Lauren à un Bob effaré.

Je ne sais plus où donner de la tête.

Je vais devenir dingue.

Stacey choisit ce moment pour me glisser une confidence à l'oreille :

— Je sais qu'il s'agit de ta famille, mais… tout ça, c'est vraiment du flan.

Trop assommée, je ne sais pas comment réagir.

— Tu te trompes, je rétorque en m'obligeant à paraître convaincue. C'est absolument f...

Au même moment, Nicole laisse tomber la casserole.

— Oh, non ! C'est tout cabossé, maintenant ! Passe-m'en une autre, Greg !

— Mais regarde-les ! continue Stacey imperturbable. Ils ne connaissent rien à la Maison Farr. Si j'étais toi, je me méfierais.

Ce soir, en rentrant à la maison, je suis sur les genoux. Parce que, croyez-moi, chaque problème à résoudre requiert des efforts proprement éreintants.

Il y a eu les emplettes d'oncle Ned, qui s'est dit « offensé dans sa chair » que j'aie pu croire un instant qu'il ne voulait pas payer. « Naturellement », il pensait à une ristourne de 40 %. J'ai dû donc lui rappeler notre rabais de 20 %. Après quoi, vexé comme un pou, il est allé reposer la théière et la nappe.

Ensuite, le questionnaire, qui a provoqué une violente dispute entre Greg et Morag. Celle-ci n'a pas bien vécu d'être du type Chèvre. Et son humeur ne s'est pas arrangée quand Nicole a commencé son baratin.

« La Chèvre est dotée de ce que nous appelons une personnalité *négative*. Il va falloir travailler pour positiver tes qualités, Morag. »

Laquelle était rouge de colère mais ma sœur n'a même pas fait attention. Greg, après avoir consulté les profils en ligne, a décidé qu'il voulait être Lion. Mais d'après Nicole, il est le *contraire* du Lion. Il a alors repris le questionnaire de A à Z en donnant des réponses différentes. Résultat, il s'est retrouvé avec un profil de Poney. Et il a boudé toute la journée.

Ce test de personnalité animale a sans doute du sens quand il est mené par une personne spécialisée et pleine de tact. Mais Nicole n'est ni expérimentée ni délicate. Évidemment, pour ne pas la critiquer en public, j'ai préféré me soumettre au questionnaire. L'animal qui sommeille en moi ? Impossible de m'en souvenir. Le Panda ?

Stacey, elle, a refusé tout net de participer.

« Je connais déjà ma personnalité, a-t-elle claironné. Je suis une Sale Vache. »

Troisième litige : le yoga de Nicole.

Nous avons tenté de voir comment installer un cours, ce qui a failli se terminer en dispute colossale devant tout le monde. Nicole ne cessait de répéter « Mais tu m'as promis un espace, Fixie ! », sans proposer aucune solution concrète. Pour finir, nous avons décidé de supprimer entièrement la section loisirs et la moitié du rayon verrerie et de réduire l'emplacement pâtisserie. Un compromis loin d'être idéal.

Quatrième différend : Jake et ses idées de rénovation.

J'ai réussi à le dissuader de réclamer des devis pour le parquet. Mais j'ai cédé sur la question du repositionnement de la Maison Farr. Il veut nous faire connaître et pour cela organiser une fiesta en invitant des décideurs et toutes sortes de gens cool. Au fond, ça m'est égal. S'il parvient à attirer la branchitude londonienne au magasin, tant mieux pour lui.

Je pose mon sac et ma veste dans l'entrée et me dirige vers la cuisine. Divine surprise ! Ryan est assis, une bière à la main, et regarde les nouvelles sur notre minuscule télé tout en consultant son portable. Il est là. Il a l'air chez lui. C'est génial. Je croyais franchement que…

À vrai dire, je ne savais pas quoi penser. L'autre soir, quand on s'est dit au revoir, il semblait si désinvolte que j'ai cru qu'il était déjà passé à autre chose. Par conséquent, les deux jours suivants, je me suis obligée à ne pas lui envoyer trop de SMS, à être décontractée. Je me suis forcée à attendre qu'il fasse les premiers pas. Et la tactique a fonctionné.

Moi (enjouée et soulagée) :

— Salut ! Je ne t'attendais pas ce soir.

Lui (se levant) :

— Nicole m'a ouvert. Je pensais que tu rentrerais plus tôt.

Moi (m'excusant) :

— Des problèmes de livraison, de marchandises abîmées.

Lui (souriant) :

— Pas de souci. Tu es là !

Il me prend dans ses bras. Je ferme les yeux et manque de défaillir quand nos lèvres se rejoignent. C'est fou ce qu'il m'a manqué. Sa peau, son odeur. Lui, lui, lui !

Ça fait un bout de temps que je n'ai pas eu de véritable histoire d'amour. Mais plutôt me faire hacher en morceaux que de lui avouer.

Au bout d'un moment, je me recule et dis :

— Alors, tout va bien au boulot ?

Dans les deux seuls SMS que je lui ai envoyés, je lui souhaitais bonne chance et lui demandais comment s'était passé le premier jour. Il n'a répondu à aucun. Normal, il était trop occupé.

Son visage s'éclaire.

— C'est super. Ça ne pourrait pas aller mieux.

— Fantastique ! Tu aimes ce que tu fais ?

— J'adooore ! À mon avis, je vais vite progresser. Je ne suis pas encore un expert mais j'ai saisi leurs objectifs. *Nos* objectifs, corrige-t-il, un peu timidement.

Bravo ! Tout se passe aux petits oignons.

— Je suis tellement contente, je murmure contre son épaule. J'espérais vraiment que ça marche. Et Seb, il est chouette comme patron ?

Je pose la question pour la forme plus que par curiosité. Et suis étonnée de sentir Ryan se raidir un peu.

— Il est OK, fait-il.

— Seulement OK ?

Je suis un peu déçue. J'étais sûre que Seb serait un boss exceptionnel. Comme ça, à vue de nez, sans raisons précises.

Ryan fait aussitôt marche arrière.

— Non, il est bien. Très bien même.

Grand sourire, que je lui retourne automatiquement. Pourtant, quelque chose me tracasse. Alors, malgré moi, j'insiste :

— Qu'est-ce qui ne va pas ?

— Tout roule, Fixie. Je n'aurais rien dû dire. Il est formidable.

— Mais… ?

Il y a sûrement un « mais » et je veux savoir ce qu'il en est.

— Bon, d'accord ! Il y a un peu de tension.

— De la *tension* ? Pour quelle raison ?

— C'est délicat. En fait, les collègues sollicitent mon opinion. Seb n'apprécie pas. Il se sent menacé, je crois.

— Pourquoi se sentirait-il menacé par toi ? Il a créé sa société d'investissement. C'est un domaine tout nouveau pour toi. Comment pourrais-tu constituer un danger ?

Je revois Seb dans son bureau. Son comportement ouvert. Son rire franc. Pas le type à avoir peur. Plutôt le genre de gars à écouter tous les points de vue.

— Tu as raison, je suis un débutant, acquiesce Ryan avec vigueur. Mais je connais des tonnes de gens aux États-Unis. Des hommes et femmes qui ont monté leurs boîtes, dans la haute technologie ou l'équipement écologique… J'ai acquis pas mal de connaissances. Et les collègues sont ravis de m'écouter. Tous sauf Seb. Il est sympa mais étroit d'esprit. Il privilégie sa « méthode ».

Je digère ses paroles en silence. Je n'avais pas imaginé Seb ainsi – mais, c'est vrai, nos conversations se comptent à peine sur les doigts de la main. Son comportement professionnel est un mystère total pour moi. Au fond, comme chef, il se montre peut-être prudent et rigide.

— Hier, nous avons eu une grande réunion, poursuit Ryan. Qui a fini par l'animer ? Moi. Ils discutaient de technologie. Je les ai laissés faire et puis j'ai demandé : « Vous êtes déjà allés à San Francisco ? Vous avez rencontré les pontes de la technologie de pointe ? Moi, oui. Je connais leurs noms. J'ai nagé dans leurs piscines… »

— Incroyable !

— J'ai énuméré les start-up dont ils n'avaient jamais entendu parler. Ils notaient tout comme des malades.

— Alors où était le problème ?

— Ça ne plaisait pas à Seb.

— Comment ça ? Tu faisais profiter les autres de tes informations et rien d'autre.

— Il veut tout régenter. Dans le genre « reste dans ton coin, Ryan ! ». Mais, désolé, je ne reste pas dans ma niche. Pas mon style.

Ses yeux bleu Californie étincellent. Il déborde d'énergie. Je l'imagine prendre les commandes de la réunion. Séduire tout le monde par son charisme et son savoir. Bien sûr, il les a impressionnés. Comment pouvait-il en être autrement ? Il a probablement raison. Seb n'apprécie pas sa manière d'être.

— C'est juste le début, je dis. Si j'étais toi, j'irais tout doux. Sois diplomate.

— Je le suis et je ne me plains pas. Tout va bien. Le plus important, c'est que je travaille. Grâce à *toi.*

Son bonheur est contagieux.

— Je suis fière de toi, Ryan. Ils ont de la chance de t'avoir.

— Ma Fixie !

Il me plante une bise sur le nez et ajoute :

— Tous les mecs de la terre ont besoin d'une Fixie – tu sais ça ?

— Tu m'as manqué, je chuchote en lui caressant le dos.

— Hum ! Tu m'as manqué aussi.

Mais au lieu de m'embrasser, il consulte son téléphone par-dessus mon épaule.

Pas de souci ! Les gens ont le droit de consulter leur téléphone. Aucune loi ne l'interdit.

Je continue à lui masser le dos, d'une façon de plus en plus explicite. J'ai envie de Ryan. Tout ce que je souhaite, c'est monter dans ma chambre, faire l'amour avec lui et oublier tout le reste. Pourtant, il ne semble pas très partant.

— Euh… Tu sais quoi ? Je meurs de faim. Et j'ai laissé un tas de linge sale dans l'entrée. Chez Jake et Leila, la machine est en panne.

— Je vais m'en occuper. Et préparer le dîner. Il y a des steaks, j'annonce en ouvrant le frigo. Ça te va ?

— Miam ! dit-il en quittant la cuisine. Préviens-moi quand c'est prêt. Je vais trouver un truc à la télé.

OK. Action, réaction. J'attrape la poêle et sors les ingrédients, tout en me laissant aller à une rapide introspection. J'éprouve des sentiments contradictoires. Au fond, j'espérais que Ryan m'emmène à l'étage et se jette sur moi à corps perdu. Dans les profondeurs intimes de mon cœur, j'espérais qu'il m'avoue : « Fixie, je t'aime ! » Ou : « Je t'ai toujours aimée. Tu as toujours été mon grand amour. Tu ne t'en étais jamais rendu compte ? »

Stop. Ne plaçons pas la barre trop haut !

Et c'est toujours mieux que s'il s'était précipité pour m'enlever mes vêtements dès que j'ai franchi la porte. *Infiniment* mieux.

Non ?

Si, Fixie ! Évidemment. Pourquoi ? Parce qu'il aime ma présence. Pas seulement nos parties de jambes en l'air.

Le bruit familier de la télévision qui m'arrive aux oreilles me réchauffe le cœur. Bien sûr, c'est mieux ! Il est là. Nous voilà comme un couple établi, faisant la cuisine et parlant de nos journées respectives. C'est ce que j'ai toujours désiré. Une ambiance confortable.

De l'intimité. Nous ne vivons pas ensemble mais c'est tout aussi merveilleux.

En épluchant les pommes de terre, je fredonne joyeusement. Maman prétendait que Ryan était peu fiable. Hannah prévoyait que ça ne durerait pas. Toutes les deux se trompaient. Il est là et bien là. Les emmerdes de ma journée s'éloignent. Même mes démêlés avec oncle Ned s'estompent. Quand on a quelqu'un qui vous attend à la maison, rien n'est vraiment catastrophique. Maintenant, il y a Ryan. Mon âme d'adolescente a du mal à y croire. Pourtant, c'est bien vrai. Ryan Chalker est avec moi.

12

Le mois suivant, maman visite Paris. Incroyable mais vrai. Elle a posté des kyrielles de photos d'elle et de tante Karen sur sa nouvelle page Facebook. (Maman sur *Facebook* ?) On les voit toutes les deux devant la tour Eiffel, maman seule attablée à une terrasse de café, et avec sa sœur, en peignoir éponge blanc, dans un spa. (Maman dans un *spa* ?)

Au risque de rabâcher, c'est inimaginable. Cela dit, en ce moment, certains aspects de ma vie sont assez invraisemblables. Par exemple, je ne peux pas croire que Ryan et moi soyons toujours ensemble, installés dans un aimable train-train domestique qui m'enchante. Et pourtant, c'est vrai. Il vient à la maison au moins deux fois par semaine. Je cuisine pour lui, nous regardons la télé et passons des moments épatants. C'est relax, tranquille. Tout ce dont je rêvais sans trop d'espoir.

Je ne peux pas croire non plus que, ce soir, nous organisions une réception pour « repositionner la Maison Farr » (selon la formule de Jake), avec tapis rouge, photographe, DJ et videur (*oui, videur*). Et c'est pourtant vrai.

Mais surtout, je ne peux pas croire ce qu'Hannah me raconte à propos de son couple. Et je souhaite que ça ne soit pas vrai.

Nous allons retoucher notre maquillage dans l'arrière-boutique ou, plutôt, dans « les coulisses » comme Jake a rebaptisé l'espace pour l'occasion. Il y a là trois bouteilles de champagne. Hannah s'empresse d'en ouvrir une.

— Il vient de me l'annoncer, gémit-elle entre deux gorgées. Il s'est assis sur le canapé et m'a dit qu'il ne voulait plus d'enfant.

— Mais pourquoi ? C'est le but de votre vie d'essayer d'avoir un bébé.

— Oui, mais il affirme avoir changé d'avis. Il dit que c'est son droit et qu'il n'a pas à l'expliquer. Quel genre de gars est capable de balancer un truc pareil ?

« Tim », je réponds silencieusement.

— C'est juste une petite crise. Emmène-le dîner au restau, buvez un coup et attaquez le problème.

— Tu crois ? Je ne sais pas. On n'est pas trop copains en ce moment.

— Ah bon, et pourquoi ?

— C'est ma faute. Une vraie connerie. On a eu une grosse engueulade pendant le week-end. J'ai dépassé les limites. Il l'a mal pris.

— Vraiment ?

Tim est un type presque entièrement composé de téflon. Tout glisse sur lui. Je ne peux pas imaginer un instant comment Hannah pourrait le contrarier.

Elle fixe son verre avec intensité.

— C'est horriblement gênant.

— Allez, Hannah, accouche !

Elle se lance à contrecœur :

— Nous étions à un dîner. La conversation portait sur la circoncision des mecs. Ce jour-là, j'avais commencé à bosser à 6 heures du matin. J'étais cuite. Je n'avais pas les idées claires.

— Mais pas question de te juger, Hannah, je proteste. Tu as dit quoi ?

— Le sujet était le suivant : la circoncision affecte-t-elle les relations sexuelles ? Et moi, j'ai lancé à Tim : « Toi, tu n'es pas circoncis, hein, mon chou ? Pourtant, ça ne change rien à tes performances. »

— Eh bien, je ne vois pas le problème. À part le côté un peu indiscret mais…

— Tu ne comprends pas ! Il m'a regardée avec son horrible air stoïque et m'a dit : « Mais je suis circoncis ! »

Je plaque ma main devant ma bouche.

— Il l'est ?

— Oui. Depuis toujours. Je ne sais pas ce qui m'est arrivé. Une sorte de panne cérébrale, je suppose.

— Oh merde !

Le fou rire me prend mais je fais tout pour résister.

— J'avais honte, se désole Hannah. Toute la table a entendu. Ils n'en pouvaient plus : « Tu ne sais pas si ton mari est circoncis ou pas ? Tu n'as jamais remarqué ? » Tu vois le genre de fines plaisanteries. Toute la soirée. Et Tim… Il a mal réagi.

— Compréhensible, je dis, une fois remise de mon fou rire réprimé.

— Je sais. Mais il aurait dû la boucler. Personne n'aurait rien su. Je le lui ai reproché après. « Pourquoi il a fallu que tu ouvres la bouche ? » j'ai dit. Ça n'a fait qu'empirer les choses.

Je suis à sec de commentaires.

— D'accord ! Et puis… ?

— Comment j'ai pu oublier le sexe de mon mari ? Sa queue ? précise-t-elle, en grimpant d'une octave.

— Écoute, Hannah, j'ai une question mais ne le prends pas mal. Tu ne serais pas en début de grossesse par hasard ? Tu pourrais souffrir d'hypertension gravidique par exemple.

— Non ! C'est le fait d'essayer d'être enceinte qui fait grimper ma tension, s'énerve-t-elle. Ça me rend folle. Comment font les autres femmes ?

— Aucune idée. Allez, oublie cette histoire. Vous allez vous en sortir. Vous êtes un couple solide.

Hannah semble rassérénée.

— Peut-être. Mais assez parlé de moi ! C'est ta soirée. Regarde-moi cette beauté !

Le magasin a subi une transformation majeure en vue de la fête. Jake a fermé de bonne heure. Une équipe de gros bras est venue déplacer la marchandise, enlever les présentoirs, installer les lumières et un bar. Le DJ a apporté ses haut-parleurs et son ordinateur. Il y a partout des affiches représentant Nicole en gros plan avec la légende « Le nouveau visage de la Maison Farr » imprimée sous la photo.

Franchement, c'est superbe. On ne se croirait plus du tout dans un magasin. Et moins encore dans le nôtre.

— Qui vient ce soir ? veut savoir Hannah.

— C'est Jake qui s'est occupé de tout. Il a parlé d'une liste d'invités très éclectique.

— Éclectique ? ironise ma copine.

Je lui retourne son regard sarcastique.

Elle est la seule avec laquelle je peux me permettre d'être déloyale envers la famille. Parce que, au fond, à mes yeux, elle en fait partie. Elle sait ce que je pense de Jake et de ses idées.

— Il a passé en revue notre listing de clients pour sélectionner les codes postaux huppés.

— La crème de la crème, hein ? ricane-t-elle.

— Une influenceuse doit venir aussi. Une fille de YouTube qui s'appelle Kitten Smith. Et la presse locale. Quant à nous, on doit donner une image glamour et sophistiquée. Jake a fait un speech au personnel ce matin. La pauvre Morag était complètement déboussolée.

— Tu as l'air totalement glamour et sophistiquée, Fixie.

Je lève les yeux au ciel en grimaçant. Cet après-midi, je suis allée chez le coiffeur pour un brushing, mais pas question de me ruiner pour une nouvelle tenue. J'ai donc mis la robe vert foncé de demoiselle d'honneur que je portais au mariage de Nicole.

— Qu'en pense ta mère ? demande Hannah. Tout ça ne coûte pas trop cher ?

— Elle est d'accord, je dis en haussant les épaules. Elle dit que c'est le truc de Jake et que ça ne fait de mal à personne.

Autant ne pas divulguer ma petite trahison. Il y a deux semaines, j'ai téléphoné à maman parce que les plans grandioses de Jake pour la fête m'inquiétaient. Je voulais qu'elle lui demande de se refréner. Au lieu de quoi, elle a laissé couler, tout en me rassurant : « Ma Fixie, il sait ce qu'il fait, j'en suis sûre. »

Et moi, je n'ai pas voulu insister pour ne pas la stresser et lui gâcher ses vacances. Nous y voilà donc.

— Il y a carrément un tapis rouge devant l'entrée, glousse Hannah.

— Oui. D'après Jake, c'est pour les photos des VIP.

Je croise son regard, me mords les lèvres et suis prise d'un rire nerveux. Tout ça semble tellement ridicule. À moins que maman ait raison et que Jake sache manier les outils promotionnels beaucoup mieux que nous.

— Il a relooké complètement le magasin, j'ajoute. Nicole était d'accord. Il faut que tout ait l'air *cool*. Tu sais qu'elle a démarré ses cours de yoga ?

— Quand j'ai reçu son mail, je me suis demandé pourquoi donc les gens iraient faire du yoga à la Maison Farr.

— Complètement d'accord avec toi. Mais six de ses amies se sont inscrites. Elle ne remet jamais rien en place correctement. Une vraie plaie ! On a perdu la moitié du rayon alimentaire et le coin du matériel à confiture. Par contre, on propose des lanternes d'extérieur importées par un ami de Jake. Alors qu'on n'a même pas de rayon jardin ! Il a fallu remiser une partie de nos boîtes de rangement en plastique pour ces lanternes hors de prix.

— Je sais bien, compatit Hannah.

Je me souviens alors que j'ai râlé sur le sujet quelques jours auparavant.

— Fixie, puisque tu ne peux rien faire, essaye d'oublier et de profiter de la soirée.

Elle trinque avec moi.

— Ryan va venir ?

— Dès qu'il finit de bosser.

— Comment ça marche ?

— Au bureau ? Ou entre nous ?

— Les deux.

— Nous, ça roule. On est comme un vieux couple marié.

Et c'est vrai. Ces derniers jours, je me suis sentie très proche de Ryan. On est à l'aise l'un avec l'autre. Il vient à la maison deux ou trois fois par semaine. Et nos rapports sont…

Bon.

… un peu différents de ce que j'avais imaginé. En fait, j'espérais plus de sexe. Il y a eu la fois où on s'est retrouvés et depuis… eh bien… la cadence est devenue, disons, sporadique. Ou intermittente. Au total, cinq fois. En un mois.

C'est que Ryan a besoin de récupérer. De se remettre. Il a traversé une période très difficile qui a eu forcément des répercussions sur sa libido. J'ai consulté Google : c'est tout à fait normal. Je ne dois surtout pas lui mettre la pression. D'ailleurs, je n'ai même pas soulevé le problème. Je l'aide simplement du mieux que je le peux. Avec de la bonne nourriture maison, des petits câlins gentils et beaucoup d'écoute.

— Et son job ?

— Des hauts et des bas. Compliqué. Des luttes de pouvoir internes.

— Déjà ? s'étonne-t-elle.

— Tu ne le répètes à personne mais le boss – tu sais, ce gars que j'ai rencontré – est jaloux de Ryan. Il disait pourtant qu'il voulait quelqu'un qui s'était frotté au monde du business. Mais quand il l'a trouvé, il a changé d'avis. Finalement, son modèle de recrutement est toujours le même. Il veut un jeune stagiaire admiratif qu'il peut malmener sans le craindre. Une honte !

Seb m'a beaucoup déçue. Ça montre bien qu'on peut se tromper sur les gens. Il a ordonné à Ryan de cesser d'assister à certaines réunions – décision stupide car comment Ryan peut-il apprendre les ficelles du métier s'il n'est pas présent ? Apparemment, il regrette amèrement d'avoir embauché « un homme d'expérience au lieu d'un jeune ». D'autant plus que le reste de la boîte continue à apprécier Ryan et à lui demander son avis.

— Hum, grogne Hannah. Ryan a-t-il du mal à faire profil bas ?

— Non. Il y arrive, à sa façon. Mais tu le connais. S'il pense qu'une personne prend une mauvaise décision, il le dit tout net.

Un trait de caractère que j'admire chez lui. C'est justement parce qu'il n'a pas la langue dans sa poche qu'il est formidable. Or il affirme avoir détecté au moins dix erreurs dans la gestion de GEF. Il va défendre son point de vue jusqu'au bout. D'ailleurs ses collègues le poussent à exprimer son opinion. Il reconnaît que Seb est un gentil mais qu'il ne sait pas diriger les gens et que la boîte a grandi trop vite. « C'est mal organisé, répète Ryan. Un bordel sans nom. Ils n'ont aucune idée de ce qu'il faut faire. »

Il parle souvent d'une dénommée Erica qui est la fille la plus âgée et la plus compétente de l'équipe. Elle soutient Ryan à fond. Pour elle, il a l'étoffe d'un vrai manager. Plus que Seb, apparemment. Il pourrait devenir le patron en un clin d'œil, dit-elle. Mais dans la mesure où Seb est le propriétaire, il n'y a pas beaucoup de chances que ça se produise.

Au début, le fait que Ryan s'imagine déjà en grand chef me donnait le vertige. Et puis, je me suis habituée à son côté très ambitieux. Il voit le monde comme une place forte à conquérir. Quand il me raconte comment il a fait son trou à Hollywood, on dirait le commandant des forces spéciales de l'armée de l'air décrivant ses opérations de vol. Oui, il est tombé, il s'est brûlé les ailes, mais n'y a-t-il pas de ça dans toutes les histoires de réussite ? Les grands leaders échouent, apprennent, se remettent sur pied, recommencent pour finalement atteindre des sommets inégalés.

— Quoi qu'il en soit, il va se débrouiller. Il est déjà copain avec la plupart des gens de l'équipe. Ils sortent ensemble, vont jouer au billard trois fois par semaine. C'est sympa.

— Trinquons à sa réussite, propose Hannah.

Ce que nous faisons juste avant l'arrivée de Morag, Greg et Stacey. Leurs tenues de fête sont à hurler. Certes, ils ont fait un effort. Mais pour le glamour et la sophistication, on repassera. Morag a mis la robe la plus brillante et criarde qu'on peut imaginer : pourpre avec des épaulettes énormes et une cape assortie. Quand elle bouge sous la lumière, le tissu vire au bleu. C'est horrible. Il existe vraiment des boutiques qui vendent des horreurs pareilles ?

La robe de Stacey consiste essentiellement en un ensemble culotte et soutien-gorge en dentelle noire, recouvert d'une sorte de drapé en mousseline de la même couleur. Greg porte quant à lui un costume qu'il doit considérer comme classieux. Il a passé ses cheveux au gel, enfilé des chaussettes blanches et des chaussures pointues. Parfait pour une fête dans les années 1950.

— Hannah, je suis contente de vous voir. Mais, dites-moi, vous avez le droit de boire ? fait Morag sur un ton à la fois amical et réprobateur.

— Tim ne veut plus de bébé, déclare Stacey. Il a changé d'avis. Juste comme ça !

— Stacey, c'est privé, je proteste.

— J'ai entendu votre conversation par hasard, s'excuse-t-elle alors qu'elle a certainement ouvert grand ses oreilles pour capter chaque mot. Quelle déception, ma pauvre Hannah !

Il faut bien sûr que Greg s'en mêle.

— Il a découvert qu'il avait déjà un gosse ? s'enquiert-il d'un air désolé. Et il n'en veut pas d'autre, à cause des frais d'entretien ?

— Absolument pas ! s'écrie Hannah, outrée.

— Ces choses-là arrivent, continue Greg. Un de mes potes a participé à une émission de téléréalité sur la recherche en paternité, et il a gagné un test ADN. Pas mal, hein ? En plus, ils se sont gourés sur le prix du test. Au final, il lui est resté 10 livres.

Vu l'expression glacée de ma copine, je me sens obligée d'intervenir :

— Tim n'a rien à voir avec tout ça. De toute façon, c'est un sujet d'ordre personnel donc je vous propose de…

Stacey m'ignore royalement :

— Un conseil, Hannah : tu divorces ! Et tu t'envoies tous ses copains. Et puis, quand il sera au fond du trou, tu trouves quelqu'un de proche. De très, très proche, si tu vois ce que je veux dire. Quelqu'un en qui il a confiance. Et là, tu couches avec elle.

Stupéfaction d'Hannah.

— Avec elle ?

— Ouais, avec elle. Et t'as intérêt à être bonne.

— Ma petite Stacey, je ne crois pas que ces suggestions soient pertinentes, commente Morag. Hannah, pourquoi ne pas préparer un bon gâteau pour Tim ? Un gâteau de Savoie ou une tarte au citron… Oh ! mais j'y pense ! Il est peut-être allergique au gluten. Ce qui expliquerait tout.

À moi de m'interposer une fois encore :

— Morag, crois-tu vraiment que les allergies au gluten poussent les gens à ne pas vouloir d'enfant ? À mon avis, ce n'est pas le problème.

Mais rien ne l'ébranle.

— Ces allergies peuvent causer des irritations internes. Elles font des ravages.

— Il faut l'hypnotiser, coupe Greg.

Nous le regardons, sidérées.

— L'hypnotiser ? répète Hannah.

— J'ai suivi un stage d'initiation, nous apprend Greg d'un air important. Avec un spécialiste des techniques militaires. Donnez-moi vingt-quatre heures, je le dépouille de sa personnalité et vous pouvez tout reprendre du début.

— Eh bien, pourquoi pas ? Peut-être, dit Hannah au bout d'un moment.

— Ne résiste pas, lâche Greg avec des gestes de magnétiseur. Laisse-toi aller. Laisse-moi t'aider.

— La fête a certainement commencé, riposte Hannah.

Je saisis l'allusion au vol.

— Oui, il est temps d'accueillir les invités.

J'entraîne tout le monde dans le magasin. Quelle métamorphose ! La musique résonne dans les enceintes.

Deux serveuses font circuler des plateaux de coupes de champagne. Des tas de gens arrivent. Impossible de les situer. Peut-être des agents immobiliers amis de Jake ?

À l'entrée, on a déroulé un tapis rouge d'un mètre cinquante. Avec un cordon VIP et, en arrière-plan, un fond décoré d'étoiles. Nicole se tient devant la porte, très à l'aise, et pose pour un photographe avec une nana qui doit être Kitten Smith. Toutes les deux sont en robe longue. Nicole secoue ses cheveux, rit (faussement) en cascade et prend la fille par la taille.

— Regarde, Stacey, c'est Kitten Smith, je dis avec – malgré moi – un petit frisson d'excitation.

— Ah ouais. Combien Jake l'a payée pour qu'elle se pointe ?

— La payer ?

Stacey ricane :

— Ben, elle fait pas ça pour rien, tiens !

— Ah ! Ah ! Bien sûr !

Ce que je suis naïve, alors ! Mais franchement il ne m'est jamais venu à l'esprit que Jake devait casquer pour faire venir l'influenceuse de YouTube. Je pensais qu'il avait réussi à l'intéresser à la Maison Farr.

Combien ça lui a coûté ?

Deux nanas super sexy en robes clinquantes font leur entrée. Mon frère se précipite pour les accueillir. Embrassades, exclamations bruyantes. Qui sont-elles ? Je l'ignore. En fait, je ne connais personne. Il faudrait tout de même que je me mêle aux invités. Mais, pour le moment, ça me saoule. Je vais d'abord finir mon verre, en boire un autre et puis j'irai.

Jake semble tout à fait dans son élément. Il fait des plaisanteries, distribue des verres, parle fort. À un moment, je l'entends prononcer les mots « Notting Hill ». Qu'est-ce qu'il mijote encore ? Allez, relax ! Ce soir, je lui laisse le bénéfice du doute.

Je vide mon verre, le remplis à nouveau et m'approche d'une des deux terreurs clinquantes. En chemin, j'aperçois Vanessa qui me fait de grands signes. Particulièrement élégante ce soir, en tailleur bleu marine, mais aussi souriante et chaleureuse que d'habitude.

Enfin une cliente ! Je me rue et l'embrasse deux fois. Une nouvelle manie que j'ai piquée à mon frère, parce que généralement je me contente d'une petite bise très britannique sur une seule joue.

— Bienvenue ! Voilà du champagne.

— C'est superbe, admire-t-elle. C'est au profit de quoi, déjà ? Je n'ai pas bien compris ce qui était écrit sur l'invitation.

— On relance le magasin, on le repositionne, je marmonne, sans trop m'étendre.

— C'est ce que j'ai dit aux autres. Elles arrivent. On s'est donné rendez-vous au pub. Mais comme je n'ai pas beaucoup de temps, je les ai précédées.

— Les autres ? Quelles autres ?

— Les membres du club de pâtisserie, précise Vanessa avec un grand sourire. Elles n'avaient pas l'air au courant de la soirée, alors je leur ai envoyé un mail collectif. Vous devriez mettre à jour votre listing, Fixie.

— Vous avez fait quoi ?

— Elles seront là d'un moment à l'autre. Justement, voilà Sheila.

Sheila ? Oh non ! Eh si ! Sheila, en chair et en os.

Cette « vision d'horreur » ne figure sûrement pas sur la liste éclectique de Jake. Cependant, après un échange

– vigoureux, semble-t-il – avec le videur, elle s'avance d'un pas résolu. Quand elle enlève son vieil imper, apparaît une robe en forme de tente, toute chiffonnée. Aux pieds, ses habituelles boots fourrées. Elle regarde autour d'elle à la recherche d'un visage connu et repère Nicole qui minaude sur le tapis rouge en compagnie de Kitten Smith.

Elle se précipite vers elle.

— Nicole ! Tu es somptueuse ! Qui est cette fille ? Une nouvelle vendeuse ? On se fait prendre en photo ensemble ?

Ah ! La tête de Jake ! À mourir de rire. Quittant son groupe de gens huppés, il fonce vers le tapis rouge.

— Enchanté de vous voir, dit-il aimablement à Sheila. Absolument enchanté. Mais puis-je vous suggérer…

L'arrivée de quelques-uns des membres actifs du club de pâtisserie lui coupe le sifflet. Six charmantes rombières en anorak et souliers à semelles de crêpe viennent en effet de dépasser allègrement le videur pour pénétrer dans le magasin.

— Comme c'est bizarre ! fait remarquer la dénommée Brenda dès le premier coup d'œil. Vous ne trouvez pas ça bizarre, les filles ?

— Morag ! s'écrie une autre dont le prénom m'échappe. J'ai apporté des galettes à l'avoine. Je les pose où ?

Elle brandit une boîte en plastique de taille respectable et mon frère manque de s'évanouir.

Toujours plantée sur le tapis rouge, Sheila invite ses copines à la rejoindre :

— Par ici, les amies ! On fait des photos. Jeune homme, dit-elle au photographe, on aimerait un portrait de groupe. Allez, le club de pâtisserie ! Morag, avec nous ! Nicole, ça ne vous ennuie pas de vous pousser ?

Et, d'un coup de coude, elle éjecte ma sœur du champ.

J'ai mal à l'estomac à force de retenir mon rire. En trente secondes, le tapis rouge se retrouve encombré de dames entre deux âges habillées comme tous les jours qui sourient et agitent la main devant l'objectif. Les invités contemplent le spectacle d'un air surpris. Jake semble avoir la nausée. Nicole profite de la pagaille pour confier à Kitten Smith que, en tant que visage de la Maison Farr, elle trouve cet incident déplorable.

— Chère mademoiselle, vous croyez que je peux me procurer une autre tasse marron ? La même que celle de l'autre jour ?

Le vieux monsieur un peu chancelant avec son caddie ? Mais oui, c'est lui.

— Bonsoir, monsieur. Nous ne sommes pas ouverts mais je dois pouvoir vous trouver ça.

— J'ai vu les lumières en passant, explique-t-il. Vous servez à boire ?

— Tenez ! À votre santé ! je dis en lui offrant une flûte de champagne.

Je déniche une tasse en terre vernissée dans le local de stockage, l'enveloppe en vitesse, reviens prendre l'argent du client et dépose le paquet dans son caddie. Les caisses sont fermées mais je réglerai tout ça demain matin.

— Encore un peu de champagne ? Un canapé ? Une galette d'avoine ?

Il fixe son verre presque vide de ses yeux chassieux.

— Une petite goutte supplémentaire ne serait pas de refus…

— Excusez-moi, tonne Jakc au même moment. Vous avez une invitation ? Non ? Eh bien, je regrette. Vous ne pouvez pas rester.

Horrifiée, je le vois escorter sans trop de ménagement le vieux monsieur vers la sortie.

— Jake ! Arrête !

Comme à l'accoutumée, il m'ignore.

— C'est une soirée privée, dit-il. Demain le magasin sera ouvert aux heures habituelles. Merci beaucoup.

Je pourrais le tuer, mon frère !

— Fixie, je peux te parler ? demande-t-il en revenant. Tout de suite ?

— Oui !

Je le suis dans l'arrière-boutique. Il claque la porte et nous restons à nous dévisager pendant dix secondes. Je prépare dans ma tête des phrases venimeuses. Je les vois déjà dans leurs bulles, rouges, incendiaires.

« Comment tu oses ? C'est un client qui mérite le respect. Tu te prends pour qui ? Je me demande ce que papa dirait d'un tel comportement ! »

Je prends une bonne inspiration. Cette fois, je vais lui cracher à la figure tout ce que je pense. Hélas, sa seule expression m'intimide. Mes nerfs me lâchent. Les nuages noirs tourbillonnent au-dessus de moi.

— Est-ce que par hasard tu essayerais de saboter délibérément notre fête de lancement, Fixie ? En invitant par exemple cette bande de mochetés en anorak et ton ami clochard ?

— Ce n'est pas un clochard, je proteste. Et même s'il l'était, c'est avant tout un client. Et je pense… (J'avale ma salive.) Je pense…

C'est la panne. Je me déteste. Je suis incapable de protester. Incapable de m'affirmer, d'exprimer ma pensée.

— Tu penses quoi ?

— Je pense que tu n'aurais pas dû le traiter comme ça, j'arrive à balbutier.

— Ah oui ? Eh bien, moi, je pense que tu n'aurais pas dû convier ces gens à ce qui est censé être un événement professionnel.

— Je n'ai invité personne. C'est Vanessa !

Sans m'écouter, Jake retourne à la fête. Rouge de fureur, je le suis quelques secondes après. Et si je noyais mon chagrin dans une orgie de galettes d'avoine ?

En quittant « les coulisses », je tombe sur Leila. Une chance ! Car si quelqu'un a le pouvoir de me remonter le moral, c'est bien elle.

La « petite madame » porte une robe argentée avec une jupe en tulle. Elle ressemble à un ravissant lutin.

— Fixie ! Tu es là. Je disais à Ryan que tu étais forcément quelque part…

Mon cœur s'emballe.

— Ryan ? Il est là ?

— Oui, mais je te préviens : il est bourré.

— Bourré ?

— Oui, dans un état pas terrible. Fixie, il faut que tu saches que…

Elle s'interrompt car Ryan s'approche de nous avec une flûte de champagne dans chaque main. Il a les yeux injectés de sang et la mine morose.

— Bonsoir, Ryan ! je dis en l'embrassant. Tu as tout ce qu'il te…

Je m'arrête et glisse un regard incertain à Leila.

— Qu'est-ce qu'il y a ? je reprends.

— Ce salaud m'a viré.

C'est dit si doucement que je crois avoir mal saisi.

— Quoi ?

Il grimace un sourire sans joie et lève son verre.

— Tu as bien entendu : ce salaud m'a éjecté. J'ai perdu mon boulot.

Nous avons réquisitionné l'arrière-boutique. Oubliée, la soirée ! Seul Ryan m'importe.

Je m'affale sur une chaise en face de lui.

— Je ne comprends pas. C'est insensé. Comment est-ce arrivé ?

— Seb m'a convoqué pour me dire que « ça n'allait pas ». Fin de l'histoire.

— Mais pourquoi ?

— Tu connais les raisons, Fixie.

Il a l'air résigné.

— Seb se sentait menacé par toi. C'est ça ?

Ryan prend une gorgée de champagne.

— Disons simplement que j'ai vu arriver mon licenciement. Il avait raison. Ça ne marchait pas. Pour lui.

— Parce que vous étiez en compétition.

Il acquiesce. Chez moi, la stupeur fait place à la colère. C'est tellement injuste. Tellement monstrueux. Pourquoi ne pouvaient-ils pas travailler ensemble ?

Pourquoi Seb considérait-il Ryan comme un rival ? Il lui a donné sa chance puis l'a rejeté. C'est *mal.*

— Tu sais, ça ne me perturbe pas tant que ça, analyse Ryan en examinant pensivement le plafond. Mais, le temps que j'ai passé dans cette boîte, j'aurais pu l'utiliser pour chercher du travail. En fait, il n'a jamais eu l'intention de m'employer pour de bon. Depuis le début, il savait qu'il n'allait pas me garder. Il n'a fait ça que parce qu'il te devait une faveur.

Tout paraît clair. Dans l'esprit de Seb, embaucher Ryan n'avait rien de sérieux. C'était un jeu. Un jeu auquel je n'aurais pas dû commencer à jouer.

— Je regrette d'avoir mis en avant cette fichue reconnaissance de dette, je déclare en me levant. Et surtout, je regrette d'avoir croisé le chemin de ce sale type !

Ryan hausse les épaules.

— Tu ne pouvais pas savoir. Moi, je regrette qu'il ne se soit pas montré honnête dès le début. Il m'a piqué mes idées, m'a lessivé et jeté dehors. C'est tout.

— Tu vas faire quoi ?

— Aucune idée. Quand tu es au fond du trou, tu ne vois pas vraiment d'option…

Il semble à la fois résigné et broyé par les événements. Je ne suis ni résignée ni broyée. Mais révoltée. Mes doigts pianotent, mes pieds se balancent. Il faut que j'agisse. Seb ne peut pas s'en tirer comme ça. Il se croit invincible ou quoi ?

En cogitant, je me rappelle le vœu que j'ai fait dans son bureau. La prochaine fois que quelque chose me dérange, je laisse tomber, m'étais-je promis. Sauf si c'est super important ou d'une portée vitale.

Justement, la situation me paraît super importante et de portée vitale.

J'attrape mon sac et mon manteau.

— Ryan, je reviens dans un moment. Viens dormir chez moi ce soir. On reparlera de tout ça.

En traversant le magasin, je me sens hyperdéterminée. Je préviens Hannah :

— Il faut que je m'en aille. Tu peux le dire à Jake ?

— Bien sûr, mais tu vas où ?

— Je dois régler un problème.

Et je sors.

Métro jusqu'à la station Farringdon. Pendant le trajet, je serre les dents. Et les poings. En arrivant devant l'immeuble où se trouve le siège de GEF, je me sens soudain stupide. Dans le feu de mon indignation, je n'ai pas pensé qu'il était tard. Il n'y a probablement personne dans les locaux. Je me suis déplacée pour rien…

Mais quelques fenêtres sont éclairées.

Le cœur battant, j'appuie sur le bouton de l'interphone. Et quelqu'un – je ne sais pas qui – me fait entrer. Je prends l'ascenseur jusqu'à l'étage de GEF, prête à exiger de voir le patron. Mais inutile : Seb est sur le palier. Attendant l'ascenseur et plutôt étonné de me voir apparaître.

— C'est vous ? Je croyais…

— Bonsoir, dis-je sèchement. Je voulais vous voir. Si c'est possible.

Silence. Son regard aimable ne vacille pas.

— Très bien. Par ici, s'il vous plaît.

En le suivant, je remarque que ses vêtements sont froissés, comme s'il avait passé trop de temps à bosser. Et ses mèches plus en bataille que jamais.

Son bureau est aussi chaleureux et sympathique que la dernière fois. La serviette en papier traîne toujours sur sa table. Il ne manque pas d'air ! Ma colère redouble. À charge de revanche ? Ah oui, parlons-en !

— Alors ? demande-t-il une fois que nous sommes assis.

Il est sur ses gardes, donc il se doute du but de ma visite. Quand je pense que j'étais ici même avec Ryan il n'y a pas si longtemps, si heureuse de notre accord ! Ce souvenir augmente ma rage. J'attaque d'une voix sévère :

— Il me semble que, quand on conclut un accord avec quelqu'un, on le fait en toute bonne foi. C'est tout. Vos intentions auraient dû être honnêtes.

— Je suis d'accord.

— Ah, vraiment ? j'ironise.

On m'a déjà dit qu'ironiser, c'était faire de l'esprit à peu de frais. Je n'ai jamais trop compris ce que cela signifiait, et je m'en moque. Ce soir, va pour le toc.

— Oui, répète Seb sans se démonter, je suis d'accord.

— Moi non, je rétorque.

Non, je m'embrouille. C'est sa faute. Il me rend nerveuse.

Je me corrige :

— Enfin, si ! Mais ça n'est pas la manière dont vous avez traité Ryan. C'était une parodie d'honnêteté. Vous ne pouvez pas le supporter parce que c'est un homme d'expérience ? Parce qu'il a des projets, des idées et des connaissances dans des domaines où vous n'êtes pas à l'aise ? Vous sentiez-vous menacé au point de vous séparer de lui ? Ou est-ce que, comme il le dit, vous n'avez jamais eu l'intention de le garder ?

Je termine mon réquisitoire à bout de souffle. En principe, Seb devrait entamer sa plaidoirie de défense. Au lieu de quoi, il me dévisage comme si mes propos étaient du chinois.

— De quoi parlez-vous ? fait-il au bout d'un moment.

— De quoi ? Ryan m'a tout raconté. Je sais que vous l'avez empêché d'assister aux réunions. Je sais que l'équipe lui demandait conseil. Je sais qu'il voyait tous les défauts de votre boîte. Il a du charisme et des compétences, ce que vous ne pouviez pas encaisser. Donc vous l'avez viré.

— Ça alors ! Ça alors !

Il se lève, va vers la fenêtre et se passe les mains dans les cheveux en lâchant un drôle de rire.

— OK. Par où je commence ? Savez-vous dans quelle mesure Ryan a perturbé le fonctionnement de cette compagnie ? Savez-vous comme il est obtus, gaffeur et… stupide ? S'il m'avait fallu avaler encore une seule histoire à propos de piscine avec un geek de L.A… je serais devenu cinglé. C'est l'équipe qui l'a exclu des réunions, pas moi. Ils ont signé une pétition ! Ce mec est incapable de la boucler !

Je monte au créneau.

— Peut-être ne l'avez-vous pas écouté convenablement. Il a énormément d'expérience…

— Dans quel secteur ? Les déjeuners chez Nobu ? Parce que c'était son sujet de prédilection.

— OK. Mais il n'a jamais été dans vos intentions de lui donner une vraie chance, il a raison. Vous n'avez pas essayé de lui rendre la vie facile.

— Moi ? Je n'ai pas essayé ? s'indigne Seb. Je lui ai donné toutes sortes de tuyaux. J'ai mis à sa disposition un conseiller. Je l'ai envoyé aux sessions de formation. Je l'ai informé sur nos plans financiers. Et lui ? Il se moquait de notre philosophie. Flanquait le foutoir dans toutes les réunions. Nous bassinait à longueur de temps avec les noms des gens qu'il connaissait. Ratait chacune des missions que je lui confiais… et couchait non pas avec une mais avec deux filles de l'équipe. Ça a été l'enfer, ici, croyez-moi. Crise de jalousie, scènes, larmes, etc. Mais qu'est-ce qu'il y a ? Vous êtes toute pâle !

Ma tête va exploser. Il a dit quoi ?

Non, Ryan n'a pas pu… Impossible…

— Je ne comprends pas. Il a couché avec qui ?

— Peu importe leurs noms. J'ai déjà été trop bavard.

— Je ne vous crois pas, je lance d'une voix tremblante. Je ne vous crois pas.

— Vous ne me croyez pas ? Et pourquoi donc… (Il change d'expression.) Attendez ! C'est pas vrai ! Ne me dites pas que vous et Ryan… Il disait qu'il était célibataire. Sans attaches. Désolé, vraiment. C'était…

Il s'arrête, l'air torturé. Comme s'il ne savait pas quoi ajouter. Un lourd silence s'instaure. Mes yeux brûlent. J'évite de le regarder. Mon regard volette tout autour de la pièce. Il raconte forcément des bobards. Il ment comme un arracheur de dents.

Mais je pense aussi : « Pour quelle raison mentirait-il ? »

Me reviennent alors en mémoire les soirs où Ryan était « trop crevé » pour faire l'amour. Les soirs où je le consolais avec mes ragoûts d'agneau, mes massages et mes mots doux.

Ai-je été la plus grande, la plus stupide idiote de la terre ? Est-ce que je veux l'unique Ryan Chalker si fort que je n'ai pas vu ce qui se passait ?

Je prends mon courage à deux mains et pose à Seb l'ultime question :

— Les membres de votre équipe jouent-ils au billard ensemble trois fois par semaine ?

— Pas à ma connaissance. Peut-être une fois par mois. Pourquoi ?

— Pour rien.

Je déglutis péniblement. Je m'efforce de rester impassible alors que je suis complètement effondrée. Ryan ne jouait pas au billard. Il sautait d'autres nanas. Peut-être bien cette Erica dont il parlait tout le temps. Il n'a jamais voulu d'une gentille vie confortable et intime avec moi. Pour lui, je n'ai représenté qu'un dîner assuré et un massage deux fois par semaine.

Seb fait quelques pas. Il semble troublé.

— Je suis navré. Mais Ryan n'est pas un type… bien. C'est en tout cas mon opinion. Vous le connaissez depuis quand ?

— Depuis mes dix ans. Autrement dit, depuis toujours.

— Ah !

Son visage se chiffonne. Difficile de deviner ce qu'il pense.

— Nos rapports étaient occasionnels. Rien de sérieux. Donc…

Mon affirmation vient un peu trop tard. Il se rend compte que je suis anéantie. Ses yeux couleur sous-bois sont remplis de compassion, son front se plisse de pitié. Je ne peux pas le supporter.

— Bon, désormais c'est clair. Entre vous, ça n'a pas marché professionnellement. Dommage. Merci pour votre mise au point.

Les mains tremblantes, je récupère mon manteau et mon sac.

— Fixie, excusez-moi. Je ne pouvais pas savoir... Je ne voulais pas...

— Bien sûr ! Mais ne vous méprenez pas. Je voulais simplement comprendre ce qui n'avait pas collé entre vous. Vous m'avez rendu un service. Et ça s'est mal terminé.

Une idée germe soudain dans mon esprit.

— Vous m'avez rendu un service, je répète lentement. Vous avez engagé Ryan. Vous en avez subi les conséquences. Et donc, je vous en dois un à mon tour.

— Ne soyez pas ridicule, rigole Seb. Vous ne me devez rien.

— Si !

— Non, Fixie, nous sommes quittes.

Ses yeux essayent de rencontrer les miens, son sourire s'efforce d'alléger l'atmosphère. Mais je me sens lourde et triste. D'ailleurs, je suis presque au bord des larmes.

Sans le regarder, j'attrape un stylo et la serviette en papier. Sous la mention « Payé », j'ajoute quelques mots :

À charge de revanche. Mais je ne pourrai jamais vous rembourser. Désolée.

Je signe et pose le stylo.

— Sur ce, je m'en vais. Au revoir, Seb.

Et je tourne les talons.

Je l'entends vaguement me dire ou me demander quelque chose, mais pas question de ralentir pour en saisir le sens. Il faut que je rentre.

De retour à Acton. Épuisée. À force de me répéter en boucle tous mes griefs, j'ai l'impression d'avoir déjà totalisé six confrontations avec Ryan.

Dans ma tête, j'ai déjà repoussé la réponse condescendante qu'il va me servir. Il va faire celui qui tombe des nues. Me donner le rôle de la fille possessive et déraisonnable. Il va affirmer : « Fixie, je t'ai dit que je ne voulais pas brusquer les choses – tu te souviens ? » À ces simples mots, je sens mon cœur s'emballer de plus belle. Ne pas brusquer les choses ne veut pas dire coucher avec deux autres filles. Rien à voir.

Penser que j'ai gobé sa version des faits, que j'ai trouvé une explication logique à tout ce qu'il me racontait m'accable. Quelle crétine ! Mais il était si convaincant.

L'était-il vraiment ?

Ou était-ce moi qui voulais le croire, comme me le souffle une petite voix ? « Si ça se trouve, tu préférais ignorer ce que tu ne voulais pas voir. » Ces considérations douloureuses me traversent l'esprit, l'une après l'autre, jusqu'à ce que je ferme les yeux pour m'en débarrasser. Rien ne sert de passer en revue mes erreurs. Ce qui est fait est fait.

La fête est pratiquement terminée quand je pousse la porte du magasin. Le personnel est parti. Hannah aussi.

Leila est assise et vérifie ses messages. Jake bavarde dans un coin avec un mec aux joues rebondies. Mais pas l'ombre de Ryan.

— Te voilà de retour, Fixie ! s'exclame Leila.

— Où est Ryan ?

— Il ne t'a pas envoyé de SMS ? fait-elle, tout étonnée. Il a filé.

— Pour aller où ?

— Attraper un train. Il va habiter chez un cousin à… Leicester, ou quelque chose comme ça. Dans les Midlands, en tout cas. D'après lui, il y aura plus d'offres de boulot en province.

— Les Midlands ? C'est dingue, ça ! Il n'a pas pu déguerpir comme ça.

Leila continue son explication :

— « Et Fixie ? » lui ai-je fait remarquer. Il m'a affirmé que tu comprendrais et que vous en aviez parlé. Que ce n'était pas un problème.

On en a parlé ? Ben voyons !

Comment ai-je pu croire à ses fables ? Il n'est qu'un menteur. Un imposteur. Et j'ai mis du temps à cerner le bonhomme.

— Il était de mauvaise humeur, poursuit Leila en me dévisageant de ses grands yeux de biche bien maquillés. Il s'est plaint qu'il n'y avait rien pour lui à Londres. Il nous a raconté qu'il avait perdu son job. D'après lui, le dénommé Seb est un type atroce. Tu l'as déjà rencontré, n'est-ce pas ?

Toujours un peu hébétée, j'entends à peine sa question. Ryan a donc menti sur toute la ligne. Il a fichu le camp et je ne peux même plus avoir une explication claire avec lui. Impossible de me défouler. Rage et humiliation n'ont plus qu'à se déverser directement dans mon cœur.

— Il ressemble à quoi ? insiste Leila. Est-il aussi épouvantable que Ryan le décrit ? Parce que, à l'écouter, on dirait un monstre.

Flash-back. Seb dans son bureau. Son regard indulgent. Ses paroles pleines de tact. Ses excuses pour m'avoir bouleversée. Ses tentatives de me remonter le moral. Lui qui m'assure que nous sommes quittes. Qui passe ses mains dans ses cheveux en bataille.

J'ai soudain envie de faire un vœu. Je voudrais… Je voudrais…

Je voudrais quoi, au fond ? Simplement que les choses n'aient pas déraillé.

Je soupire longuement.

— Seb, tu disais ? Non, ce n'est pas un mauvais gars.

13

Deux semaines sont passées. Maman est à Saint-Tropez avec tante Karen. Elle m'envoie tout le temps de longs textos pour me décrire le port, les yachts, le climat de rêve. Je devrais lui répondre, mais je n'en ai pas le courage. Parce que, si je commence à lui écrire, je vais forcément m'épancher et pleurnicher sur mon clavier.

Alors je lui adresse quantité de smileys, d'émoticônes de bateaux à voile et de soleil pour éviter de lui raconter la vérité. (Maintenant que j'y pense, c'est sans doute pour ça que les émoticônes ont été inventées. Je les utilisais à mauvais escient. En réalité, elles n'existent pas pour communiquer de joyeux messages, mais pour nous permettre de *mentir à nos mères.*)

J'ai aussi écrit trois SMS à Ryan. Le premier était parfaitement digne et posé. Le deuxième, légèrement moins convenable et sobre. Le troisième, carrément désespéré, lui donne la possibilité de me prouver qu'il n'est pas aussi abominable que je le pense.

Ensuite, j'ai commis l'énorme erreur de montrer mes textos à Hannah. Réaction horrifiée. Menaces de venir confisquer mon téléphone pendant que je dors, en me rappelant que, puisqu'elle a une clé de la maison, elle peut s'y introduire à sa guise. La connaissant, elle en est tout à fait capable. Alors, j'ai cessé les textos.

De toute manière, Ryan n'a pas réagi. Il n'a pas laissé de message sur mon portable, n'a pas téléphoné au magasin, ne m'a pas écrit de mail et n'a répondu à aucun SMS. Pas de lettre non plus. (Pourquoi ai-je demandé au facteur si j'avais du courrier alors qu'il était évident qu'il n'allait pas m'écrire ?) Mais aucune importance. Je suis une fille solide. Et ma stratégie est simplissime. Je dois cesser de penser à lui.

En vérité, je pense encore à lui. De temps à autre, le prénom Ryan me vient à l'esprit. Comment pourrait-il en être autrement ? Mais j'ai beaucoup d'autres choses en tête en ce moment. Par exemple, Jake n'a toujours pas dévoilé le coût de sa fiesta. Ce qu'il a dépensé demeure donc un mystère. Nicole a annulé sans m'avertir la session du club de pâtisserie afin d'animer une causerie sur la relation corps-âme-esprit. Du coup, quatre mails furibards ont atterri dans ma boîte. Sans oublier la promesse faite à Hannah : demander au plus vite à Tim pourquoi il a changé d'avis au sujet du bébé et tâcher de le faire revenir sur sa décision.

Le faire revenir sur sa décision ? Moi ? Comment aborder le sujet ? D'accord, je le connais depuis longtemps. Mais de là à discuter planning familial avec lui…

Hannah m'a tellement suppliée que je lui ai juré d'essayer. Elle doit l'emmener au magasin un soir après le boulot. Et ce sera à moi de lancer la conversation sur les bébés.

« Mais il faudra que ça vienne naturellement. Pas question qu'il se doute que je t'ai parlé. Il ne doit soupçonner aucun coup monté. Entendu ?

— Euh… Entendu ! »

Je pensais avoir un peu de temps pour me préparer. Mais un jour s'est écoulé et les voilà qui font irruption à 17 h 30 précises. Hannah a dû le tanner pour qu'il quitte son bureau de bonne heure, comme elle.

Pour ma copine, l'affaire est de la plus haute importance. Et pour moi, la pire des corvées !

Je lance, en essayant de paraître naturelle :

— Coucou, les amis ! Quelle bonne surprise !

Hannah répond en mode guindé :

— Coucou, Fixie ! Oui, nous sommes venus sur un coup de tête. Je songe à acheter un mixer comme cadeau d'anniversaire. Je vais étudier vos modèles pendant que tu tiens compagnie à Tim.

Sans un regard en arrière, elle se rue au fond du magasin. Je reste seule avec Tim. À moi de jouer.

Merde alors ! J'aurais dû répéter mon texte.

— Alors, Tim, comment vas-tu ?

— Bien, merci. Et toi ?

— Ça va très bien. Parfaitement, même.

J'opine du bonnet plusieurs fois en me creusant les méninges avec frénésie.

— Euh… c'est chouette les bébés, hein ?

La phrase m'a échappé.

— Quoi ? De quoi tu parles ?

— De rien. Simplement il y avait un bébé ici tout à l'heure. Tellement mignon. Je me disais qu'il représentait l'avenir. La nouvelle génération. Que nous devions garder notre planète en bon état. Pour les enfants.

Minute, Fixie, tu dévies vers la question écolo !

Tim semble perplexe.

— Quels enfants ?

— Ben, les enfants ! Tu sais, les enfants, quoi !

Derrière la rangée des mixers, la tête d'Hannah surgit soudain. Elle a clairement l'air et le sourcil interrogateurs. Alors, d'un coup d'un seul, je change de stratégie. Pourquoi faire preuve de subtilité avec Tim ? Mieux vaut l'attaquer de face.

— Écoute, Tim, Hannah veut un bébé. Toi, tu n'en veux plus. Ton changement d'attitude la bouleverse. Au fait, elle ne doit pas savoir qu'on en parle.

Le visage de Tim se ferme instantanément.

— Ça me regarde, dit-il en détournant les yeux.

— Ça regarde aussi Hannah. Tu ne veux pas fonder une famille ? Devenir père ?

— Je n'en sais rien, aboie-t-il.

Compris. Visiblement, j'appuie là où ça fait mal. Pourtant, je persiste :

— Tu étais d'accord. Qu'est-ce qui t'a fait revenir sur ta décision ? Quelque chose, forcément.

Pour une fois, le visage de Tim affiche une sorte d'émotion.

— Je ne savais pas ce que ça impliquait de faire un enfant. Tu le sais, toi ?

J'ai envie de rétorquer que sa contribution à l'affaire ne durera pas très longtemps mais l'instant n'est pas à la plaisanterie.

— Comment ça, ce que ça implique ?

— C'est un cauchemar sans fin ! explose-t-il.

— Mais quoi ?

— Vérifier la robustesse du porte-bébé. Visiter des crèches. Trouver le meilleur siège auto. Lui apprendre à lire et à écrire. Choisir des peintures bio. Sélectionner les fiches d'éveil. Et Annabel Karmel. Et La Mars.

Il récite cette litanie absurde tout en comptant sur ses doigts. Et s'il commençait une dépression nerveuse ? Allons-y sur la pointe des pieds.

— Tim, de quoi tu parles au juste ?

— Pas un mot à Hannah. Promets-moi, Fixie. Mais elle… Enfin… Je ne peux pas assumer…

Je suis déroutée. Cette conversation part dans tous les sens. Que dire ? Pour couronner le tout, Hannah se pointe vers nous, un mixer sous le bras.

— Tu as trouvé ce que tu voulais ? Bien ! Tim et moi, nous parlions de… trucs.

Ma voix a pris des accents aigus. C'est ensuite le silence. Un long moment embarrassant. Avec des regards éloquents, Hannah et Tim s'efforcent de me faire passer des messages.

— Je vais t'encaisser, Hannah.

J'enregistre son paiement sans lever les yeux.

— Je t'appelle plus tard, je dis en lui tendant son mixer.

— On dîne ensemble ? propose-t-elle.

— Désolée, impossible. Je vais boire un verre au 6 Folds Place pour l'anniversaire de Leila. Mais on se téléphone.

Maintenant qu'ils sont partis, il va falloir que je décode cet échange. Que je réfléchisse à ce que je vais rapporter à Hannah. Que je regarde en ligne ce que signifie ce « La Mars » – ou est-ce « Le Mahs » ?

À ce moment, Bob sort de l'arrière-boutique, son imper sur le dos, prêt à regagner ses pénates.

— Bonsoir, Bob ! Tout roule ? On ne dépose pas encore le bilan ?

La petite blague de maman chaque fois qu'elle voit Bob. Je perpétue la tradition.

— Pas encore, répond Bob avec son petit sourire coutumier.

Je remarque pourtant qu'il tire sur ses boutons de manchettes, comme chaque fois qu'il veut faire part d'une information délicate.

— Je viens de regarder les comptes de la soirée de repositionnement, annonce-t-il. Le DJ n'est pas donné.

Nouveau petit rire mais inquiet, cette fois.

Bob est l'homme le plus prudent de la terre. Il ignore tout du monde des fêtes et des DJ. Mais j'éprouve moi aussi un peu d'inquiétude. Soudain, j'ai envie de me confier. De lui dire : « Bob, je vous comprends parfaitement. Quel besoin avait-on de faire venir un DJ ? Et finalement, à quoi a servi cette fête ? Rien n'a bougé chez Maison Farr. Les ventes n'ont pas augmenté. Les nouveaux clients ne se sont pas amenés. Tout ce tintouin pour rien ! »

Mais *priorité à la famille*. Alors je dis :

— Ces opérations marketing peuvent aider. Les gens influents et tout.

— Oui, c'est vrai, fait Bob.

Ses yeux bruns rencontrent les miens. Il comprend ce que je ressens mais n'exprime rien tout haut de peur de se montrer indiscret, déloyal et désagréable.

— Toutes les factures sont là ? je demande. On sait quel budget total ça représente ?

Je me souviens que, dans la mesure où maman a donné son accord, je ne pouvais pas m'y opposer. De toute façon, c'est loin d'être un problème. Le magasin ne sera pas en faillite pour autant. Ce n'était qu'une réception, après tout.

— Pas encore, réplique Bob. Je n'ai qu'une partie des dépenses.

— Tenez-moi au courant.

— Je n'y manquerai pas.

Quand il ferme la porte, je pousse un grand soupir. Il faut que je me prépare pour l'anniversaire de Leila. J'ai envie d'aller au 6 Folds Place comme de me pendre. Rien que l'idée de m'habiller me fatigue. Sans parler des conversations avec les potes de Jake qui vont porter sur la voile (pas mon domaine) et les marques de bagnole (pas mon domaine, non plus). Mais j'ai promis à Leila de venir. Elle est trop gentille pour que je la laisse tomber.

Et puis les boissons seront gratuites. Du champagne ou des cocktails. Vu le niveau de mon moral, boire un verre ne peut que le remonter.

Ce sont des cocktails. Forts, acidulés, citronnés, servis dans des verres à martini. J'en prends un avec gourmandise. Sans savoir ce que c'est. Juste pour le plaisir. Je le descends en fermant les yeux. *L'extase*. Comme je n'ai rien mangé de la journée, l'alcool agit sur moi comme une drogue.

C'est une drogue, en fait.

J'ouvre les yeux. J'aimerais bien partager mon point de vue avec quelqu'un mais personne ne m'attire vraiment. Leila m'a accueillie affectueusement quand je suis arrivée. Ensuite elle a filé vers les toilettes pour dames avec deux copines esthéticiennes. Jake parle bruyamment de son contrat pour les bijoux en diamants avec trois gars en costume. Apparemment, c'est la razzia en Asie.

— On parle de transport maritime international, palabre-t-il. La réalité du commerce mondial.

Comme je n'ai rien à ajouter sur le commerce mondial, j'attrape un deuxième cocktail. Au fond, je pourrais boire comme ça toute la soirée. D'ailleurs, c'est ce que je vais faire.

Notre petite sauterie a lieu dans un endroit délimité mais il y a plein d'autres gens dans le club, debout devant le bar ou assis à des tables. Des amis de Leila ? Non. Juste des membres du 6 Folds Place qui viennent passer un moment sympa. À ma gauche se trouve un groupe de filles. Je les observe car elles occupent la table que nous avions l'autre soir. Pile l'endroit où Ryan m'a offert le bouquet de lys, où il m'a embrassée et où j'ai pensé… j'ai vraiment pensé…

Pour évacuer la douleur, je prends un autre cocktail. Chaque gorgée glacée annihile un peu de ma tristesse. De mon humiliation. De mes regrets. Le pire, c'est que tout le monde a tenté de me mettre en garde. Hannah, maman, même Tim, à sa façon. Tous ont percé Ryan à jour. En outre, au cours de ces deux horribles dernières semaines, Hannah m'a répété en boucle qu'elle ne s'était pas rendu compte *à quel point* il était infect.

Une remarque censée me requinquer ? Je n'en sais rien.

Je finis mon verre. Nicole apparaît soudain dans mon champ de vision. Époustouflante dans une robe courte à franges. Tout en faisant bouger ses cheveux admirablement brushés, elle parle à un grand type.

— Oui, je souffre de troubles d'anxiété liés à la séparation. Il faut que je prenne soin de moi.

Impossible d'aller vers elle. Ou vers Jake. Qu'est-ce qui ne va pas chez moi et me rend incapable de faire face à ma propre famille ? Je pose mon verre vide, en attrape un autre plein à ras bord, tout en me demandant si avaler quatre cocktails de suite constitue une infraction. Tout d'un coup, je me raidis. Non ! *Oh non !* C'est inconcevable. Incroyable.

Et pourtant vrai ! Seb est là. Assis à une table assez éloignée. Portant une veste élégante et décontractée. Il est avec une fille. Grande, le genre pleine d'assurance. Des cheveux blonds dégradés. Des ongles parfaitement manucurés. Une robe moulante vert vif. Elle pourrait être présentatrice à la télé. C'est sa copine ? Comment s'appelle-t-elle, déjà ?

Je me creuse la cervelle. Et son prénom me revient : Briony. C'est ça. La fille qui l'a envoyé voir le gourou du ski. Et qui avait un rapport avec une histoire de gym à domicile. C'est elle ?

Au moment où Seb cherche à attirer l'attention d'un serveur, je me dissimule en vitesse derrière la bande de Jake. Je ne veux pas qu'il me repère. Qu'est-ce qu'il fait là, au fait ? Quand je pense qu'il a affirmé à Ryan que ce club n'était pas son genre d'endroit. Quel hypocrite !

Il y a plus important : moi, je fais quoi maintenant ?

Depuis ma cachette, je l'observe. Penché, coudes sur la table, il parle avec le plus grand sérieux comme s'il cherchait à convaincre. Et Briony est…

Elle le rabroue. L'air mauvais. Que dit-elle ? Dommage que je ne lise pas sur les lèvres.

Il lui répond… Elle l'interrompt… Ils s'engueulent. Bizarre ! Je pensais que Seb n'était du genre à se mettre en colère. Surtout pas en plein milieu d'un club privé.

Je les espionne avec délectation. Le visage de Briony se tord de colère. Elle crache un chapelet de mots, repousse sa chaise, flanque son pashmina sur ses épaules et attrape son sac. Spectacle impressionnant. Je la trouve malgré moi assez fascinante dans son style. Tellement sophistiquée. Maîtresse d'elle-même. Elle balance un dernier commentaire à l'intention de Seb et s'en va. Je reprends mon souffle. La scène était intense. Et je ne faisais même pas partie de la distribution.

L'alcool commence à produire son effet. Les lumières vacillent. Je chancelle un peu. Sans doute ai-je sifflé ces cocktails trop vite. En dépit de mon état, je panique quand Seb se lève. Il va où ?

Merde ! Et re-merde ! Il se dirige vers le bar. Vers moi.

Panique générale. Vite ! L'instant est décisif. Où me planquer ? Subitement, j'aperçois ma sœur, toute seule, au téléphone. Je l'entends dire :

— Drew, je dois filer.

Puis, le regard dans le vague, elle raccroche et avale une gorgée. Elle a sa tête des mauvais jours : mâchoires serrées, expression tendue, paupières plissées.

Y a de la dispute dans l'air !

Je titube vers elle.

— Hé, Nicole ! Si on parlait un peu ? On ne parle jamais. Tout roule pour toi ?

Elle est tout de suite sur la défensive.

— Bien sûr. Pourquoi cette question ?

Typique. J'aimerais qu'une seule fois ma sœur s'engage dans une véritable conversation avec moi.

Coup d'œil rapide vers le bar où Seb commande un whisky.

— Tu sais, Nicole, Drew t'adore. Il t'aime comme ça. Ouais ! *Comme ça.*

J'écarte les bras en vacillant sur mes talons hauts.

— Tu es saoule, Fixie ! commente-t-elle.

— Mais nan ! Pas une seconde. Pas du tout.

— Tu es pétée, affirme-t-elle. Tu as bu combien de verres ?

— Dix, je réponds pour la narguer.

J'avale une nouvelle gorgée et je vérifie mine de rien la position de Seb en me disant que je suis hors de danger. Hélas, trois fois hélas, il se retourne au même moment. Nos regards se croisent. Lui, clairement, est surpris. Moi, le cœur en survoltage, je pivote à vitesse grand V.

Il n'a pas dû me reconnaître. C'est aussi simple que ça. Comment pourrait-il me remettre après un seul et bref coup d'œil ? Je vais quand même me dissimuler derrière Nicole. Non ! Beaucoup mieux : je vais m'accroupir. Voilà. Sa silhouette me cache complètement. Et puis, cette position assise sur les talons est assez confortable. La pièce tourne moins. Je me détends. On devrait s'accroupir davantage dans les soirées.

— Tu fais quoi, au juste ? demande Nicole.

— Chut ! Ne bouge pas.

Seb a disparu de mon champ de vision. Je ne peux rien voir, en fait, sauf l'étoffe blanche de la robe de Nicole qui produit une sorte de lumière devant mes yeux. Effet d'hypnose garanti. Les rotations à 360 degrés de ma tête n'arrangent rien. Ça tangue, ça chaloupe toutes les trente secondes.

— Oh ! Des sushis, s'écrie Nicole. J'y vais.

À mon grand désarroi, elle s'éloigne en me laissant à découvert.

— Attends ! Reviens !

J'essaye de me relever. Mais je suis bloquée. Mes genoux n'obéissent pas. Connerie de genoux ! Connerie de cocktails.

— Fixie ?

Le ton incrédule de Seb. Quelle horreur ! Je me force à lever la tête. Il se tient face à moi, son verre à la main, l'air stupéfait.

Quoi ? On est dans un pays libre, quand même.

— Tiens, bonsoir ! Je suis juste accroupie là.

— Je vois ça.

Petit moment d'embarras. Puis j'essaye de me relever avec une grâce de cygne mais la manœuvre échoue.

— Je peux vous aider ? dit-il en tendant une main secourable que je prends avec réticence.

— Merci, c'est très aimable, je marmonne tandis qu'il me remet sur pied.

— Je vous en prie.

La musique se fait plus forte. Près de la minuscule piste de danse, le DJ commence à œuvrer. Seb a les traits tirés. Pas surprenant vu l'attaque en règle de Briony. Si c'était bien elle.

Je devrais lui sortir quelques banalités mais la conversation polie, ce n'est pas mon fort. En conséquence, je lance, plus énergiquement que j'en avais l'intention :

— Vous faites quoi ici ? Vous disiez que vous ne veniez jamais au 6 Folds Place, que ce n'était pas votre genre.

Un peu hostile comme entrée en matière ? D'accord. Mais j'ai deux bonnes raisons d'être agressive. Premièrement, si les gens affirment qu'ils ne fréquentent pas un endroit, ils ne doivent pas s'y trouver. Deuxièmement, tomber sur Seb me fait sortir de mes gonds. Au cours des deux dernières semaines, je me suis efforcée de faire bonne figure. J'ai plaisanté, j'ai rigolé. J'ai présenté mon histoire avec Ryan comme un béguin temporaire. J'ai prétendu que notre rupture ne m'affectait pas. J'ai même réussi à le cacher à Hannah.

Mais Seb sait. Il *sait*. Il a été témoin de ma fragilité. Il a vu mon air ravagé. Ma réaction scandalisée. C'est pourquoi je préfère ne pas tomber sur lui dans un club.

— Normalement, j'évite ce genre de bar. C'est exceptionnel. Et vous, vous faites quoi au 6 Folds Place ?

— Je picole.

— Ah !

— Je noie mon chagrin. Ces cocktails sont divins. Vous voulez en goûter un ? Ah, mais c'est une réception privée. Voulez-vous être mon invité ? Cela dit, si j'étais vous, je refuserais. C'est plein d'agents immobiliers.

Je me rends vaguement compte que mes propos sont ineptes. Mais impossible de me censurer. La bienséance est aux abonnés absents. C'est l'alcool qui dirige. Et l'alcool proclame : tout est permis.

— Des agents immobiliers ? rit Seb.

— Et des importateurs de bijoux en diamants. En fait, un seul. Mon frère. Et qui était la fille avec vous ? C'est votre petite amie ?

— Oui. Elle s'appelle…

— Je sais ! J'ai entendu son nom au café l'autre jour. Une seconde… (Je ferme les yeux pour me concentrer.) Elle s'appelle… Whiny (la Râleuse).

OK, ce n'est pas le truc à dire.

— Non, pas Whiny ! C'est autre chose.

— Briony, rectifie Seb.

— Oui, Briony. (Je hoche vigoureusement la tête.) C'est ça, Briony. Dites, elle ne vous a pas loupé, tout à l'heure. Elle ressemblait à… (Froncement de nez.) Voilà ! J'ai trouvé ! Elle ressemblait à une méchante présentatrice télé. (J'imite la voix d'une speakerine.) « Bonjour, je vous présente le bulletin des mauvaises nouvelles. Vous êtes des ordures et je vous déteste… » Non, désolée. C'est malpoli. Je retire ce que j'ai dit. Je n'ai pas le droit d'insulter votre copine. Elle est probablement très gentille.

— En effet, vous n'avez pas le droit d'insulter ma copine.

Pensivement, j'avale une bonne lampée, puis je m'approche et lui murmure à l'oreille :

— Pourtant, elle n'est pas si gentille – je me trompe ?

— Allons-nous juger de nos choix sentimentaux respectifs ? Vous avez vraiment envie de jouer à ça ?

— Pourquoi pas ?

— Parfait, allons-y ! Je commence : moi, au moins, je ne suis pas tombé amoureux d'un arnaqueur tout pourri. Au moins, je ne suis pas une pauvre andouille crédule qui trouve des excuses à un connard intégral parce que j'ai flashé sur lui à l'école.

Mon indignation est telle que j'en tombe presque à la renverse.

— Comment vous savez ça ?

— Vous m'avez dit l'avoir connu à l'âge de dix ans.

Quelle goujaterie ! Je n'aurais jamais dû donner la moindre parcelle d'information à ce gars. Je bois une autre gorgée, fais tourner le liquide dans ma bouche avant de l'avaler. Ensuite, je crache mon venin avec toute la force dont je suis capable :

— Je pensais que vous étiez un garçon bien élevé. Il semble clairement que j'ai été mal informée.

— Je peux l'être. Quand je veux.

— Et à propos : je ne suis pas crédule mais confiante. Vous pigez ? *Confiante*, je déclare en agitant mon verre pour accentuer mes propos, renversant quelques gouttes du cocktail.

— Vous voulez danser ?

Là, il me prend par surprise. Je le regarde en me demandant si j'ai bien entendu.

— Danser ? Vous voulez dire… danser ?

— J'aime danser. Ça vous plairait ?

— Avec vous ?

— Oui. Avec moi.

Un petit coup de cocktail. Un petit coup de cogitation.

— Non !

Ça lui apprendra !

Pourtant, j'aimerais bien danser. Le rythme de la musique réveillerait un mort.

Seb, après une pause :

— Non ?

— Oui. C'est non.

Il est plus grand que moi. Quand je le regarde, on dirait qu'un halo entoure sa tête. Ses cheveux brillent, ses pommettes aussi, son regard est rivé sur moi d'une façon assez déconcertante.

« Allez, détourne la tête ! » je m'ordonne.

Mais non ! Ce que j'aimerais, c'est me noyer dans ses yeux. Complètement idiot ? D'accord. Et totalement nul. Non seulement il a une copine mais il aime le genre speakerine hyper désagréable.

— Vous me devez un service, dit-il en sortant la serviette en papier de la poche de sa veste.

Il l'inspecte attentivement.

— Vous voyez ? fait-il en me la présentant.

J'examine à mon tour ce que j'ai inscrit.

— Oui, mais ça ne concerne pas une invitation à danser.

— Et si danser avec vous constituait mon souhait ? Et si c'était tout ce que je désirais ?

Ses yeux sont toujours plongés dans les miens.

— Danser avec moi ? C'est tout ce que vous désirez ?

La musique m'envahit. Mon sang swingue. La musique électrifie mes pieds. Plus je parle de danse, plus j'ai envie de bouger.

— C'est ce que je veux, confirme Seb.

Sa façon de me parler et de me dévisager me fait frissonner.

— Très bien, je lance comme si je lui accordais une immense faveur. Très bien.

Une fois sur la piste, nous commençons à remuer. Sans un mot. Sans un sourire. Sans regarder autour de nous. Les yeux dans les yeux, nous bougeons en parfaite harmonie.

Ça, il a le rythme dans la peau, Seb !

Les airs se succèdent. La musique pulse. Les lumières changent à toute allure. Le visage de Seb est un kaléidoscope de couleurs. Le tempo s'accorde aux battements de mon cœur. Jake et Leila nous rejoignent. Je leur adresse un petit salut de la tête tout en continuant à me trémousser en mesure. Surtout ne pas interrompre la cadence. Ne pas rompre le charme.

Plus je danse, plus je suis subjuguée. Par lui. Par l'intensité de son regard. Par la chaleur de son corps. Il est à la fois liquide et solide. Fort et souple. Mais, contrairement à Ryan, il n'en fait pas des tonnes, il ne cherche pas l'approbation des autres. Non, Seb est concentré et direct. Il fait tout avec naturel. Même quand il s'éponge le front.

Je l'imite. Il fait si chaud. On danse sur un air de Calvin Harris. Spontanément, je chantonne avec lui « How deep is your love ». Impossible de m'arrêter, de ne pas répondre à la musique. En même temps, je sens bien que quelque chose cloche. Les couleurs se brouillent davantage. J'ai le tournis. Je me sens… Pas malade exactement mais…

J'ai un genre de haut-le-cœur. OK. C'est loin d'être la grande forme. Me concentrer sur le visage de Seb va m'aider à retrouver mon aplomb. Mais il est morcelé comme les pièces d'un puzzle. Mon estomac proteste. Aurais-je mangé un truc qui ne me réussit pas ?

Oh là là !

Oh ! Je me sens vraiment mal.

Mais, au fond, quelle importance ?

Soudain, mes jambes lâchent. Je m'étale sur la piste de danse. Tant pis. Pas la peine d'en faire une histoire. C'est très bien d'être allongée sous les lumières. Le visage de Leila apparaît au-dessus de moi. Je lui souris béatement.

— Bon anniversaire, Leila !

Mais elle n'a pas l'air de comprendre.

— Fixie ! Qu'est-ce qu'il t'arrive ?

— Salut !

Je voudrais agiter la main mais celle-ci ne fonctionne pas.

Où est ma main ? Quelqu'un me l'a volée.

Seb, penché lui aussi, dit :

— Je n'en sais rien ! Elle allait bien. Évidemment, elle a bu plusieurs…

Leila, de très, très loin :

— Fixie, ça va ? Combien de cocktails tu as bus ? Jake ? Jakey ? Viens m'aider…

Y a-t-il pire que de se réveiller avec une vraie gueule de bois ? Oui ! Se réveiller avec une vraie gueule de bois chez votre frère et l'entendre vous reprocher d'avoir fichu en l'air l'anniversaire de son amoureuse et de vous être donnée en spectacle devant ses amis.

Ma tête est sur le point d'éclater. Mais j'attends qu'il ait fini sa tirade pour prendre un paracétamol.

— Maintenant, je dois filer à une réunion, conclut-il brusquement, comme si ça aussi était ma faute.

— Tiens, avale ces deux cachets, me dit Leila dès qu'il a tourné les talons. Ne fais pas attention à ton frère. En fait, c'était plutôt rigolo. Tu veux du café ?

Je chancelle vers le salon, m'affale sur le canapé en cuir (de chez Conran ?) et regarde fixement l'énorme télé que Jake s'est offerte l'an dernier. L'appartement est contemporain, branché, bourré d'appareils high-tech. Il est situé à Shepherd's Bush (qu'il préfère appeler « West Holland Park »), dans le quartier de Grosvenor Heights. Jake l'a acheté juste après son deal avec le fabricant de culottes sans couture. À mon avis, il l'a choisi à cause de l'adresse : Grosvenor, sur une carte de visite, ça fait chic.

Leila m'apporte une tasse de café, s'assied près de moi dans son kimono en soie et commence à ouvrir les enveloppes de ses cartes d'anniversaire avec ses longs ongles.

— C'était vraiment réussi, cette soirée. Jakey m'a gâtée. Ces cocktails étaient divins.

— Ne me parle pas de cocktails, je t'en supplie !

— Excuse !

Elle rigole et me dévisage avec intensité.

— C'était qui, le mec ?

— Le mec ?

— Oui, le mec, espèce d'idiote ! Celui avec qui tu as dansé sans arrêt. Il a l'air sympa. Et pas mal du tout, ajoute-t-elle en haussant les sourcils.

— Il est déjà pris, j'explique avant qu'elle se fasse des idées.

— Dommage ! En tout cas, il se faisait du souci pour toi. Il voulait venir avec nous pour s'assurer que tout allait bien. Mais on lui a dit que ta famille allait s'occuper de toi.

La façon dont elle dit « ta famille » me touche. J'aime Leila. Elle fait partie de ma famille.

Je l'attire contre moi.

— Tu es un amour, Leila. Pardon d'avoir tout gâché.

Elle me serre dans ses bras maigrichons.

— Ne t'en fais pas ! Si quelqu'un est à blâmer, c'est Ryan. J'ai d'ailleurs dit à ton frère que si l'amour de ma vie m'avait laissée tomber, moi aussi, j'aurais mal réagi.

— Ryan n'est absolument pas l'amour de ma vie.

— Il va revenir, affirme-t-elle en tapotant mon genou.

Il faut, une fois pour toutes, que je persuade Leila que je ne veux pas qu'il revienne. Oui, je lui en parlerai plus tard. En attendant, je me laisse aller sur le cuir souple du canapé et, dans un état proche de l'hypnose, j'observe Leila qui ouvre une enveloppe, lit le texte de la carte et sourit avant de passer à une autre.

— Ah, j'avais oublié ! Il m'a donné ça pour toi.

— Qui ?

— Le mec, espèce d'idiote.

Le minuteur sonne. Avant de se lever pour aller dans la cuisine, elle me donne une enveloppe.

— Mon œuf est prêt. Tu en veux un ?

L'idée d'avaler un œuf déclenche un début de nausée.

— Non merci !

J'ouvre lentement l'enveloppe. À l'intérieur, pas de mot. Seulement la serviette en papier sur laquelle Seb a écrit :

Dette totalement acquittée. Merci.

Sous cette ligne s'étale sa signature.

Je ressens une sorte de… Comment dire ? De nostalgie ? De regret ? Je revois ce long moment passé à danser. Notre synchronisation parfaite. Les lumières jouant sur son visage. La musique lancinante. Ses yeux dans les miens. Je voudrais revivre la soirée d'hier, dans ce club, avec lui.

Je glisse la serviette en papier dans l'enveloppe. C'est un souvenir, je me dis en fermant le rabat. Un vestige amusant. Je ne le reverrai jamais. Il va sans doute épouser cette Whiny. Et… Bon, après tout, c'est son choix.

— Quelque chose d'intéressant dans cette enveloppe ? demande Leila en revenant avec son œuf.

— Non.

— Tu veux que je la mette dans la corbeille ?

Elle tend la main.

— Non ! je crie instinctivement.

Mes doigts retiennent fermement l'enveloppe. Pas question de la jeter. De m'en débarrasser. Même si c'est ridicule.

Air sidéré de Leila.

— Ne t'inquiète pas. Je la garde. Au cas où. Tu comprends ?

— Bien sûr, acquiesce la très consensuelle petite madame. Allez, Fixie, force-toi. Partage cet œuf avec moi. Tu as besoin de manger quelque chose. Et ensuite, je te ferai une manucure.

14

La maison d'Hannah ressemble à un catalogue John Lewis. Tous les meubles, la plupart des rideaux et des coussins viennent de là. Sa liste de mariage était déposée pour moitié chez John Lewis, pour moitié chez Maison Farr. Le mélange des deux fonctionne à merveille. Bonne qualité, classique et de bon goût.

Sa maison lui ressemble parfaitement. Le style John Lewis est calme et rassurant. Ma copine est calme et rassurante. Mais aujourd'hui, c'est une fille complètement différente que j'ai en face de moi. Elle a les nerfs à vif. Elle fronce sans arrêt les sourcils. Elle fait les cent pas dans sa cuisine blanche immaculée tout en grignotant un bout de carotte.

— Il ne veut rien savoir. J'ai essayé de lui parler mais il ne veut rien savoir.

— Et si tu t'asseyais ?

Parce que c'est un peu énervant de la voir aller et venir de cette façon. Mais elle n'a pas l'air de percuter, elle est trop perdue dans ses pensées.

— Qu'est-ce qu'il fait du « Soyez féconds, multipliez-vous » ?

— Hein ?

— Je parle des piliers du mariage. C'est une phrase de la Bible. Je l'ai rappelée à Tim. Et je lui ai demandé s'il n'avait pas entendu ce passage.

— Tu lui as cité le *consentement des époux* ?

— Écoute, il fallait bien que je me fasse comprendre. Qu'est-ce qui se passe dans sa tête ?

Elle se pose enfin sur une chaise.

— Répète-moi ce qu'il t'a dit, Fixie.

— Il est stressé. Submergé. Il dit qu'avoir un enfant, c'est…

Mieux vaut éviter le terme « cauchemar ».

— C'est quoi ?

— Difficile. Il dit que ça va être difficile.

— Eh bien, oui ! Mais ça le vaut bien, non ?

Je confirme tout en me rappelant la mine accablée de Tim.

— Oui, j'imagine. Au fait, Le Mahs, ça veut dire quoi ?

— Quoi ?

— Le Mahs ou La Mars.

— *Lamaze*, rectifie Hannah. C'est une méthode pour accoucher sans douleur. Et aussi une marque de jouets, d'articles de puériculture…

— Et qui est Annabel Karmel ?

— Le gourou de la purée pour bébé. Il faut commencer à six mois. Dans le bac à glaçons.

Le charabia, de nouveau. Dans le bac à glaçons ! Et quoi encore !

— Hannah. Tu n'es même pas enceinte. Pourquoi t'intéresses-tu à ce que mange un bébé de six mois ?

— Je prévois, affirme-t-elle comme si c'était l'évidence même. Je dois être prête.

— Mais non. Chaque chose en son temps, Hannah !

— Pas du tout. Je dois planifier. Faire des recherches. Compléter des listes.

Des listes ? Au pluriel ?

— Combien de listes as-tu déjà ?

— Sept.

— *Sept ?*

Je pose brutalement ma tasse sur la table.

— Hannah, comment peux-tu avoir dressé sept listes de choses à faire pour un bébé qui n'est pas encore conçu ? C'est dingo.

— Absolument pas. Tu sais comme j'aime tout prévoir.

— Montre-les-moi. Je veux les voir.

— D'accord. Elles sont en haut.

Je la suis dans l'escalier et sur le palier immaculé vers la pièce qui sera certainement la chambre d'enfant. Nous entrons. Et je réprime un cri de surprise.

On se croirait dans l'unité criminelle d'un commissariat de police. Au mur, un immense tableau d'affichage est couvert de fiches sur lesquelles on peut lire : « Trouver un prof de yoga pour tout-petits », « Deuxième prénom masculin ? », « Enquêter sur les risques d'une péridurale ». À côté, trois listes tapées et accrochées à la Patafix. La première : « À faire après l'accouchement ». La deuxième : « Projets éducatifs ». La troisième : « Santé : prévention et problèmes ».

— En fait, les listes principales sont dans l'ordinateur, m'explique Hannah en l'allumant. Ça, c'est les trucs en plus.

Je n'en reviens pas.

Pas étonnant que Tim se sente dépassé. Moi aussi, je suis accablée. Je ne connais rien aux bébés, mais là, à l'évidence, il y a un truc qui *ne va pas*.

Comment lui faire comprendre ?

— Hannah… Hannah, pourquoi ?

— Pourquoi quoi ? rétorque-t-elle avec une agressivité qui ne lui est pas habituelle.

Ça y est ! J'ai percé sa carapace. Je prends ses mains dans les miennes et les tiens fermement jusqu'à ce qu'elle me regarde bien en face. Elle semble fatiguée. Stressée. Ma copine super-forte-hyper-intelligente affiche sa vulnérabilité. Elle s'est tordue de rire quand pour la dernière fois ?

Je commence à l'interroger calmement :

— As-tu dressé des listes de choses à faire jusqu'à ce que le bébé devienne adulte ? As-tu déjà organisé toutes vos vacances ? Oh, mais j'y pense ! Sais-tu où aura lieu la fête pour ses dix-huit ans ? Vite ! Vérifions sur Google les endroits possibles !

Un peu de couleur revient sur ses joues.

— J'aime planifier, marmonne-t-elle.

— Je sais. Tu es une accro de l'organisation.

— Accro ? Sûrement pas.

Le mot la scandalise. Je devine ce qu'elle pense. « Une actuaire agréée qui vit dans un décor à la John Lewis ne peut pas être accro. »

— Dans ton genre, tu l'es. Et c'est une addiction désastreuse. Pour toi. Pour Tim. Et pour le bébé. Parce que si tu continues sur cette voie, tu n'auras pas de bébé, Hannah.

L'air lessivé, tout d'un coup, elle s'écroule sur le lit.

— C'est un tel challenge. Je me demande comment font les gens.

— Ils le font depuis des siècles, je dis en m'asseyant à côté d'elle. Tu crois qu'on établissait des listes à l'âge des cavernes ?

— Probablement, répond-elle avec une lueur malicieuse dans les yeux. Ramasser les racines pour le dîner. Tuer un mammouth. Tanner la peau de l'ours.

Je ris avant de demander :

— Au fait, tu connais des parents de bébés ?

— Pas vraiment. Enfin, si ! Deux personnes, au cabinet comptable, en ont. J'en ai tenu un dans mes bras, un jour.

— Tu as tenu un bébé une seule fois ? Mais où as-tu pêché tous ces trucs, alors ?

— En ligne. Dans des bouquins. Rencontrer des mères de famille figure sur une de mes listes.

— Très bien. Nicole a des quantités d'amies avec enfants. Tu devrais en voir une et lui demander ce que c'est d'être parent. Tim devrait t'accompagner. Et vous pourriez programmer un *vrai* bébé au lieu de faire des listes.

— Tu as raison, soupire-t-elle. Oui, c'est une bonne idée. Très bonne, même. Merci, Fixie, je vais appeler Nicole.

— C'est plus simple pour toi si je lui parle ?

— Non, je m'en occupe.

Je sais qu'elle lui téléphonera parce qu'elle est comme moi : elle fait les choses.

— Viens ici que je t'embrasse. Je veux que toi *et* Tim, vous vous détendiez. Vous allez y arriver.

— Et toi ? Je ne t'ai même pas demandé…

— Rien à raconter. Tout est terminé.

Deux semaines se sont écoulées depuis l'atroce soirée au 6 Folds Place. Je n'ai pas revu Jake et Leila. Et, au cas où quelqu'un se poserait la question, Ryan n'a pas donné signe de vie.

— Eh bien, tu sais ce que j'en pense, dit Hannah.

Je hoche énergiquement la tête : je le sais parce que toutes les deux, nous avons décortiqué le cas jusqu'à l'os.

Comme c'est l'heure à laquelle Tim rentre du boulot et que j'imagine qu'ils vont avoir une longue conversation, je m'en vais, malgré l'invitation d'Hannah à rester pour dîner. Dehors, on gèle. Ce mois d'octobre est le plus froid jamais enregistré. On parle même d'une arrivée massive de flocons.

Greg adore. Il passe son temps à l'extérieur à scruter le ciel gris et à émettre des prévisions hautement scientifiques en parlant d'« apocalypse neigeuse ». J'ai passé la plupart de la journée à refuser ses suggestions – choisies sur un de ses catalogues d'articles de sport préférés.

— La Maison Farr devrait vendre des cagoules, des luges et des urinoirs portables en plastique (*des urinoirs portables ?*). Les gens vont en avoir besoin, répète-t-il pour la vingtième fois. Tu verras.

Plus il me harcèle, plus je suis résolue à ne jamais stocker d'urinoir portable au magasin. Je me moque de « l'apocalypse neigeuse ». Je me moque que ces ustensiles aient été utilisés lors d'une expédition dans l'Antarctique. Je ne veux pas savoir, un point c'est tout.

(Et pour les filles, alors ? Je dois admettre que je me suis posé la question. J'en aurais volontiers parlé à Greg. Mais il m'aurait donné une de ses explications crues qui serait restée gravée dans ma mémoire pour toujours. J'ai donc préféré m'abstenir.)

Je marche d'un pas énergique vers la station de métro Hammersmith. Mon portable vibre. Un appel de mon beau-frère. Je n'ai pas entendu sa voix depuis un moment.

— Comment vas-tu, Drew ?

— Ça va, merci. Mais je m'inquiète un peu. Nicole ne serait pas avec toi, par hasard ?

— Non.

— J'essaye de l'appeler mais elle ne répond pas.

— Elle a peut-être un problème de téléphone.

— Oui, peut-être.

Silence au bout de la ligne. Un silence plutôt onéreux, vu qu'il se trouve à Abu Dhabi.

— Drew, tout va bien ?

— Eh bien, pas vraiment. Nicole ne cesse d'annoncer sa visite. Elle m'a promis de prendre un billet d'avion. Mais rien ne se passe. Elle t'a parlé de ce voyage ?

— Non. Mais, tu sais, on ne se parle pas tellement.

— Elle n'a pas trop le temps, avec son yoga et le reste. Encore moins maintenant qu'elle est le visage de la Maison Farr. Et je respecte son travail. Je suis fier d'elle. Mais quand je suis parti, nous avions décidé qu'elle viendrait vite. Plusieurs mois ont passé.

Je préfère ne pas me mouiller.

— Elle a dû planifier son voyage sans m'en parler.

— Très juste, Fixie. Bon, excuse-moi de t'avoir dérangée.

Il raccroche et je poursuis ma route. Cette histoire me turlupine. Nicole n'a jamais mentionné de séjour à Abu Dhabi. Bizarre de la part de quelqu'un qui crie sur tous les toits combien son mari lui manque.

Mais les relations amoureuses des autres sont des mystères insondables. Inutile de tenter de les élucider. Mon portable vibre à nouveau. Déjà Hannah ? Encore Drew ? Non, un SMS de Seb.

À l'aide.

À l'aide ? Déconcertée, je compose son numéro, en m'attendant à tomber sur sa messagerie. Mais soudain j'entends sa voix. Désemparée, tendue.

— Bonjour. Je ne m'attendais pas à ce que vous m'appeliez. Je suis occupé pour le moment.

— Pas de problème ? Vous m'avez envoyé un message qui disait « À l'aide ».

— *Vous* avez reçu un message de moi ? Navré. C'est une erreur. Je voulais joindre mon assistant, Fred. J'espère que je ne vous ai pas dérangée.

— Bien sûr que non !

Pourtant, je reste perplexe. Pourquoi demander de l'aide à son assistant ?

— Vraiment ? Tout est OK ? j'insiste.

Une pause. Et puis :

— J'ai connu des moments meilleurs, fait-il, un peu essoufflé. J'ai été agressé, en fait. C'est ma faute. J'ai voulu prendre un raccourci derrière l'Horizon. Un choix à risque.

— Agressé ? (J'en lâche presque mon téléphone.) Êtes-vous… Que s'est-il passé ?

— Presque rien. Des petites frappes en voulaient à mon portefeuille, c'est tout. J'ai dû me faire mal à la cheville car je suis incapable de bouger. Et je suis un peu loin de tout, là. Heureusement, ils ont trouvé mon portable trop démodé.

Il est coincé dans une ruelle déserte, il a été dévalisé et pourtant il trouve de l'énergie pour blaguer. J'ai à la fois envie de sourire et de lui ordonner d'être sérieux.

— Ne prenez pas cette agression à la légère, Seb ! Vous avez appelé le 999 ?

— Certainement pas. Ne soyez pas ridicule. Je dois juste aller à l'hôpital. Fred va venir me chercher. Il vit à Southwark. À deux minutes de Bermondsey où je me trouve.

— Alors pourquoi ne pas lui avoir téléphoné ?

L'inquiétude me rend presque agressive.

— J'ai essayé, figurez-vous ! Et puis, je lui ai envoyé un texto – ou, tout au moins, c'est ce que j'ai cru. Si je n'arrive pas à le joindre, j'ai plein de collègues et d'amis qui se feront un plaisir de m'aider. Si vous voulez bien libérer la ligne…

— Bien sûr ! Excusez-moi.

— Au fait, je vous informe que le 999 est débordé, précise-t-il d'une voix pas très audible. Vous ne lisez pas les journaux ? Ils n'interviennent qu'en cas de réelle urgence. Je ne suis pas en train de mourir. Ni d'accoucher. Et je ne suis pas bloqué au sommet d'un arbre. Bon, j'aimerais bien parler à mon assistant. Donc je raccroche. Au revoir.

Le cœur battant, la tête en ébullition, je fixe mon téléphone muet.

Après tout, c'est sa vie.

Et il a raison : il a sûrement des tonnes d'amis prêts à sauter dans leur voiture pour aller le récupérer et l'emmener se faire soigner. Il a déjà dû leur parler. Ils doivent déjà être au volant. Tout va bien.

« Ne t'en mêle pas, Fixie. Ne t'immisce pas ! »

Je fourre mon téléphone dans ma poche, respire à fond, fais trois pas et m'arrête soudainement. Mes doigts pianotent. Mes pieds ont la bougeotte. D'avant en arrière, d'avant en arrière.

Impossible de ne pas agir. De rester sans rien faire. *Impossible.*

J'ouvre Google Maps, cherche l'Horizon à Bermondsey – c'est un cinéma – et localise la ruelle où Seb doit se trouver. Hook Alley : ce doit être ça. Ensuite, je compose le 999. Ça me rappelle le soir où maman a fait un malaise. Un souvenir hyper désagréable.

— Bonjour. Pourriez-vous envoyer une ambulance et la police à Hook Alley, Bermondsey, s'il vous plaît ? Il y a un homme blessé. Il a été agressé. C'est urgent.

On me garde en ligne pendant ce qui me semble durer un siècle. On me pose des questions auxquelles je ne peux pas répondre. Finalement, on me dit que les secours sont en route et qu'il faut que je garde mon portable à portée de main. Je raccroche et, faute de capter le réseau à l'intérieur du métro, je décide de prendre un taxi. Il faut que j'arrive auprès de Seb au plus vite.

J'essaye de le joindre mais c'est occupé.

Va-t-il m'en vouloir d'avoir appelé le 999 ?

Il pourra bien être furieux, tant pis !

Trois quarts d'heure pour arriver à Bermondsey. Je suis comme une pile électrique pendant tout le trajet. Le taxi s'arrête enfin à l'adresse indiquée. Pas d'ambulance en vue. Pas de lumières bleues. Mais un ruban pour délimiter la scène du crime. Quelques badauds traînent malgré le froid. Deux policiers sont en faction. Je m'approche, morte d'angoisse.

— Bonjour, dis-je à un policier concentré sur son talkie-walkie. C'est moi qui ai appelé la police… Il va bien ?

Souffle niveau zéro. Voix désintégrée. Pour une fois, ce n'est pas à cause de Jake, mais parce que j'ai la trouille.

— Excusez-moi, dit le policier.

Apparemment, il n'a pas percuté. Au lieu de me renseigner, il se dirige vers son collègue. J'ai vraiment envie de passer sous le ruban mais j'ai vu assez de séries télévisées pour savoir ce qui arrive quand on pénètre sans autorisation dans un espace interdit. La scène du crime est polluée. Le tribunal rejette l'affaire. Il n'y a pas de procès. Et la famille de la victime vous injurie.

Donc je reste plantée là, en hyperventilation. Il faut que je sache. Où est-il ? Dans quel état ? Qu'est-il arrivé ?

J'ai dû parler tout haut car le grand costaud aux cheveux gris enveloppé dans une doudoune qui se tient tout près de moi me renseigne :

— L'ont drôlement amoché, le gars.

Son accent me rappelle papa.

— L'était dans les pommes. En civière, qu'on l'a transporté. J'l'ai vu comme j'vous vois.

Dans les pommes ? Le choc me fait monter les larmes aux yeux.

— Mais il était conscient, je proteste. Je lui ai parlé. Comment est-ce arrivé ?

Le malabar hausse les épaules.

— Il était couvert d'ordures, le pauvre gus. Je suppose qu'ils lui ont vidé une poubelle dessus. C'est des bêtes sauvages, j'vous le dis. Si on m'écoutait, ils comprendraient mieux, ces p'tits salopards. Pour commencer, fin des libertés conditionnelles, il ajoute en s'échauffant. Y en a marre des méthodes douces, faut les envoyer au service militaire…

— Excusez-moi, mais j'ai vraiment besoin de savoir où il a été emmené. Dans quel hôpital. Vous savez ?

Le grand mec ne dit rien. Il fait quelques pas jusqu'au coin de la ruelle et désigne le ciel. Je lève les yeux : au sommet d'un immeuble, des lettres lumineuses se profilent dans le crépuscule. Le New London Hospital.

Bien sûr ! Mais quelle crétine !

— Ils allaient pas l'emmener ailleurs, hein ? Les urgences sont en bas. Mais prenez pas de taxi, c'est tout bouché par là-bas. Z'aurez plus vite fait à pied.

— Merci. Merci infiniment. Merci.

Je pique un sprint à travers les rues, haletant dans l'air glacé sans m'arrêter. Lorsque mon cœur est sur le point d'exploser, je ralentis l'allure, puis me remets à courir. En chemin, je me trompe de direction et me retrouve dans un tunnel piéton. J'arrive enfin devant l'hôpital et je me précipite au service des urgences.

Dès l'entrée, l'odeur attaque mes narines. Le bruit assaille ensuite mes oreilles. Dans les hôpitaux, les urgences sont toujours encombrées. Mais là, c'est carrément la pagaille. Bien pire que lorsqu'on a transporté maman. Des gens partout. Toutes les chaises en plastique occupées. Un type avec une entaille sur le front assis à même le sol. Trois bébés qui hurlent. Un ivrogne couvert de vomi qui vocifère… Cette femme anxieuse aux cheveux gris… pourrait-elle être sa *mère* ?

Après une longue attente, la réceptionniste me fait approcher de son comptoir et me demande sèchement :

— C'est à quel sujet ?

— Je voudrais savoir si Sebastian Marlowe a bien été admis dans cet hôpital.

Elle tape sur son clavier, lève le nez et m'adresse un regard soupçonneux.

— Il est arrivé tout à l'heure. Pour le moment, on lui fait des examens.

— Quel genre d'examens ? Il est… ?

— Vous devez parler à un médecin. Vous êtes de sa famille ?

— Pas vraiment… mais je le connais. C'est moi qui ai alerté le 999.

— Si vous attendez, vous pourrez voir le médecin qui… Oh, vous avez de la chance. Docteur Lily !

Elle me signale une jolie femme asiatique en blouse blanche qui marche si vite que j'ai du mal à la rattraper.

— Je peux vous aider ? dit-elle aimablement.

— Pardon de vous retarder. Je voudrais seulement avoir des nouvelles de Sebastian Marlowe. C'est moi qui ai téléphoné aux secours. Il va bien ? Il…

— Ne vous inquiétez pas. Il a repris connaissance très vite après son admission. Par précaution, nous lui faisons passer un scanner et deux radios. Il est en de bonnes mains. Je vous suggère de rentrer chez vous et de revenir demain. Il sera dans une chambre et vous pourrez le voir. Il a de la chance que vous ayez appelé les secours. Bravo.

Elle me sourit gentiment et s'éloigne. Soudain, une pensée me traverse l'esprit :

— Docteur, attendez, s'il vous plaît ! Suis-je la seule personne au courant de sa présence ici ? Ses parents proches ont-ils été alertés ?

Et puis, je me souviens qu'il n'a plus de famille proche. Ma gorge se serre. Pauvre Seb, tabassé par des voyous, amené à l'hôpital, sans personne pour…

— Une infirmière a prévenu quelqu'un de son entourage, m'informe le médecin. Elle a parlé à… à sa petite amie, je crois.

Sa *petite amie*.

Évidemment. La dénommée Whiny. C'est elle qu'il veut avoir à son chevet.

— Sa petite amie. Bien sûr. Parfait. Bon, eh bien, j'ai rempli ma mission. Je n'ai plus qu'à rentrer chez moi.

— Demain, il sera transféré dans une chambre, me rappelle-t-elle aimablement. Revenez.

Elle m'observe avec son regard de médecin, plein de perspicacité. J'ai la certitude qu'elle a tout saisi. Elle comprend que j'ai un lien étrange avec Seb. Rien de sentimental. Non, bien sûr que non ! Au fond, nous ne sommes même pas amis. C'est… quelque chose de différent. Une curiosité. Un intérêt. Un besoin de le savoir en bonne forme. Quel est le terme pour définir ce genre de sentiment ?

Je rencontre à nouveau le regard du médecin. Comprend-elle ? Ou est-ce moi qui imagine ?

Oui, c'est moi qui imagine des choses. Elle attend seulement que je déguerpisse. OK, je laisse tomber !

— Merci mille fois, docteur.

Et je quitte les urgences avant de choper un super virus.

Il est tiré d'affaire. C'est ce que je voulais savoir. Et Whiny va lui rendre visite demain. Ou ses amis vont se pointer. Ou… peu importe. Il n'a plus besoin de moi. C'est fini. Mission accomplie.

15

Si ce n'est que le matin suivant, je me réveille dès 5 heures, avec un seul souci en tête : une visite à Seb s'impose.

Tant pis si Briony est auprès de lui. Tant pis si ses copains me dévisagent en me demandant qui je suis. Et si ses collègues pensent : « C'est l'horrible nana qui a fait engager Ryan », tant pis aussi.

À 6 heures, j'ai imaginé un million de scénarios possibles, tous plus abracadabrants les uns que les autres. Mais je suis toujours résolue à me rendre à l'hôpital. Rien ne peut m'arrêter. D'accord, je n'ai pas de véritable lien avec Seb. D'accord, je ne prétends pas que nous soyons amis. Mais je dois le voir de mes propres yeux pour ne plus penser à la scène du crime et aux policiers et m'enlever de la tête cette image sinistre de lui, allongé sur un brancard, oscillant entre la vie et la mort.

J'envoie un message à Greg pour lui dire qu'une urgence médicale est survenue (vrai) avant de passer deux heures à hésiter sur le cadeau adéquat. Des fleurs ?

Les mecs aiment-ils les fleurs ? Ils peuvent *faire semblant* – mais les apprécient-ils *vraiment* ?

À mon avis, non. Les mecs, ça aime les canettes de bière, les télécommandes perfectionnées et les matchs de foot. Mais impossible d'apporter ce genre de cadeau.

Des chocolats ? Des bonbons ?

Et s'il avait reçu des coups sur la bouche et qu'il ne pouvait rien manger ?

Cette éventualité me fait frémir. Je secoue la tête pour dissiper mes craintes. De toute façon, j'aurai une idée de son état très bientôt.

La réponse à la question cadeau fuse soudain. Une plante. Ça met de bonne humeur et c'est naturel, comme des fleurs, mais en moins chichiteux. Et ça dure plus longtemps. Il y a forcément un fleuriste sur le chemin.

Je vérifie en ligne les horaires des visites, m'assure que Greg a ouvert le magasin, change de tenue trois fois, trouve l'adresse d'un fleuriste, me parfume et contemple mon reflet dans le miroir. Rien d'extravagant : un jean accompagné d'un joli top.

OK. Mon meilleur jean. Et mon plus joli top. En soie, un peu habillé avec des manches toutes simples. Finalement, il n'est pas trop élégant. Juste joli. Un top seyant.

Ce qui est totalement hors sujet. Un peu honteuse, je m'aperçois que ça fait plus de trois minutes que je me contemple. Comme si mon look avait une quelconque importance ! Je me détourne. Allez, il est l'heure.

Le fleuriste le plus proche de l'hôpital s'appelle Plantes et Pétales. Publicité mensongère, je me dis dès que je pousse la porte. Les plantes brillent par leur absence. Il n'y a que des fleurs. Surtout des variétés roses assez sophistiquées.

— Bonjour ! Je cherche une plante. Une plante sobre. Pour un homme. Une plante virile. Robuste.

J'espérais que la vendeuse m'indique : « Par ici. Les plantes viriles sont derrière. »

J'en suis pour mes frais. Elle fait un geste vague en m'annonçant :

— Servez-vous. Les œillets sont à moitié prix.

— Très bien, mais je ne veux pas acheter d'œillets. Je voudrais une plante virile. Masculine.

La vendeuse me regarde comme si elle ignorait ce qu'était une plante virile. Mais enfin, ça existe, les plantes viriles. Et sinon, c'est une honte.

— Vous n'avez pas de yucca ? Ou de plante araignée ? Vous vous appelez Plantes et Pétales, il me semble. Où sont les plantes ?

— Oui, mais on ne vend plus de plantes. Sauf des orchidées. Très à la mode, les orchidées.

Elle montre du doigt une rangée de pots alignés sur une étagère. Chacun contient une simple orchidée dont la fleur s'appuie sur un tuteur en bois. Effet cool et minimaliste assuré.

Question : Une orchidée peut-elle convenir à un mec ?

— OK, je choisis celle-ci, dis-je en attrapant la plus simple – deux fleurs blanches aux larges pétales.

— Je vous fais un emballage cadeau ? Le ruban est gratuit. Rose ou violet ?

— Non merci, pas d'emballage du tout. Je la prends comme ça, merci. Mais donnez-moi une carte, s'il vous plaît.

Je sélectionne la moins tarte des cartes « Bon rétablissement » et j'écris :

Cher Sebastian,
Je souhaite que vous soyez sur pied très vite.
Fixie

Je paye et cours vers l'hôpital. Dommage que j'aie oublié mes gants. Même si « l'apocalypse neigeuse » n'a pas encore pointé son nez, on gèle. À l'entrée, un appel d'air fait voltiger quelques pétales. J'aurais quand même dû accepter un emballage autour de l'orchidée.

Tant pis. J'y suis.

Au bureau des informations, j'apprends que Seb est au quatrième étage. J'entre dans un ascenseur bondé. Mes mains sont moites, mon cœur bat à fond.

Est-ce vraiment une bonne idée ?

— Noé ! s'exclame une femme. Ne joue pas avec la plante de la dame.

Et je découvre qu'un marmot dans les bras de sa mère brandit triomphalement une poignée de pétales.

Merde. Il n'y en a plus que six sur la tige. Ça va encore mais c'est très très minimaliste.

— Désolée, s'excuse la mère.

Le petit bonhomme a un pied dans le plâtre. Je ne vais quand même pas faire tout un foin dans un hôpital, si ?

— Ne vous en faites pas, je réponds en souriant.

J'abrite l'orchidée dans mes bras jusqu'au quatrième étage.

En m'approchant de la salle, ma confiance s'envole. J'ai la gorge nouée. Et les genoux tout mous. *Et si... ? Et s'il... ?* Je passe en revue toutes sortes de désastreuses possibilités. Je n'ai qu'une envie : prendre mes jambes à mon cou et oublier.

Mais je m'oblige à avancer. Une infirmière m'indique où je peux trouver Sebastian Marlowe. Au fond d'une chambre de quatre. Son lit est entouré d'un rideau fermé.

— Toc toc ! Je peux entrer ? C'est Fixie, je lance d'une voix tremblante.

Pas de réponse. Je jette un œil dans l'ouverture du rideau. Il est seul. Et il dort.

Je l'examine en silence. Mon cœur bat toujours à toute allure mais ma peur s'estompe. Son visage est tuméfié. Près d'une tempe, ses cheveux sont rasés. Il a un pansement dont la taille m'horrifie. Une de ses chevilles est maintenue dans une attelle. Mais je ne vois aucune perfusion, ni moniteur de surveillance cardiaque. Ouf ! Je souffle de soulagement. Il est vivant. Et ça pourrait être pire.

Le fait qu'il dorme ajoute encore à mon soulagement. Je n'ai pas à lui parler. C'est que je me sens terriblement nerveuse. Je ne saurai pas quoi lui dire. Au fond, je devrais laisser l'orchidée et la carte et sortir de sa vie pour de bon. Yes !

En m'efforçant de marcher sur la pointe des pieds pour faire le moins de bruit possible, je dépose la carte sur la table de nuit, en équilibre contre le mur. Mais elle glisse. En la ramassant, je heurte la carafe d'eau qui se met à pencher dangereusement. Je la redresse et, ce faisant, fais chanceler le gobelet en plastique.

Je rattrape de justesse le gobelet. C'est alors que l'orchidée m'échappe. Pour qu'elle ne s'écrase pas au sol, je la saisis au vol. Et le gobelet incassable tombe par terre avec un bruit sec. Seb ouvre les yeux.

Et merde !

Il me dévisage pendant vingt secondes, l'air complètement perdu. Je le regarde, affolée, en me demandant par où commencer.

— Votre nom est Sebastian, je finis par lui annoncer en détachant bien les mots.

— Oui, je sais !

Son regard va de son lit médicalisé à sa cheville blessée. Son visage s'éclaire.

— Ça y est ! J'y suis !

Il reste silencieux un moment puis me fixe à nouveau.

— C'est vous qui avez appelé le 999 ?

— Oui. En vous désobéissant, mais… Eh bien, comme je vous l'ai déjà dit, je ne peux pas m'empêcher d'arranger ce qui cloche. (Rire faux pour masquer mon embarras.) Généralement, mes interventions empirent les choses mais…

— Vous n'avez rien fait empirer. Au contraire…

Il s'arrête de parler. Ses yeux couleur sous-bois tournent au vert foncé, reflétant de sombres pensées qu'il veut garder pour lui.

— C'est bien moi, oui, j'avoue avec un autre rire forcé.

Seb, la mine gênée :

— Navré pour le dérangement. Mais je manque à tous mes devoirs. Asseyez-vous, je vous en prie.

Moi, remerciant timidement et m'installant sur la chaise :

— C'est pour vous.

Je lui tends l'orchidée que je n'ai pas cessé de serrer contre moi. Quand il la prend, je me rends compte que les quelques pétales rescapés restent collés dans ma paume.

Ce que je lui offre n'est qu'une tige nue plantée dans un pot.

— Waouh, s'exclame Seb. C'est… ravissant !

Et en plus il veut être gentil. Ça m'achève.

— En principe, il y a plein de fleurs, dis-je en lui montrant les pétales écrasés. C'est une orchidée. Mais elle a subi quelques mésaventures en cours de route. Sinon, elle ressemblerait à… Je vais vous montrer où se trouvaient les fleurs.

Seb se mord les lèvres pour ne pas rire.

— Je suis sûr que c'était superbe.

— Elles vont peut-être repousser.

— Mais oui. Je vais l'arroser, dit-il en tapotant le pot.

Son regard se fait distant, puis il ajoute d'un ton neutre :

— Vous m'avez sauvé la vie.

D'accord, j'ai appelé les secours. Mais de là à lui sauver la vie…

— Vous exagérez.

— Non, vous m'avez sauvé la vie. Et je veux vous remercier.

— Mais non ! Franchement, je n'ai fait que passer un coup de fil. Vous aviez besoin d'aide. Point final.

Si je n'avais pas appelé, quelqu'un d'autre s'en serait chargé. Vous voulez un verre d'eau ?

Il ignore ma tentative de diversion.

— On m'a dit que si vous n'aviez pas alerté les secours, j'aurais pu rester très longtemps dans cette ruelle. J'étais derrière une poubelle, couvert de détritus. Je n'aurais peut-être pas repris connaissance. C'était une des nuits les plus froides de l'année. Chaque hiver, l'hypothermie tue des gens. Donc, si, vie sauvée. Merci.

Sous son regard impénétrable, je me sens rougir.

— Tout le monde aurait agi de même. Mais que s'est-il passé, en fait ? Vous étiez conscient. Capable de parler. Vous vous êtes évanoui à cause du froid ?

Seb grimace. C'est un épisode qu'il préférerait oublier.

— Les gars qui ont fait le coup sont revenus. Ou c'en était d'autres. Je n'ai rien compris. Ils m'ont explosé.

Que répondre ? Je contemple à nouveau ses blessures. Des larmes de fureur me montent aux yeux. Seb est un type bien. Qu'on l'ait attaqué comme ça, c'est *dégueulasse*.

— Donc, je vous dois un service, conclut-il avec un sourire en coin.

Il se détend. Ouf ! Je lui rends son sourire.

— Vous ne me devez rien du tout.

— Si ! Mais Dieu seul sait comment je pourrais rembourser ma dette.

— Invitez-moi à boire un verre. Je ne vous ruinerai pas.

Je réalise soudain ce que je viens de dire.

— Non ! Enfin ! Je ne vous demande pas de sortir avec moi. Je…

— Compris, ne vous en faites pas !

— Comment va Briony ? je m'enquiers, histoire de lui rappeler que je sais qu'il a une copine. Je suppose qu'elle est en chemin. Je partirai dès qu'elle… Ça a dû lui faire un sacré choc.

— Elle est à Amsterdam. En voyage professionnel. Il se peut qu'elle rentre aujourd'hui. Mais franchement, il n'y a pas de raison qu'elle écourte son déplacement. Ici, on s'occupe très bien de moi. Et, là-bas, cette réunion est importante pour elle.

— Oui. Je comprends.

Pas question de juger Whiny. Mais quand même ! Assister à une *réunion* alors qu'il a failli *mourir* ?

— C'est logique, j'ajoute.

Pour enfoncer le clou. Pour lui montrer que je ne veux pas la dénigrer.

— Je vous verse un peu d'eau ?

Seb a l'air perplexe. Se rappelle-t-il toutes les choses horribles que j'ai sorties sur Briony au 6 Folds Place ? Au cas où, mieux vaut vite changer de sujet.

— En tout cas, la police était sur place. Espérons qu'ils attrapent vos agresseurs.

— Ça m'étonnerait. Mais on peut toujours espérer. Minute ! Vous étiez là-bas ? Dans la ruelle ?

Zut ! Je n'avais pas l'intention de le lui dire.

— Euh… oui. Juste pour vérifier que l'ambulance était venue. C'était pratiquement sur mon chemin.

— Non, vous y êtes allée exprès. Vous êtes mon ange gardien.

— Pas vraiment ! Vous allez rester combien de temps à l'hôpital ?

— Juste un jour ou deux. C'était la blessure sur le crâne qui les ennuyait. Mais, comme vous pouvez le constater, j'ai toute ma tête. Je suis complètement normal.

Il accompagne ces mots d'une atroce grimace. J'éclate de rire.

Moment de silence. Perturbé par les visiteurs du box voisin. Et les réflexions qu'ils lancent tout haut : « On ne s'aperçoit de rien, la cicatrice est à peine visible », « Geoff, tu seras sur pied très bientôt ».

— Le type d'à côté a été agressé lui aussi, m'informe Seb. Je suis plutôt du genre pacifique mais là, j'ai des envies de… comment dire ?… de vengeance.

Il sourit, mais son ton sec laisse penser qu'il pourrait être sérieux.

— Je ne suis pas surprise, dis-je, déterminée à rester sur un registre détendu. Vous allez jouer les justiciers ?

— Pourquoi pas, s'esclaffe Seb. Vous me verrez aux infos du soir, en combinaison noire et masqué, brandissant – quoi ? Un tuyau en plomb ?

— Non, un chandelier !

Et nous échangeons un sourire.

— Êtes-vous du genre vindicatif ? demande-t-il. Non, vous n'avez pas l'air rancunière.

— Vous avez raison. À l'exception d'une fois, je précise après un instant. Ça s'est produit il y a deux ans et j'ai toujours la rage au cœur.

— Racontez-moi, dit Seb dont les yeux s'éclairent d'une lueur d'intérêt.

— C'est une histoire idiote.

— Mes préférées. Je vous rappelle en outre que je suis immobilisé et que j'ai besoin d'être distrait.

— Bon, alors voilà. Il y a deux ans, j'ai monté une boîte de traiteur. La fille chargée de l'administration s'appelait Sarah Bates-Wilson.

— Son nom n'annonce rien de bon, s'empresse-t-il de souligner.

— Pas seulement son nom ! Elle empruntait tout le temps des objets qui traînaient sur mon bureau : des stylos et d'autres trucs. Un jour, elle a pris ma brosse à cheveux.

— Monstrueux ! s'écrie Seb.

— Ça suffit ! Pour les commentaires, attendez que j'aie terminé ! C'était une belle brosse en écaille qui venait d'un ensemble que mes parents m'avaient offert. La brosse, le peigne, le miroir à main, tout ça assorti.

— Et elle ne vous l'a jamais restituée ?

— Exactement. D'abord, elle a prétendu qu'elle ne l'avait pas prise, ensuite qu'elle me l'avait rendue. Bref, un jour, je me suis pointée chez elle.

— Pour une brosse à cheveux ?

— Elle faisait partie d'un ensemble. Je voulais la récupérer. La fille en question vivait dans un appartement au rez-de-chaussée. Je suis passée par-derrière, j'ai jeté un œil par la fenêtre de sa chambre. Et j'ai vu ma brosse ! Trônant sur sa commode.

— Et alors ?

— J'ai sonné. Elle est venue ouvrir en pyjama, m'a juré qu'elle ne l'avait pas et m'a demandé de déguerpir. J'ai donc été obligée de filer.

— Non ! s'indigne Seb avec sincérité.

— Si ! Je me suis dit alors que j'allais prendre une photo pour prouver qu'elle mentait. Mais le temps que je retourne devant la fenêtre de sa chambre, la brosse avait disparu. Elle l'avait sûrement cachée.

— Horrible histoire ! Elle travaillait toujours pour vous ?

— Non, plus à ce moment-là.

— Heureusement, parce que cette fille a tout d'une psychopathe.

— Ça m'aurait été égal si ça n'avait pas été un cadeau de mes parents. Et depuis que papa est mort… C'est dur de perdre des objets qui ont une valeur sentimentale.

— Bien sûr ! Je vous taquinais. Moi, j'aurais été furieux. Je comprends très bien l'idée de ne pas disperser un ensemble. Une histoire presque semblable est arrivée dans ma famille. Mon arrière-arrière-grand-père possédait un échiquier très ancien. La veille de Noël, il s'est aperçu qu'une pièce, une reine, manquait et qu'elle était remplacée par une demande de rançon.

— De rançon ?

— On demandait 2 livres, à laisser à l'intérieur d'une pendule. C'était une jolie somme à l'époque. Les seules personnes présentes dans la maison étaient mon arrière-arrière-grand-père, sa femme et leurs quatre fils âgés de douze à vingt-trois ans. Le coupable ne pouvait être que l'un d'eux.

— Comment ça s'est terminé ?

— Mon arrière-arrière-grand-père a payé, la pièce a réapparu sur l'échiquier et personne n'en a plus jamais parlé.

— Quoi ? Dans ma famille les choses ne se seraient pas passées ainsi. Votre ancêtre ne voulait-il pas connaître l'identité du coupable ? Le démasquer ? Et savoir pourquoi il s'était attaqué à une pièce de jeu d'échecs ?

Seb réfléchit et secoue la tête.

— Je crois qu'il voulait seulement retrouver la pièce manquante.

— Incroyable ! Les familles sont de drôles de…

Soudain, je me souviens et je me reprends :

— Excusez-moi, je n'aurais pas dû.

— Pas dû quoi ?

— Je suis au courant pour votre famille.

Terrain miné. Comment je vais m'en sortir ? Heureusement, Seb me tire d'affaire.

— Je n'ai pas eu de chance, déclare-t-il à sa manière directe. En tout cas, en ce qui concerne ma famille. Mais s'il vous plaît, vous n'avez pas à vous excuser.

Quelqu'un tire le rideau. Un mec dans les vingt et quelques années.

— Salut, Seb ! Qu'est-ce qui t'est arrivé, mec ?

— Andy ! fait Seb dont le visage s'éclaire.

— Pardon de vous interrompre. Je suis venu avec les autres. Dis-moi que tu aimes *toutes* les variétés de beignets Krispy Kreme. Parce qu'on s'est disputés grave dans la boutique.

— Je dois partir, j'annonce.

— Pas à cause de nous, proteste le dénommé Andy. Prenez un beignet.

— Non merci. Il faut vraiment que j'y aille.

— Je vous laisse vous dire au revoir, dit Andy en se retirant.

Je me lève et lance, un peu gênée :

— Je vous souhaite une bonne convalescence.

Les yeux de Seb se plissent.

— Merci d'être venue. Merci pour *tout*. À propos, vous avez toujours la serviette en papier ? Il faut que j'ajoute un paragraphe.

— Mais non !

— Si, si ! Je veux inscrire ma nouvelle dette. Vous l'avez encore ?

— Je crois que oui, dis-je en fronçant les sourcils comme si j'avais un doute. Elle doit être quelque part. Je pourrais vous l'apporter demain.

— Votre visite me ferait plaisir. Très plaisir, en fait. Si vous n'êtes pas trop occupée.

— Très bien. À demain, alors, je dis en prenant mon sac.

— Avec la serviette en papier, insiste Seb.

— Si j'arrive à mettre la main dessus, je réponds avec une mimique moqueuse.

Naturellement, je sais où elle est : sur ma coiffeuse, là où je peux la contempler tous les jours.

Les trois garçons qui patientent dans le couloir m'adressent un sourire poli. Ils se demandent visiblement qui je suis. J'en ai croisé un dans le bureau de Seb et je prie le ciel qu'il n'arrive pas à me remettre.

Avant de sortir, je les entends s'écrier :

— Eh ben, mon pote !

— Ils ne t'ont pas raté !

— Ouais, mais tu les as sûrement bien arrangés, hein ?

Je souris en moi-même. Ils sont si affectueux. Dans l'ascenseur, ce que j'ai lu à propos de Seb et de sa boîte me revient à l'esprit. L'atmosphère sympa, les pâtes du vendredi soir. Forcément, il a besoin d'une famille. Et sa boîte, c'est sa famille.

Le matin suivant, je me réveille encore une fois à 5 heures. Une nouvelle habitude dont il faut que je me débarrasse. Mes yeux se posent sur la serviette en papier posée sur ma coiffeuse et j'ai quelques palpitations. De gentils petits frémissements qui ne se sont pas produits depuis…

Depuis Ryan, maintenant que j'y pense. Je suis comme une gamine de seize ans. Plutôt ridicule, comme impression.

Tout en me douchant, je m'adresse quelques remontrances bien senties. « Sois lucide, Fixie ! Ce mec n'est pas libre. Il se montre amical d'une manière toute platonique. Aucun signe n'indique que… Tout au moins, s'il existe des signes, c'est toi qui interprètes mal les choses… De toute façon, il n'est pas libre. *Pas libre.* »

Je sors de la douche, m'enveloppe dans une serviette et me regarde dans la glace en essayant de trouver une solution. Ce qui serait raisonnable ? Lui téléphoner pour lui souhaiter un prompt rétablissement – et adieu, mon ami ! Arrêter ce va-et-vient de promesses. Annuler le petit jeu du « À charge de revanche » qui a duré trop longtemps. Jeter la serviette en papier. Reprendre le cours de ma vie.

Vous savez quoi ? Vu le regard euphorique que je capte dans le miroir, je sais que je vais faire exactement le contraire.

Après le petit déjeuner, je me prépare avec le plus grand soin. J'enfile une robe achetée récemment dans une boutique bon marché d'Acton. Son tissu, bleu marine avec des teckels imprimés, me met de bonne humeur. Je la gardais pour sortir, mais pourquoi ne pas l'étrenner aujourd'hui ? Je me maquille et j'envoie un SMS à Greg pour lui rappeler qu'il doit à nouveau faire l'ouverture du magasin.

Avant de partir, j'attrape la serviette en papier. Je l'examine. Son écriture… la mienne… la sienne… J'hésite un moment. Et puis, d'un geste résolu, je la fourre dans mon sac et gagne la porte.

Quand j'arrive, Seb m'accueille avec un sourire. Il semble dix mille fois plus en forme qu'hier. Avec des joues plus roses malgré ses ecchymoses toujours horribles.

Il capte mon regard inquiet.

— Ne vous en faites pas, dit-il en riant. Ça va disparaître.

— Comment se sent le blessé aujourd'hui ? je demande en m'asseyant.

— Bien. Je sors demain. Avec un bonus : des béquilles gratuites. Vous avez apporté la serviette en papier ? Dites-moi oui.

— Oui.

Son enthousiasme m'enchante. Je la sors de mon sac. Il s'en empare, écrit quelque chose et me la rend.

— À consulter quand vous serez chez vous.

Je meurs d'envie de la lire maintenant. Mais, docilement, je glisse la serviette dans mon sac. Ensuite, je pêche dans mon cabas en tissu une boîte plate que je lui donne.

— Pour vous divertir. Un échiquier. Très ordinaire.

— Comme c'est gentil ! Vous jouez ?

— Non, pas du tout.

— Je vais vous apprendre. Mais avant, faisons un peu de ménage. On va ranger ces journaux qui ont envahi mon lit. Une infirmière a eu la bonté de me les apporter. Mais aujourd'hui il n'y a que des articles sur les extraterrestres.

— N'est-ce pas extraordinaire ? je dis en riant tout en repliant les feuilles éparses. Les médias n'en ont que pour ce bonhomme qui a vu une soucoupe volante dans son jardin l'autre soir et l'a filmée.

Seb, sortant l'échiquier de sa boîte :

— Quand les présidents sont élus, ils préparent en priorité un discours pour le cas où des extraterrestres débarqueraient sur notre planète.

Amusée, je renchéris :

— Bien sûr. Ils répètent devant une glace : « Mes chers humains, en ce jour épique, je me tiens devant vous, humble mais valeureux… »

— Je parie qu'Obama a un speech tout prêt. J'en suis à souhaiter que les Martiens nous envahissent juste pour avoir l'occasion de l'entendre. OK. Jeu d'échecs : première leçon.

Il dispose les pièces et commence à m'expliquer la façon dont on les déplace. Difficile de me concentrer. Je suis distraite par sa présence. Son expression absorbée. Ses mains solides qui font aller et venir les pièces. La passion qu'à l'évidence il a pour ce jeu. « C'est une manœuvre intéressante », m'indique-t-il à plusieurs reprises. Ça ne fait pas un pli. Mais à ce stade, je dois admettre que j'ai perdu le fil de la démonstration.

— Alors, on joue ? propose-t-il.

— Oui. À vous de commencer.

Après tout, le pire qui puisse se passer, c'est que je perde.

Il aligne les pièces et déplace un pion. Je fais la même chose avec le mien. Il en avance un autre. Je l'imite.

— En fait, je me contente de vous copier ? C'est ça, la règle ?

— Non, non, non. Il faut vous lancer. Vous voyez ce cavalier ? Il peut aller sur plusieurs cases.

Je prends la pièce et il pose sa main sur la mienne.

— Là. Ou là.

Tandis qu'il guide ma main sur l'échiquier, je respire plus vite. J'ai une idée ! Je vais lui demander ensuite de me montrer les déplacements de la reine. À cet instant, le rideau s'ouvre et une voix pleine d'assurance se fait entendre :

— Seb !

Mon cœur s'arrête de battre.

C'est elle. Briony.

Je retire ma main si brusquement que j'envoie valdinguer la moitié des pièces. Seb, un tantinet agité, s'exclame :

— Briony ! Je croyais que tu ne revenais que… Bonjour !

Elle s'avance vers le lit. Ses yeux scannent rapidement la scène, enregistrent chaque détail.

— J'étais juste…

Mais Seb m'interrompt.

— Je te présente Fixie. C'est elle qui a appelé le 999. Elle m'a sauvé la peau.

L'attitude de Briony change instantanément.

— Oh, c'est vous ! Merci mille fois. Nous vous sommes tellement reconnaissants. Oh, Seb, ton pauvre visage ! Tu vas garder des cicatrices ?

— En principe, non.

Briony se détend. Elle s'inquiète pour les cicatrices ? C'est ça, son souci ?

— Il va falloir soigner cette cheville. Qu'est-ce qu'on fait pour Klosters ?

— Oui. Juste l'année où nous avons tout organisé en avance. Un séjour au ski, ajoute-t-il pour ma gouverne.

J'acquiesce avec enthousiasme.

— Bien sûr !

— J'ai une carte pour toi, dit Briony.

Il se tord de rire en la lisant. Une blague entre eux ? Une allusion rigolote ? De là où je me tiens, impossible de déchiffrer quoi que ce soit.

Je me déteste d'être déçue. J'espérais quoi, en fait ? Qu'ils soient en mauvais termes ? Eh bien, non ! Ils s'entendent toujours. Il y a eu cette scène, d'accord. Mais ils sont tous les deux grands, séduisants, sportifs, spirituels. Ils forment un couple comme on en croise parfois dans la rue en se disant : « Quel duo idéal ! » OK, le moment est venu de tirer ma révérence.

— Bon, je dois vous laisser.

— Oh, des échecs ! s'émerveille Briony.

— Fixie a apporté cet échiquier, l'informe Seb.

— Quelle délicate attention. Comment savait-elle que nous sommes fous d'échecs ?

— Pur coup de chance, je réponds avec un drôle de rire. Bon, rétablissez-vous vite, Seb. Au revoir.

Je lui serre rapidement la main et me lève en évitant son regard.

— Merci encore, Fixie.

Je marmonne une réponse indistincte.

— Oui, merci beaucoup, claironne Briony.

Elle est passée du rôle de Méchante Présentatrice à celui de Grande Duchesse.

— Nous vous sommes *extrêmement* reconnaissants de votre initiative. Je vais vous raccompagner, ajoute-t-elle à la manière d'une parfaite hôtesse.

Elle se comporte comme si elle était propriétaire de la chambre et de l'hôpital. De tout, en fait. Une fois à la porte, elle reprend son numéro d'immense gratitude. Et je fais ma modeste en balbutiant une phrase inaudible. C'est alors qu'elle remarque ma robe imprimée.

— C'est une robe d'Aura Fortuna ?

— Pardon ?

— C'est son imprimé emblématique. Mais attendez ! En principe, sur ses tissus, les chiens portent un chapeau. Laissez-moi regarder de près. Oh, c'est une copie !

— Euh, je n'en sais rien, je marmonne.

Jamais entendu parler d'Aura Fortuna. Ni d'un imprimé emblématique. La robe aux teckels m'a juste tapé dans l'œil. C'est tout.

Non, ce n'est pas tout. J'ai droit à un sermon prétentieux de Briony.

— Un conseil d'amie : quand on ne fait pas les choses dans les règles, mieux vaut ne rien faire du tout.

Je prends sa condescendance en pleine figure. Le choc ! Impossible de répliquer.

— Bien, au revoir, je dis platement. Ravie de vous avoir connue.

— Ravie également, dit Briony en attrapant mes deux mains avec un grand sourire qui signifie clairement : « Dégage, pauvre tarte ! Sors de ma vie ! » Merci encore. Vous avez été formidable. Seb et moi, nous vous sommes très reconnaissants.

Dans l'ascenseur, je suis rouge de honte. Mais une fois franchies les portes de l'hôpital, je commence à voir le côté comique de la situation.

Enfin, presque.

De toute façon, il vaut mieux être optimiste, sinon… Sinon quoi ? On broie du noir. On se demande ce qu'il fabrique avec une nana si bornée. Ce qu'il lui trouve. Pourquoi elle se montre aussi odieuse.

« Ça suffit, Fixie ! »

Instinctivement, je sors la serviette en papier de mon sac. Un jeu idiot ? D'accord. Sans signification ? Absolument. Mais quel mal y a-t-il à lire ce que Seb a écrit ? Je m'arrête au milieu de la rue. Mon souffle produit des petits nuages de vapeur dans le froid.

Fixie, je suis en vie grâce à vous. M'acquitter d'une dette pareille n'est pas possible. Sachez seulement qu'à partir d'aujourd'hui je vous dois tout.

Sebastian Marlowe

Je lis et relis ses mots tout en entendant sa voix, en revoyant son sourire chaleureux. L'émotion me submerge. Je remets la serviette en papier au fond de mon sac et repars. De temps en temps, je secoue la tête avec colère. Assez ! Cette comédie stupide doit cesser. Je dois tourner la page.

16

Et j'y parviens. Je ne pense plus à lui. En tout cas, le plus souvent. C'est que le magasin m'occupe à temps complet. Avec les fêtes de fin d'année qui arrivent à toute allure. Avec les élucubrations de Stacey : elle veut que nous proposions ce qu'elle appelle les « Cinquante nuances de Farr », c'est-à-dire des pochettes de Noël contenant une spatule, deux pinces à ressort et un rouleau à pâtisserie (non, *je ne veux pas savoir* !).

Maman est absente depuis maintenant trois mois. Nous sommes déjà en novembre. Elle va rentrer prochainement, je suppose. Elle adore la période qui précède les fêtes et toutes les traditions de Noël. D'habitude, à cette époque, nous confectionnons notre pudding. Mais pas question de me lancer sans elle. D'ailleurs, je n'ai même pas acheté les ingrédients.

Un matin au magasin, j'observe ma sœur en train de ranger les marchandises après son cours de yoga. C'est exaspérant. Elle fait tout de travers, remet les objets à la mauvaise place dans les mauvais rayons. Une complication pour les clients. L'autre jour, nous avons été obligés de vendre un grille-pain à un prix ridicule parce qu'il était posé sur la table des articles « tout à 5 livres ». Très irritant. Encore plus maintenant que nous avons installé nos décorations de Noël. Si on les change d'emplacement, elles perdent de leur éclat. Par exemple, la maison en pain d'épice sur l'étalage principal n'a déjà plus l'air aussi fraîche. Il va falloir en confectionner une autre.

Je vaporise un peu partout du parfum d'ambiance Sapin d'hiver (4,99 livres, aussi bon qu'une marque de luxe) et rectifie les piles de serviettes aux motifs festifs. Nicole déambule, trois tapis de yoga sous le bras. Je m'apprête à lui demander de faire plus attention quand elle range, mais son air agité, soucieux même, m'arrête. Si je devais définir aujourd'hui son profil psychologique, j'opterais pour Lapin anxieux. Et moi qui croyais que le yoga avait des vertus apaisantes !

— Quelque chose ne va pas, Nicole ?

Elle fait un bond d'un mètre.

— Non ! Tout va bien.

À mon avis, c'est le contraire. Appuyée contre un comptoir, elle se mordille un ongle. Le bout de son doigt est déjà tout enflammé. Nous ne sommes pas très proches, mais elle a vraiment une sale tête et puis, en l'absence de maman, je dois intervenir.

— Allez, raconte ! Je vois bien que tu n'es pas dans ton assiette.

— D'accord. Drew veut que je vienne lui rendre visite à Abu Dhabi.

Sa voix tremble, comme si elle m'annonçait que son mari avait une maîtresse.

— Ça paraît une bonne idée. D'ailleurs, j'en ai parlé avec lui récemment.

— Il m'a fixé un ultimatum. Incroyable ! Il m'a dit : « Nicole, ça suffit maintenant. Je veux te voir. »

— C'est naturel, non ? Tu dois lui manquer.

— Il est tellement *critique*, continue-t-elle comme si elle ne m'avait pas entendue. Il m'a dit : « Nous sommes mariés. Tu m'as promis de venir. » Alors je lui ai demandé d'arrêter de me juger. Et d'être si négatif.

Ses superbes sourcils sont froncés. Je me suis demandé des milliers de fois quel effet ça faisait d'être aussi jolie. J'en ai maintenant une vague idée. Quand, pendant toute votre vie, vous avez été admirée, adorée, encensée, la moindre remarque prend des allures de procès.

— Il n'avait pas l'intention de te faire un reproche. Il veut juste te voir. Tu devrais y aller. Je parie qu'il fait chaud là-bas. Et que c'est superbe. Restes-y une ou deux semaines.

— Et mon yoga ? s'écrie-t-elle. Et mon business ?

Mon empathie se transforme immédiatement en agacement. *Son business ?* Allons donc ! Cinq nanas allongées sur un tapis. On rêve ! « Et ton *mari* ? j'ai envie de lui répondre. Tes rapports avec lui ? N'est-ce pas le plus important ? »

Je prends une bonne inspiration avant de lui balancer quelques vérités premières. Mais soudain je perds courage. Ce n'est pas le genre de choses que j'ai l'habitude de dire à ma sœur. Et puis ce n'est pas le bon moment. Greg vient d'ouvrir et déjà trois clients entrent.

— Vous allez vous arranger, j'en suis certaine, je marmonne lâchement.

Surprise ! Jake est là aussi, dans un de ses costumes super bien coupés. Il toise les clients avec son arrogance coutumière.

— Bob est là ? demande-t-il.

— Bob ? Non ! Il sera au magasin demain. Pourquoi ?

— J'ai essayé de le joindre hier toute la journée mais sans succès. Je me suis dit que j'allais tenter ma chance ici.

— Pourquoi tu as besoin de lui parler ?

— J'ai remarqué un truc dans les comptes.

— Quoi exactement ?

— Putain, Fixie ! Ça te regarde ? Peu importe, de toute façon !

— D'accord, d'accord !

Visiblement, il n'est pas d'humeur à bavarder. En plus, il a sa mine des mauvais jours. Teint pâle, traits marqués, cernes violets.

— Nuit trop arrosée ? je demande pour le taquiner.

En temps normal, Jake rigolerait. Il me raconterait en détail le nombre de bouteilles de champagne bues, soulignerait ce que ça lui a coûté. Mais aujourd'hui il se contente d'un regard torve.

— Fous-moi la paix !

— Excusez-moi, nous interrompt une jolie femme. Vous avez des paniers ? Pour mettre mes achats ? Des paniers de shopping, précise-t-elle. Vous voyez ce que je veux dire ?

Jake la dévisage en silence. Puis il va vers la pile de paniers en plastique rouge, en attrape un et le tend à la cliente.

— Tenez. Il était dans cette pile. La pile, là, à côté de la porte par laquelle vous êtes entrée. Ils crèvent les yeux, non ?

Je le regarde avec horreur. On ne peut pas traiter la clientèle comme ça. Papa l'aurait tué.

Mais son air affecté sauve la situation : la femme se demande s'il fait de l'humour ou s'il est sérieux. Dans le doute, elle le remercie aimablement.

— Jake, comment tu oses ? j'objecte une fois qu'elle s'est éloignée. Elle aurait pu le prendre mal.

Et voilà ! Je bégaye. Pourquoi suis-je incapable d'exprimer clairement ce que j'ai en tête ?

— Mais bordel, quel genre de débile peut louper la pile de paniers ?

Il se dirige vers la réserve. Je compte jusqu'à dix et me persuade que, cette fois, je dois l'affronter. Il ne peut pas mettre en péril nos relations avec la clientèle. Même s'il a la gueule de bois.

Je vais au fond du magasin et pousse la porte, m'attendant à voir Jake au téléphone ou faisant les cent pas nerveusement comme ça lui arrive souvent. Mais non. Il est assis dans un fauteuil, la tête renversée, les yeux fermés. Il dort ? Quoi qu'il en soit, il a l'air vanné. Je sors en refermant doucement la porte.

Dans le magasin, une cliente d'âge mûr en manteau de tweed me tombe dessus.

— Dites-moi, jeune fille, où sont passées vos boîtes en plastique ? Vous savez, celles qu'on utilise pour conserver les aliments ?

— Dans cette allée, je pense !

— J'ai vérifié, elles n'y sont pas. Il me faut le grand modèle pour mes tartelettes de Noël, rétorque-t-elle avec un regard en coin. Je les trouve où ?

— Je vous demande une petite seconde.

Je me suis disputée avec Jake à propos de ces grandes boîtes. D'après lui, elles prenaient une place folle et leur laideur défigurait le magasin. Du coup, nous avons retourné une partie du stock au fabricant et remisé le reste dans notre entrepôt à Willesden.

— Je peux vous en faire rentrer pour cet après-midi.

— Ça ne m'intéresse pas. J'en ai besoin maintenant ! rugit la bonne femme. Je vais être obligée d'aller chez Robert Dyas. Mais ça m'oblige à faire un détour.

Elle quitte le magasin en trombe avant que j'aie pu ajouter quelque chose. Quelle plaie ! Je *savais* que réduire notre assortiment était une erreur. Je *savais* que nous ne devions pas abandonner nos points forts…

— Je me sauve, Fixie, fait Nicole qui n'a rien remarqué, trop occupée à arpenter inutilement les rayons.

— Attends ! Jake dort dans la réserve. Il a l'air mal foutu. C'est pire qu'un lendemain de fête.

— Un burn-out probablement. Il doit apprendre à prendre soin de lui. Il devrait assister à mon cours de yoga.

— Je ne le vois pas faire du yoga.

— C'est bien le problème, dit Nicole, persuadée que son yoga peut tout résoudre. Bon, je file.

Peut-être a-t-elle raison. C'est sans doute un burn-out. Il faut toujours qu'il en fasse *plus*, mon frère. Qu'il brasse plus d'argent. Qu'il rencontre plus de gens. Qu'il dépense plus pour lui, qu'il fasse plus de cadeaux à Leila. Résultat ? Il le paye de sa santé.

Il faut que je le raisonne. C'est le plus important. Mais nous devons aussi régler le problème du rayon des boîtes en plastique.

Je préviens le personnel de ne pas entrer dans la réserve. Et puis, au bout d'une heure, je pousse la porte avec précaution. Jake entrouvre les yeux et me jette un regard trouble.

— Tu es réveillé ? Tu devais être crevé pour t'endormir comme ça.

Il se frotte le visage, regarde sa montre, étouffe un juron et vérifie ses messages en grimaçant.

Le trac n'est pas loin. Parce que, quand on lui pose des questions trop personnelles, Jake peut vous rembarrer sérieusement. Mais impossible de laisser passer. Je dois me lancer.

— Jake, tu as une mine de déterré. Tu travailles trop ? Tu fais un burn-out ?

— Un burn-out ? ricane-t-il en levant les yeux un quart de seconde.

C'est fou ce qu'il est tendu. Pour la première fois, il a laissé tomber sa garde. Il semble aux abois, agité et, bien qu'il vienne de faire un somme, exténué.

— Tu es débordé ? Trop de fers au feu en même temps ?

— Tu sais ce qui est accablant ? raille Jake. La vie. Juste la vie.

— Pourquoi ne pas ralentir un peu ? T'accorder une période de répit ?

Il repose son téléphone et me dévisage en silence. Air fatigué, regard impénétrable. Au fond, je le connais mal, mon frère.

— Tu es gentille, Fixie. C'est ce que papa disait toujours. Tu t'en souviens ?

— Papa disait ça ?

— Quand tu étais petite, avec Nicole, on te baladait dans une brouette. Tu tombais tout le temps, mais tu gardais le sourire. Jamais une plainte.

Tout d'un coup, je revois cette vieille brouette avec ses poignées rouges sur notre pelouse toute pelée. J'en ris de bonheur.

— La brouette ! Oui !

— Tu étais adorable, Fixie !

Quand il sourit, je me dis qu'il m'aime bien, qu'il est nostalgique de notre vie d'autrefois. Je lui adresse un sourire timide. J'aimerais bien évoquer le passé plus longtemps.

Mais il a déjà replongé le nez dans son téléphone.

— Je dois partir, dit-il.

— Une seconde. J'aimerais qu'on parle des boîtes en plastique.

— Les boîtes en plastique ? Tu débloques, ma pauvre !

Adieu, douceur ! Il est redevenu lui-même : impatient et méprisant.

— Qu'est-ce que tu as contre les boîtes en plastique ? je proteste.

— Je n'ai pas le temps pour ces conneries.

Et il sort brusquement de la réserve. Je suis consternée. Quel dommage que nos relations soient si difficiles. Mon téléphone bipe et je me dis que c'est peut-être lui. Pas du tout. C'est Seb.

Dix jours ont passé depuis ma visite à l'hôpital. Je n'ai eu aucune nouvelle. Forcément ! Il doit se remettre sur pied en compagnie de Briony, jouer aux échecs avec elle et échanger des blagues en hurlant de rire.

Il veut quoi ? Rien, je parie. C'est probablement encore une erreur…

Les doigts tremblants, j'ouvre le message.

Bonjour, cher ange gardien. J'ai un cadeau de remerciement pour vous. Vous êtes dans le coin ce soir ? Seb

Pendant toute la journée, j'essaye de me raisonner. Ce n'est rien. Pas de quoi en faire un plat. On va se voir, il me donnera une boîte de chocolats et on repartira chacun de son côté. Fin de l'épisode.

Mais je n'y peux rien. Mon cœur fait des bonds. Je me regarde sans arrêt dans la glace. Je peaufine des remarques spirituelles. Je n'arrête, avec soulagement, qu'à l'arrivée d'Hannah, aux environs de 16 heures. Une distraction qui tombe à pic.

— Qu'est-ce que tu fabriques ici ? je demande.

Elle rougit.

— Nous avons pris notre après-midi pour faire ce que tu as conseillé. Et nous voilà.

Tim arrive à son tour, suivi d'une fille équipée d'un porte-bébé et d'un marmot. C'est une amie de Nicole mais je ne me rappelle pas son nom. Longs cheveux gras et bouclés, sweat à capuche constellé de taches orange.

— C'est, genre, très facile avec un porte-bébé, explique-t-elle. On peut emmener son bébé partout, le nourrir partout… Salut, Fixie ! J'ai besoin d'un, genre, essuie-tout.

— Par là-bas. Il y en a un grand choix.

La fille s'en va regarder. Et j'en profite pour prendre Hannah à part.

— Redis-moi vite son nom.

— Iona, chuchote Hannah.

— *Iona*. Oui, c'est ça.

— Nicole nous a mis en contact. Nous avons passé tout l'après-midi avec elle. En la suivant pas à pas pour voir comment on organise sa vie avec un bébé.

— Formidable. Et alors ?

— Vraiment instructif, déclare Tim.

— Oui, *vraiment*, renchérit Hannah.

Je perçois une drôle de réticence dans leurs voix sans arriver à en comprendre la raison. J'aurais demandé des explications si la fille n'était pas revenue avec son essuie-tout et son bébé adorable. On s'extasie, on bêtifie, on fait joujou.

— Comme je vous disais, explique Iona à Hannah, élever un bébé, c'est du gâteau à condition de ne pas stresser. Faut être *cool* : c'est le secret. Et pas besoin d'acheter un de ces berceaux merdiques. Je dors avec Blade et ses deux frères, dans le même lit. Simplement et naturellement.

— Et votre… partenaire ? s'étonne Tim.

— Il doit faire avec, s'esclaffe Iona.

— Je vois, dit Hannah, l'air aussi estomaqué que son mari. Et en termes de sommeil…

— *Sommeil ?* Vous rigolez ! On a oublié ce que c'est de dormir, hein, mon petit monstre adoré ? La nuit, c'est récré. Je le nourris… quoi ?… dix fois dans la nuit. Mais il n'a que sept mois.

Hannah est complètement désarçonnée.

— Oh là là ! Mais mon médecin m'a dit l'autre jour que le sommeil était très important…

— Un médecin conventionné traditionnel ?

— Bien sûr !

— Je n'ai pas de généraliste. Si je peux vous donner un bon conseil : ne faites pas confiance à la médecine traditionnelle. Ces types ne font rien innocemment. Ils veulent que vous reveniez les voir. Dès que vous serez enceinte, courez plutôt chez ma nutritionniste. Je vous donnerai son numéro. Sa spécialité, c'est la santé des tout-petits. Elle dit que les parents droguent leurs bébés.

Tim et Hannah sont comme deux blocs de glace.

— Et si le bébé est malade ? S'il a besoin de médicaments ? s'enquiert Tim.

— Malade ? fait Iona en mimant des guillemets. Vous n'imaginez pas le nombre de bébés qui deviennent dépendants aux drogues à cause des pédiatres.

Je me mords les lèvres. Tim est au bord de l'explosion. Quant à Hannah, ses yeux sont exorbités.

— C'est parfait, s'exclame Tim. Merci beaucoup de nous avoir consacré du temps.

— Pas de souci, dit Iona.

Elle fait un *check* avec Tim. Une bise à Hannah. Et elle s'en va.

Après son départ, c'est le déchaînement en règle.

— Une cinglée !

— Jamais on ne fera ce qu'elle dit. Plutôt mourir !

— Je ne pourrais pas vivre comme cette folle.

— Tu as vu le bordel dans sa cuisine ?

Leur éruption est synchrone. C'est touchant de les voir unis dans une colère commune, un même esprit de révolte.

— Hannah, j'avoue que tes listes sont des œuvres d'art, confie Tim.

Il l'attrape par les épaules et la contemple comme s'il venait de retomber amoureux d'elle.

— Elles sont extraordinaires, poursuit-il. Je vais les suivre à la lettre. Mais, s'il te plaît, ne m'oblige pas à dormir avec six gosses dans le même lit et à ignorer la recherche médicale.

— Jamais, promis, juré ! rit Hannah. Mais c'est vrai que je pourrais me relaxer un peu. Je suis une... Comment Iona m'a-t-elle surnommée ? Une perfectionniste incorrigible. Alors que je me contentais de laver deux tasses. Il n'y en avait pas une de propre dans sa cuisine.

— Je t'aime, madame la Perfectionniste, déclare Tim en l'embrassant.

— Je te renvoie le compliment, monsieur Plus-que-parfait, dit Hannah, toute rose d'émotion.

— OK. N'oublions pas le presse-ail, décrète Tim qui excelle dans les brusques changements de sujet.

— Alors, Hannah, tout baigne à nouveau ? je demande quand il a tourné les talons. Ses craintes sont apaisées ?

— Tu veux savoir ce qui le fait vraiment paniquer ? Que quelqu'un puisse appeler des enfants Voyage, Sagesse et Safran.

Nous éclatons de rire. Je n'avais pas l'intention de la mettre au courant mais, une fois notre crise d'hilarité calmée, je lui dis :

— Tu sais quoi ? Je vois le mec, ce soir. Celui qui avait donné du boulot à Ryan. Celui qui a été agressé. Il veut m'offrir un cadeau pour me remercier.

— Oh lui ! C'est sympa.

— Oui, je trouve aussi. Il n'était pas obligé.

— Mais il n'est pas... Il a quelqu'un dans sa vie, hein ?

— Absolument !

Hannah semble intriguée mais elle n'insiste pas.

— Tu le vois où ?

Et là, je ricane parce que c'est plutôt drôle.

— Tu ne devineras jamais.

17

Pourquoi Seb a-t-il choisi la patinoire de la Somerset House comme endroit de rendez-vous ? Mystère. Vu sa blessure à la cheville, il n'est sûrement pas en mesure de patiner. Mais lieu proposé, lieu accepté. Et je suis même arrivée en avance parce que… Eh bien, juste pour le plaisir des yeux.

Cette patinoire, entourée par la magnifique façade de la Somerset House, est une des images de Noël les plus frappantes de Londres. Un immense sapin se dresse au fond de l'esplanade, les haut-parleurs diffusent de la musique, les gens glissent, s'interpellent, s'amusent.

Subjuguée par le spectacle, je déguste un chocolat chaud en frissonnant légèrement dans la brise hivernale. Me revient en mémoire ce que j'éprouvais en entrant sur la patinoire lors des compétitions, seule sur la glace, le menton levé et le cœur battant, une puissante odeur de laque assiégeant mes narines (maman en vaporisait toujours trop). Le patinage artistique, avec ces figures compliquées et ces sauts acrobatiques sur deux lames, quand on y pense, c'est fou. Mais quand tout fonctionne à la perfection, quand on atterrit sur la glace sans problème… c'est la sensation la plus enivrante du monde.

Un groupe de patineurs tournent le long de l'enceinte. Ils rigolent, se bousculent, prennent des selfies. Et au milieu de la joyeuse bande, je vous le donne en mille : Briony ! Seb doit donc se trouver dans les parages. Je le cherche des yeux et le repère, emmitouflé dans un manteau sombre, le cou entouré d'une écharpe à carreaux. Assis sur une chaise, une paire de béquilles posées à côté de lui, il observe les gens. Je m'avance rapidement vers lui en agitant la main.

— Bonjour, Seb !

Il se fend d'un sourire ravi.

— Bonjour, répond-il en faisant mine de se lever.

— Pas de bêtises ! Restez assis ! je lui ordonne tout en examinant ses joues et ses tempes. Votre visage est beaucoup mieux.

Moins tuméfié. Presque comme avant l'agression.

— C'est distrayant, ici. Vous avez déjà patiné ?

— Il y a longtemps.

— Merci d'être venue. Je me suis dit que c'était un bon endroit pour se rencontrer pendant cette période de fêtes.

— Tout à fait.

— Vous patinez comme des dieux ! crie-t-il à ses amis quand ils passent devant lui.

Pendant un petit moment, j'observe Briony. Superbe, avec sa petite jupe blanche à plis et sa toque en fourrure. Mais son style est nullissime. Mérite une note bien en dessous de la moyenne. Mon commentaire : doit patiner plus lentement et cesser d'agiter les bras.

Ses bottines ne sont-elles pas à sa taille ? Ou frime-t-elle pour épater la galerie ? À peine la question posée, la réponse s'impose. Elle n'est pas bonne, elle fait juste son cinéma devant sa bande de copains. Des mecs, surtout. Bien habillés. Avec des prénoms comme Archie. Tout à fait le genre que mon frère apprécie.

Seb interrompt le cours de mes pensées.

— C'est l'occasion de vous donner mon cadeau.

Il hésite, plonge la main dans un sac de supermarché pour en retirer un paquet de taille moyenne, léger et sans signes particuliers. L'emballage est banal : papier kraft, sans logo ni nom de marque. Qu'est-ce que ça peut bien être ?

— Un modeste remerciement, dit Seb. Ouvrez-le.

— Il ne fallait pas, je réplique en déchirant le papier. Vous n'aviez pas besoin de m'offrir quoi que ce soit mais je suis très…

Les mots s'arrêtent net. Je regarde l'objet que je tiens. Stupéfaction. Incrédulité. Vertige.

— Ma *brosse à cheveux* ?

— Saine et sauve. Rendue à sa légitime propriétaire.

La gorge nouée, je la tourne et la retourne. Je me souviens du moment où mes parents me l'ont donnée pour mes seize ans. Je revois le coffret d'origine flambant neuf avec ses trois éléments de garniture.

— Je pensais ne jamais la revoir, je bredouille. Attendez ! Comment vous l'avez récupérée ?

— Les bons justiciers ne révèlent jamais leurs secrets, fait Seb en prenant un air mystérieux. J'emporterai celui-là dans ma tombe.

— Oh non ! Vous ne pouvez pas me rendre cette brosse sans me raconter votre façon de procéder.

Seb capitule sans se faire prier.

— En fait, je meurs d'envie de vous le dire. L'histoire commence au moment où vous avez dévoilé le nom de la voleuse de brosse. Sarah Bates-Wilson. J'ai tout de suite compris que je pouvais retrouver la trace de cette scélérate. Au fait, elle vit toujours dans l'appartement du rez-de-chaussée. Ce qui s'est avéré très pratique.

— Vous êtes entré par effraction ? Mais avec votre cheville, c'est impossible.

— Je savais que ma blessure constituait un handicap, poursuit-il d'un ton théâtral. Par conséquent, j'ai engagé un complice : Andy, mon fidèle acolyte. Nous avons élaboré un scénario : je détournerais l'attention de Sarah à la porte en lui posant des questions sur ses opinions politiques pendant qu'il irait à l'arrière. La fenêtre de sa chambre était ouverte, la brosse en évidence sur la commode. En quelques secondes, le tour était joué. Et la brosse dans le sac.

Je digère sa confession en silence.

— Et si la fenêtre avait été fermée ?

— On aurait essayé autre chose. Nous avons eu de la chance, ajoute Seb d'une voix redevenue normale. On y allait seulement pour repérer les lieux. Piquer la brosse du premier coup, c'était un bonus.

— Seb, je ne sais pas quoi dire. C'est formidable ! D'un autre côté, vous avez enfreint la loi.

— C'est elle qui a commencé en subtilisant votre brosse.

— Oui, mais vous avez commis une infraction.

Car me voici maintenant en possession d'un objet volé. Un des autres préceptes de papa, en dehors du proverbial *Priorité à la famille*, était : *Il faut rester dans la légalité*.

— Quelle infraction, Fixie ? proteste Seb. Réfléchissez à toutes ces entreprises qui envoient leur argent sur des comptes offshore pour éviter de payer des impôts. À tous ces patrons qui s'accordent en toute légalité d'énormes primes alors que leurs ouvriers bossent pour des clopinettes. Des méfaits commis en toute impunité. Et moi, je mériterais la prison parce que j'ai voulu rendre une brosse à cheveux à qui de droit ?

Son discours paraît si honnête, si vrai, si *juste* que je retrouve un peu de sérénité.

— La justice n'est pas toujours équitable, ajoute-t-il pour conclure. Pour évaluer ce qui est correct ou ne l'est pas, les gens ont un meilleur instinct que bien des hommes de loi.

— La loi est parfois absurde, je dis.

D'où sort cette affirmation ? Aucune idée. Mais, dans ce cas précis, elle tombe juste.

— Je dirais plutôt que la loi manque de courage. Ou alors, ce sont les politiciens qui sont des couards.

Il m'observe de ses yeux brun-vert avec une expression désarmante et ajoute :

— Si vous me laissez enfourcher mon cheval de bataille, vous allez mourir d'ennui.

— Mais non !

— Mais si, je vous assure. C'est arrivé à d'autres.

— En tout cas, je vous remercie pour votre cadeau. Merci aussi d'avoir enfreint la loi pour moi.

— À votre disposition ! C'était marrant.

Mais j'y pense ! Vite, la serviette en papier ! Je la sors sous le sourire approbateur de Seb et prends mon stylo.

Au moment où, après avoir écrit « Payé », je m'apprête à signer, il pose sa main sur la mienne.

— Payé en partie, corrige-t-il. Seulement en partie.

— C'est stupide.

— Non, non. Je n'ai même pas commencé à rembourser ma dette. Ce que vous avez fait…

— Je vous l'ai dit et répété : ce n'était rien.

— Vous m'avez sauvé la vie, réplique-t-il. Dans certaines contrées, nous serions liés pour toujours. Liés pour la vie.

Il blague, bien sûr ! Pourtant, mon cœur sautille. J'ai perdu mon flegme. Et mon sens de la repartie. Une réponse percutante ? Vous plaisantez ! En silence, je contemple son visage ouvert et séduisant. Seb est muet, lui aussi. Difficile de deviner ce qu'il pense. « Dis quelque chose, Fixie ! »

— Oooooh ! Oooooh !

Sur la patinoire, Briony fait de grands signes pour attirer l'attention de Seb. Quand elle m'aperçoit, son visage se crispe. Elle s'approche de nous.

Seb, très à l'aise :

— Tu te souviens de Fixie ?

Briony, d'un ton acide à faire grincer des dents :

— Évidemment ! Comment allez-vous ?

Moi, soudain pressée de partir :

— Très bien, merci. Bon, Seb, je m'en vais.

— Pas tout de suite. Vous ne voulez pas patiner ? J'ai un ticket d'entrée supplémentaire. Le mien. Allez, lancez-vous !

Muette, je fixe le billet. Tempête sous mon crâne. La musique ? Entraînante. Les lumières ? Engageantes. Et Seb qui me demande si je veux patiner ?

Quand j'effectue les premiers tours, c'est comme si j'avais tiré de l'oubli un vieil instrument de musique, que je l'accordais avant de jouer en douceur quelques notes, l'oreille tendue vers d'éventuelles anomalies, vers de possibles couacs. Mon corps a des années de plus, mais il répond toujours. Mes muscles ont gardé la mémoire des mouvements et des gestes. On n'accumule pas autant d'heures d'entraînement sans conserver une certaine technique.

En traversant la patinoire, j'évite de penser à mes anciens patins suspendus à la maison. Mieux vaut essayer de tirer parti de ce qui s'offre à moi : une patinoire publique pleine de monde, des patins empruntés et une glace déjà humide à cause des gens qui tombent.

Ça m'est égal ! Je prends mon pied.

Je file devant Briony et surprends son regard médusé quand je commence à glisser en arrière. Je tourne, m'assure d'avoir l'espace nécessaire et tends la jambe en arabesque. Je suis raide – vraiment raide – mais ma jambe m'obéit tout en râlant : « Quoi ? Tu es sérieuse ? Mais ça fait belle lurette qu'on n'a pas réalisé cette figure ! »

Mes pauvres jambes ! Je leur envoie un court message : « Faites ce que je vous demande et vous serez récompensées par un bain bien chaud. » Et je me dirige vers le centre de la patinoire pour effectuer une simple pirouette. Suivie d'une pirouette rapide et d'une pirouette avec changement de pied. J'ignore le tremblement qui vient de s'en prendre à mes muscles. « Allez, mes jambes, vous pouvez le faire… » Puis, pour la première fois, je jette un regard vers Seb. Il a l'air tellement sidéré que je me mets à rire en exécutant quelques pas de danse. Je me sens vraiment dans mon élément, euphorique…

Heureuse d'être regardée. Heureuse d'être en représentation pour une personne en particulier.

Les autres patineurs se sont regroupés sur les côtés pour me faire de la place. Ils se poussent du coude, ils applaudissent. Du coin de l'œil, je vois les employés de la patinoire se concerter. Ils vont venir m'éjecter sous peu. Pas question de monopoliser toute la glace. Non, sûrement pas. Ce serait odieux… Mais j'ai suffisamment d'espace pour m'élancer. Et faire un saut. Un saut piqué.

Les haut-parleurs diffusent « Dancing Queen ». Ce n'est pas la musique de mon programme libre. Malgré tout, je trouve sans difficulté les figures qui s'imposent. Les petits pas compliqués répétés sans relâche pendant mes innombrables entraînements, mes pieds les exécutent automatiquement. Ensuite je passe à une autre séquence. Je me prépare pour le saut. Je glisse en tournant plus rapidement, me concentre et me rappelle les conseils de mon coach.

Mes cuisses brûlent, mon cœur bat fort. Je prends de la vitesse au moment de l'appel. Et je m'élance en me disant que c'est de la folie, que je vais me rompre le cou, me tordre la cheville…

J'effectue ma rotation, terrorisée. J'entends le silence. Je sens les souffles retenus. Et puis, miracle ! Je me reçois parfaitement. C'est l'ovation ! Mes jambes tremblent, une de mes chevilles est prête à lâcher, chaque muscle de mon corps proteste. Mais j'ai réussi mon saut. J'y suis arrivée. Quatorze ans trop tard. Le public continue à manifester son admiration. Je frime en beauté. C'est la première fois que je me fais autant remarquer.

Une petite révérence et je m'en retourne vers la sortie en glissant, en distribuant des sourires et des mercis. En atteignant la barrière, je passe devant Briony, dans sa petite jupe à plis, adossée à la palissade.

— Belle démonstration, crie-t-elle, des poignards dans les yeux. J'ignorais que vous étiez une professionnelle.

D'accord, je ne devrais pas, je ne devrais pas… Mais je ne peux pas m'en empêcher.

— Ah oui ! dis-je avec le même air condescendant qu'elle a eu pour moi à l'hôpital. Au fait, un conseil d'amie : quand on ne fait pas les choses dans les règles, mieux vaut ne rien faire du tout !

18

En rendant mes patins, je suis toujours sur mon petit nuage. Je remets mes chaussures et vais retrouver Seb, qui frappe dans ses mains et manifeste son enthousiasme avec force sourires.

— Je ne m'attendais pas du tout à ce spectacle.

— Je ne vous ai jamais dit que je patinais quand j'étais plus jeune ?

Nous éclatons de rire. C'est alors que je commence à masser énergiquement ma cuisse en fronçant les sourcils.

— Demain, je vais le payer.

— Vous pouvez emprunter mes béquilles, si vous voulez.

Je rigole et prends ma brosse à cheveux.

— Qu'est-ce que c'est ?

Visiblement, Briony a laissé tomber le patinage. Elle me prend la brosse des mains et répète, l'air agacé :

— Qu'est-ce que c'est ?

— Le cadeau dont je t'ai parlé, l'informe Seb. Pour remercier Fixie.

Elle fronce le nez.

— Quand tu as parlé de brosse à cheveux, j'imaginais un joli accessoire. Pas cette mocheté. Tu l'as dégottée où ? Au vide-grenier ?

Tiens, tiens ! Il ne lui a pas tout dit ! Je suis sur le point de lui expliquer la valeur sentimentale de la brosse, quand Seb explose :

— Bon sang, Briony ! Tu ne pourrais pas, une fois dans ta vie, dire un truc aimable ?

Il fait une de ces têtes ! Apparemment, il n'avait pas prévu une telle sortie. Ses paroles ont jailli malgré lui.

— Aimable ? rugit Briony. Comment je pourrais donner un qualificatif aimable à cette monstruosité ?

— Pas monstrueux du tout ! je me récrie.

— Trop, c'est trop, s'énerve Seb. Briony, tu dois présenter des excuses à Fixie.

— M'excuser ? Auprès d'elle ? T'es dingue !

La respiration sifflante, le visage rouge, et plutôt belle dans sa colère noire, elle vient tout près de lui.

— Je ne sais pas qui est cette fille. Ni comment elle a débarqué dans ta vie… mais tu peux te la garder. Amusez-vous bien, tous les deux !

Elle nous gratifie d'un grand geste ironique et tire sa révérence.

— Désolé, fait Seb. Une scène plutôt…

— Ne vous en faites pas !

— C'est son pire côté. Elle a un foutu caractère. Pourtant, elle peut être vraiment drôle, vraiment distrayante. Elle est très intelligente. Parallèlement à son job, elle fait beaucoup de bénévolat…

— Pas de problème. Ne vous inquiétez pas.

Compris ! Il cherche à se justifier. À m'expliquer pourquoi il est avec elle. Ou *était* avec elle – qui sait ?

Mais je n'ai nul besoin d'entendre la liste des qualités jusque-là insoupçonnées de la dénommée Briony.

— Donc c'est… Êtes-vous…

Je n'arrive pas à demander si leur histoire est finie. Mais la question flotte dans l'air.

— Je crois que je suis viré, déclare Seb avec un sourire narquois. Qu'en pensez-vous ?

— Oui, c'est aussi mon impression. Je suis responsable. Désolée.

— Non, non, non ! Je l'aurais quittée de toute façon.

— Je vois.

Reste neutre, Fixie ! La plus grande erreur tactique serait de te mettre à critiquer Briony.

Nous observons les patineurs virevolter. Au bout d'un moment, Seb rompt le silence.

— C'est curieux, comment vont les choses ! On commence une histoire. On sait que l'autre a des défauts. Tout le monde en a. Mais on s'y habitue au point d'oublier qu'il existe une autre façon d'être, des gens avec des comportements différents. Pardon d'être aussi énigmatique !

Au fond, il décrit exactement ma relation avec Ryan.

— C'est très clair, au contraire. On pardonne à l'autre, on trouve des raisons logiques et on oublie que…

— … qu'il existe d'autres personnes dans le monde, poursuit Seb en croisant mon regard.

Frissons intérieurs. Il a dit *d'autres personnes* ? Il pense à qui ? À moi ?

Ne sois pas naïve, ma pauvre Fixie. Il ne pense pas à toi précisément. Il veut dire qu'il y a des tonnes d'autres filles sur Tinder.

— Sur Tinder ? je m'entends dire.

Ma gaffe semble l'amuser.

— Non, je ne pensais pas à Tinder, répond-il avec un regard explicite.

Chaleureux. Insistant. Alerte rouge ! *C'est une déclaration. Minute ! Est-ce une déclaration ?*

Son téléphone vibre. Nous baissons les yeux en même temps. Le nom de Briony s'affiche sur l'écran. J'ai des scrupules tout d'un coup. Elle veut peut-être s'excuser et se rabibocher.

— Ne vous gênez pas pour moi.

Sans un mot, Seb ouvre le SMS et le lit. Un long texte ponctué de tas de lettres majuscules et de nombreux points d'exclamation.

— J'ai la confirmation, avoue-t-il en définitive. C'est un licenciement. Sans appel.

— Vraiment ? Je suis navrée.

Je m'efforce de me montrer sincèrement désolée. Mais je dois jouer comme un pied. Car les yeux de Seb pétillent. Il pose le téléphone et, après une petite seconde de suspense, lâche :

— Je me demandais… Aimeriez-vous dîner avec moi un de ces soirs ?

19

Quarante-huit heures plus tard, je suis attablée avec Seb dans un restaurant italien. Comment se sont déroulés les deux jours précédents ? J'ai travaillé au magasin, j'ai fait quelques courses de Noël, j'ai réparé les W.-C. (papa nous a enseigné quelques rudiments de plomberie quand nous étions petits). Mon comportement était normal. Détendu, même. Mais je n'arrêtais pas de me répéter en boucle avec délectation : « Je dîne avec Seb. Incroyable, mais vrai. » Et puis, je changeais d'humeur. « Et si je le trouvais soudain déplaisant ? » me disais-je.

Mais finalement, nous sommes là, sous la lumière dorée que diffuse une applique. Je ne peux pas détourner mon regard de son visage. Ses yeux sont rivés sur moi. Ce que nous voulons est tellement évident que je ne sais pas comment j'ai pu en douter une seconde. Nous commandons tous les deux des *linguine* aux palourdes, nous entamons une conversation sur le vin, nous parlons même de la météo. Tout ce bavardage dissimule un message implicite, silencieux, hautement émotionnel.

Quand le vin arrive, Seb se montre plus personnel.

— Parlez-moi de vous, dit-il dès que le sommelier s'en va. Dites-m'en plus sur Fixie.

Nous trinquons. J'avale la première gorgée. Le vin est frais, délicieux. J'ai très envie d'en boire plus, beaucoup plus.

— Que voulez-vous savoir ? je demande en riant.

Dans ma tête, je résume en quelques lignes mon curriculum vitae officiel. Fixie Farr sans fard.

— Tout. Je veux tout savoir. Apparemment, vous êtes une championne de patinage artistique, niveau olympique. Votre famille doit être fière de vous.

Sans le faire exprès, il m'a meurtrie. Il a tapé en plein dans ma blessure. Le patinage artistique ne figure pas dans mon CV – généralement je supprime cette mention.

— Plus ou moins, je réponds avec un grand sourire pas très convaincant.

— Ce qui signifie ? insiste Seb.

J'élude :

— Et si on parlait plutôt de vous ?

Il comprend que je refuse de me soumettre à son interrogatoire. Après un moment de réflexion et quelques gorgées de vin, il me propose :

— Et si on se montrait complètement honnêtes l'un avec l'autre ? Si on jouait au jeu de la vérité ?

— La vérité ?

— C'est clair, non ? On se dit ce qu'on a sur le cœur. Ce qui nous réveille la nuit. On avoue nos qualités et nos défauts. Des révélations entre quatre yeux.

— Oh ! cette vérité-là !

Je pars d'un petit rire parce que j'ai peur de mettre mon âme à nu. Imaginez qu'il soit déçu. Qu'il n'aime pas ce qu'il découvre.

— Oui, cette vérité-là.

Les coudes sur la table, il me dévisage avec cette expression d'intérêt intense qui m'est devenue familière.

— Alors, qui est Fixie Farr ?

Je prends ma respiration et je commence. Entre deux bouchées de *linguine*, je lui déballe tout. Papa. La Maison Farr. Maman. Le désastre de mon affaire de traiteur. L'argent que je dois à ma mère. Le sentiment d'échec que j'éprouve. Le fait que Jake me déstabilise. (Là, je fais quelques omissions. Pas un mot sur l'histoire de patinage pour ne pas assombrir notre soirée. Et pas un mot, non plus, sur les nuages noirs. Il y a une différence entre être sincère et donner trop d'infos.)

Et puis, je lui parle de Ryan. Il écoute avec attention et se garde de toute remarque acerbe même si ses yeux expriment une certaine hostilité.

Quand j'ai terminé, il me confie :

— À l'école, je suis tombé amoureux d'une fille : Astrid. Si aujourd'hui elle revenait dans ma vie, j'en perdrais la tête. Donc je comprends.

Je lui révèle même d'où je tiens le surnom de Fixie.

— Quand j'avais trois ans, j'avais un tic de langage. Je disais tout le temps : « Moi veux réparer, moi veux réparer » (impossible, toutefois, d'expliquer clairement ce que je voulais réparer).

— Quel est votre vrai nom ?

J'hésite, je baisse la voix et, dans un murmure, j'avoue :

— Fawn.

— Fawn ?

— Oui, mais ça ne me va pas. C'est un nom d'animal.

— Je préfère de loin Fixie.

— Faites comme si je ne vous avais rien dit.

— J'ai déjà oublié.

Le restaurant est maintenant dans une semi-pénombre. Des bougies éclairent notre table. Le serveur débarrasse nos assiettes. Nous parcourons la carte des desserts pour finalement ne commander que des cafés.

— À votre tour, maintenant.

Il démarre avec son boulot. Me raconte les débuts de sa boîte. Ses difficultés et ses joies. L'importance de trouver les bons collaborateurs. En décrivant les gens qui travaillent avec lui, il déborde d'enthousiasme. D'affection, aussi. Il me confesse sa haine pour l'injustice et l'arrogance – c'est ce qui l'a amené à la gestion équitable. Suit une petite conférence sur certaines méthodes de management qu'il trouve déplorables et sur la façon dont les entreprises devraient être dirigées. Puis il s'arrête et s'excuse :

— Désolé d'être aussi ennuyeux.

De vous à moi, il ne l'est pas du tout.

Une fois nos tasses de café terminées, il en vient aux décès survenus dans sa famille. D'abord la mort de son père et la manière dont sa mère, son frère et lui s'en sont plutôt bien remis et ont poursuivi leur existence – tout le monde doit affronter son lot de malheurs. Ensuite la mort de sa mère quand il était à la fac et l'accident de son frère…

Il remarque soudain mes yeux pleins de larmes.

— Fixie, c'est du passé, dit-il en serrant fort ma main dans la sienne. C'est du passé. Que dire d'autre ?

— Oui, mais Seb…

— Ne vous en faites pas pour moi. Je vais bien. J'ai tourné la page. Je suis en paix avec la vie, j'apprécie ce qui s'offre à moi… Pardon ! ajoute-t-il, comme s'il venait de remarquer qu'il me tenait la main.

— Pas de problème, je fais d'une voix enrouée.

Déterminée à me ressaisir, je cligne des yeux pour chasser mes larmes. Si Seb a une attitude positive devant les aléas de l'existence, je dois me montrer à la hauteur.

Je serre sa main. Il me regarde avec un drôle d'air. Indéchiffrable. Interrogateur. La réalité me frappe : nous avons passé la soirée à parler, à boire du vin, à nous tenir la main. Alors…

Alors, en fixant avec détermination un point imaginaire, je m'aventure :

— Euh… je devrais peut-être vous raccompagner chez vous ? Avec votre cheville et tout, vous avez peut-être besoin d'un coup de main pour… euh… pour monter les marches. S'il y a un escalier, bien sûr… Vous avez un escalier ?

Mon bavardage nerveux s'arrête. J'attends sa réponse en retenant ma respiration.

— Il y a effectivement un escalier. Et vous êtes adorable de me proposer de l'aide.

Ses yeux rencontrent de nouveau les miens, je me sens toute chose.

— Très bien ! je marmonne.

Il demande l'addition et me dit avec un regard qui me fait littéralement fondre :

— On y va ?

Nous traversons en taxi les rues illuminées de Londres. Sans dire un mot. Ma respiration est courte. Mon corps tendu. Chaque geste de Seb me met en transe. Mais je suis heureuse qu'il ne soit pas du genre à me sauter dessus sur la banquette arrière. Le chauffeur de taxi en train de mater dans son rétroviseur, très peu pour moi. J'aime la discrétion.

Seb habite dans un immeuble des années 1930, à Islington. En sortant du taxi, j'éclate de rire.

— Oh ! Mais que vois-je ? dis-je. Un escalier *et aussi* une rampe d'accès !

— C'est vrai. Mais je serais ravi que vous me donniez un coup de main pour grimper cette rampe.

Il s'avance facilement – et sans mon aide – sur le plan incliné, et je le suis en rigolant. Nous prenons l'ascenseur jusqu'au quatrième étage et empruntons un couloir jusqu'à une porte peinte en gris.

— Nous voici chez moi, annonce-t-il une fois la porte refermée derrière nous.

J'aperçois vaguement un plancher clair, des murs blancs. Mais à vrai dire, je me fiche un peu de la déco de son appartement. Je fais ce dont je rêve depuis le début de la soirée : je me pends à son cou. Puis je ferme les yeux et respire son odeur.

Ses épaules sont à la bonne hauteur. J'aime son odeur. Quand ses lèvres effleurent les miennes, je laisse échapper un petit gémissement. J'ai envie de lui. Beaucoup, passionnément, *à la folie*. S'en rend-il compte ? Le sent-il ?

Bien sûr ! (Je suis peut-être un peu pompette.)

Sa bouche s'écrase sur la mienne. Je me plaque contre lui. Il émet une sorte de plainte.

— Ta cheville te fait mal ?

— Rien à voir avec ma cheville.

— Sait-on jamais, je dis en pouffant.

— Tu es merveilleuse, dit-il en me regardant. Comme tu le sais, j'ai toujours une dette envers toi. Une *immense* dette.

Il m'embrasse dans le cou. Ses dents frôlent ma peau. À la seule idée que nous avons toute la nuit devant nous… le désir me donne le vertige.

— C'est ta façon de me prouver ta gratitude ? je demande d'une voix légèrement essoufflée.

— J'y vais tout doux, fait-il en déboutonnant lentement mon chemisier. Petit à petit. Ça va prendre un moment… Oh, oh ! ajoute-t-il en découvrant mes seins. Combien de temps vais-je mettre pour rembourser ma dette ? L'éternité n'y suffira pas.

— Je te préviendrai quand le moment sera venu, je murmure, la tête renversée de plaisir tandis qu'il embrasse ma clavicule. Je te préviendrai.

Pourvu que ça ne finisse jamais !

La nuit se résume à une succession confuse de sexe et de sommeil, caresses, sexe et sommeil de nouveau. De très bonne heure, je me surprends à le contempler dans la lumière pâle du petit jour, à détailler sa silhouette aux muscles souples. L'arrondi de son dos évoque une coque de bateau. Au moment où je commence à le caresser en me demandant s'il est réveillé, il se retourne et me dévisage.

— Seb, tu fais de la voile ?

— Non, j'ai fait de l'aviron.

C'est logique.

Je m'entends ensuite demander :

— Tu crois au destin ?

Je ne m'attends pas à ce qu'il me prenne au sérieux. En fait, je regrette presque immédiatement ma question bébête. Ryan me répondrait : « Absolument, bébé », sans même m'avoir vraiment écoutée. Mais Seb réfléchit en silence, le regard vers le plafond.

— La partie rationnelle de mon cerveau comprend que tout est arbitraire. Il y a des millions de possibilités dans l'univers. Notre rencontre est une de ces possibilités. Elle est due au hasard.

Sa remarque tellement terre à terre me déçoit. Pourtant, sur le même ton, il continue :

— D'un autre côté, je n'imagine pas un monde qui n'aurait pas initié notre rencontre. Il était écrit que nous devions être ensemble. Tu ne crois pas ? Il était écrit que tu entrerais au café Allegro, que l'eau dégringolerait du plafond. C'est une suite d'événements liés les uns aux autres qui a abouti à notre rencontre. Tes parents ont acheté un magasin à Acton. Les miens ont décidé de ne pas s'installer en France.

— Ils ont pensé à déménager ?

— Oui, quand j'avais huit ans. Imagine ! Je n'aurais pas vécu en Angleterre. Alors que tous les faits ont convergé pour que cet instant existe.

— Cet instant précis, je dis pour le taquiner.

— Cet instant précis à cet endroit précis.

— Une véritable épopée !

Je tripote la couette avec un sourire béat. Pas vraiment épique, comme geste.

Y a-t-il un instant plus important dans la vie que celui où on est au lit avec la personne qui vous convient ? Qui vous convient vraiment ? La question me donne le tournis. Et presque la trouille. Parce Seb est l'homme idéal. Mon homme idéal.

— Alors, nous y voilà ? je lance négligemment. Tout ça pour ça ? On est arrivés au sommet ?

— On peut aller beaucoup plus haut, affirme-t-il en me serrant contre lui. Beaucoup plus.

Et il m'embrasse dans le creux du cou.

20

La lumière titille mes paupières. Un baiser réveille mes lèvres. J'ouvre un œil ahuri.

Le visage de Seb est tout proche. Tout me revient en vagues joyeuses et incrédules.

— Désolé. Je ne savais pas quand tu voulais te réveiller.

Je me frotte le visage.

— Oui. Non. Je… Merci. Quelle heure est-il ?

— 8 heures.

Une minute ou deux pour revenir sur terre. Je pêche mon téléphone enfoui au milieu d'un tas de vêtements et demande à Greg de se charger de l'ouverture.

— Voilà ! Tirée d'affaire ! je déclare en m'appuyant sur les oreillers.

Seb s'assied sur le lit.

— Moi aussi. J'ai appelé le bureau pour les prévenir que je serai en retard. Pas question de me presser. À cet instant précis, je ne veux qu'une chose : rester à cet endroit précis.

Nous nous regardons sans dire un mot. Je me remémore quelques épisodes de la nuit précédente. Lui aussi, j'en suis sûre. Comme s'il lisait dans ma tête, il récupère la serviette en papier qui gît quelque part par terre.

Nous avons pas mal griffonné dessus hier soir. Des trucs marrants.

— Comment me suis-je acquitté de ma dette ? demande Seb. C'est difficile à déchiffrer…

— Parfaitement bien. Tu m'as accordé quelques faveurs, tu t'en souviens ?

— Nous sommes à égalité sur le sujet.

Ses yeux s'écarquillent devant ma prose.

— Miss Farr, tu as l'esprit mal tourné !

— Tu peux parler ! je réplique.

Je lui prends des mains la serviette en papier.

— Oh, mais c'est choquant ! Interdit aux moins de dix-huit ans. Quant au dernier paragraphe, je ne sais même pas ce que ça veut dire.

Ses yeux brillent.

— Je comblerai tes lacunes dans un petit moment. Et maintenant, partante pour un petit déjeuner ?

En sortant de la chambre, je regarde autour de moi avec curiosité. Hier soir, je n'ai pratiquement rien vu de son appartement. Il y a une grande pièce principale avec cuisine à l'américaine où Seb est en train de remplir la bouilloire. Parquet en bois, tableaux contemporains aux murs, deux canapés bas recouverts de feutre gris. L'ensemble est réussi. Cool. Pourtant, ce lieu ne lui ressemble pas.

Il n'est pas aussi sympa que son bureau. Il a moins de personnalité. Il dégage même quelque chose de triste. D'impersonnel. Un peu comme une suite d'hôtel. La seule originalité consiste en une immense pile de magazines entassés contre un mur. Vraiment imposant, l'entassement. Il occupe toute la longueur du mur sur une hauteur d'au moins un mètre. En m'approchant, je vois que certaines de ces revues sont toujours dans leur emballage. En fait, la plupart. Et toutes ont trait à la musique. *Total Guitar*, *Vintage Rock*, *Country Music*. Certains numéros sont très anciens. Les plus récents datent de la semaine précédente. Seb joue de la guitare ? Il n'en a jamais parlé.

— Thé ? demande-t-il en apportant une tasse. Si tu préfères, je te fais un café.

— Du thé. Merci. Bel appart. Classe !

Sa mère lui a sans doute laissé de l'argent. Encore une pensée qui manque de tact. Je change de sujet :

— Tu t'intéresses à la musique ? Je l'ignorais.

— Non, pas moi. Mon frère, James. Il était dingue de musique.

— Je vois.

En fait, je ne vois pas du tout comment poursuivre cette conversation. J'ai mille questions en tête mais je ne veux pas les poser. « Pourquoi tant de magazines empilés ? Pourquoi rester abonné à des revues qui ne t'intéressent pas ? N'est-ce pas un peu… bizarre ? »

— Il faudrait que j'annule ces abonnements. Je vais le faire un de ces jours, dit-il d'un air nonchalant.

— Oui.

Pas une once de gêne dans sa voix, pas une pointe de tristesse. Je me détends. À chacun ses lubies, après tout.

— Je sais maintenant que tu es un chef top niveau. Puis-je quand même te proposer des crêpes ? Ou des gaufres ?

Il m'impressionne.

— Des gaufres maison ?

— J'aime cuisiner. Si tu en veux, je dois sortir acheter quelques ingrédients…

— Pas la peine ! On prendra ce que tu as. Des toasts. Ou juste du thé. C'est parfait.

Nous grillons du pain, terminons notre petit déjeuner au lit, faisons l'amour, et nous nous retrouvons dans les bras l'un de l'autre, repus et ravis. J'aimerais que ce moment dure toujours.

— Je ne peux pas rester. Il faut que je me bouge, je bougonne.

— Moi aussi, soupire Seb.

— Et je dois passer à la maison pour me changer. Je dois me lever.

Je me douche rapidement. Pendant que Seb est dans la salle de bains, je m'habille et flâne dans l'appartement. Un coup d'œil d'abord dans la cuisine. Les couteaux d'excellente qualité en disent long sur ses aptitudes culinaires. Ensuite, j'inspecte ses DVD. Puis dans l'entrée, j'avise une porte fermée. J'essaye de l'ouvrir, en vain.

Je me sens indiscrète et même coupable d'avoir voulu entrer dans cette pièce fermée à clé. Je reviens en vitesse dans le salon. Quand Seb apparaît, les cheveux mouillés et sentant bon le gel douche Molton Brown, je lui demande, l'air de rien :

— Il fait quelle superficie, ton appartement ?

— Ce que tu vois.

Tiens donc ! Pourquoi ne mentionne-t-il pas l'autre pièce ? Ça ne me regarde pas. Je devrais laisser tomber. Mais impossible. Impossible.

— Pour un appartement d'une seule chambre à coucher, la pièce à vivre est immense, je fais remarquer.

— En fait, il y a une deuxième chambre. Celle de James.

Sourire bref de Seb. Petite grimace compatissante de ma part. J'avais déjà deviné. Et je me souviens aussi de l'échange au téléphone dans le café. Briony voulait transformer une pièce en salle de gym. Cette chambre, très probablement.

— Pas facile de trier et jeter les affaires de quelqu'un. Après la mort de papa…

— Oui, dit Seb d'un ton évasif.

Et son visage se ferme un peu. Quant à moi, je regrette d'avoir abordé ce sujet alors que tout le reste est vraiment génial.

— Merci ! je lance. Merci pour ma brosse à cheveux. Merci pour le dîner. Merci pour…

Pas besoin d'en dire plus. Il sait.

— Merci à *toi*, Fixie !

Il s'approche, parsème mes cheveux de petits baisers, joue avec les mèches, les enroule autour de ses doigts.

— J'ai toujours voulu sortir avec une championne de patinage artistique, avoue-t-il. Je t'ai dit que tu étais très sexy sur la glace ?

— Je n'aurais pas dû frimer autant. Ça me gêne. J'ai été grossière avec Briony.

— Tu es gênée ? s'étonne Seb. Ne t'inquiète pas pour elle.

Il se retourne, de sorte que nous faisons tous les deux face à un grand miroir accroché au mur. Son menton posé sur ma tête, il observe notre reflet.

— Je ne sais pas qui est cette fille ni comment elle est entrée dans ma vie, déclare-t-il avec une expression pince-sans-rire.

— C'est un mystère, je renchéris.

Puis, sérieusement cette fois, Seb demande :

— Tu *es* dans ma vie, Fixie ?

— Oui, je l'espère.

— Moi aussi.

Il caresse mes cheveux. Ses yeux plongent dans les miens. Vous savez quoi ? Sa vie est le seul endroit où je désire me trouver.

21

Une semaine se passe. Puis deux… On dirait que j'ai toujours fait partie de la vie de Seb. Je dors chez lui tous les soirs, ne revenant à la maison que pour prendre des vêtements. Je suis rarement chez moi. Et guère consciente du monde qui m'entoure. Car je suis grisée par Seb. Par son corps et son âme. Par sa voix et son rire. Par le grain de sa peau le matin, par le bruit de sa respiration la nuit.

Quand je ne suis pas avec lui, je brûle d'envie de l'être. Le reste n'existe plus. Tous mes problèmes semblent effacés. Rien ne compte en dehors de lui.

Quand un client replace un objet au mauvais endroit, je souris. Quand Stacey arrive en retard au magasin, je rigole. Je m'amuse des excentricités de Greg. Certes, il exhibe ses pouces désarticulés quand les clients passent à la caisse, mais ça n'est qu'un petit travers pas méchant. Le monde est merveilleux. Je sèche quelques heures de boulot – pas beaucoup, seulement un matin par-ci, un après-midi par-là – pour profiter de Seb, lui préparer des petits plats, rester au lit une demi-heure supplémentaire avec lui.

Plus je le connais, plus je l'aime. Ses idées sont claires. Il considère la vie d'une manière à la fois réaliste et optimiste. Nous parlons pendant des heures. Pas une fois, je n'ai froncé les sourcils ou grimacé en me disant : « Mais c'est *n'importe quoi* ! » La plupart des mecs semblent parfaits jusqu'à ce qu'ils dévoilent leur vraie nature. C'est alors qu'on court aux abris en se félicitant d'avoir fichu le camp vite fait, bien fait. J'ai passé quinze jours à examiner Seb sans jamais percevoir chez lui le moindre sentiment de colère ou le plus infime signe de prétention. Et il ne fait pas non plus de plaisanteries douteuses en s'attendant à ce que je m'écroule de rire.

Le seul piège – le seul et l'unique – concerne son frère. Sa chambre. Ses affaires. Le sujet entier, en fait. À deux reprises, j'ai proposé de l'aider à se débarrasser des magazines. Renvoi immédiat dans mes buts. Une ou deux fois, j'ai mentionné en passant la chambre de James. Fin de non-recevoir.

Alors, un jour où j'étais seule, j'ai pris la clé – suspendue bien en vue à un crochet dans la cuisine –, j'ai ouvert la porte et j'ai regardé à l'intérieur.

J'avais imaginé une pièce bien rangée, avec quelques souvenirs éparpillés çà et là. Certainement pas le foutoir invraisemblable tout recouvert de poussière qui s'étalait sous mes yeux. Des détails parmi d'autres ? L'écran de veille toujours actif de l'ordinateur, un vieux trognon de pomme ratatiné sur le bureau, une corbeille à papier débordant de bouteilles d'eau vides, une couette froissée. Comme si rien n'avait été touché depuis…

La réalité me frappe de plein fouet. Effectivement, rien n'a été touché depuis.

Je suis restée plantée à la porte pendant plusieurs minutes, la tête fourmillant de supputations. Puis j'ai refermé, remis la clé à son crochet. Je me suis rappelé l'attitude résolument calme et presque enjouée de Seb quand il abordait le sujet de sa famille. Les mots qu'il prononçait à la façon d'un mantra : « Je vais bien. J'ai tourné la page. Je suis en paix. »

En paix ? Avec une pièce poussiéreuse et fermée à clé, qui n'a pas été touchée depuis deux ans ?

Ce soir-là, prenant mon courage à deux mains, je me suis lancée :

« Seb, à propos de ton frère. Tu dis que tu es en paix avec... ce qui s'est passé.

— Je le suis », a-t-il affirmé.

N'importe qui aurait été convaincu par sa fermeté. N'importe qui sauf une nana qui déteste ne pas aller au fond des choses.

« Très bien. »

J'ai hésité avant de me forcer à insister.

« Tu vas jeter ces magazines un jour ? Et... cette pièce va rester fermée pour l'éternité ? »

Seb n'a pas répondu tout de suite. Il s'est éloigné de moi puis, quand finalement il m'a regardée, c'était avec un sourire lumineux.

« Tu as raison. Je vais m'en occuper. Ce n'est pas la mer à boire mais je n'ai pas eu le temps. J'ai une question autrement plus importante : qu'est-ce qu'on mange avec le poisson ? »

Ce n'est pas la mer à boire ?

D'un côté, j'ai eu envie de le pousser dans ses retranchements. De l'autre, je me suis dit qu'il était plus raisonnable de passer à autre chose. J'ai donc proposé de préparer une salade. Et Seb s'est complètement détendu.

Maintenant que je le connais mieux, je réalise que, lorsqu'on parle de son frère, il prend un drôle d'air. Pas vraiment stressé. Plutôt aux aguets. Comme un chien inquiet à l'affût d'un danger potentiel. Cette constatation me brise le cœur. Mais si je m'obstine, je vais tout gâcher.

Par conséquent, pour la première fois de ma vie, je ne me précipite pas. Je ne tente pas d'arranger les choses. J'attends mon heure. Même si ça me tue de ne pas intervenir.

Et c'est mon seul souci. Sinon, j'évolue comme en rêve dans une bulle de bonheur féerique. Le matin, je me réveille en plein nirvana. J'ai à côté de moi le plus divin des mecs. Croyez-moi : rien d'autre n'a d'importance.

Jusqu'au jour où, quand j'arrive au magasin, mon agenda électronique m'envoie une alerte : *Réunion familiale*. Horreur, c'est le soir même. Ces deux mots suffisent à me ramener sur terre. Je regarde autour de moi comme si je découvrais nos rayons. Merde ! J'ai négligé le boulot. Je n'ai rien préparé. Pour résumer, je suis tellement absorbée que je me suis laissée déconcentrer. J'ai tout laissé filer.

Je me sens coupable vis-à-vis de maman. Hier, j'ai raté son coup de fil. Je voulais la rappeler mais je ne l'ai pas fait. Je compose aussitôt son numéro et tombe sur sa messagerie.

— Coucou, maman. C'est Fixie. J'espère que tout se passe à merveille… Ici tout va bien… J'essaye de te téléphoner très vite. Profite bien. Je t'aime. Bisous.

Je ne vais lui parler de Seb. Pas maintenant. Et certainement pas sur sa messagerie.

Sur la caisse, je tape mon code d'identification en me maudissant silencieusement. J'avais tellement de choses à éclaircir avant la réunion. Pour commencer : lire tous les mails de Bob. Il nous envoie régulièrement des rapports sur notre situation financière et je voulais avoir ces informations dans la manche. Ensuite : visiter les sites de nos concurrents. Pour terminer : consulter les ventes des marchandises commandées par Jake.

Je chantonne sans joie quand Morag arrive vers moi, en tripotant nerveusement ses cheveux.

— Fixie, je peux te parler avant l'ouverture ?

Elle reste pourtant muette comme une carpe. Rouge tomate, elle évite soigneusement mon regard. Enfin, après un moment, elle ose :

— J'ai été approchée par d'autres enseignes. Sutton, un grand magasin d'articles ménagers de Kew, me propose un boulot. Je crois que je vais accepter.

Pendant trente secondes, je suis incapable de proférer un mot.

Morag veut nous quitter ?

— Morag… je balbutie.

Je suis sous le choc. Tellement sidérée qu'aucun son ne sort de ma bouche. Celle de Morag est pincée, comme si elle s'efforçait de dissimuler son émotion.

— Ce n'est pas ce que je voulais. J'aime la Maison Farr. Tu le sais, Fixie. Mais…

Dans ce « mais » se cachent beaucoup de non-dits.

— Peux-tu m'expliquer pourquoi ? Quel est le problème ?

Le choc a fait place à une grande panique. Il n'est pas question de perdre Morag. *Pas question.*

— Fixie, le problème est simple. Ce magasin a changé. La moitié des articles traditionnels a disparu. On ne sait même plus ce qu'on a à proposer. Tous les clients se plaignent. La journée de promotion des biscuits de Noël a été un désastre. Simplement parce qu'on était en rupture de stock.

Les remords m'assaillent.

— Je suis au courant. Jake voulait mettre en avant ses nouvelles lampes néon.

Un ratage que je préfère oublier. Jake nous a imposé ces produits, dont un seul s'est vendu, et le reste a déjà été retourné au fabricant. Je vois bien, à son expression, ce que Morag pense de ce fiasco.

— Et puis, j'ai dû annuler la soirée du club de pâtisserie pour la troisième fois.

— La *troisième* fois ? Mais pour quelle raison ?

— À cause de Nicole, bien sûr. C'est toujours à cause d'elle. Cette fois, c'était pour un séminaire de développement de la pleine conscience. Et permets-moi de poser la question : est-ce que ses amis de la « pleine conscience » achètent ne serait-ce qu'un fouet à battre les œufs ?

Les joues de Morag sont constellées de petits points rouges. Je me rends compte qu'elle est furieuse, blessée et que mon comportement de somnambule est en train de nous mener à la catastrophe.

Maman ! Que va dire maman ? Mon cœur se serre. Je m'en veux terriblement.

— Morag, on t'apprécie beaucoup. S'il te plaît, ne nous laisse pas tomber !

— Sutton me promet un espace dédié pour un club de pâtisserie, répond Morag sans me regarder. Ils veulent faire les choses encore mieux, servir des boissons, organiser des événements en direct sur le Net. Je ne *veux* pas partir, gémit-elle. Aucun de nous ne le désire mais…

— Aucun de vous ? C'est-à-dire ?

— Tous les membres du club de pâtisserie ont dit qu'ils me suivraient. Ce n'est pas trop loin.

Silence éloquent. Le sous-entendu est évident. Ils feront également leurs achats chez Sutton.

L'angoisse me serre la gorge. Maman nous a confié le navire. Et voici que le meilleur élément de notre équipage embarque ailleurs. Et que le noyau dur de nos passagers déserte. D'accord, nous sommes trois aux commandes. Mais je me sens responsable de la dérive. « Allez, Fixie, reprends la barre ! Maintiens le cap ! »

— Tu as déjà accepté leur offre ?

Son regard est triste mais résolu.

— Je leur ai dit que je voulais réfléchir. Mais dans ma tête la décision est pratiquement prise.

— Morag, je vais remettre les choses en ordre. Donne-moi quarante-huit heures. Après quoi je te ferai une proposition.

— D'accord, fait-elle en me tapotant le bras avant de s'éloigner.

Mais je vois bien qu'elle n'a pas changé d'avis. Pendant toute la matinée, je reste en transe. Je m'occupe des clients mais je suis complètement bouleversée.

Comment ai-je pu laisser les choses en arriver là ? Je n'arrête pas d'inspecter le magasin avec les yeux de maman. Et j'ai des sueurs froides. Ça ne va pas. On ne reconnaît plus la Maison Farr.

Ce soir, j'aurai une explication avec Nicole. *Et* avec Jake. Je vais être ferme sur certains points : les lanternes de jardin doivent disparaître, de même que tout ce qui ne concerne pas précisément notre fonds de commerce. Nicole doit comprendre que nous ne sommes pas un centre de yoga mais un *magasin*. Je vais me montrer sévère, implacable…

Mais derrière ces idées reste la certitude que je vais perdre toute mon assurance. Que ma voix va trembler. Que je vais bégayer et rougir. Qu'une vague de trac va me submerger et que je vais m'effondrer.

Sur un coup de tête, je me rends dans l'arrière-boutique et j'appelle Seb. Je me lance sans préambule :

— Je ne sais pas quoi faire. J'ai l'intention de passer un savon à mon frère et ma sœur. Mais je me dégonfle toujours. Je deviens si nerveuse que je peux à peine parler. Pourtant, ce soir, je veux m'exprimer...

Et partager mes ennuis avec Seb.

— Ne t'inquiète pas, Fixie. Tu vas y arriver.

Grâce à sa voix posée, mon assurance remonte en flèche. Je vais prendre le contrôle de la situation.

— Tu veux que je vienne déjeuner avec toi ? propose-t-il ensuite. On prend un sandwich et on discute de tout ça.

C'est la première fois que Seb vient au magasin. Quand il entre et vient aussitôt m'embrasser, le personnel nous reluque d'une façon aussi peu professionnelle que possible. Et moi, je ne peux pas m'empêcher de me rengorger. Il est tellement séduisant avec son manteau chic et son visage coloré par le froid !

— Alors voilà la Maison Farr, s'écrie-t-il. Formidable !

Je voudrais rétorquer : « Tu te trompes. Nos résultats sont médiocres. C'est ma faute », mais ça attendra le déjeuner.

— Bonjour et bienvenue à la Maison Farr, s'exclame Stacey en battant des cils. Dites-moi ce que je peux… faire pour vous.

Comme d'habitude, elle exagère. Elle n'est pas censée marquer de genre de pause suggestive. Je le lui ai dit cent fois. Et, au fait, est-ce qu'elle aurait défait un bouton supplémentaire de son décolleté ?

— Merci, je n'ai besoin de rien, sourit Seb.

— J'ai une histoire marrante, annonce alors Greg en venant ficher ses yeux globuleux dans ceux de Seb. Un jour, Fixie a ramené un de ses petits copains ici et il a voulu faire de l'esbroufe avec les couteaux. Résultat : il est reparti avec un doigt en moins.

Dérouté, Seb s'efforce de trouver une réplique appropriée.

Si Morag s'en va, comment vais-je faire pour ne pas devenir complètement cinglée ? Je fusille Greg du regard.

— Franchement, ton histoire n'est pas drôle. Et puis, ce n'était qu'un bout de son doigt. Il avait à peine besoin d'aller à l'hôpital.

— On a bien ri, en tout cas, insiste Greg. Ça n'a pas duré longtemps entre eux, précise-t-il à l'intention de Seb. Je ne me souviens même pas de son nom. Ah si : Matthew McConnell.

— Bon, eh bien, on y va, je réplique. À tout à l'heure, tout le monde !

J'attrape le bras de Seb, l'entraîne vers la sortie et ne commence à respirer normalement qu'une fois sur le trottoir.

— Désolée, vraiment !

— Oh ! ils ne sont pas méchants ! dit-il l'air amusé.

— Ils sont tous dingues.

— Mais non, ils s'intéressent à toi. Ça part d'un bon sentiment. Allez, viens, je t'invite à déjeuner.

Il fait trop froid pour marcher longtemps, alors nous choisissons la boutique de sandwichs située juste en face du magasin. Nous prenons place à une petite table du fond, suffisamment isolée pour parler en paix.

— Donc, si je comprends bien, attaque Seb dès que nos paninis sont prêts, tu as décidé de prendre les choses en main. Très bonne idée, je trouve. Quel est le problème ?

— C'est Jake. Il est… Il a un effet dévastateur sur moi. Je dois défendre ma cause et celle du magasin mais, le moment venu, je n'y parviendrai pas.

Je grignote un bout de mon panini.

— OK. Commençons par le commencement. Pourquoi ton frère te fait-il autant flipper ?

Visiblement, il a envie de savoir. De mon côté, j'en ai assez des cachotteries. Alors je lui décris notre enfance, la personnalité de Jake, mes complexes d'infériorité par rapport à lui et à Nicole. Je lui confie que ma passion pour le patinage a longtemps accaparé l'attention de notre mère, que la faillite de ma boîte lui a pompé beaucoup d'argent, et que ces deux choses-là m'ont empoisonné la vie.

Je lui parle aussi de ma faiblesse actuelle. De mes sentiments de culpabilité et d'impuissance. De ma voix chevrotante. De mon trac systématique.

Il écoute sans m'interrompre et je poursuis :

— J'ai des idées, tu sais ! J'ai des arguments. Je les conçois clairement et les stocke dans une bulle. Mais quand il s'agit de les exposer, impossible de les faire sortir de cette bulle. Je perds tous mes moyens.

Seb réfléchit, l'air concentré.

— Tu es trop coulante, dit-il. Il faut que tu crèves cette bulle. Tu en veux à ton frère ?

— Oui. Mais j'en ai honte. Parce qu'il lui arrive d'être gentil quand il veut.

— Ce n'est pas la question, me coupe Seb. Je te demande : es-tu en *colère* contre lui ?

— Oui. Absolument.

— Eh bien, utilise ta colère. Explore-la et sers-t'en pour éclater cette bulle. Sois… une ninja !

Il trouve toujours le moyen de me faire rire.

— Une ninja ?

— Oui. Tu as des idées et tu es capable de les défendre. Tu es brillante, pleine de dynamisme et sans doute la personne la plus honnête du monde. Franchement, moi aussi j'enrage que ton frère te mette dans un état pareil. Je ne l'ai rencontré que brièvement mais…

Son sourire est tendu, sa main crispée.

— OK, je serai une ninja.

Je remue mon café en fixant la tasse. Allez, courage !

— Ça me rend tellement nerveuse, j'avoue. Comment tu fais, toi ?

— Comment je fais quoi ?

— Quand tu t'adresses à des actionnaires qui te critiquent ? Ça semble te passer au-dessus de la tête.

— Je me concentre sur le contenu de mon speech. Sur les gens que je représente. Je parle au nom de ceux qui ne se font jamais entendre. C'est ce qui m'inspire. C'est ce qui me donne de l'énergie.

Il mord dans son panini.

— Il faut que tu manges ! dit-il. Les ninjas ont besoin de forces.

Je suis son conseil. D'ailleurs, je me sens déjà plus forte. Je vais parler au nom de maman. C'est elle que je représente. Elle qui, pour le moment, ne peut pas se faire entendre. Et ça va me donner de l'énergie.

Nous terminons le déjeuner en parlant de choses et d'autres. Au moment de me quitter, Seb m'attrape par les épaules et lance avant de m'embrasser :

— Tu peux le faire, ninja Fixie !

Quand il s'en va, son souffle laisse une traînée de vapeur dans l'air froid de l'hiver. Je retourne au magasin en m'encourageant mentalement : « Je peux le faire. Oui, je peux le faire. »

Pendant tout l'après-midi, je serre les dents. Je suis prête. Résolue. Je vais exprimer mon avis.

Je reste tard, me promène au milieu des rayons quand tout le monde est parti. Je me souviens que, pour la petite fille que j'étais, la Maison Farr paraissait immense. Je jouais à cache-cache derrière les grands cartons de la réserve et papa faisait semblant de me chercher partout. Je me souviens des expéditions palpitantes dans l'entrepôt des marchandises. Je me souviens que, paniquée d'avoir cassé une assiette, j'ai essayé de la réparer avec du scotch – et maman est venue me chercher sous un comptoir et m'a donné un énorme bisou pour me rasséréner.

Cet endroit, c'est ma vie.

Quelqu'un frappe à la porte : Bob, dans son éternel anorak beige assorti d'un bonnet en laine et d'une écharpe.

— Fixie, j'espérais que vous seriez encore là. J'ai oublié mon pull hier. C'est un cadeau d'anniversaire de ma sœur. Comme je la vois ce soir, ce serait gentil que je le porte. Nous nous offrons toujours des pulls de Marks & Spencer. Comme ça, on ne se trompe jamais.

— C'est vrai.

J'attends qu'il revienne de l'arrière-boutique pour lui demander de but en blanc :

— Bob, pas de problèmes au magasin ?

— Pas de problèmes ?

Instinctivement, il jette des regards anxieux autour de lui comme si je venais de suggérer une attaque imminente.

— Oui, je poursuis. Financièrement parlant. Vous m'envoyez régulièrement les chiffres, mais je n'ai pas toujours… enfin, ces jours-ci…

Je bafouille. Car pas question d'avouer : « Je suis trop accaparée par mon histoire d'amour pour regarder les comptes. »

Bob souffle comme un cachalot. Sa manière à lui de cogiter avant de donner ses réponses.

— Pas de problèmes trop graves. Ce n'est pas catastrophique.

Il a dit « pas catastrophique » ?

Je ne m'attendais pas du tout à ça. J'essaye néanmoins de faire bonne figure.

— Les résultats ne sont pas aussi bons que l'an dernier, c'est sûr, explique-t-il. Mais nous avons encore du temps avant Noël, on peut donc espérer redresser la barre. Vous avez certainement plein d'idées en tête pour faire progresser les ventes. Nous avons vraiment besoin d'une relance.

Une relance ? Comment provoquer une relance ? Je panique, mais garde un air détaché, comme si les mauvaises nouvelles ne me dérangeaient pas plus que ça.

— Merci de m'avoir informée. Je vais me pencher sur le problème.

Mais Bob n'en a pas fini. Il paraît tout chiffonné.

— Je me demandais aussi… Ces prêts que nous avons effectués, il y en aura d'autres ?

— Quels prêts ?

— Des prêts à Jake.

La terre semble s'ouvrir sous mes pieds.

— Je ne suis pas au courant. Je ne…

— Je me demandais aussi… J'ai fait trois virements bancaires sur son compte depuis le départ de votre mère. Des sommes assez conséquentes, ajoute-t-il avec un petit rire étranglé. Pour le premier, votre mère était d'accord. Mais pour les deux autres, je n'ai eu que l'aval de Jake.

— L'aval de *Jake* ?

— Votre oncle Ned a validé l'autorisation et m'a demandé de ne pas ennuyer votre mère à ce sujet. Il s'est montré très ferme là-dessus. Et, bien évidemment, ce ne sont pas mes oignons. Cette histoire d'emprunt concerne les membres de votre famille. Ce n'est pas à moi de… Mais, tout de même, comme il s'agit de *beaucoup* d'argent, je me suis dit que vous deviez le savoir, Fixie.

Je reste coite. Ma cervelle menace d'imploser. Jake emprunte de l'argent sur le compte de la Maison Farr *sans en avertir maman* ? Tout d'un coup, un épisode me revient en mémoire. Le jour où il voulait absolument voir Bob sans me dire pourquoi. Où il consultait sans arrêt son téléphone. Où je me suis demandé comment il finançait son train de vie extravagant. Maintenant, j'ai la réponse.

— En fait, il n'a pas été question de remboursement, continue Bob. Si cela se produit tous les mois, nous allons nous retrouver avec un sacré trou dans la comptabilité. Et avec votre mère qui cherchait à vendre… Eh bien, ce n'est pas le moment de perdre toutes ces liquidités. Mais, encore une fois, ce ne sont pas mes oignons.

Une fois sa tirade terminée, il me regarde droit dans les yeux. Je connais Bob depuis un bout de temps. Je peux lire dans son regard. Et vous savez quoi ? Son regard me dit : « C'est le foutoir. » Il me dit : « Faites quelque chose. »

— Merci pour ces renseignements.

Je m'éloigne puis reviens sur mes pas presque immédiatement.

— Au fait, Bob, pourquoi oncle Ned ne voulait-il pas déranger maman ?

Il fixe le plafond d'un air gêné.

— Votre oncle s'imagine qu'il est aux commandes. Il y a des gens comme ça.

Cette vacherie dans la bouche de Bob m'étonne. Vraiment pas son genre.

— Il nous a aidés à mieux négocier notre bail, je réplique automatiquement car c'est notre phrase rituelle quand nous parlons d'oncle Ned.

Silence. Une fois encore, Bob affiche une expression bizarre. Rétention d'information ? J'insiste d'une voix blanche :

— Ce n'est pas le cas ?

— Votre mère était très touchée par son intervention. Elle ne cessait de dire : « Ned est d'un tel soutien. » Je n'allais pas tout gâcher. J'adore votre mère, conclut-il avec un sourire gentil.

Il est urgent de remettre les pendules à l'heure.

— Dites-moi la vérité. Qui a réellement négocié le contrat de location ?

— Votre oncle a passé un ou deux coups de fil. On ne peut pas dire que ça ait vraiment aidé. Plutôt le contraire. Il s'est mis à dos la directrice de l'agence immobilière.

— Donc c'est *vous* qui avez obtenu ces bonnes conditions ?

— Oui, j'avoue qu'elles étaient avantageuses. Je devais bien ça à votre père.

Je suis au bord des larmes.

— Bob, je ne sais pas quoi dire.

— Il n'y a rien à dire, Fixie. J'étais heureux de le faire. Si vous avez votre mère au téléphone, transmettez-lui mon bon souvenir.

Il s'en va dans un couinement de semelles en caoutchouc. J'ai envie de lui courir après pour lui demander des conseils mais il en a déjà assez fait. Il s'est mis en quatre pour nous. À mon tour. Mais par où commencer ?

Je suis perdue. Inquiète. Hésitante. Finalement je compose le numéro de maman. Puis, je m'arrête. Puis, je recommence. Pas pour dénoncer Jake, mais parce que je veux savoir ce qui se passe.

— Coucou, Fixie, répond une voix reconnaissable entre toutes. C'est toi, mon chou ?

— Bonjour, tante Karen. Je pourrais parler à maman si elle est près de toi ?

— Elle dort, mon chou. Elle ne se sent pas très bien. Un virus probablement. Ou alors, elle en a trop fait à Grenade. Nous sommes rentrées hier soir. C'est fabuleux, cette ville. Toutes ces mosaïques !

— Mais maman, ça va ?

— Je l'emmène chez le médecin demain. Si on ne lui donne pas de médicaments là-bas, je sais comment m'en procurer pour pas cher. Dis-moi, j'essaye de persuader ta mère de rester ici pour Noël. Ça ne vous dérangera pas, hein ? À vos âges, vous avez vos propres projets, je pense.

Noël sans maman ? *Sans maman ?* C'est dur à avaler !

Pour moi, ça ne faisait pas un pli : elle rentrait à temps pour les fêtes.

Mais je vais dissimuler ma déception.

— Écoute, tante Karen, maman décidera de ce qu'elle veut faire.

— C'est exactement mon avis. « Relaxe-toi, Joanne, je lui serine. Je serai aux fourneaux et on boira du Baileys à gogo. »

Je prends une voix joyeuse.

— Embrasse-la de ma part. J'espère qu'elle va se remettre très vite. Donne-moi des nouvelles. Et dis-nous si on peut faire quoi que ce soit.

— Je n'y manquerai pas. Tout le monde se porte bien chez vous ? Jake ? Nicole ?

— Ça va.

— Et le magasin ? Ta mère va forcément me casser les pieds. « Tu n'as pas demandé si tout va bien au magasin, Karen ? Comment tu as pu oublier ! » Elle aime la Maison Farr comme son quatrième gosse.

Tante Karen se tord de rire. Moi, le cœur serré, j'inspecte d'un coup d'œil circulaire le magasin que maman aime tant.

— Tout roule, j'affirme.

— Merveilleux. Porte-toi bien, Fixie.

— Toi aussi !

Je raccroche avec, comme toujours après une conversation avec ma tante, l'impression qu'une tornade vient de passer.

J'abandonne la piste maman. Je ne vais pas l'embêter avec les histoires de Jake maintenant qu'elle est patraque. Je vais être obligée d'agir par mes propres moyens.

Allez !

En captant mon image dans la vitrine, je donne impulsivement un coup de poing dans l'air. Et puis un deuxième, un troisième, en sautillant comme un boxeur. Menton levé, mine farouche : je dois avoir l'air débile. Qu'importe ! À chaque coup de poing, mon audace augmente. Oui ! Je peux le faire !

Vas-y, ninja Fixie !

22

Oncle Ned a encore réservé dans un restaurant. Cette fois, c'est dans le quartier de Piccadilly. Pour échapper au froid, je coupe à travers une galerie couverte : la chaleur, les lumières et une délicieuse odeur de cannelle m'assaillent sur-le-champ. L'atrium dallé de marbre est occupé par une myriade d'échoppes proposant des bougies parfumées et toutes sortes de petits cadeaux ; les haut-parleurs diffusent des chants de Noël. Un bonhomme de neige grandeur nature se promène, pour la plus grande joie des enfants. L'ambiance est à la fête mais pas mon humeur. Je me sens à cran. Très en colère.

Tout en marchant, je répète dans ma tête ce que je vais dire à mon frère. On m'invite à goûter des smoothies, à essayer les fauteuils de massage mais je refuse tout. Soudain, une voix résonne, aux inflexions que je connais bien. Je m'arrête net. C'est pas vrai !

La voix familière reprend :

— Vous avez un visage vraiment intéressant. C'est un maquilleur professionnel qui vous le dit.

Je fais volte-face. Et je tombe sur… Ryan Chalker, aussi séduisant que d'habitude, en tee-shirt et pantalon noir, qui baratine une passante devant un stand plein de pots de crème de beauté.

Je devrais avoir une réaction. Le souffle court. Des palpitations. Les jambes qui flageolent. Mais le charme est rompu. Après tant d'années, Ryan ne fait plus battre mon cœur. Tout ce que je vois, c'est un visage bien lisse d'arnaqueur. Un type en train d'embobiner une femme en parka d'aspect plutôt négligé.

— Vous me rappelez un modèle avec lequel je travaillais sur des séances photos pour des magazines.

Sans blague ! Depuis quand maquille-t-il des mannequins ?

— Vous trouvez ? fait la femme, ravie de ces compliments.

— Vous avez une peau superbe. Je parie que votre mari vous le dit tous les jours.

Ça, pour ce qui est de flatter, il est bon ! Et vous allez voir que la femme ne va pas lui résister.

— Et qui épile vos sourcils ?

— C'est moi, dit-elle.

— *Pas possible !* Ils sont magnifiques. Ne laissez personne d'autre y toucher. Une question maintenant : avez-vous plus de trente-cinq ans ?

— Un peu plus, avoue la femme en rougissant.

Moi, je peux vous assurer qu'elle en a cinquante.

— Pas beaucoup plus, affirme Ryan. Alors dites-moi, ma toute belle, vous utilisez une crème spéciale pour le contour des yeux ?

— Un peu. Parfois.

— Parfois ? s'écrie un Ryan consterné. Ma toute belle, il faut soigner votre peau. Peu importe la marque des produits. Mais vous devez absolument utiliser un sérum pour le contour des yeux. Je vais vous offrir un échantillon… Vous me permettez de l'appliquer moi-même ?

Il étale une substance poisseuse sur le visage de sa victime et lui tend un miroir.

— Vous voyez la différence ? La transformation immédiate ? Après une simple application ! Ce n'est pas chirurgical mais le résultat est le même.

A-t-il seulement le droit d'affirmer ça ? N'est-ce pas de la publicité mensongère ?

Son baratin est tellement irritant. Il n'y a aucune amélioration mais la femme se contemple avec bonheur. Comment Ryan s'y prend-il ? Est-ce une question de lumière ? D'inclinaison du miroir ? Ou simplement le pouvoir de suggestion ? En tout cas, ça marche.

Il continue à blablater :

— Aujourd'hui, nous offrons deux pots pour le prix d'un. Vous connaissez les tarifs des chirurgiens esthétiques pour une opération des paupières ? Plusieurs milliers de livres. Cet article en promotion vous coûtera dix fois moins cher.

Il lui soumet la liste des prix. La femme pâlit.

Sans perdre une seconde, Ryan prend sa voix enjôleuse :

— Je ne devrais pas, mais je vais vous consentir, et à vous seulement, un rabais de 10 %. On va sûrement me taper sur les doigts mais… tant pis. Après tout, c'est Noël.

— Vraiment ? fait la femme émerveillée.

C’est insupportable. Je dois intervenir.

— Bonjour ! je lance joyeusement.

Ryan sursaute tandis que, dans mon for intérieur, je ris déjà.

— Bonjour, répond la femme un peu déconcertée.

— Pardon de vous interrompre mais, si j’étais vous, j’attendrais avant d’acheter. Un jour, dans un centre commercial, je me suis laissé séduire par un vendeur et sa crème m’a donné des allergies terribles. Ce gentil garçon ici présent va plutôt vous donner des échantillons gratuits que vous pourrez tester tranquillement chez vous. Demandez aussi à une amie ce qu’elle en pense avant de débourser tout cet argent. Vous n’êtes pas d’accord, monsieur le maquilleur professionnel ? dis-je suavement à Ryan.

— Bon, je dois me dépêcher, bredouille la femme en filant. Merci quand même.

— Maquilleur professionnel ! Tu ne manques pas d’air ! je lance.

Ryan me regarde sans rien dire avant de partir d’un grand rire.

— Fixie, tu es tellement honnête. Quand je te vois, je me sens meilleur.

Il me sourit. Le bleu de ses yeux est toujours aussi irrésistible.

Il fut un temps où son sourire m’aurait fait battre le cœur. Où mes doutes se seraient envolés. Où j’aurais sauté dans ses bras. Mais cette époque est révolue.

— Et moi, quand je te vois, je me sens horrible, j’assène.

Ryan rit de plus belle.

— Tu m’as manqué, Fixie !

Quel sale type ! Il me dégoûte. J'ai une envie subite de le rouer de coups, de lui faire mal.

Mais je me calme immédiatement. Ryan est un menteur pathologique. Il est prêt à raconter n'importe quel bobard pour se sortir d'unc situation difficile. Pour lui, la sincérité ne compte pas. L'honnêteté, non plus. Et l'amour, encore moins. L'engueuler serait comme hurler contre un rocher. Ça ne changerait rien.

Il n'a plus aucun pouvoir sur moi. Et j'en suis ravie. Je suis libérée de son magnétisme. Il était temps, bordel !

Je l'informe poliment :

— Je ne te dis pas « À bientôt » car je ne veux plus jamais te revoir. Salut !

En m'en allant, je l'entends encore rire à gorge déployée. Mais, cette fois, le rire semble un peu forcé. Y avait-il une once de regret ou de compréhension dans ses yeux ? Peut-être. Mais franchement, je n'ai pas pris la peine de regarder.

En arrivant au restaurant, je suis prise de palpitations. Mes vannes à Ryan n'étaient qu'une simple répétition. À présent, je monte sur scène pour la vraie représentation.

Le maître d'hôtel me conduit à notre table. Oncle Ned se prélasse sur la banquette, un verre à la main. Du gin-tonic, me semble-t-il. Jake a un verre de la même mixture et Nicole, une coupe de champagne.

Oncle Ned m'accueille avec effusion.

— Ah te voilà, Fixie ! Assieds-toi ! Tu veux boire quoi, ma cocotte ?

Il est aussi rouge que le siège en velours. Combien de verres a-t-il déjà descendu ? En vérité, tous les trois ont les joues écarlates – comme s'ils avaient commencé à picoler de bonne heure. Les yeux de mon frère sont rouges et cernés.

Il sent mon regard posé sur lui.

— *Quoi ?* Qu'est-ce que tu as à me dévisager ? Tiens, j'ai une bonne nouvelle pour toi. Ryan est de retour à Londres.

— Je viens justement de tomber sur lui. Et tu parles d'une bonne nouvelle ! C'est un émetteur de mauvaises ondes.

— Je crois que je vais prendre une bonne côte de bœuf, annonce oncle Ned en parcourant l'immense menu relié de cuir.

Ça ne m'étonne pas de lui. Mais je m'efforce de rester calme. Je suis une ninja. J'évalue mes adversaires, posément et précisément, avant d'attaquer.

— Désirez-vous boire quelque chose ? demande un serveur.

— Non, merci.

J'attends qu'il soit parti avant d'ajouter :

— Je me refuse à dépenser l'argent de la Maison Farr. C'est tout à fait déplacé. *Tout à fait* inacceptable, j'insiste en pointant le doigt vers leurs verres.

— Quoi ? fait Nicole, les yeux dans le vide.

— Inacceptable ? éructe oncle Ned.

— Quel est le but de cette réunion si ce n'est dépenser de l'argent ? je demande en les regardant tour à tour. Il n'y en a pas.

Le visage d'oncle Ned a viré au pourpre.

— Moi qui suis là pour vous donner de mon temps et vous offrir mes conseils…

Je le coupe tout de suite :

— As-tu jeté un œil à la courbe des ventes ? Et vous deux, vous vous préoccupez des chiffres ? Ça ne vous empêche pas de vous goberger aux frais du magasin, hein ? Vous êtes des pique-assiette ! Je trouve votre comportement révoltant et je n'y adhère pas.

— Qu'est-ce qui t'arrive, bordel ? s'écrie Jake.

— C'est son nouvel amoureux, glisse Nicole, prise d'une inspiration subite. C'est lui qui lui monte la tête.

— Quel nouvel amoureux ? s'enquiert Jake.

— Sebastian Machin Truc. Le mec qui a été le patron de Ryan. Elle vit pratiquement avec lui.

— Tu es avec ce type ? Celui qui a la boîte d'investissement ?

— C'est hors sujet. J'ai d'autres choses à vous dire.

Comme d'habitude, mes mots se forment avec netteté dans la bulle. « Allez, ninja ! Sors-les ! »

Je prends ma respiration. Mais ensuite, je commets l'erreur de regarder Jake. Il a l'air tellement sur la défensive que pendant un court instant je crains que mes vieux complexes refassent surface. *Insuffisance. Culpabilité. Infériorité. Nullité.*

Il faut anéantir ces inhibitions idiotes. Du cran !

Je m'adresse sans trembler à ma sœur :

— Nicole, tu dois annuler ton cours de yoga. Il perturbe le fonctionnement du magasin et n'attire aucun nouveau client. Ces séances ne font que générer des problèmes. On doit les arrêter. Et je vais renouveler le stock des marchandises de *mon* choix.

Et pan !

— Il perturbe le magasin ? s'offusque Nicole.

— Parfaitement ! À toi, Jake ! Je dois te poser plusieurs questions, dis-je d'une voix ferme. Premièrement : pourquoi empruntes-tu autant d'argent à la Maison Farr ? Deuxièmement : quand vas-tu rembourser ? Troisièmement : pourquoi n'en as-tu pas parlé au cours de notre réunion précédente ?

Et bang !

Jake est visiblement sous le choc. Mais il reprend très vite son air bravache.

— Il s'agit d'un prêt interprofessionnel, fait-il avec son accent chic. Tu montes vraiment sur tes grands chevaux pour rien, ma pauvre fille.

Il avale une gorgée de gin-tonic.

— Je ne savais pas qu'on pouvait emprunter de l'argent sur le compte du magasin, intervient Nicole. C'est cool.

J'en suis pratiquement à hurler :

— Justement, on ne peut pas. Et Jake, tu as besoin de cet argent pour faire quoi ? Que se passe-t-il ? Pourquoi tu évites de nous informer ? Pourquoi tu le caches à maman ?

Comme j'aimerais pouvoir communiquer avec l'homme qui était avec moi dans l'arrière-boutique ! Celui qui m'a parlé avec respect et affection. Qui s'est comporté comme un vrai frère. Mais ce Jake-là a disparu. Il évite même mon regard.

— Il ne se passe rien, ricane-t-il. Juste un retard du côté de l'Asie. Un simple problème de liquidités.

Malgré sa moue méprisante, je m'aperçois qu'il serre le menu de toutes ses forces. Une veine bat sur son front.

— Tu es réellement ignorante, Fixie. Tu t'y connais un peu en accords d'importation internationaux ? Non ? Alors fais-moi confiance. Il n'y a pas matière à s'inquiéter. Si on commandait, maintenant ?

— Ah oui, appelons le maître d'hôtel ! acquiesce oncle Ned.

Ils ne pensent qu'à bouffer ! Fini le flegme. Je vais leur flanquer quelques coups dont ils se souviendront.

— Bande de profiteurs ! je crache. La seule chose qui vous importe, c'est la quantité de nourriture hors de prix que vous allez avaler. Des côtes de bœuf ? À… combien ? Ah, 30 livres. Vous tapez dans l'argent gagné par maman. Pas dans une tirelire.

— C'est un dîner de travail, rétorque Jake.

— Parlons-en ! Pour vous, le travail est une plaisanterie. Le cadet de vos soucis. Oncle Ned, combien de fois as-tu mis les pieds au magasin depuis le départ de maman ? Une fois.

— Après tout ce que j'ai fait pour vous, se fâche oncle Ned, le visage congestionné. Après la mort de votre père…

— Ah oui, c'est vrai, tu as négocié notre contrat de location. C'est vraiment toi, oncle Ned ? Ou c'est Bob qui s'est chargé de tout ?

— Jamais de ma vie on ne m'a insulté comme ça !

Il pose violemment son verre et me regarde avec colère.

— Rien ne m'oblige à être là, figure-toi. Je vous donne de mon temps par pure bonté d'âme et parce que votre mère me l'a demandé. Et aussi parce que toute entreprise a besoin d'un homme qui porte la culotte.

— Pas nous ! On n'en a pas besoin.

J'ai des poignards dans les yeux.

— Ça suffit comme ça ! Je m'en vais. J'en ai assez d'être agressé !

Quand il se lève, son double menton tremblote. Et, en gagnant la sortie, il continue à maugréer :

— Jamais on ne m'a insulté de cette façon ! Jamais.

— Dis donc, Fixie, tu n'y es pas allée de main morte, commente Nicole.

— Tu m'en vois ravie. C'est ce que je voulais.

— Tais-toi, Fixie, s'emporte Jake. Tu nous mets dans l'embarras. Et tu te rends ridicule.

— Pas du tout. Au risque de me répéter, j'exige simplement quelques réponses. Pourquoi empruntes-tu tout cet argent ? Quand comptes-tu rembourser ? Qu'as-tu dit exactement à maman ?

Il réagit comme si je l'avais ébouillanté.

— Mais putain ! Ça rime à quoi, cette obsession ? Un jour, le magasin sera à nous. Alors quelle différence ?

— Et si maman voulait le vendre ? C'est son assurance vieillesse après tout. Nous devons faire en sorte que l'entreprise reste profitable. Dis donc, Nicole, tu savais que Jake piochait de belles sommes sur le compte ?

Elle hausse les épaules.

— Non ! C'est… euh… vraiment…

— Je ne cesse de vous dire que c'est un emprunt *business-to-business*. Une procédure tout à fait normale.

Hop ! Une autre gorgée de gin-tonic.

— Dans ce cas, pourquoi tu puises chez nous – par trois fois encore ! – au lieu d'emprunter à la banque ?

Va-t-il me gifler ? Il en meurt d'envie mais réussit à se contrôler. Il parvient même à sourire bien que son regard soit chargé de rage.

— Tu es vraiment bouchée ! Et d'une naïveté consternante. Ma pauvre petite Fixie, bois un coup. Calme-toi.

— Sans façon. Pour moi, pas de boissons qui coûtent les yeux de la tête sur le dos de maman. Et, pour ta gouverne, je ne suis pas « ta pauvre petite Fixie ». Si tu ne réponds pas correctement, je pars. Mais je ne laisse pas tomber. Je suis prête à la confrontation. Sois-en sûr !

Je quitte le restaurant dans un état d'énervement intense. Bilan : j'ai sorti ses quatre vérités à oncle Ned, d'accord. Je me suis peut-être ridiculisée. Sinon, ai-je accompli quelque chose de tangible ? Est-ce un succès ou un échec ?

Je reste plantée sur le trottoir pendant un moment. Le vent glacé souffle sur mon visage. Je tâche de mettre de l'ordre dans mes idées. Et maintenant, je fais quoi ? Élémentaire, ma chère ! Je vais aller chez Seb, manger un bon truc, me détendre. Maintenant que j'ai défendu ma cause, il faut songer à la prochaine étape.

Pour une raison quelconque, je ne me décide pas à bouger. Et tout d'un coup… mes doigts pianotent, mes pieds entament leur danse rituelle : en avant-en arrière, en avant-en arrière.

Quelque chose me turlupine. Quoi ?

Je sais ! Jake. Son air épuisé. Cette veine palpitante sur son front. Sa colère noire. La façon dont il a repoussé toutes mes tentatives de mise au clair.

J'ai l'habitude de le voir impatient et ironique. Mais en bête sauvage acculée, c'est nouveau. Il est fuyant.

Sur les charbons ardents. Derrière ses éclats de fureur, il y a des traces de peur.

J'ai une sorte de mauvais pressentiment. Après un petit moment de réflexion, je compose un numéro.

— Bonsoir, Leila !

Quand Leila ouvre la porte, je m'inquiète. On dirait qu'elle a rétréci. Sans parler des cernes violets qui ombrent ses yeux. Et quand je l'embrasse, je jurerais qu'elle a perdu trois kilos.

— Contente de te voir, lui dis-je. D'autant que j'ai besoin d'une manucure.

— Je croyais que tu dînais avec Jake, s'inquiète-t-elle comme si elle s'attendait à voir apparaître mon frère sur mes talons.

— Je les ai abandonnés à leurs bouteilles. Tu sais comment ils sont : ils boivent comme des trous.

— J'ai demandé à Jake d'arrêter de boire.

Elle a bien mauvaise mine. Tout ceci n'augure rien de bon. En arrivant dans le salon, je stoppe net. Du grand mur nu qui me fait face sortent quatre fils électriques.

— Où a disparu la télé ? je demande. Vous en attendez une nouvelle ?

— Elle est partie.

Elle prend un bol en plastique et m'indique le canapé.

— Assieds-toi là. Je vais chercher de l'eau chaude.

— La télé est partie ?

— On l'a emportée, précise-t-elle d'un ton enjoué qui ne trompe personne. Mais pas de problème. Je regarde mes séries sur l'ordinateur.

J'ai toujours considéré l'appartement de Jake, tout en verre et cuir et plein de magazines de luxe, comme un signe extérieur de réussite. Aujourd'hui, il me semble… menaçant.

Leila me fait plonger les mains dans le bol d'eau. Je l'observe attentivement pendant qu'elle commence à masser mes doigts. Toute fragile. On dirait qu'elle va craquer. Surtout ne pas l'effrayer en lui posant trop de questions. Pourtant, je dois savoir.

— Jake aurait-il des ennuis ?

Après un long silence, elle avoue d'une voix presque inaudible :

— Oui. Mais il refuse de l'admettre. Il refuse d'en parler. J'ai juste surpris des fragments de conversations. Je l'ai interrogé, mais il s'énerve. Fixie, tu peux mettre ta main droite sur la serviette, s'il te plaît ?

Au moment où elle s'attaque à mes cuticules, je lui confie que Jake prend de l'argent sur le compte de la Maison Farr.

— Tu veux dire qu'il vole ?

— Non, il emprunte. Pour quelles raisons ? Je l'ignore.

Les mains de Leila tremblent quand elle trempe à nouveau mes doigts dans le bol.

— Il cherche partout de la trésorerie. C'est son obsession : obtenir du financement. L'autre main, s'il te plaît.

— Mais aux dernières nouvelles, tout allait bien. Il avait signé un contrat avec un fabricant de bijoux en diamants.

Les mains de Leila tremblent plus fort et ses paupières frémissent.

— Je te coupe les ongles ou je les lime ?

— Ça m'est égal. Tu choisis.

Elle arrange méticuleusement son matériel sur la serviette, en rangs réguliers, comme si mettre de l'ordre pouvait la tranquilliser. Pour finir, elle lève les yeux :

— Il ne sait pas que je sais, murmure-t-elle. Mais les bijoux en diamants, c'est une arnaque.

— Une *arnaque* ?

Elle hoche la tête. Nous nous dévisageons. Je digère lentement l'information. Quelles sont les conséquences ? Les dommages financiers ? Les dégâts psychologiques ?

— Il a perdu… ?

J'ai du mal à terminer ma phrase.

— Beaucoup. Il a de sérieux ennuis. Mais il fait comme si de rien n'était, il continue à dépenser des sommes folles, à inviter des gens à déjeuner, à vouloir épater la galerie…

Ses yeux sont remplis de larmes.

— Oh ! Nous n'avons pas choisi la couleur du vernis. J'ai un nouveau coloris ravissant : ambre pâle. Ça t'irait bien.

Elle dépose le plateau des flacons de vernis sur ses genoux. Une grosse larme vient s'écraser dessus.

Quand je pose ma main sur son bras pour la réconforter, elle m'adresse un de ses beaux sourires.

— Tu préfères peut-être ce ton lilas, propose-t-elle en dévissant le flacon. Parfait avec tes yeux foncés. Ou alors un rouge classique ?

— Leila, mon frère a tellement de chance de t'avoir à ses côtés.

— Oh, mais je ne fais rien ! proteste-t-elle en se tamponnant les yeux. Je me contente de réaliser des manucures et de garder profil bas. C'est toute ma vie, les ongles. Mon métier. C'est comme ça que je gagne de l'argent. C'est simple à comprendre. Je fais une manucure, on me paye. Simple et mathématique. Alors que l'activité de Jake…

— Justement, il fait quoi ? À part son master, je veux dire…

— Ça fait des mois qu'il a laissé tomber. D'après lui, les professeurs étaient incompétents.

Je devrais être surprise, mais non.

— Il en parle comme s'il suivait toujours les cours. Maman croit qu'il étudie. Tout le monde, en fait.

— Je lui ai pourtant dit qu'il devrait informer sa famille.

Incroyable. Il a abandonné son master mais ce n'est pas pour autant qu'il s'implique davantage dans le magasin. Néanmoins, il profite largement des bénéfices.

J'insiste :

— Mais alors, comment finance-t-il son train de vie ?

— Il a gagné beaucoup d'argent avec les slips sans couture. Une bonne affaire. De bons produits. J'en porte, tu sais, m'indique-t-elle dans un bref moment d'enthousiasme. Mais après ça…

— Ça fait deux ans. Il n'a pas conclu de nouveaux contrats depuis ?

Jake laisse toujours entendre qu'il a des milliers de contrats en cours. Toujours plus juteux. Il parle tout le temps d'import-export, de deals imminents, de ses dernières aventures commerciales. On est tellement impressionnés qu'on ne lui demande jamais de précisions.

Leila tripote ses flacons de base.

— Il a de nouvelles affaires en cours ?

— Je ne crois pas. Il déjeune souvent, avec plein de gens, mais comment on peut gagner de l'argent comme ça ? Je ne comprends pas. Moi, j'aime un *travail* qui se *voit*.

Puis elle ajoute avec sa voix de manucure :

— Tu me donnes ta main droite ?

Elle me lime les ongles. Le mouvement rythmé de sa lime a un effet apaisant. Hypnotisant, même. Presque réconfortant. Pour toutes les deux, je pense.

— Je voyais qu'il était stressé, je dis enfin. Mais je ne me doutais pas…

— Il est très secret. Il ne me dit pas tout. Aux yeux des gens, il veut apparaître comme… le grand gagnant. Le maître de l'univers.

— Et moi qui croyais qu'il faisait un burn-out à cause d'un excès de travail.

— C'est le contraire, réplique Leila, d'une voix étranglée entre rire et sanglot. Pas d'affaires en vue ! Pas de revenus ! Rien pour payer l'hypothèque !

— Mais tu restes avec lui ?

La question m'a échappé. Leila a cessé de me limer les ongles. Pourvu que je ne l'aie pas vexée ! Non. Quand elle lève les yeux, j'y lis une touche de mélancolie.

— Jake a été bon avec moi. Je ne vais pas le quitter juste parce que… certaines personnes le trouvent un peu… *too much*. Mais il a un côté très gentil, tu sais.

— Je sais.

— Il a des idées intéressantes sur la vie. Il veut accomplir des choses. Beaucoup d'hommes préfèrent ne rien faire et surtout ne pas se bouger.

— Il n'a jamais eu ce problème, je ricane.

Elle sourit, essuie ses yeux et se remet à égaliser mes ongles.

Elle passe ensuite au séchage avant d'appliquer la base.

— Tu as décidé pour la couleur ?

Au hasard, je désigne le vernis lilas.

— Excellent choix !

L'atmosphère est devenue si paisible que je m'en voudrais de la gâcher. J'ai pourtant une dernière question à poser.

— Quels sont ses projets ?

Leila soupire et fixe le flacon qu'elle vient de dévisser.

— Trouver de l'argent quelque part. Alors que je lui répète : « Trouve-toi un job ! Un *boulot.* » Mais le connaissant…

— Où va-t-il dégotter de l'argent, cette fois ?

Elle hausse ses fines épaules d'une manière quasi désespérée. Nous nous taisons. D'ailleurs, qu'y aurait-il à ajouter ? Puis son regard s'éclaire.

— Je te mets une couche de brillant sur le lilas ? J'ai un nouveau produit sensationnel.

La petite madame est perturbée, désorientée. C'est clair : elle ne veut plus aborder le sujet. Message reçu. On a assez parlé de mon frère.

— Quelle bonne idée ! Leila, tu es la meilleure.

Elle est incontestablement la meilleure. En allant chez Seb, je n'arrête pas d'admirer mes ongles impeccables. Je devrais aller voir Leila une fois par semaine.

Mais cette résolution n'occupe que 5 % de mon esprit. Le reste est accaparé par le douloureux bluff de

Jake. Par le regard triste de Leila. Par ce mur dénudé et ces fils électriques qui pendouillent. Mon énergie s'est envolée. Je me sens au plus bas. Le moral dans les chaussettes.

Seb m'accueille sur le palier, devant la porte ouverte de son appartement.

— Alors, tu as bien combattu ? Une vraie ninja ?

Je me repasse en vitesse les événements du restaurant. Oui, je me suis montrée sûre de moi. Oui, je leur ai sorti ce que j'avais sur le cœur. Mais comparé à ce que j'ai appris sur Jake, ça n'a plus beaucoup de valeur.

— Oui, oui. Oncle Ned a très mal pris mes remarques et il a fichu le camp.

— Tant mieux ! Dans toute réunion d'actionnaires réussie, un participant sort furieux. Viens t'asseoir. Relaxe-toi. Tu as l'air vannée.

Il m'embrasse et m'entraîne à l'intérieur. Je le suis tout en réfléchissant toujours au mystère Jake.

— Tu ne devineras jamais qui j'ai vu tout à l'heure ! Ryan.

— *Ryan* ?

Son visage se ferme. « Fixie, tu es vraiment trop bête ! »

— Seulement une demi-seconde. Et je l'ai rembarré sec.

— Heureux de l'apprendre. À part ça, ta soirée s'est déroulée comme tu le souhaitais ?

Ce qui me restait de tonus disparaît. Je m'affale devant la table de sa cuisine.

— Non. C'était horrible.

Je suis au bord des larmes. Une sorte de réaction après coup. À l'agressivité de Jake. À ses secrets peu reluisants.

— Pourquoi *horrible* ? Je te sers un verre de vin ?

— Volontiers, merci. En fait, c'est à cause de Jake.

— C'est-à-dire ?

Je ne peux décemment pas lui révéler que Jake est couvert de dettes. Leila me l'a confié sous le sceau du secret. Pas question de trahir un membre de la famille. Et puis, peut-être qu'elle noircit la situation… Non, je ne peux rien déballer. Même à Seb.

— Il a des ennuis. Liés à ses activités professionnelles. Tout ça est assez inquiétant.

— D'accord ! Mais c'est *son* problème. Pas le tien.

— Mais ça implique maman. Il faut que j'intervienne mais je ne sais pas comment. Les choses sont pires que je le pensais.

— Ma pauvre chérie !

Seb me regarde avec compassion puis va chercher un plat posé sur le plan de travail.

— Tiens, prends un morceau de caramel.

Miam ! Ces cubes crémeux et légèrement friables ont l'air délicieux.

— Des caramels faits maison ?

— Je me suis dit que tu aurais besoin de douceur en rentrant. J'adore confectionner des caramels, confie-t-il avec un haussement d'épaules. C'est facile. J'en fais depuis mes sept ans.

J'en mets un dans ma bouche. C'est sucré, riche, délicieux. Le réconfort est immédiat.

— Tu es un amour, Seb. Merci de me gâter.

— N'oublie pas : je te dois une fière chandelle, dit Seb en jetant un coup d'œil à la serviette en papier qui dépasse de mon cabas. Du caramel, ce n'est pas cher payé.

Il me sourit mais je reste impassible. Sa phrase m'a piquée au vif, sans que je sache pourquoi. L'envie de sourire et de plaisanter s'est envolée. Cette serviette en papier n'a plus aucun charme. Au contraire, elle m'horripile.

Une fois mon caramel avalé, je demande sans le regarder :

— On va continuer comme ça éternellement ?

— Continuer quoi ? Je ne comprends pas.

— Ce « un prêté pour un rendu ». Je te dois un service. Tu m'en dois un. Tu m'aurais fait des caramels si je ne t'avais pas sauvé la vie ?

— Évidemment ! Je blaguais, répond-il avec un rire étonné.

— J'en ai sans doute assez de ces blagues. Je te gratte le dos, tu grattes le mien ! Ce va-et-vient de dettes à rembourser ne va jamais finir ? On ferait mieux de régler nos comptes une fois pour toutes.

Je m'échauffe, je parle de plus en plus vite. J'ai conscience de ne plus me maîtriser.

— Fixie, qu'est-ce que tu racontes ?

— Je n'en sais rien. Simplement, j'aurais préféré que tu dises juste : « Je t'ai fait des caramels. » Point final.

— À mon avis, tu dramatises. Tous les amis se font des gentillesses.

— Peut-être, mais ils ne tiennent pas de comptes. Ils ne les facturent pas. Ils ne les inscrivent pas sur une feuille de calcul.

— Mais enfin, c'est quoi, cette histoire de feuille de calcul ?

— Et ça ? je déclare en brandissant la serviette en papier.

— Bordel, je trouvais ça *drôle* ! rétorque Seb.

— Moi aussi, au début. Mais plus maintenant.

— Et pourquoi, si je peux savoir ?

— Parce que je veux t'aimer.

Voilà, c'est sorti ! Et maintenant ? Je rectifie avec un « Excuse-moi, les mots ont dépassé ma pensée » ? Ce serait mentir. Parce que ces mots expriment exactement ma pensée. Alors je reste là, muette, toute rouge, embarrassée par tant d'audace.

Pause interminable. Et puis :

— Moi aussi, je veux t'aimer, déclare Seb. Serait-ce un problème ?

Le verbe « aimer » n'a jamais été prononcé entre nous, et voilà qu'on le fait tous les deux. Les yeux de Seb, emplis de tendresse et de chaleur, plongent dans les miens. Je devrais tout de suite sauter dans ses bras et oublier tout le reste. Mais je ne peux pas. Je veux être entendue.

— C'est la faute de cette serviette en papier ! L'amour n'est pas une transaction commerciale. Il n'a rien à voir avec les débits et les crédits. Tu saisis, j'espère ? Quand on s'aime, les dettes sont effacées.

— Eh bien, elles *sont* effacées.

— Non. Même si je me débarrasse de cette serviette, les dettes seront toujours présentes dans ma tête.

Il y a de l'électricité dans l'air. Haute tension sans les crépitements. J'ai l'impression que l'amour se trouve de l'autre côté d'un mur invisible et que nous ne savons pas comment l'atteindre.

— Tu attends quoi de moi, Fixie ? soupire Seb.

Comment lui expliquer ?

— J'aimerais revenir à ce café. À notre première rencontre. J'aimerais qu'on se dise simplement bonjour. J'aimerais qu'il n'y ait plus de services dus ou rendus, de pointages, de contreparties.

— Tu ne peux pas remonter le temps et recommencer à zéro. Ça ne marche pas de cette façon.

— Je sais ! dis-je, exaspérée. Tu m'as demandé, je t'ai répondu.

— Prends un autre caramel, propose-t-il aimablement, avec toutefois une note d'agacement. Une friandise sans aucune obligation ni dette.

— Avec plaisir, j'ironise.

Il me passe le plat, je me sers. Ensuite, on ne dit plus rien, jusqu'au moment où Seb déclare :

— Tu prétends que l'amour n'est pas une transaction commerciale. Par conséquent, je te demande : pourquoi passes-tu ta vie à t'agiter et à trop en faire pour ta famille ?

Il dépasse les bornes !

— Tu te trompes ! je proteste avec énergie.

Il m'ignore.

— Est-ce que c'est par amour ? Ou parce que tu penses leur devoir quelque chose ? Ou peut-être que tu te sens coupable ? Dans tous les cas, un conseil : bazarde cette hypothèque qui n'en finit pas de te pourrir la vie.

Il vient de toucher une corde sensible. C'est inadmissible.

Je lui lance un regard meurtrier.

— Je n'en fais pas trop pour ma famille !

— Tu ne te rends pas compte ! Une fois, c'est pour ta mère, une autre fois, pour ton frère ou ta sœur. Ou alors c'est pour le magasin. Tu travailles plus que tous les autres. Tu arranges leurs conneries. Ton frère est dans les emmerdes et tu veux l'en sortir. En quel honneur ? Laisse-le se débrouiller tout seul.

Je ne peux pas retenir ma colère. Si on attaque ma famille, je monte au créneau. C'est ainsi que je suis faite.

— Tu ne peux pas comprendre, je riposte.

— Parce que je n'ai plus de famille ? réplique-t-il.

— Non ! Bien sûr que non ! Simplement, nous sommes très proches. Nous avons une devise…

— Ouais ! Je sais ! *Priorité à la famille.* À ce propos, rappelle-moi la dernière fois que ta famille t'a fait passer en priorité.

Quel coup bas ! Il va chercher toutes mes blessures secrètes, les expose au grand jour pour ensuite les balayer. Ça fait mal. Il faut qu'il arrête.

Il poursuit :

— Ma famille n'est plus guère présente que dans ma mémoire. Mais ce dont je me souviens, c'est que ni mon père, ni ma mère, ni mon frère ne confondaient donner une preuve d'amour et se comporter comme un paillasson. L'amour est parfois exigeant. Parfois même, il faut suivre le proverbe : qui aime bien châtie bien.

— Tu me vois comme un *paillasson* ?

— Je n'ai pas dit ça, mais juste que tu devrais moins penser à tes obligations envers les autres et davantage à toi-même.

Une analyse pleine de bon sens. En même temps, pas vraiment valorisante pour moi.

— Donc, je dois arrêter d'aimer les autres ?

— Non. Soucie-toi d'abord de toi-même. Sois forte. Ne te laisse pas bouffer. Essaye de… de ne pas tenir compte des autres.

— Ben voyons ! Je devrais donc tout bêtement ignorer ma famille. Comme tu l'as fait pour ton frère en verrouillant la porte de sa chambre, pour prendre de la distance ? Tu crois que refuser de poser les yeux sur une corbeille pleine de bouteilles te permettra d'oublier qu'il est mort ?

Le silence qui s'instaure pèse une tonne. Seb semble anéanti.

— Comment sais-tu ce qu'il y a dans cette pièce ?

Sa voix a perdu tout volume, tout relief.

— Pardon ! J'ai pris la clé et… je suis allée regarder.

Un nuage toxique s'est abattu dans la cuisine. Je fais un pas vers Seb mais il ne réagit pas. Il est pâle, distant. Il se comporte comme si je n'étais pas là. Je réalise que les caramels doivent lui rappeler son frère. S'il en préparait déjà à l'âge de sept ans, ce dernier devait l'aider.

— Seb…

Il me dévisage comme si j'étais une inconnue.

— Ça va. Pas de problème.

— Non, ça ne va pas !

— Si ! N'en parlons plus !

Le visage fermé, la voix blanche. Je me sens comme excommuniée.

— Tu n'as pas besoin de me regarder avec cet air, je rugis.

— Quel air ?

— Comme si j'avais voulu te blesser. Je ne l'ai pas fait exprès.

— Tu es allée fouiner dans la chambre de mon défunt frère derrière mon dos… mais c'est arrivé par hasard ?

— Je n'ai pas fouiné, je proteste en bafouillant presque, bien qu'une petite voix me souffle l'exact contraire. Écoute, Seb, c'est un sujet tabou, je le sais. La perte de ton frère a été un drame pour toi, je le sais. Mais James…

— Tu ne sais rien ! éructe-t-il. Tu ne sais rien sur James, ajoute-t-il un peu plus calmement. Rien.

Son regard hostile me fait presque pleurer. J'ai eu une journée atroce, je suis venue ici pour trouver du réconfort et j'ai tout foiré. Je n'aurais pas dû violer l'intimité de Seb. J'aurais dû la boucler. Pourra-t-il me pardonner ?

— Seb, j'ai l'impression qu'on ne peut plus s'adresser la parole sans se blesser. La meilleure solution serait que je m'en aille.

J'espère de tout mon cœur qu'il va changer d'expression, me prendre dans ses bras, qu'on va échanger des millions d'excuses et célébrer notre réconciliation au lit.

Mais non. Pause sur arrêt. Et la sentence tombe :

— Si tu crois que c'est mieux, alors…

Les mains tremblantes, je rassemble mon barda. Et je sors de chez lui.

Assise sur une banquette du métro, je contemple sur la vitre le reflet déformé de mon visage. Que s'est-il passé ? C'est incompréhensible. Comment en est-on arrivés aussi loin, aussi vite ? Ce n'est qu'une fois chez moi, dans ma chambre, que, la tête enfouie dans mon oreiller, je commence à sangloter.

23

Je me réveille avec une méchante migraine et une seule pensée : contacter Seb. J'ai en tête l'intégralité de la soirée d'hier, comme si tout s'était passé cinq minutes auparavant. Je n'arrive toujours pas à comprendre comment nous avons dérapé. Je dois lui parler. Lui présenter mes excuses. Nous devons redresser la situation.

Ce n'est qu'une prise de bec. Tous les couples en ont. Nous étions tous les deux fatigués, stressés. Nos mots ont dépassé nos pensées. Ça doit s'arranger.

Je lui envoie aussitôt un SMS :

Nous deux, c'est OK ?

Puis je retombe sur mon oreiller et fixe le plafond en essayant de guérir ce fichu mal de crâne. Nicole a un bouquin sur sa table de chevet : *Votre santé par la méditation*. D'accord, mais comment faire quand on a trop mal à la tête pour méditer ?

Je me force à me concentrer sur une image de plage. Mais la seule plage que je parviens à visualiser est desséchée, brûlante, apocalyptique, avec un sable blanc aveuglant, des falaises abruptes et un vautour qui donne des coups de bec dans mes yeux en piaillant. Finalement, je me lève, passe ma robe de chambre et dévale l'escalier pour trouver une aspirine. Ce matin, ce sera *La Santé par les médocs*. Quand j'atteins la dernière marche, un texto arrive. C'est Seb.

Je ne sais pas, d'après toi, c'est OK ?

Mes tempes battent trop fort. Si je dis oui, n'aurai-je pas l'air trop arrangeante ? Évidemment, je ne vais pas dire non. En vérité, j'ai envie d'écrire : « Je ne sais pas. » Mais il va croire que je le copie.

Le plus important, c'est qu'il ait répondu. Dans les deux minutes. Donc lui aussi pense à moi. Le mieux, c'est de l'appeler directement. Mais *d'abord*, l'aspirine.

Je pousse la porte de la cuisine et je meurs. Ryan est tranquillement attablé, en train d'enfourner une bouchée de céréales.

Je m'agrippe au chambranle.

— Qu'est-ce que tu fous ici ?

— Bonjour, lance-t-il avec un grand sourire que je m'empresse de ne pas lui rendre.

Je recommence :

— Qu'est-ce que tu *fous* ici ? Comment…

Voilà, je deviens folle. Ryan fait partie de mes visions d'apocalypse et je l'ai fait apparaître dans mon cauchemar pour ajouter à mes tortures…

— Ton frère m'a donné une clé pour que je récupère son ancienne chambre. D'après lui, tu dormais ailleurs, sinon je me serais annoncé.

— Tu es odieux. Je veux que tu t'en ailles !

— Laisse-moi le temps, je n'ai pas fini mon petit déj'. Cela dit, ces céréales sont infectes, déclare-t-il en fronçant le nez.

— Elles sont à Nicole. Des flocons d'épeautre.

« Espèce de crétin, j'ai envie d'ajouter. Tu ne sais pas lire un foutu paquet de céréales ? » Mais ce serait engager la conversation et ça, plutôt mourir.

— De l'épeautre, répète-t-il pensivement. Ça se tient.

— Va-t'en ! Immédiatement !

Il laisse traîner son regard sur mon corps d'une manière qui, fut un temps, m'aurait liquéfiée sur place.

— Alors, quoi de neuf pour toi ? J'espérais que tu m'appellerais.

Il espérait… Je rêve. J'ouvre la bouche avec environ six réponses bien senties prêtes à sortir, mais je me ravise aussitôt. En fait, il n'attend que ça.

— Allez, dégage !

— J'y vais ! rigole-t-il. Fais-moi un petit café avant.

Lui faire un café ? Dans ses rêves, oui !

— Dehors !

— Oh ! j'ai piqué du chewing-gum dans ton sac, fait-il en désignant mon cabas accroché à un dossier de chaise. Ça ne t'ennuie pas au moins ?

— *Va-t'en !*

Cette fois, j'enrage vraiment. J'attrape le balai posé contre le mur et l'agite devant lui pour le faire déguerpir.

— Dehors ! Allez !

— Fixie, tu es trop marrante, dit-il en se levant enfin. À bientôt, bébé.

Bébé ? C'est l'ultime goutte d'eau !

Je lève le balai devant moi comme une lance de tournoi et charge avec une sorte de cri de guerre. La surprise lui donne des ailes. Moitié marchant, moitié courant, il se propulse dans l'entrée tandis que je continue à le menacer.

— Fiche le camp et ne reviens jamais. Je t'interdis de remettre les pieds dans cette maison.

— Tu as l'air en pleine forme, Fixie ! lance-t-il alors que je l'ai enfin poussé dehors. Je t'appelle !

— N'essaye même pas !

Après avoir claqué la porte, je m'adosse au mur le temps de reprendre ma respiration, et j'éclate de rire en revoyant son expression quand je le chargeais. Je lui ai quand même fait un peu peur.

Je retourne dans la cuisine, j'avale une aspirine et je me pose sur une chaise pour réfléchir aux événements de la veille. Leila pleurant pendant la manucure. Oncle Ned furieux. Morag… Oh ! c'est vrai. Je dois m'occuper du cas Morag. Et de Jake. Et prendre des nouvelles de maman.

Tout d'un coup, la porte s'ouvre sur Jake. J'hallucine ou bien ? D'abord Ryan, ensuite Jake. Habillé très chic comme d'habitude, en costume-cravate. Avec une tête à faire peur. Pâle, fatigué, le menton agressif comme s'il en voulait à la terre entière.

— Où est Ryan ?

— Parti.

Pas la peine de lui dire que je l'ai viré à coups de balai parce qu'il est visiblement d'une humeur de chien et qu'il risque de se défouler sur moi.

— Donc, si tu veux le voir…

— Mais non !

Il marche nerveusement vers la fenêtre en passant une main mal assurée dans ses cheveux. Ensuite, il se tourne face à moi. Dans son regard, le message est clair : « Je sais que tu sais. »

— J'ai vu Leila, hier soir, je dis pour le mettre à l'aise.

— Elle me l'a dit.

— Jake…

— C'est des conneries. C'est…

Il stoppe net. Je revois l'adolescent qui donnait des coups de pied dans une canette de soda en pestant contre tout et tout le monde.

Je ferme les yeux brièvement, à la fois pour rassembler mes idées et calmer mon mal de tête.

— Jake… tes ennuis, c'est à quel point ?

Au lieu de répondre tout de suite, il se verse un verre d'eau qu'il vide d'un trait, tête renversée. Le mouvement de sa pomme d'Adam me fascine.

— Tu n'as pas besoin de le savoir.

— Peut-être que si, justement ! Jake, une partie du problème vient de ce que tu gardes tout pour toi. Nous sommes une famille. Nous sommes là pour toi. Quoi qu'il arrive, on va t'aider. Pourquoi ne pas consulter un spécialiste des problèmes d'endettement ou un conseiller…

— Je me fous des *conseils* ! C'est du *pognon* que je veux.

— Tu as l'air naze. Tu devrais dormir.

— Dormir ?

Il laisse échapper un rire rageur. Une veine bat sur son front. Tout ce que je dis le met hors de lui, mais tant pis.

— Pourquoi tu n'irais pas faire un somme ? Je vais préparer une bonne soupe et ensuite, on s'assiéra pour trouver une solution.

Il est sur le point d'accepter. Pendant un quart de seconde, une lueur d'émotion traverse son regard. Mais elle s'éteint aussitôt. Il se referme et recommence à faire les cent pas.

— Putain ! Je n'ai pas besoin de soupe ou de petit somme. Tu sais ce que tu peux faire pour moi ? Va demander à ton petit copain friqué de me filer de l'argent. Ou un nouveau contrat. Quelque chose !

De stupéfaction, j'éclate de rire.

— *Quoi ?* Mais il n'en est pas question !

— J'en ai besoin !

— Jake, c'est impossible.

— J'en ai besoin, je te dis. Si je ne trouve pas d'argent, je devrai m'adresser à des types louches. Du genre qui pètent les genoux.

Affolement. Panique. Terreur. Je vois les nuages noirs s'amonceler sur ma tête, mais je me secoue. Selon la formule de Seb, l'amour est parfois exigeant. Je ne vais pas me laisser perturber.

— Il y a certainement un autre moyen.

— J'ai tout essayé ! explose-t-il. Tu sais ce qu'il te faut dans les affaires ? De la chance. Un petit coup de chance. Et mon petit coup de chance, c'est que tu sortes avec ce Seb.

— Dommage alors. On s'est engueulés hier soir. On n'est plus ensemble.

— Il te doit quand même une fière chandelle, hein ? D'après Leila, tu lui as sauvé la vie, non ?

Je me maudis de m'être confiée à Leila quand elle m'appliquait la dernière couche de fixateur.

— Il n'est pas riche. Il s'occupe de finances, c'est tout. Rien à voir avec tes copains bourrés aux as.

— Il a un accès à l'argent. Il connaît du monde. Et je suis très mal. *Priorité à la famille*, Fixie. Fais ça pour moi. À moins que tu veuilles briser la famille ?

— Ce qui signifie ? je demande, affolée.

— Si tu refuses, c'est fini, dit-il méchamment. Tu voudrais regarder ton propre frère couler, sans éprouver le moindre remords ? Et tu crois qu'on pourra jouer à la famille heureuse après ça ?

Ma tête tourne. Les larmes menacent. D'accord, Seb a parlé d'amour exigeant. Mais je suis loin d'être assez endurcie. Comment me protéger de l'agressivité de Jake, de sa force de persuasion ?

Je me souviens de la phrase de maman : « Maintiens le navire à flot, Fixie. Et fais en sorte que la famille reste soudée. » Et je l'ai rassurée : « Quand tu reviendras, on s'assiéra à cette même table pour célébrer à la fois la bonne marche du magasin et la bonne entente de la famille. Promis juré. »

Je suis désespérée. J'ai échoué sur tous les fronts. Morag menace de quitter le magasin. Les profits sont incertains. Et maintenant, à cause de Jake, la famille risque de se diviser. Il va monter Nicole contre moi. En rentrant, maman trouvera des résultats à la baisse et de la discorde entre ses enfants. Elle sera anéantie.

Je ne peux même pas l'envisager.

Au fond, Jake veut quoi ? Que je demande de l'aide à Seb. La belle affaire !

— Bon, d'accord, je marmonne au bout d'un moment.

Le visage de Jake s'éclaire.

— Tu vas le faire ?

En guise de réponse, j'envoie un SMS à Seb :

Je peux te voir ? À l'heure du déj'.

La réponse ne se fait pas attendre :

Bien sûr !

— Opération lancée, je dis en rangeant mon téléphone. Je déjeune avec lui.

— Ouais ! crie mon frère en levant le poing. T'es géniale, Fixie !

— Soyons clairs, Jake, je ne te promets rien. Je vais seulement lui demander de te donner un coup de main.

— Oh, il sera d'accord. C'est aussi sûr que deux et deux font quatre.

Apparemment, mon frère reprend du poil de la bête.

En me rendant au magasin, je relis le SMS de Seb pour l'analyser : « Bien sûr ! » Deux petits mots qui signifient beaucoup. Certainement de la satisfaction. Il n'était pas obligé de mettre un point d'exclamation. À moins que cette ponctuation ne sous-entende une certaine contrariété. Un « Bien sûr ! » de dépit ? Non, c'est idiot. Je crois qu'il a envie de me voir. On sera obligés de parler de l'autre soir. Je vais m'excuser d'avoir ouvert la chambre de son frère. Sujet délicat, certes… mais on va y arriver.

Vraiment ?

Assez de spéculations ! Je mets mon téléphone dans ma poche et entre dans le magasin. Un coup d'œil circulaire : Morag est au bout d'une allée en train de sermonner Stacey. Sans doute à propos d'un étalage car elle le montre du doigt. Je l'adore, Morag ! Malgré son projet de départ, elle reste attentive au moindre détail. Elle aime la Maison Farr de tout son cœur. Ça ne fait pas un pli.

Mon portable vibre. Encore Seb ? Non, c'est un message de maman :

Désolée de t'avoir manquée au téléphone. Me sens beaucoup mieux aujourd'hui. J'espère que tout va bien à Londres. Baisers. Maman

Je regarde Morag qui gesticule en direction des casseroles puis relis les mots de maman : « J'espère que tout va bien. »

Je l'espère aussi. De toutes mes forces.

Quand Morag en a terminé, je lui fais signe pour qu'elle vienne me retrouver dans l'arrière-boutique. Qu'est-ce que je vais faire ? Je n'ai aucune certitude. Toutefois, deux points me semblent essentiels. Arriver à la convaincre et vite. Et remettre de l'ordre dans le fonctionnement du magasin.

Une tasse de thé, un siège. La conversation peut démarrer.

Je commence :

— Les choses ne vont pas très bien depuis le départ de maman pour l'Espagne.

Morag :

— Oui, c'est vrai.

— Ça va changer. Annulation des cours de yoga. Priorité au club de pâtisserie. Réagencement des rayons…

Morag :

— Ce sont de bonnes résolutions. On en a besoin.

— Je vais me pencher sur nos ventes en ligne. Il nous faut donner un gros coup de collier avant Noël. Nous devons augmenter les ventes. On peut le faire.

— Oui. Tu peux.

Tu ? Pas *nous* ?

A-t-elle déjà quitté le magasin dans sa tête ?

J'avale une gorgée de thé sans trop savoir comment continuer. Morag a un sens pratique très développé. Elle est perspicace. Elle connaît la clientèle. Elle sait acheter la marchandise, établir les prix. En fait, elle devrait être présente à nos réunions pour prendre les décisions avec moi. À la place de Nicole. De Jake. D'oncle Ned.

— Morag, si nous te persuadons de rester, j'aimerais que ce soit en tant que directrice.

La proposition est sortie de ma bouche spontanément. Je n'ai même pas pris le temps de peser le pour et le contre. Mais je sais que j'ai raison. Grâce à elle, le magasin fonctionne. Elle doit faire partie intégrante de notre entreprise.

— *Directrice ?* s'exclame-t-elle, sidérée.

— On ne t'a pas donné la place que tu mérites. Et j'en suis désolée. S'il te plaît, reste avec nous, Morag.

— Tu me soudoies, en quelque sorte ?

— Mais non. C'est une façon de reconnaître ce que tu fais pour nous.

— Directrice, répète Morag comme pour s'habituer à l'idée, avant d'ajouter, avec méfiance : Ta mère est d'accord ? Elle ne fait confiance qu'aux membres de sa famille. Et je n'en suis pas.

Priorité à la famille. Quelle foutue devise ! Je ne dis pas que papa se trompait. Jamais je n'oserais penser une chose pareille. Mais maintenant je considère la « famille » d'un œil différent. Il ne s'agit pas seulement de partager le même sang et les mêmes gènes. La famille inclut aussi les gens qu'on respecte, auxquels on peut se fier, pour lesquels on a de l'affection. En bref, ceux qu'on aime.

— Tu es un membre à part entière de la Maison Farr et c'est ce qui compte.

— Fixie, tu n'as pas répondu à ma question. Ta mère sait-elle seulement que tu m'as proposé ce job ?

Et j'ai la confirmation que ma décision est la bonne : Morag ne néglige jamais rien. C'est pour ça que je la veux à mes côtés.

— Pas besoin de lui demander. Je sais qu'elle sera d'accord.

Je n'ai aucun doute. Mon choix est le bon. Maman m'a chargée de maintenir la Maison Farr à flot. C'est ce que je fais.

— Bon, laisse-moi réfléchir, fait Morag après une dernière gorgée de thé. En attendant, je ferais mieux de retourner au magasin.

Pas perturbée pour deux sous ! Son calme m'impressionne. Sa maîtrise d'elle-même, aussi. *Pourvu qu'elle reste ! Pourvu qu'elle reste !*

Je crois qu'elle va rester.

Un groupe de touristes japonais entre dans le magasin à la recherche de souvenirs typiquement anglais. Nous leur vendons douze bols, seize coussins et un calendrier, tous décorés de l'Union Jack. Greg fait du zèle en essayant de leur « parler japonais » avec des phrases piquées dans les mangas qu'il affectionne. Aucun d'eux n'a l'air d'y comprendre un traître mot.

— Tu leur as dit quoi ? je demande dès qu'ils sont partis.

— Un truc comme « Tue-les ! ». Enfin, je crois !

— Tu sais dire « Tue-les ! » en japonais ?

Il cogite un instant.

— À la réflexion, c'était peut-être « Décapite-les ! ».

— Tu as accueilli des clients avec « Décapite-les ! » ? C'est ta formule de bienvenue ?

— T'inquiète ! Ils ont rien compris, intervient Stacey. Ils l'ont pris pour l'idiot du village.

Puis, sans transition mais avec un clin d'œil :

— Comment va ton amoureux, Fixie ?

— Oh, il va… euh… très bien ! Pas de souci, je réponds, prise de court.

Fuyant son regard inquisiteur – et celui de Greg –, je jette un coup d'œil à ma montre.

— Bon, je dois y aller. Au fait, il y a une nouvelle règle : celui ou celle qui prononce le verbe « décapiter » devant un client sera viré sur-le-champ.

Dans mon dos, Greg marmonne :

— C'est pas juste ! Et si ça vient dans la conversation ?

— Dans la conversation ? s'étrangle Stacey. T'es vraiment taré, mon pauvre Greg. « Décapiter », c'est un mot que j'ai jamais dit. De toute ma vie.

— Ben si, justement, tu l'as dit, contre-attaque Greg. Ah ! Ah ! Tu l'as dit ! Tu l'as dit !

Je me mords les lèvres pour ne pas rire. Mon personnel est sans doute un peu loufoque. Mais je l'aime quand même.

Comme nous n'avons pas fixé d'heure de rendez-vous, j'envoie un message à Seb en quittant le magasin :

En route pour te retrouver à ton bureau. OK ?

Dans la seconde, j'ai sa réponse :

OK.

Je compose un autre texto :

Super. À tout de suite.

J'hésite à ajouter un « Baisers ». Tout à coup, un autre message apparaît sur l'écran :

Pourquoi tu veux me voir ?

Émotion. Je m'arrête net. Pourquoi je veux le voir ? *Pourquoi ?*

Drôle de question. La réponse semble évidente. Demander un service pour Jake ? Ce n'est pas la priorité. Je veux voir Seb. Le prendre dans mes bras. M'excuser d'avoir dépassé les bornes en ouvrant la chambre de son frère. Lui dire que j'ai *essayé* de suivre son conseil, *essayé* de me montrer ferme avec Jake, mais que j'ai échoué, par manque de courage.

Je le veux. Je le désire. C'est tout.

Je marche en tâchant de mettre de l'ordre dans mes idées. De préparer notre tête-à-tête. Ça me stresse. *Pourquoi tu veux me voir ?* Pas très sympa, comme interrogation ! Pas le genre : « Allez, on s'embrasse et on oublie ! » Au fond, il n'a peut-être pas envie de m'embrasser et d'oublier.

Quelle idiote je suis ! J'ai peur. Et si j'étais complètement à côté de la plaque ? Et si je…

Et si sa vision des faits était différente de la mienne ?

Et si c'était fini entre nous ?

À cette seule idée, j'ai mal, dans mon corps et dans ma tête. Nous deux, fini ? Non, impossible. Insupportable. Comment peut-il vouloir que notre histoire se termine ? D'un autre côté, pourquoi ce message tellement distant, tellement impersonnel ?

Pourquoi tu veux me voir ? Dans ces mots, aucune intimité. Aucun sentiment. On pourrait croire qu'il s'adresse à un collègue de boulot.

Si je me laissais aller, j'éclaterais en sanglots. Mais je vais lutter. Je suis une ninja, une dure à cuire. Le style collègue de boulot, je sais faire.

Je lui envoie une réponse en tapant si rageusement sur le clavier que je fais plein de fautes. Je m'en moque. Il faut bien trouver un exutoire.

Pour te parler d'un problème professionnel.

J'envoie et j'attends, le souffle court. Moi aussi, je peux jouer au petit jeu des messages distants et stéréotypés. Un instant plus tard, je lis :

D'accord.

Le cœur brisé, je contemple ce simple mot. Pourquoi cette attitude ? Pourquoi renonce-t-il à ce qui existe entre nous ? D'accord, on a eu une engueulade. Ça arrive à tous les couples. Va-t-il vraiment tout laisser tomber à cause d'une seule erreur de ma part ?

Je m'arrête pour faire défiler les messages que nous avons échangés aujourd'hui. C'est incompréhensible. Ce matin, il avait l'air d'accord. Pas totalement enthousiaste, mais pas indifférent non plus. Il donnait l'impression de vouloir me voir.

Et maintenant, il paraît glacial. Pas du tout le Seb que je connais. Ni celui dont je suis amoureuse. Que s'est-il passé ?

Ce n'est pas en restant plantée sur le trottoir que je vais résoudre cette énigme. Je me force à avancer, mais c'est d'un pas lourd. Dire que j'attendais avec impatience ce rendez-vous ! Maintenant, je le redoute.

Il m'attend sur le palier, devant l'ascenseur. Et j'ai tout de suite l'intuition que l'entrevue va être pire que prévu.

— Bonjour, dit-il en me tendant la main.

Pas de baiser. Il est raide, sombre. Son regard évite le mien. On se serre la main comme des étrangers. La situation est surréaliste.

— Bonjour, je réplique. Merci de me recevoir.

— Je t'en prie.

Il m'emmène dans son bureau en me demandant poliment si je désire un café. Son langage corporel parle pour lui : tension nerveuse et résistance à tout contact physique. Il ne fait pas semblant, hélas ! C'est pour de vrai.

Pendant qu'il est allé me chercher un café, j'examine son bureau : tellement plus personnel que son appartement. Tellement plus chaleureux avec ces livres, ces photos et ce tapis coloré.

Normal puisque, au fond, son bureau, c'est sa maison. Dans ce cas, comment définir son appartement ?

Rien. Le mot me vient spontanément à l'esprit. Voilà : son appartement est rien. Vide, sans consistance ni ambiance, inachevé. Il faut absolument que je lui parle de ça, mais pas dans cette ambiance de bataille imminente…

Quand Seb revient avec deux tasses, je le dévisage, pleine d'espoir. Y a-t-il des chances pour que l'atmosphère se détende ? Pas du tout : son expression est encore moins amicale qu'avant.

— Qu'est-ce que je peux faire pour toi ? dit-il en s'asseyant.

Navrant, vraiment ! Maintenant, s'il veut continuer sur le mode impersonnel, je suis d'accord.

— Je suis venue pour que tu me rendes un service. Pas pour moi, pour quelqu'un d'autre. Pour…

— Oui, je devine qui.

Il est si hostile que j'ai un mouvement de recul. On dirait qu'il bouillonne, indigné… voire haineux. Je sais bien qu'il m'a conseillé d'être plus dure avec Jake et que, en lui demandant une faveur, je fais juste le contraire. Est-ce une raison pour se montrer si moralisateur ?

— Je ne m'attends pas à ce que tu comprennes, je dis.

— Effectivement, je ne comprends pas.

— J'imagine que je suis moins coriace que tu le pensais, je réplique. Désolée.

— Tu n'as pas à t'excuser. Tu fais ce que tu veux de ta vie.

Je tressaille sous son regard dur et implacable.

Je fais ce que je veux de ma vie ? Pourquoi une telle animosité ? Les larmes me montent aux yeux.

— Écoute, Seb, tu es furieux. Tu as toutes les raisons de l'être. Je t'ai blessé et je m'en excuse. Mais laisse-moi t'expliquer les raisons de ma présence ici.

— Ah ! Vraiment ? Je préfère qu'on n'en parle plus. Que veux-tu ? De l'argent ?

De l'argent ? Je suis sur le point de protester. De lui lancer : « Arrête de faire l'imbécile ! Tout ce que je veux, c'est un conseil ou un contact pour Jake. Ou juste que tu m'embrasses. » Mais soudain une évidence me frappe. Si plus rien n'existe entre nous, pourquoi hésiter ?

— Un jour, sur une serviette en papier, tu as écrit « À charge de revanche », il me semble.

Son visage se transforme en un masque effrayant.

Nous nous regardons en chiens de faïence. L'atmosphère est à l'orage. J'ai l'impression d'évoluer dans un mauvais rêve dont j'aimerais sortir. Il faudrait rembobiner. Changer le dialogue. Modifier le scénario.

Impossible. Nous ne sommes pas dans un rêve, mais dans la réalité.

— Oui, je te suis redevable, dit Seb d'une voix méconnaissable. Combien ? Attends ! Je vais prendre mon chéquier.

Il se lève, s'approche d'un meuble et fouille dans le tiroir du bas. Assez malheureuse, je l'observe sans bouger. Mission accomplie. Et pourtant, je me sens vidée. Pourquoi ?

D'ailleurs, qu'est-ce que je fais là ? Quel est le but de ma visite ? Ah oui, je sais ! Garder le contrôle des événements concernant Jake, ses dettes, la famille.

Néanmoins, vus d'ici, les faits ont un tout autre aspect. Ils apparaissent sous une lumière complètement différente. Que se passera-t-il si ma démarche réussit ? Si Seb donne de l'argent à Jake ? Il va le dépenser en déjeuners hors de prix en nous racontant des mensonges à propos de « contrats » qui n'existent pas. Retour assuré à la case départ.

À force de m'interroger, j'ai le tournis. Tout semble m'échapper. Pourquoi cette idée de venir voir Seb me semblait-elle géniale ? Je ne m'en souviens même plus. En réalité, je n'ai pas de solution. Pas de plan précis. Rien n'émerge. Si ce n'est la certitude d'avoir tout foiré avec Seb.

Je laisse tomber ma tête dans mes mains, prise dans une tempête de pensées contradictoires. *Priorité à la famille. Amour exigeant. Ne tiens pas compte de ta famille.* C'est le conseil de Seb : *N'en tiens pas compte.* Mais comment envoyer paître Jake sans faire voler en éclats l'unité de la famille ? Il semblait sérieux quand il m'a mise en garde. Et puis, ma famille, je l'aime. Je l'aime malgré tout…

Mais voilà ! On en revient toujours à l'amour, qui signifie justement qu'on se soucie des autres. Qu'on communique. Qu'on *parle.*

Quand ai-je réellement parlé avec mon frère ? Et lui avec maman ? Jake se dérobe toujours, avec ses chouettes voitures et son accent chic, ses mensonges et ses menaces. Mais qui est-il en son for intérieur ?

Après la tornade, l'éclaircie. Tout devient limpide. Je dois donner plus d'amour à mon frère. Pas seulement moi, maman et Leila aussi. Il a besoin d'un amour à la fois exigeant et inconditionnel qui l'aidera à se reprendre en main.

Un amour exigeant. Un amour absolu.

— OK, fait Seb en revenant à son bureau. Je te dois combien ?

Un rai de lumière provenant de la fenêtre donne à ses yeux des teintes de sous-bois. Je contemple son visage en me disant que *je l'aime.* Dommage que ça n'ait plus aucune importance.

— Tu ne me dois rien, je réponds en récupérant mon sac. Je n'ai besoin ni d'argent ni de conseils. Et d'aucun service. Merci. Désolée de t'avoir dérangé.

— Voilà ce qui s'appelle une complète volte-face, commente-t-il froidement.

— Oui. Je viens de comprendre quelque chose. Grâce à toi, en fait. Je t'en remercie.

— Ah oui ? fait-il sans montrer une once d'intérêt.

Je devrais être rebutée par son expression détachée, mais je m'oblige à continuer.

— Oui. Grâce à toi. Quand tu as parlé d'amour exigeant, tu m'as aidée à prendre conscience que lorsqu'on aime vraiment une personne, l'argent ne résout pas tout. Il faut l'aider à redevenir elle-même. Voilà ce que veut dire l'amour inconditionnel.

Je le dévisage en espérant une réaction, une manifestation d'amitié, *quelque chose*…

— L'amour inconditionnel, répète-t-il amèrement comme si je venais de lui balancer une vanne. Je suis heureux que tu aies trouvé une solution à ton problème. Maintenant, tu m'excuseras, j'ai un emploi du temps très chargé.

Il repousse sa chaise pour marquer la fin de l'entretien. Je le regarde, consternée. C'est tout ce qu'il a à dire ?

— Je t'ai écouté. J'ai suivi tes recommandations. Tu devrais être content !

Ça m'a échappé. Et deux larmes coulent sur mes joues.

— Tu m'en vois enchanté ! Bonne chance pour tes projets. Au revoir.

Il se lève et je fais de même.

— Au revoir. Je suis contente de t'avoir connu.

En sortant sur mes jambes flageolantes, j'entrevois la serviette en papier posée sur une étagère. « Tiens, tiens ! me dis-je brièvement. Elle est là ? Bizarre. »

En même temps, je me sens trop agitée et obnubilée par la manière dont Seb m'a regardée : comme si j'étais une totale étrangère. C'est un désastre. J'ai tout raté.

24

Jake m'attend devant l'entrée du magasin, tendu comme un serpent sur le point d'attaquer. Il s'avance à ma rencontre.

— Alors ? Alors ? demande-t-il.

Je prends une grande respiration pour calmer mes nerfs. Et pour ignorer les nuages noirs qui menacent. Je me sermonne. Ne pas oublier la notion d'amour inconditionnel. Laisser parler son cœur. Se montrer sincère. Pour arriver à le toucher.

— Je ne t'apporte pas d'argent.

— Putain, quelle super nouvelle ! crache-t-il.

Il va s'appuyer contre un mur. Je le suis et, me plantant en face de lui, j'essaye de capter son regard.

— Je ne t'en donnerai pas car tu as assez de dettes comme ça. Si tu continues, tu vas t'attirer de plus en plus d'ennuis, Jake. Tu ne pourrais pas changer ton style de vie ? Arrêter d'inviter des gens dans des restaurants grandioses ? T'empêcher de courir après des contrats colossaux qui n'aboutissent à rien ? Trouver un boulot solide et sans risque ? Dis-moi franchement : tu ne serais pas plus heureux comme ça ?

Après ces belles paroles, mon enthousiasme s'effondre presque instantanément. J'ai été bien naïve d'imaginer que je pouvais le toucher avec du bon sens. Son expression reste venimeuse. Il ne s'exclame pas : « Mais oui, comme tu as raison ! » Il ne m'étreint pas en murmurant : « Merci, petite sœur ! Grâce à toi, je vois les choses clairement. »

— Je t'emmerde, Fixie ! aboie-t-il avant de s'engager dans l'avenue.

Mon cœur bat la chamade. Les nuages s'amoncellent à grande vitesse. D'un côté je suis tentée de lui courir après, pour m'excuser et m'aplatir comme une crêpe. De l'autre, la voix de la raison me conseille d'être ferme car ce n'est là que le premier stade de l'opération.

Dès qu'il a passé le coin, je sors mon téléphone et tape un SMS :

Coucou, Leila. On peut se parler ? Bises. Fixie

J'envoie le message. Ensuite, je respire à fond pour ne plus entendre la voix de Jake résonner à mes oreilles. Pour le moment, c'est tout. J'ai mille autres choses à faire.

Je passe le reste de la journée à travailler sur le futur de la Maison Farr et les projets qu'il faut lancer *sur-le-champ.* Par exemple, établir une liste précise de promotions de Noël, de rabais, de prix spéciaux et d'articles soldés. Passer des commandes pour regarnir nos étalages. Réorganiser nos vitrines. Tout cela sans en référer à Jake, Nicole ou oncle Ned. J'ai pris mes décisions toute seule, m'inspirant de maman et consultant Morag à l'occasion. Mais personne d'autre. C'est moi, l'unique responsable. Moi, Fixie.

Je rentre épuisée à la maison pour trouver Nicole, adossée à la porte de la cuisine, penchée comme d'habitude sur son téléphone.

— Salut, Fixie ! Jake était furieux contre toi hier soir.

— Confidence pour confidence, il n'était pas au mieux de sa forme. Nous sommes quittes.

J'attends qu'elle développe un peu plus mais j'en suis pour mes frais. Elle fronce les sourcils en fixant son écran.

— Je suis terriblement stressée, soupire-t-elle. Genre… une chute d'hormones. Il faut que je consulte un spécialiste.

— Stressée ? Je me demande bien pourquoi.

— Drew m'a réservé un billet d'avion pour le 23. Il veut que je vienne à Abu Dhabi. Il m'offre le voyage.

— Eh bien, où est le problème ?

— Il est trop passif-agressif. Trop autoritaire. Il connaît mon état de stress. Pourtant il agit comme si…

Une fois de plus, elle laisse sa phrase en suspens, ce qui a le don de m'exaspérer.

— Je croyais que tu étais stressée parce que ton mari te manquait. Maintenant qu'il t'invite, tu as moins de raisons d'être stressée.

— Tu ne comprends pas. Oh, je meurs d'envie d'un café. Tu m'en fais un ?

Je compte jusqu'à trois avant de répondre très clairement :

— Fais-le toi-même !

— Quoi ?

— Nous avons une machine à café. Tu n'as qu'à t'en servir.

— Mais je ne sais pas l'utiliser, réplique-t-elle aussitôt comme si c'était dans l'ordre naturel des choses.

— Eh bien, apprends ! Je vais te montrer.

— Ma tête ne peut pas enregistrer ce genre de choses. J'ai une sorte de blocage mental. Allez, Fixie. Fais-moi un café. Tu sais comment ça fonctionne, toi.

Quelque chose dans son ton languissant me fait sortir de mes gonds.

— Arrête de me flatter quand ça t'arrange de ne pas faire les choses. Arrête de faire semblant d'être incompétente.

— *Quoi* ?

Nicole a l'air stupéfaite. On dirait qu'elle n'a jamais entendu le son de ma voix. C'est peut-être le cas, d'ailleurs.

— Tu es capable d'apprendre à faire fonctionner la machine à café ! C'est évident. Simplement, tu évites ce qui t'embête. Tu évites tout. Même ton mari !

Merde ! J'aurais dû tourner sept fois ma langue dans ma bouche avant de l'ouvrir.

— De quoi tu parles ?

Les mains de Nicole volettent devant sa bouche. On dirait qu'elle veut se protéger. Peut-être suis-je allée trop loin. Ou peut-être pas.

J'avale fébrilement ma salive en réfléchissant. Je pourrais faire machine arrière. M'excuser. Clore l'incident. Mais je ne suis pas d'humeur à revenir sur mes pas, ni à m'excuser, ni à clore quoi que ce soit. Et si le temps était venu de nous comporter comme les sœurs dont maman rêve ? Des sœurs qui se font des confidences et se soucient de leurs vies respectives ?

— Ça ne me regarde pas, je dis calmement. Mais quand il téléphone, tu n'as jamais le temps de lui parler. Quand il est malade, tu ne t'inquiètes pas. Et ça t'ennuie d'aller le voir à Abu Dhabi. Une question, Nicole : tu aimes vraiment Drew ?

Silence pesant et prolongé. Nicole a beau détourner son ravissant visage, je perçois son émotion au mouvement des commissures de ses lèvres. Elle tripote fébrilement sa ceinture à pompons et je remarque que ses ongles sont rongés.

— Je ne sais pas, dit-elle enfin, les yeux embués de larmes. Je n'en sais foutre rien.

Quelle révélation ! Je suis abasourdie.

— D'accord. Mais… tu l'aimais quand tu l'as épousé ?

— Je ne sais pas, avoue-t-elle, au bord du désespoir. Je le croyais. Mais j'ai peut-être fait une énorme erreur. Pas un mot à maman, hein ?

Elle me fait rire, ma sœur. On dirait qu'elle a de nouveau quinze ans et que je viens de la surprendre en train de siffler une bouteille de vodka.

— Je croyais que tu souffrais d'une anxiété liée à votre séparation.

Narines palpitantes, expression hautaine : Nicole a retrouvé son arrogance.

— En fait, ces derniers temps, j'ai été terriblement angoissée. Ma professeure de yoga se fait beaucoup de souci pour moi.

Je lève les yeux au ciel. Il faut toujours qu'elle dramatise. Mais, au moins, elle semble un peu plus sincère.

— Il s'est passé quelque chose ? je demande. Parce que le jour de la cérémonie, tu paraissais heureuse.

— Le mariage a été sensationnel, acquiesce Nicole, les yeux brillants. Et la lune de miel aussi. Ensuite, la routine s'est installée. Plus de préparatifs excitants, plus de fête à organiser ; l'existence est devenue un peu… tu vois… un peu *raplapla*.

— Mais tu n'aurais pas pu partir avec Drew ? Pourquoi as-tu refusé de l'accompagner, d'ailleurs ? Et ne me dis pas qu'il n'y a pas de cours de yoga à Abu Dhabi.

— J'ai paniqué, admet Nicole. On s'était disputés deux fois et je ne me voyais pas seule avec lui dans un appartement à l'étranger. J'ai eu peur qu'on s'engueule encore, que les choses s'enveniment. Je me suis dit qu'il valait mieux que je reste. Ce serait… tu sais… plus…

Elle laisse en plan la suite. Comme d'habitude.

— Tu t'es dit qu'un éloignement radical serait plus simple que quelques disputes ? Ouais ! C'est logique.

— C'était stressant, se défend Nicole. Attendre en Angleterre et voir venir m'a paru la meilleure solution.

— Enfouir sa tête dans le sable ne résout pas les problèmes ! je m'exclame. Être en couple, c'est stressant. Souvent compliqué et tumultueux. Tu l'aimes, oui ou non ?

Nouveau silence. Nicole enroule des mèches de cheveux autour de ses doigts.

— Parfois je pense que je l'aime. Mais parfois, en le regardant, je… Comment dire ? Et puis ça fait longtemps que je ne l'ai pas vu, alors je…

J'attends la fin. En vain. Même selon ses critères, cette réponse n'est pas très concluante.

— Nicole, tu dois aller à Abu Dhabi. Tu pourras ainsi évaluer tes sentiments pour lui.

— Oui, j'imagine.

J'insiste :

— Tu dois *absolument* y aller. Vous devez passer du temps ensemble. Pour affronter le problème. Sinon, tu ne sauras jamais si tu veux rester mariée.

— Et si j'y vais et que…

Nouvelle interruption exaspérante. Cette fois, pourtant, je devine l'enchaînement : « et que… je me rends compte que je n'aime plus Drew ? » Cette perspective semble l'affoler.

Moi aussi, à sa place, je serais paniquée.

— Effectivement, c'est une possibilité, je dis avec une pointe de compassion que je n'ai jamais éprouvée pour ma sœur. Mais quel est ton plan, si tu en as un ?

— Je me dis qu'il va rencontrer quelqu'un là-bas et que l'affaire sera réglée sans que j'aie à intervenir.

Cette hypothèse est tellement ridicule que je pars d'un grand rire.

Dans un premier temps, elle fronce les sourcils : je me moque d'elle ou pas ? Ensuite, elle m'adresse un sourire que je lui rends aussitôt. Nous venons d'établir un contact. C'est la première fois. Avant, le courant ne passait pas, la ligne disjonctait. Aujourd'hui, l'ampoule, même vacillante, s'allume. Il y a de l'espoir.

— Quoi qu'il en soit, je trouve que Drew est un type bien, je décrète. Mais mon jugement est sans importance. La question est de savoir si c'est le type qui te convient, à toi.

— Pour résumer, ou bien nous restons mariés ou bien nous divorçons, réplique-t-elle en faisant preuve d'une rare note d'humour. Du gagnant-gagnant, comme on dit.

À sa grimace comique, je réponds par un sourire complice. Et maintenant, je vais profiter que le courant soit établi pour lui annoncer la nouvelle.

— Il faut que je te parle d'un sujet complètement différent, mais essentiel. Hier soir, j'étais sérieuse. Tu dois arrêter tes leçons de yoga. Le magasin doit se recentrer, retrouver sa personnalité. Sinon Morag va nous quitter et nous risquons de couler. Nous serons obligés de vendre notre maison et maman ne nous adressera plus la parole.

— Faut toujours que tu exagères, Fixie !

— Je n'exagère rien. Nous traversons une mauvaise passe. Bob me l'a confirmé, pas plus tard qu'hier, j'ajoute pour faire bonne mesure.

C'est juste un petit mensonge : notre directeur financier n'a pas exactement employé ces mots. Mais sa parole est d'or. Et Nicole paraît alarmée.

— Il a dit ça ?

— Oui. Il a dit (je croise les doigts derrière mon dos) : « Le magasin traverse une mauvaise passe. » Et c'est la vérité. Pour faire court, depuis le départ de maman, tout a dérapé. Il faut qu'on redresse la barre.

— Je n'y suis pour rien, contre-attaque Nicole avec une mauvaise foi totale. Tu as consulté la page Instagram ? C'est *le jour et la nuit*. Tout le monde est d'accord. Les photos sont formidables.

Elle m'énerve ! Elle m'énerve !

— Mais il n'y a que des photos de toi. Et les seuls à commenter sont des mecs qui te proposent un rendez-vous.

— Ça améliore l'image du magasin, rétorque Nicole. Bon, assez !

— Il faut profiter des fêtes pour nous relancer. J'ai plein d'idées mais j'ai besoin de ton aide. Une aide concrète, ici.

— Impossible ! Je ne suis pas disponible. Je pars pour Abu Dhabi.

Je rêve !

— Tu pars seulement le 23, je proteste en lui lançant un regard mauvais. Jusqu'à cette date, tu es libre. Et tu vas me donner un coup de main. Sans rechigner. Je te le demande. OK ? Tu dois bien ça à la Maison Farr. À maman, aussi. Et à *moi*.

Ma tirade lui cloue le bec. Elle n'en revient pas. C'est probablement la première fois que je lui impose ma volonté.

— Bon, très bien, fait-elle dans un grand soupir. Simplement, je te préviens : pas question que je trimbale de la marchandise. Ma professeure de yoga ne veut pas que je porte des choses lourdes. Mes bras sont exceptionnellement fins, tu sais.

— Je m'en souviendrai, dis-je en levant les yeux au ciel. Et maintenant, allons rendre visite à ta nouvelle meilleure copine. J'ai nommé, la machine à café.

L'air furax, Nicole s'avance vers l'engin.

— C'est compliqué, décrète-t-elle après l'avoir examiné.

— Oui. Et alors ?

— Tu n'es plus la même, Fixie.

— C'est vrai, j'ai changé.

— Comment va ton nouvel amoureux ? demande-t-elle soudain, comme si ça expliquait tout.

— Ce n'est plus mon amoureux. Nous avons rompu.

Elle a l'air désolée.

— Oh ! Trop triste ! Ça n'a pas duré longtemps.

— Bof ! Non.

Regards complices. Enfin, nous avons quelque chose en commun. Nous avons rencontré un garçon, nous sommes tombées amoureuses. Tout marchait comme sur des roulettes. Jusqu'à ce que ça capote.

Mes yeux piquent et ma gorge se noue. J'essaye de chasser mes larmes mais Nicole s'aperçoit de ma détresse. Elle me fixe, le visage impassible, puis soudain elle ouvre grand les bras. Après un instant d'hésitation, j'avance vers elle, presque intimidée.

Elle me prend dans ses bras et je pleure tout mon saoul sur son épaule, puis j'inspire profondément, comme si je m'étais empêchée de respirer pendant un long moment. Ma grande sœur ne m'a pas serrée contre elle depuis des lustres. Je retrouve son odeur. Quand elle me tapote le dos, ses boucles d'oreilles font un petit bruit de carillon familier.

— Tu veux bien me faire un café ? dit-elle d'une voix cajoleuse. Allez !

J'hésite entre un rire indigné et des larmes d'émotion.

— Ah non ! Sûrement pas ! Tu vas *apprendre*.

Je mets une demi-heure à faire rentrer les rudiments du mode d'emploi dans sa caboche. Dès qu'une difficulté se présente, elle se dérobe. Finalement, elle réussit à se faire un *latte* qu'elle contemple avec fierté.

— Tu vois ? C'est pas sorcier. La prochaine fois, tu apprendras à déshumidifier le grille-pain.

— Déshumidifier le grille-pain ? répète-t-elle, atterrée.

Je me mords les lèvres pour ne pas éclater de rire. Au moment où j'ouvre la bouche pour lui avouer que j'ai inventé ça pour lui faire peur, mon téléphone bipe.

Bonjour. Jake est d'une humeur épouvantable. Que s'est-il passé ? On peut s'appeler ? Bises. Leila

Immédiatement, mon attention s'éloigne de la machine à café, de Nicole et de tous les petits soucis domestiques faciles à résoudre comme le nettoyage de l'appareil à faire mousser le lait. Mes pensées retournent vitesse grand V vers mon frère et son regard meurtrier. J'en ai des nœuds dans l'estomac.

Je réponds à Leila :

Je te téléphone dans 5 minutes.

J'appuie sur « envoi » et je scrute l'écran, un peu découragée. Je sais ce que je dois faire. Je sais que j'ai raison. Mais je ne peux pas m'engager là-dedans toute seule.

— Nicole, il y a autre chose.

— Oui ? dit-elle, toujours penchée sur la machine à café. On peut faire un café *macchiato* ?

— J'ai besoin que tu me donnes un coup de main. Pour un truc primordial.

J'attends qu'elle se tourne vers moi et j'ajoute :

— Ça concerne Jake.

Deux jours consacrés à l'organisation du plan. La moitié du temps passée à expliquer le pourquoi et le comment à Nicole.

Au début, elle se rebiffe : « Franchement, Fixie, il faut réellement que tu te mêles de tout ? »

Ensuite, elle a une conversation avec Leila, puis elle découvre le mur privé du grand écran télé. Après quoi, nous tenons une réunion avec Bob dans l'arrière-boutique. Quand il nous montre les prélèvements effectués par Jake sur le compte de la Maison Farr, Nicole sort de sa bulle.

— Mais à quoi dépense-t-il cet argent ? demande-t-elle en feuilletant les relevés que Bob a imprimés. Pas tout dans l'escroquerie des diamants quand même ? (Je l'ai mise au courant de l'arnaque.)

Je hausse les épaules.

— La méthode Jake pour se constituer des réseaux. À savoir : inviter des clients, amorcer des relations d'affaires, amadouer des acquéreurs potentiels, etc. Mais ces manœuvres de séduction n'ont qu'un temps. Un jour, il faut produire du concret.

— Comment se fait-il que maman ait accepté le premier emprunt ? demande-t-elle.

Bob regarde autour de lui comme si les murs avaient des oreilles et avale une gorgée de café instantané dans lequel il a mis trois sucres (nous avons une cafetière sophistiquée mais il préfère le café soluble).

— Eh bien, voilà. Votre mère a toujours eu un penchant pour Jake. Personne n'est parfait. C'est sa faiblesse et elle le sait. Elle dit : « Oh Bob, je ne devrais pas ! » Mais elle ne peut pas s'en empêcher. Elle l'a renfloué souvent au fil des ans. Je me demandais si vous, les filles, vous étiez au courant, dit-il en mordant dans un biscuit. Mais j'estime que désormais, vous êtes, pour ainsi dire, dans le business.

Maman a renfloué Jake ?

J'en perds mes mots. Quand je pense que, pendant tout ce temps, je culpabilisais d'avoir utilisé l'argent de notre mère. Je me détestais d'avoir fait faillite. Je me laissais déstabiliser par Jake parce qu'il avait réussi par lui-même, sans aide, et qu'il avait atteint des sommets.

Mais c'était faux. Des mensonges, rien que des mensonges.

Ou alors… ? Je me force à revenir en arrière, à rassembler mes souvenirs. Est-ce qu'on m'a menti ou bien est-ce moi qui ai mal supposé ?

Je devrais être furieuse contre maman, mais non, je ne la critique pas. Elle fait ce qu'elle veut de son argent. Même à l'égard de Jake, je n'éprouve pas de colère. Simplement de la tristesse. Parce que j'ai passé le plus clair de ma vie à me comparer à lui et que c'était parfaitement inutile.

— Quant à votre oncle Ned, il s'est fait berner par Jake qui l'abreuvait de grandes phrases bien arrosées de gin. Ned ne posait pas de questions. Une erreur, à mon avis. Parce que si vous êtes mêlé aux finances de quelqu'un, vous devez être capable de poser des questions. Et tant pis si vous passez pour un idiot. (Son visage s'éclaire d'un bref et rare sourire.) Je n'ai jamais eu peur de passer pour un idiot. Pêcher un maximum d'informations : telle est ma devise. Ça n'a jamais fait de mal à personne.

— Vous êtes le contraire d'un idiot, Bob. Vous êtes excellent.

— Ah, non, c'est un peu trop. Je fais mon travail, voilà tout.

— Tu avais raison, Fixie, constate Nicole en posant les relevés. Comme d'habitude.

Nous échangeons un petit sourire de connivence. Ce matin, elle a laissé un chantier innommable dans la cuisine. Mais je vais passer là-dessus.

L'après-midi suivant, nous sommes prêtes. À 18 heures, nous attendons à l'entrée de l'immeuble de Grosvenor Heights. Leila, Nicole et moi, en rang serré sur les marches. Je frissonne de froid. Jake a envoyé un message à Leila : il est en route et ne devrait pas tarder. Je regarde mes complices : Nicole a les mâchoires serrées, Leila semble terrifiée. Mais en tout cas elle va aller jusqu'au bout. Elle est plus résistante qu'elle en a l'air, la petite madame.

Tout à coup, le voilà. Marchant en direction de l'immeuble, le nez sur son téléphone. Appréhension dans le rang. Quand il nous aperçoit, il presse le pas avec une expression stupéfaite.

— C'est quoi, ce comité d'accueil ? Que se passe-t-il ? C'est maman ?

— Non, assène Nicole. C'est toi.

— De quoi tu parles ? dit-il en nous dévisageant l'une après l'autre.

Leila s'avance. Elle tremble mais ne s'effondre pas.

— Jake, nous déménageons. Nous laissons l'appartement. Nous ne pouvons plus nous permettre de vivre ici.

Regard sombre de Jake.

— Tu plaisantes, Leila ?

Et à nous :

— Elle blague ou elle est devenue cinglée ?

Leila poursuit :

— Mon père et moi, nous avons fixé une nouvelle télé sur le mur. Un modèle pas cher, mais très correct. L'agent immobilier organise deux visites dans une heure. Et trois autres demain. Il dit que, si on vend au prix du marché, l'appartement partira vite.

Jake a comme un masque de caoutchouc à la place du visage. Il contemple Leila d'un œil vide. Puis il fait un effort pour se reprendre.

— C'est des conneries ! Pousse-toi, s'il te plaît. J'aimerais rentrer chez moi.

— J'ai changé les serrures.

Il fait volte-face.

— Tu as *quoi* ?

— J'ai changé les serrures. Pour te montrer que c'est sérieux.

— Tu m'empêches de pénétrer dans mon propre foyer ? Tu n'as pas le droit ! explose-t-il.

La pauvre Leila a l'air de se dissoudre.

— Elle l'a fait, je dis en passant un bras protecteur autour de ses épaules. Jake, tu ne peux pas continuer à mener cette vie.

— Qu'est-ce que vous foutez là toutes les deux, d'ailleurs ?

Il nous regarde en montrant les dents, comme un tigre à l'attaque.

— Nous assurons un soutien moral, déclare Nicole en me regardant. « Tout seul, on va plus vite, mais à plusieurs, on va plus loin. »

Elle a certainement piqué la citation sur un de ses coussins. Cela dit, certaines maximes ont du sens. En particulier celle qui est gravée sur l'écriteau en bois qu'elle m'a offert hier : *Tu es plus forte que tu ne le crois.* Chaque fois que je pose mes yeux dessus, je me sens effectivement plus forte.

— Jakey, tu attends des rentrées d'argent ? demande Leila en se tordant les mains. Des rentrées imminentes ?

— J'ai... j'ai en vue une série de contrats potentiels. Il y a un négociant de vin à Northampton. J'ai plusieurs pistes...

— Ce n'est pas vrai ! le coupe Leila.

La sirène d'une voiture de police se fait entendre à proximité. Personne ne pipe mot. Soudain, je pense à Ryan. Jake lui ressemble trop. On dirait qu'il s'efforce d'être lui. Comme lorsqu'ils étaient adolescents et qu'il le copiait. Les grands noms et la frime. Tout cet argent jeté par les fenêtres, cette existence de millionnaire. Jake a toujours été ambitieux, il a toujours voulu être riche. Pourtant, j'aurais préféré qu'il ne croise pas le chemin de Ryan. Qu'aucun de nous ne le rencontre jamais.

— Mon père attend pour me ramener à la maison, annonce Leila.

Elle a repris de l'assurance. Avec ses fines cuisses moulées dans un jean, ses boots à hauts talons et ses ongles impeccablement iridescents, elle est belle et digne. J'ai envie de l'embrasser.

— Tes affaires sont dans la camionnette de papa. Si tu veux habiter à la maison pendant un moment, tu es le bienvenu.

— Tu as enlevé mes affaires ?

Jake chancelle, comme s'il venait de recevoir un coup.

— C'est une obligation, Jake. Nous rendons l'appartement.

— Tout va bien, ma puce ? Faut que je bouge la camionnette. Y a des flics qui tournent.

La voix bourrue appartient à Tony, le père de Leila. Je l'ai vu deux ou trois fois. Un grand type solide aux mains calleuses qui a monté une entreprise de construction à Northwood, dans la grande banlieue de Londres. Il examine le costume chic de Jake avec un dédain non dissimulé. Je n'ai pas le sentiment qu'ils s'entendent bien.

— Si t'es dans le rouge, je peux te donner du boulot, propose-t-il justement à Jake. Mais je te préviens, sans qualification, le salaire sera de base.

— Merci, papa, dit Leila.

Ses grands yeux expressifs sont fixés sur Jake. Son message est clair : « Remercie mon père. »

— Merci, Tony, dit Jake en s'étranglant presque.

— Bon. J'y vais.

Tony retourne à son véhicule et Leila trottine derrière lui.

— Attends-moi une seconde, papa.

Elle revient vers Jake en faisant claquer ses talons. Sa nouvelle détermination donne à son visage délicat une beauté inédite.

— On attendra dans la camionnette pendant dix minutes. Ou tu viens avec nous, ou on dépose tes affaires quelque part. Mais si tu viens, c'est que tu le désires vraiment. Sincèrement. Il faut que tu désires construire quelque chose avec moi. Je ne parle pas des cadeaux que tu me fais, des clubs dont tu es membre, de ton attitude vis-à-vis de l'extérieur. C'est toi et moi, notre avenir ensemble et une vie normale. Mais pour bâtir quelque chose, il faut que tu sois partant, Jakey.

Fin du morceau de bravoure. Un blanc. Elle se dépêche ensuite d'aller retrouver son père. Bras dessus, bras dessous, ils tournent au coin de la rue. Je résiste à l'envie de lui crier : « Bravo, Leila ! »

Et Jake ? On dirait qu'il est malade. Il s'est accroupi, recroquevillé sur lui-même. Il lève enfin la tête : s'il ne pleure pas, il n'en est pas loin.

— Vous avez comploté contre moi ! Et l'esprit de famille, alors ?

— Justement ! On s'est unies, parce que tu es notre frère, parce qu'on se soucie de toi.

Il y a peu, obtenir son approbation était encore essentiel à mes yeux. Aujourd'hui, c'est différent. J'ai la conviction d'agir pour son bien.

— Tu crois que je devrais travailler sur un chantier, dit-il misérablement. Tu me vois en ouvrier du bâtiment ?

— Et pourquoi pas ? Tu te prends pour qui, Jake ? Arrête de jouer les mecs de la haute. Ne renie pas tes origines. Leila a raison. Il faut que tu reviennes à ce que tu es. Tu es Jake Farr. Tu peux en être fier.

Pendant un moment, il regarde au loin. On dirait que mon discours lui est passé au-dessus de la tête.

— Fier d'être Jake Farr ? murmure-t-il. Fier de quoi ? Je n'ai rien.

Il se prend la tête dans les mains dans un geste de désolation qui me rappelle la mienne, quand Farr Traiteur & Saveurs s'est cassé la figure, qui me rappelle le chagrin qui me minait quand je regardais les tabliers verts stockés sous mon lit. À cette époque, je pensais que ma vie resterait pourrie à tout jamais.

Mais, finalement, c'était un coup de chance. Tout le monde connaît des revers. Mon fiasco s'est produit tôt et j'ai rebondi. J'ai appris qu'échouer ne signifiait pas que j'étais nulle. Ça voulait juste dire que j'étais un être humain.

Une mise au point s'impose.

— Tu as Leila qui est une fille formidable. Tu nous as. Tu as la Maison Farr. Pas « Notting Hill Grand Gourmet ». La Maison Farr, tout simplement.

Une petite pique au passage. Je n'ai pas pu m'en empêcher.

Il ne bouge pas une oreille. Je m'accroupis à sa hauteur en me demandant quoi dire pour toucher son cœur.

— Papa était fier de toi, Jake. Peu importe la façon dont tu t'habillais, dont tu parlais ou combien d'argent tu gagnais. Tu te souviens de ce qu'il disait souvent ? « Une journée de travail honnête, une nuit de sommeil honnête. »

— Ça fait des semaines que je ne ferme pas l'œil, avoue-t-il au bout d'un moment.

Il me regarde. Est-ce la lumière ou autre chose ? Il semble plus hagard que jamais.

— Il est vital de bien dormir, décrète aussitôt Nicole. *Vital.* Mon sommeil a été très perturbé et j'en ai subi les conséquences. Je peux te donner des huiles essentielles.

— Et voilà ! Des huiles essentielles. Comme chacun sait, souveraines pour soigner tous les maux de la terre.

J'ai ironisé pour l'égayer. Et, de fait, les coins de sa bouche se soulèvent légèrement.

Je demande, cette fois sur un ton plus grave :

— Tu as de quoi rembourser ce que tu dois ?

— Oui, à peu près, répond-il. Mais si je rembourse toutes mes dettes, je n'ai plus rien pour relancer un business.

Visiblement, ça le contrarie d'aborder le sujet avec sa petite sœur. Mais il n'a pas le choix.

— Si je comprends bien, ta situation n'est pas si dramatique. Tu dois seulement de l'argent à la Maison Farr. Et tu peux le rendre. Facilement.

— Comment ?

— En travaillant. En bossant dur.

Une chose me frappe tandis que nous parlons : ma voix est claire. Je ne bredouille pas. Et aucun nuage noir à l'horizon.

Ils sont peut-être allés voir ailleurs.

25

Jake est de service. Dix heures par jour, il se tient devant l'entrée de la Maison Farr déguisé en bonhomme de pain d'épice.

— Entrez, messieurs, mesdames ! s'égosille-t-il en secouant une clochette. Venez découvrir notre choix unique de maisons en pain d'épice. De décorations de Noël. D'ustensiles pour pâtisserie.

Il distribue des brochures, des échantillons de friandises et des bons de réduction.

Au départ, il n'était pas censé faire son numéro toute la journée – j'avais prévu qu'on se relayerait. Cependant, au cours d'une réunion du personnel, comme on se chamaillait pour savoir qui prendrait la relève et à quelle heure, Jake a tranché :

« Assez ! Le bonhomme pain d'épice, c'est moi. Et personne d'autre.

— Tu vas faire ça toute la journée ? » s'est-on exclamés en chœur.

À quoi il a répondu, sérieux comme un pape :

« C'est mieux que de rester à l'intérieur avec vous tous. »

Au bout d'un moment, quand nous avons compris qu'il plaisantait, nous avons éclaté de rire.

Depuis qu'il a abandonné la chasse aux millions et qu'il travaille tous les jours au magasin, il est plus détendu. Il lui arrive même d'être de bonne humeur. Et marrant. Stacey et lui n'arrêtent pas d'échanger des blagues. Greg a essayé de l'enrôler dans l'association d'arts martiaux du personnel (un membre seulement pour le moment : Bob a décliné).

« Au fond, tu rêves de me casser la figure, hein, Greg ? » a commenté Jake en m'adressant un clin d'œil.

Greg, les yeux plus protubérants que jamais, s'est récrié :

« Tu te trompes *complètement* sur les compétences et les talents artistiques des membres de l'AAMP. »

Dans son rôle de bonhomme pain d'épice, le savoir-faire de Jake est inégalable. La promotion marche du tonnerre : les maisons en biscuit, ainsi que le matériel de pâtisserie, se vendent comme des petits pains. Morag, notre nouvelle directrice, et moi avons entièrement renouvelé notre assortiment d'ustensiles. Nous avons pris des risques en misant sur quelques articles que nous sentions bien – et ils ont un succès fou. Les grands bols à mélanger décorés, soit de pères Noël, soit de feuilles de houx, disparaissent dès que nous les exposons. En fait, on a même une liste d'attente.

Trois semaines se sont écoulées depuis la mise en garde de Bob. Même lui, toujours si prudent, a montré une certaine satisfaction lors de sa visite, samedi dernier. Le magasin bruissait de vie.

« Trois maisons pour le prix de deux ! annonçait Jake. Et l'emballage cadeau gratuit ! »

Nicole aidait Morag à la table de travaux manuels destinée à occuper les enfants pendant que leurs parents font tranquillement leur shopping. Bruits de conversation, tintement des caisses enregistreuses : l'ambiance était joyeusement industrieuse. Nous n'aurons pas les résultats définitifs avant le mois de janvier, mais ça semble prometteur. Je dirais même excellent.

Et franchement, Nicole et Jake ont travaillé comme des anges. Nous avons organisé des soirées à thème et monté des opérations spéciales. Fatigant au possible. Il a fallu revoir un peu nos horaires. La maison est un foutoir sans nom et la cuisine, un vrai bazar. Nous n'avons pas eu une minute pour penser à notre propre Noël et nous sommes un peu sur les dents. Mais ça vaut le coup.

Hier soir, Jake a déployé des trésors d'amabilité avec les participants à la première réunion du club senior. Il s'est montré particulièrement charmant avec mon vieux client – l'acheteur de la tasse en terre vernissée – dont le prénom est Stanley. Et absolument délicieux avec Sheila et sa mère, âgée de quatre-vingt-dix-huit ans. La vieille dame n'a pas cessé de le complimenter sur son physique en lui confiant qu'elle avait toujours rêvé de prendre un jeune amant.

Morag est plus heureuse que jamais : elle peut donner libre cours à son énergie et imaginer des offres spéciales pour le Nouvel An. Moi aussi, j'ai des projets : je lance un cours de cuisine, un club gastronomique qui, une fois par mois, sera le pendant du club de pâtisserie. Je travaille déjà sur les menus. Je pense à relancer une petite activité de traiteur – destinée uniquement à nos clients. Pourquoi pas, après tout ? Aujourd'hui, tout semble possible.

Entre-temps, les photos de Nicole sur la page Instagram ont été remplacées par des prises de vue de nos pâtissiers amateurs avec leurs gâteaux. Nous publions aussi des images de nos articles immortalisés dans des sites emblématiques de Londres. C'est mon idée ! Un mixer dans une cabine téléphonique, une planche à découper au sommet d'une boîte aux lettres. Vanessa a même posté une photo d'un moule à charlotte posé sur sa chaise de juge au tribunal.

Quand je sors pour apporter à Jake une tasse de thé, il m'accueille en agitant sa clochette :

— Plus que cinq jours avant Noël, lance-t-il.

L'autre jour, les employés de la Maison Farr se sont demandé si cette clochette était adaptée au déguisement. Pour Greg, l'accessoire ne pouvait être associé qu'au père Noël. Mais je trouvais que le carillon ajoutait à l'ambiance festive. Et ces jours-ci, ce que je dis semble faire autorité. (Stacey a voulu elle aussi apporter une touche de gaieté personnelle aux réjouissances, et elle s'est dégotté en ligne un costume de fille pain d'épice pas du tout convenable – voire carrément provocant. De toute façon, en bas et porte-jarretelles, elle risquait l'hypothermie.)

— Du thé pour réchauffer le bonhomme pain d'épice, je dis à Jake en lui tendant sa tasse.

Comme à l'ordinaire, il me corrige :

— Le jeune homme pain d'épice, si ça ne t'ennuie pas.

Ça fait moins Noël, mais s'il préfère se voir comme ça, je ne vais pas le contrarier.

— J'ai un message de Leila, dit-il. Nous sommes tous conviés à boire un verre le 24 au soir. À 18 heures. Chacun apporte une bouteille.

Il y a encore un an, il n'aurait jamais demandé à ses invités d'apporter une bouteille. Sa soirée aurait été grandiose, avec champagne et canapés sophistiqués. Il a changé. Il s'est en quelque sorte assagi. Détendu aussi car il n'a plus à jouer un rôle. Son regard est vif. Il rit plus souvent. Apparemment, le père de Leila le rudoie un peu. Jake m'a avoué à plusieurs reprises qu'il souhaitait reprendre un appartement avec elle.

Moi, j'estime que c'est positif. Jake a besoin d'être un peu bousculé en ce moment.

— Super. Dis à Leila que j'accepte avec joie.

— Elle a dit que si tu voulais amener quelqu'un…

Jake fait une pause prudente et me lance un regard interrogateur.

— Non, je viendrai seule.

Je ne lui ai rien confié à propos de Seb – nos relations fraternelles ne se sont pas améliorées à ce point. Mais Leila l'a certainement mis au courant.

Il sait donc que j'étais avec Seb… et que, d'une façon ou d'une autre, je ne le suis plus. Il sait que je suis anéantie. Il ignore en revanche que, même en me repassant comme une maniaque le film de nos deux derniers jours, je ne suis pas plus avancée. Je n'arrive pas à comprendre comment nos rapports se sont désintégrés.

Que s'est-il produit ? En une minute, on est passés du bonheur béat aux insultes. L'instant d'après, on n'arrivait même plus à se regarder en face. Si je pouvais revenir en arrière, si seulement je pouvais…

Non ! Oublions ça. Seb l'a dit : « Tu ne peux pas remonter le temps et recommencer à zéro. »

Je pique un bout de biscuit au gingembre dans le panier de Jake et le mâchonne en tâchant de me reprendre. Trop triste ! Le seul fait de penser à ce que mes relations avec Seb auraient pu être bloque ma respiration. C'est pourquoi je m'en empêche, sans toujours y parvenir.

Il s'est remis avec Briony. Cette découverte n'aurait pas dû me surprendre. Pourtant ça m'a détruite. Je l'ai découvert sur Facebook, il y a environ deux semaines. Elle a publié une photo d'eux, souriant devant l'objectif avec la légende suivante : « Ensemble à nouveau après un petit dérapage. Tout va bien ! »

Mon cœur s'est pratiquement arrêté de battre.

Le petit dérapage, c'était moi.

Eh oui ! Écrit noir sur blanc. J'avais pourtant le sentiment d'avoir rempli plus d'espace ! Bref, comme je n'ai aucune chance de tomber sur lui – Londres est une grande ville –, l'affaire est terminée, liquidée, classée. Je ne saisirai jamais les raisons de notre rupture. Ni comment un homme qui vous a donné un tel bonheur peut faire de vous une misérable flaque.

— Fixie ?

Mes yeux pleins de larmes doivent me trahir.

— Oui ! Le 24 au soir. Ça va être top. Au fait, je n'ai pas commencé une seule course de Noël, mais qu'est-ce qui te ferait plaisir ?

On bavarde encore un moment puis je rentre retrouver l'ambiance sympathique du magasin. Morag vient de dénicher un nouveau fabricant de vaisselle de pique-nique, décorée de jonquilles et parfaite pour le printemps prochain. Nous feuilletons le catalogue en poussant des cris d'appréciation. Soudain, une affreuse voix haut perchée, une voix que je reconnais immanquablement, nous interrompt.

— Quelqu'un peut s'occuper de moi ?

Je me fige puis, très lentement, je tourne la tête tout en sachant exactement ce que mes yeux vont voir.

C'est elle. Whiny. *Alias* Briony.

Dans toute sa splendeur. Col roulé blanc à torsades, gilet sans manches en fausse fourrure, jean noir moulant, bottes de cheval impeccablement cirées. Sans parler de son teint joliment rehaussé de blush et de ses cheveux brillants.

— Oooh, bonjour ! Vous êtes là ? s'étonne-t-elle. J'avais oublié que c'était votre magasin.

Elle n'a rien oublié du tout. Elle se venge du patinage.

— Bienvenue chez Maison Farr, j'articule à la façon d'un robot. En quoi puis-je vous être utile ?

— Pour le moment, je veux juste jeter un coup d'œil sur vos petits trucs. Je n'ai pas encore bien réfléchi aux cadeaux. Seb est un cuisinier hors pair et c'est le premier Noël que nous passons ensemble, juste nous deux… alors, vous imaginez la pression. Il est adorable. « Ne t'inquiète pas, dit-il, je me charge de tous les repas. » Un amour ! Comme vous le savez, d'ailleurs, conclut-elle en me lançant un regard perçant.

Comme je le sais. Elle a résolu de me persécuter. Oui, bien sûr.

— Stacey ! j'appelle d'une voix que l'émotion a enrouée. Peux-tu t'occuper de mademoiselle ?

Ma voix rauque se perd dans le brouhaha ambiant. Et Stacey ne bronche pas.

— Donc, je m'installe enfin avec lui, raconte Briony, comme si elle se confiait à une bonne copine en buvant un café. « Il est temps, je lui ai dit. Nous sommes en couple. Comportons-nous en conséquence. » Il est hyper d'accord. Genre : « J'ai un peu perdu la tête ces dernières semaines. Je ne sais pas ce qui m'a pris ! » Nous partons pour Klosters, en Suisse, le 26. Tout est revenu à la normale.

J'arrive à grommeler un « Très bien » alors que ma tête tourne comme si j'allais vomir. Je me force néanmoins à sourire.

— Coucou, Lucia ! s'exclame mon bourreau en faisant des grands signes à une blonde en manteau marine que j'ai déjà vue ici.

Elles s'embrassent. Puis Lucia montre son panier à Briony.

— J'adore la Maison Farr. Ils ont un choix de dingue. J'entre pour acheter du film étirable et je ressors avec dix paquets. Pourquoi m'as-tu donné rendez-vous ici ? Je connais parce que j'habite le quartier, mais toi ?

— J'en avais entendu parler, dit-elle, son regard posé sur moi.

— Dites-moi si je peux vous aider, je déclare avec mon meilleur sourire commercial avant de tourner les talons.

Impossible de me résoudre à m'éloigner. Oreilles dressées, je me plante devant un rayon tout proche pour arranger une série de coquetiers déjà alignés.

Lucia :

— Tu aurais dû amener Seb ! C'est un cuisinier formidable, non ? Tu as tellement de chance !

Briony :

— Il est *extraordinaire*. Il m'apporte mon petit déj' au lit tous les matins. À ce train-là, je vais prendre des kilos.

La tortionnaire parle plus fort que nécessaire. Je devrais filer, me ménager. Mais mes jambes refusent d'obéir.

Lucia :

— Quand tu auras ta salle de gym à domicile, tu les perdras, tes kilos. À propos, je suis finalement libre pour venir t'aider à ranger. Les déménageurs viennent à 10 heures, demain matin – c'est ça ? Ils apportent des cartons ?

Ma main agrippe un coquetier. Comment ça, les déménageurs ? La chambre du frère va donc se libérer. Briony a-t-elle convaincu Seb ? Est-elle plus maligne que je le pensais ? A-t-elle réussi là où j'ai échoué ? J'éprouve de la jalousie, ce qui est indigne de moi. Si Sebastian va de l'avant, c'est bien. Peu importe qui l'a aidé à progresser.

Briony (gênée) :

— Oui, oui ! Viens, on va faire un tour de ce côté.

Mais Lucia, qui examine un plat de service, n'est pas spécialement pressée de quitter le rayon vaisselle.

— Vous allez acheter un tapis de jogging ou un *cross-trainer* ? J'ai entendu parler de nouveaux vélos elliptiques très complets…

Pendant que Lucia bavarde, je me pose mille questions. Comment Seb s'est-il laissé persuader de vider la chambre de son frère ? Il n'est pas trop secoué ? Je dois en avoir le cœur net même s'il faut pour cela affronter Briony. Je m'approche.

— Désolée, mais j'ai entendu votre conversation sans le vouloir. Seb va bien ? Il s'est fait à l'idée de… tout ?

Ah, la tête stupéfaite de Lucia !

— Vous vous connaissez, toutes les deux ? s'exclame-t-elle.

— En fait, je connais Seb, je précise. Il a donc accepté de vider la chambre de son frère ?

— Il ne se doute de rien, déclare Lucia. C'est toujours une surprise, n'est-ce pas, Briony ? Quand il rentrera chez lui, la pièce sera déjà vidée.

Là, il faut que je m'en mêle.

— Comment ? Il ne se doute de rien ?

Briony a piqué un fard mais son air est résolu.

— Il n'y avait pas d'autre solution, dit-elle. Cette chambre est un vrai danger.

— Il ne le ferait jamais de lui-même, commente Lucia. Briony lui rend service. Parfois, la gentillesse est douloureuse. Une fois, j'ai été forcée de jeter trois vieux pantalons tout fichus de mon mari. Trois ! Je les ai fourrés dans un container à l'extérieur de la maison. Autrement, il ne s'en serait jamais séparé.

Je reste bouche bée. Bouleversée. Comment peut-elle comparer trois pantalons avec la chambre close de l'appartement de Seb ? Briony lui a-t-elle seulement expliqué ?

— Pour finir, il me remerciera, affirme cette dernière. Le choc sera violent mais ça passera. C'est la seule façon de procéder.

Sa dureté me sidère. J'imagine Seb arrivant chez lui pour trouver une pièce nue, sans en avoir été averti. Je l'imagine à la porte de la chambre, blanc comme un linge. C'est insupportable. J'ai l'impression de subir moi-même un choc violent. Mais Briony se trompe : la commotion sera profonde, elle fera des dégâts. Et pour longtemps.

Tandis que je dévisage cette égoïste patentée, mes doigts se mettent à pianoter avec une violence jusque-là inégalée. Mes pieds ne vont pas tarder à entamer leur danse. Un drôle de bruit retentit à l'intérieur de ma tête. Je suis tendue comme un arc. D'accord, ce n'est pas ma vie. Cette histoire ne me concerne pas. C'est leur problème à tous les deux. Mais je ne peux pas laisser passer cette injustice. Je ne peux pas.

Je joue les indifférentes.

— Parfait. Vous avez raison. Mais je dois vous quitter. Je viens de me souvenir d'un… rendez-vous. La Maison Farr est à votre disposition. Stacey, tu peux venir ? je crie d'une voix perçante.

— Bonjour ! fait-elle en se dirigeant vers nous d'un pas nonchalant.

— Tu peux, s'il te plaît, montrer le magasin à ces deux clientes ? Le magasin *entier*.

Elle est futée, Stacey. Elle saisit le message.

— Pas de souci ! On va commencer par les verres. Au fond du magasin. Suivez-moi.

J'attrape mon manteau et mon sac avant de sortir dans la rue glaciale où je manque de percuter le jeune homme pain d'épice.

— Jake, tu peux me remplacer au magasin ? Je t'en prie. J'ai un imprévu.

— D'accord ! Vas-y. Fais ce que tu as à faire. Tout va bien ?

— Bien sûr ! Pourquoi ?

— Ben, tu pleures.

— Moi ? Je pleure ?

Je touche mes joues : elles sont mouillées. Je parviens à produire une sorte de sourire grimaçant.

— Tu m'as eue ! Non, ça ne va pas trop. Il faut que j'y aille. Tout de suite.

Il pose une main gantée couleur pain d'épice sur mon épaule pour me réconforter.

— File, Fixie !

Après un signe de tête plein de gratitude, je galope en direction du métro.

Le trajet paraît à la fois trop long et trop court. Quand j'arrive au bureau de Seb, je suis presque malade de stress. Mais l'idée que Briony s'attaque à son côté le plus sensible me rend plus malade encore, alors je m'arme de courage et monte.

— Bonjour. Je viens voir Sebastian Marlowe. C'est urgent.

Je dois faire une drôle de tête car, après une légère hésitation, la secrétaire va frapper à la porte de son bureau. Trente secondes après, il apparaît en personne. J'ai les jambes en coton. Je ne vais pas m'en sortir. Je croyais que je pourrais mais je ne peux pas.

En le revoyant, j'espérais être déçue. C'est le contraire. Il est toujours aussi grand, fort et séduisant. Ses yeux couleur sous-bois me dévisagent attentivement. J'ai le même sentiment que dans le café, la première fois que je l'ai vu. *Je connais ce mec.*

Mais je me trompe. Si je le connaissais réellement, je saurais pourquoi nous avons fini comme deux étrangers. Ressentait-il la même chose que moi ? Éprouvait-il le même bonheur ? Que nous est-il arrivé ?

À force de m'interroger, je ne sais plus où j'en suis. Mais je m'oblige à me concentrer. Il faut que j'arrête de me torturer. Il est avec Briony. Avec moi, c'est terminé. « Tu ne peux pas remonter le temps et recommencer à zéro. »

De toute façon, je ne suis pas venue pour nous. Mais pour lui.

— Bonjour, Seb, je dis en chevrotant. J'ai quelque chose à… Je peux te dire un mot ?

— Bien sûr. Entre.

Je m'assieds. Silence.

— Tu vas bien ? fait-il.

Vu sa raideur et ses mains jointes en triangle, il est déconcerté.

— Très bien. Et toi ?

— Moi aussi.

— Bien.

Échange peu convaincant. Par où commencer ? Comment aborder le sujet ? Je n'en sais rien. Mais il y a urgence. J'ai l'impression de porter en moi une bombe à retardement.

— James, je lance pour finir.

Il sursaute comme si je venais de l'ébouillanter.

— Quoi, James ?

— Tu ne m'as jamais parlé de lui.

Je pensais qu'en amenant la conversation sur son frère, je pourrais en venir au sujet de la chambre. Mauvaise pioche apparemment.

— Pourquoi devrais-je te parler de lui ?

Marche arrière toute !

— Pour rien. C'est juste que je… (Il faut que change de tactique.) Tu as toujours affirmé que tu avais tourné la page, que tu avais accepté sa mort et que tu étais en paix.

— Oui, répond-il trop calmement. Et alors ?

— Tu disais que débarrasser sa chambre n'était qu'une formalité. Que tu n'avais pas eu l'occasion de le faire. Mais je me demandais (j'avale ma salive plusieurs fois), je me demandais… si ce n'était pas plus qu'une formalité. Si tu avais besoin d'un coup de main. Voilà. C'est tout.

Silence de plomb. Seb a l'air d'un volcan prêt à cracher du feu. Et moi, je suis pétrifiée, terrifiée.

Finalement, il explose :

— Tu ne peux pas t'empêcher de te mêler de tout, hein ? Il faut que tu « arranges » les choses. Je comprends ton surnom, maintenant ! Non, pas de coup de main, merci. Tu as toujours été trop curieuse à propos de cette chambre. Alors je te réponds que tout est OK. Je n'ai pas besoin que quelqu'un intervienne. Je m'en occuperai *en temps voulu*, à *ma* façon. Maintenant, tu seras gentille de t'en aller.

Seb est secoué. Sa voix résonne dans le bureau. Moi, je ne sais plus où me mettre. Je remue nerveusement les pieds comme pour gratter le sol. Mes jambes disparaissent presque sous ma chaise. Pourtant je dois cracher le morceau. Il faut qu'il sache ce qui se trame derrière son dos.

— Elle va débarrasser la chambre de ton frère. Whiny. Enfin, Briony ! Pour la transformer en salle de gym. Elle a convoqué une entreprise de déménageurs pour demain matin, 10 heures. Elle dit qu'elle va tout virer.

En fait de volcan, c'est un puits de tristesse que j'ai maintenant sous les yeux. Apparemment, il ne saisit pas.

— Non !

— Si ! Elle est venue au magasin et me l'a dit.

— Elle ne se permettrait pas…

Mais il hésite. Nos regards se croisent. Son hostilité a disparu, remplacée par de l'effroi. Il est effrayé comme un enfant. Briony ne se rend-elle pas compte du désastre qu'elle va provoquer ?

— Tu es avec elle et je sais que vous êtes heureux. Je n'essaye pas de vous séparer, tu peux me croire. Et tu as entièrement raison : je ne devrais pas interférer dans vos histoires. Mais c'est impossible de ne pas m'impliquer. Je prends les choses trop à cœur. C'est mon défaut et je m'en excuse. Je ne pouvais tout simplement pas supporter l'idée que tu rentres chez toi et…

Je n'arrive pas à continuer.

Je me risque à lever le nez. Mâchoires serrées, Seb regarde par la fenêtre.

— Oui, dit-il.

Je n'ose pas demander la signification de ce « oui ». Il a croisé les bras dans un geste protecteur. Je meurs d'envie d'aller vers lui pour le soutenir, le consoler, l'apaiser…

Mais non ! Pas de fantasmes ! Il est avec quelqu'un. Briony. Moi, je suis le dérapage.

Immobile, je l'observe en retenant ma respiration. Que se passe-t-il dans sa tête ? Je ne suis pas vraiment pressée de le découvrir.

Enfin, il tourne la tête et passe une main dans ses cheveux.

— Il est temps que je m'occupe de la chambre de James. Aujourd'hui même. Cet après-midi.

Je suis abasourdie. Mais pas question de le montrer.

— Très bien. Oui. Bonne idée.

Et après une nouvelle pause, presque malgré moi, je demande :

— Veux-tu que… (Danse des pieds.) Non, je ne devrais même pas… Veux-tu que… Non ! Désolée.

— Oui, s'il te plaît !

Ça, c'est une surprise. Il me fixe intensément de ses yeux sombres et douloureux.

— Oui, je veux bien que tu m'aides.

Je n'ai jamais rencontré James, mais, en triant ses affaires, j'ai l'impression de percer à jour le personnage. À certains égards, il ressemblait à Seb, mais en plus singulier. C'était un graphiste super talentueux qui travaillait de chez lui. D'après Seb, il pouvait râler quand son boulot ne le satisfaisait pas mais sinon il adorait blaguer.

Chaque chose en dit long sur lui. Son écriture hâtive, à peine lisible sur les Post-it qu'il s'adressait à lui-même. Les sacs de souris Haribo qu'il stockait dans le tiroir du bas de son bureau. Les feuilles imprimées couvertes de notes au marqueur. Un portrait de Seb, surprenant de précision et de justesse.

— Tu devrais le garder et le faire encadrer.

Seb acquiesce et pose le dessin sur la pile des Objets précieux. Nous avons la pile des Objets précieux pour les choses qu'il veut conserver (notes, croquis et le vieux nounours de James) et la pile des Objets corbeille pour celles qu'il va jeter (chaussettes, factures et toutes les bouteilles d'eau en plastique). Et puis la pile des Indécis pour les choses dont le sort n'est pas encore arrêté. Je vois bien que le seul fait d'établir une sélection le dérange. Nous allons donc tout entreposer dans des sacs et il décidera dans trois mois quoi en faire.

C'est la méthode de maman. Après la mort de papa, tous les trois mois, elle procédait à un nouveau tri. Chaque fois, elle versait quelques larmes mais elle en tirait toujours de la force. Elle n'avait aucune raison de se presser. Seb n'en a pas non plus.

Le monde extérieur n'existe plus. L'univers se résume à cette pièce avec ses milliers de particules de poussière qui dansent dans l'air et son odeur de passé. Nous avons les yeux rouges. De temps à autre, nous attrapons un mouchoir en papier. Seb a été le premier à craquer : en découvrant une photo de lui et de son frère qu'il ne connaissait pas. Il a laissé échapper un gros sanglot, s'est excusé énergiquement puis s'est remis à pleurer. Du coup, mes larmes ont commencé à couler et je me suis excusée très fort. Sur ce, il s'est excusé de me bouleverser. Et ainsi de suite, jusqu'à ce que je propose qu'on arrête de s'excuser mutuellement.

Maintenant, assise sur mes talons, je me risque à lancer :

— On a fait le plus gros. Il reste les magazines…

Seb grimace.

— Ah oui, les magazines. Directement dans les poubelles de recyclage, je suppose.

— Tu pourrais les vendre. Ce sont des archives, en quelque sorte.

Je ne lui demande pas s'il va annuler les abonnements. Je crois connaître la réponse.

— Il nous faut des sacs assez solides pour les transporter, j'ajoute après avoir considéré les piles de revues.

— Une boutique du coin vend des grands sacs écossais, en plastique très épais.

— Tu aurais dû passer à la Maison Farr. Nous proposons tout un choix de sacs hyper résistants et décorés de différents motifs...

J'ai un petit sourire honteux.

— Décidément, je suis une commerçante dans l'âme. Désolée !

Il me sourit à son tour. Puis soudain, avec un air soucieux, il déclare :

— Fixie, tu en as assez fait. Tu as sûrement d'autres priorités. C'est une période chargée au magasin.

— Allez, on va chercher ces sacs et, ensuite, je m'en vais.

Nous sortons dans la fraîcheur revigorante et, d'un même pas, nous nous dirigeons vers la boutique.

— Je te remercie infiniment, dit-il au bout de deux minutes de marche. Aujourd'hui, tu t'es surpassée.

— Ne sois pas bête, je rétorque. Je l'ai fait volontiers... comme une amie.

Un blanc. Et Seb :

— Comme une amie. C'est vrai.

Nous atteignons bientôt un petit passage couvert bordé de boutiques illuminées et décorées. Un groupe d'enfants nous régale de chants de Noël. Avec ces notes joyeuses en fond sonore, Seb me demande :

— Alors ? Toujours adepte de l'amour inconditionnel ?

Mon cœur se serre. Je repense à la dispute au sujet de Jake, l'autre jour dans son bureau. Est-ce là le problème ? Le fait de soutenir mon frère ? D'ignorer ses conseils et de rester fidèle à ma famille ?

— Oui, je réponds.

— Parfait.

Voix brusque. Visage délibérément dénué d'expression.

Ça y est ! Une tension palpable nous sépare à nouveau. Je dois crever l'abcès. Ce qui s'est passé entre Jake et la famille est une bonne chose. Une *excellente* chose.

— Il arrive aux gens de changer, tu sais, je dis avec plus de ferveur que je n'en avais l'intention.

Sa mâchoire se contracte. Apparemment, il ne veut pas entendre ça. Quand il se tourne vers moi, son visage emprunte des reflets roses et bleus aux lumières de fête. Pour une raison curieuse, il a l'air ému. J'ai même l'impression que ses yeux sont embués.

— J'en suis sûr. Et je m'en réjouis pour toi. Tu es… une sacrée femme, Fixie !

Sur cette déclaration, il prend mes mains et les serre fort entre les siennes. Le souffle court, je le dévisage et me perds dans son regard.

— Alors… dit-il.

Il lâche mes mains. Mais c'en est trop pour moi. Être tout près de lui, de son visage honnête, de ses yeux brun-vert, en sachant qu'ils ne peuvent pas être à moi, me semble intolérable.

— Alors… J'ai mille trucs à faire. Je dois partir.

— Bien sûr. Tu t'es déjà donné beaucoup de mal pour moi. Merci encore.

Il est redevenu distant. D'ailleurs, il fait un pas en arrière comme pour délimiter l'espace entre nous.

— Je t'en prie, ce n'est rien.

— Au contraire. Grâce à toi… Je ne m'étais pas aperçu… Bref, désormais je peux aller de l'avant.

— C'était mon but. Bonne chance à toi, Seb ! Bonne chance pour ta vie avec Briony et… pour tout.

Mon sourire extra-brillant est destiné à masquer le chagrin qui dans une minute va s'abattre sur moi avec la force d'un tsunami.

Combien de temps une fille peut-elle sourire au garçon qui a pris son cœur mais qui en aime une autre ? Mes lèvres commencent déjà à trembler.

— Allez, au revoir !

— Attends !

Je me retourne pour le voir sortir quelque chose de sa poche. Je m'avance. Et nous voilà, au milieu du trottoir, les yeux fixés sur la serviette en papier. La serviette toute froissée, criblée de phrases indéchiffrables, à demi effacées. La serviette où il a inscrit « À charge de revanche ».

— C'était un truc idiot, je remarque, avec un ricanement forcé.

— Tu as raison. Parce que si je devais mettre noir sur blanc toutes les dettes que j'ai envers toi, il me faudrait un livre entier.

Émotion. Frissons. Interrogation.

— Tu exagères beaucoup.

Je fais ma désinvolte sans réussir vraiment.

— Non, je suis sérieux.

— Eh bien, moi aussi. Je te dois beaucoup.

— On ne compte plus les points, d'accord ?

— D'accord.

Je prends la serviette et inspecte nos gribouillis enchevêtrés avec un sentiment de tristesse intense. Tout d'un coup, sans réfléchir, je commence à la déchirer. Dans un sens. Dans l'autre. Elle est plus résistante que prévu. Alors j'insiste jusqu'à ce qu'il n'en reste que des petits morceaux.

— C'est fini, je dis.

Seb hoche la tête avec un air désabusé qui me fend le cœur.

— Terminé, répond-il.

Je contemple son visage une dernière fois. Ensuite, je respire profondément comme si j'allais plonger sous l'eau et tourne les talons. Dans la première poubelle que je rencontre, j'enfouis ce qui reste de la serviette en papier.

26

Parfois, la vie vous donne ce que vous attendez. Parfois, elle vous apporte le contraire. Vous savez quoi ? En ce moment, dans ma vie, je n'ai vraiment pas besoin de Ryan Chalker. Hélas ! Je le trouve sur le trottoir devant la Maison Farr, en grande conversation avec Jake.

C'est un enfer !

J'ai quitté Seb le cœur en berne. Le moral à zéro. Alors affronter Ryan ou même lui adresser la parole me semble insurmontable. Mais je ne peux quand même pas m'enfuir. Je dois aller au magasin. Et donc, je m'avance en levant le menton. Dommage que mes yeux soient rouges et sûrement cernés de traces de mascara, mais en même temps, je m'en fiche. Mon visage est moche, mais c'est le mien, alors allez au diable !

Contrairement à ce que je prévoyais, il ne me balance aucune vanne – il est trop concentré sur ce que dit mon frère.

— Pas question, proteste Jake. Ça le fait pas. Tu vois bien, je bosse.

— Seulement deux jours, réplique Ryan. Tu peux facilement prendre deux jours de congé. Les billets d'avion coûtent à peu près rien. On va faire la fiesta. Toi et moi, comme au bon vieux temps. Je t'offre les boissons.

Jake semble faiblir. Ses vieux démons refont surface.

Pas pour longtemps.

— Je bosse, dit-il. De toute façon, je n'ai pas les moyens de m'offrir un voyage à Prague. Donc, la réponse est négative.

— Qu'est-ce qui t'arrive, bordel ! Oh ! Salut, Fixie ! Tu vas bien ?

Il fait bonne figure. Comme si je ne l'avais pas viré de chez moi à coups de balai.

— Il ne m'arrive rien, répond tranquillement mon frère. Simplement, maintenant, je privilégie mon boulot.

— Appâter le client déguisé en bonhomme pain d'épice, tu appelles ça du boulot ? T'as vraiment l'air ridicule, mon pote.

Quel salaud ! De quel droit il se pointe pour insulter un membre de ma famille ?

— Ryan, tu ne ferais pas mieux de retourner à Hollywood ? je dis aimablement. Tom Cruise doit t'attendre avec impatience pour déjeuner chez Nobu.

Il me jette un coup d'œil haineux que je lui renvoie avec plaisir. J'ajoute ensuite :

— Tu encombres le trottoir, Ryan. De deux choses l'une : où tu entres pour acheter quelque chose ou tu dégages.

— Ouais, tire-toi ! renchérit Jake. On t'a assez vu !

— Ah bon, vous m'avez assez vu ? s'exclame-t-il avec un rire méprisant.

— Je confirme, fait Jake.

Première fois que je sens un vrai lien de solidarité entre moi et mon frère. Le regard de Ryan oscille de Jake à moi. Il semble ébranlé. Pendant un instant, je le plains. Un très court instant.

— Allez vous faire foutre ! aboie-t-il avant de s'éloigner à grandes enjambées.

— Bonnes fêtes, mon pote ! crie Jake. J'espère que le papa Noël va te gâter.

Je m'esclaffe :

— Sûrement pas ! Le papa Noël va lui apporter un vieux navet et un morceau de charbon.

— Il ne mérite même pas le navet. Tu te souviens quand papa en avait mis un dans ma chaussette de Noël ? J'avais onze ans. C'était un avertissement. Les jouets étaient cachés dans un coin et j'ai cru que c'était mon seul cadeau. Un navet.

— Non, je ne m'en souviens pas. Tu as vraiment eu peur ?

— Oui. J'ai cru mourir de honte. Papa pensait que ça me servirait de leçon. Mais ça n'a pas suffi. J'ai continué à être un sale gosse !

— Pas autant que tu le prétends.

— Oh si ! J'étais affreux. Le jour de ta compétition de patinage, par exemple. C'était minable. Mais… tu étais sur le point de laisser tomber, non ?

Moi, sur le point d'abandonner le patin ? C'est l'excuse qu'il s'est donnée pendant tout ce temps ? Trop facile ! Je sens bouillonner la quantité de reproches et d'accusations que je pourrais déballer.

Mais, au fond, à quoi bon ? C'est du passé. De l'histoire ancienne. On ne va pas commencer le décompte de qui est responsable de quoi.

Je préfère jouer la conciliation.

— Eh bien… dis-toi que tu aurais pu tourner encore plus mal.

Jake me sourit, comme souvent ces temps-ci. Une manière de montrer qu'il veut renouer avec l'esprit familial. Il lui faut juste encore un peu d'entraînement.

Ryan a pratiquement atteint le carrefour. Nous le regardons en silence tourner au coin de la rue.

— C'est un con, déclare finalement Jake.

J'acquiesce.

— Tu ne le reverras jamais.

Exit Ryan, le mec qui nous a jeté de la poudre aux yeux pendant des années, l'imposteur qui nous a fait prendre des vessies pour des lanternes. Sans lui, nos vies auraient certainement pris des directions différentes.

Mais à quoi servent les erreurs ? À ce qu'on ne les répète pas. Et qu'on aille de l'avant.

— Je me demande ce que papa penserait de nous, déclare soudain Jake. Aujourd'hui. S'il pouvait nous voir.

Son ton est neutre mais je lis dans ses yeux une véritable interrogation. Comme si l'opinion paternelle comptait pour lui.

Évidemment, ça compte. Jake a toujours attaché de l'importance à ce que notre père pensait de lui. Même quand il se mettait en colère. Nicole et moi, nous étions pareilles.

— Il se rend compte qu'on se donne beaucoup de mal. Je l'espère, en tout cas.

Je lance un bref coup d'œil en direction du ciel et je murmure :

— Papa, nous faisons de notre mieux !

— Non, il râle, réplique Jake. Il dit : « La réserve est en désordre. Et où sont passés les assortiments de réglisse ? »

J'éclate de rire.

— Au fait, la réserve *est* en foutoir. Il faut que j'aille m'en occuper.

— J'ai oublié de te dire : Hannah est dans le magasin en train de faire ses courses.

Chère Hannah ! La plus fidèle amie que la terre ait portée. Sa famille doit en avoir plus qu'assez des cadeaux achetés chez Maison Farr. Ça ne l'empêche pas de revenir chaque année pour son shopping de Noël. C'est même inscrit sur son agenda.

— Merci ! Et Jake, fais attention à toi. N'attrape pas froid, surtout !

— Ne t'en fais pas ! dit-il, puis il clame en agitant sa clochette : Entrez chez Maison Farr ! Venez découvrir nos décorations de Noël et les maisons en pain d'épice !

À l'intérieur, Hannah remplit son panier de rouleaux à pâtisserie décorés de motifs.

— Je suis sur la liste d'attente pour le bol à mélanger, me confie-t-elle d'entrée de jeu. D'après Morag, ils seront livrés demain.

Ces jours-ci, elle resplendit. Pourtant, elle n'est pas encore enceinte (je serai la troisième à savoir, après sa mère et son mari) mais Tim et elle « s'activent pour que ça arrive » (je la cite). Ils sont heureux. Et, grande nouvelle : elle a jeté toutes ses listes.

Ou plutôt, elle les a rangées dans un endroit secret. Sur ce point, elle se montre un peu évasive !

— T'étais où ? me demande-t-elle. Jake m'a dit que tu avais filé comme une fusée.

Je reste muette. Je lui raconterai tout, bien sûr. Mais plus tard. Après l'effervescence des fêtes.

— J'avais un truc à faire, je dis. Avec Seb.

— Seb ?

Ses yeux s'illuminent. Mais je secoue la tête.

— Non, non ! Ne t'emballe pas ! On en parlera une autre fois. Bon, revenons au business. Il te manque encore des cadeaux ?

Hannah me montre sa liste sur l'écran de son téléphone. À ce moment-là, Jake vient me taper sur l'épaule :

— Fixie, ton foulard ! Tu l'avais laissé tomber.

— Merci, je dis en l'enroulant autour de mon cou. C'est la faute de Ryan : sa présence m'a perturbée.

— Ryan ? reprend Hannah. C'était donc lui, dehors ? J'ai cru l'apercevoir et puis je me suis dit que c'était impossible. Qu'il n'oserait pas…

— Il a tous les culots, tu sais. Tous.

— C'est un con, affirme Jake. D'ailleurs, Fixie, il faut que je te dise, tu vas pas le croire : il est allé voir ton mec pour lui demander de l'argent.

— Quoi ?

— Ton mec. Euh… Seb, c'est ça ? Eh bien, Ryan est allé lui demander d'investir dans une de ses combines. Le gars qui l'a foutu à la porte. Tu imagines ?

— Il ne manque vraiment pas d'air ! s'écrie Hannah. Il doit avoir une case en moins. C'est la seule explication plausible.

Je me creuse les méninges pour comprendre. Un truc ne colle pas. Si Ryan a vu Seb, pourquoi ce dernier ne m'en a rien dit ?

— Attends un peu ! Peux-tu être plus précis ? Ça s'est passé quand ?

— Il y a trois semaines environ, il me semble. Ah, si ! Je sais exactement. C'était le lendemain de la nuit qu'il a passée chez maman. Il voulait que je l'accompagne mais j'ai refusé. Je me doutais que Seb le flanquerait dehors.

Le mystère s'épaissit. Ryan a eu un entretien avec Seb. Lequel l'a passé sous silence. Pourquoi ?

Parce qu'il pensait que j'étais déjà au courant ?

Mais pourquoi…

Minute ! Non ! Oh *nooon* ! Son irritation… Son regard blessé… Tout s'explique. En tout cas, les pièces du puzzle se mettent en place – et ce n'est pas joli à voir. Je résume : Ryan va trouver Seb pour lui réclamer de l'argent. Et donc Seb croit (j'en suis littéralement malade !) que, lorsque je débarque à son bureau, c'est pour quémander ce qu'il vient de refuser à Ryan.

Non, il ne peut tout de même pas me voir sous un aspect aussi noir ! Et pourtant… Sa mine défaite. Son expression quand il m'a demandé : « Alors, toujours adepte de l'amour inconditionnel ? » Mais oui ! C'est évident. Il croit que je suis à nouveau avec Ryan. Que je suis dingue de lui. Je m'entends encore affirmer : « Lorsqu'on aime vraiment une personne, l'argent ne résout pas tout. Il faut l'aider à redevenir elle-même. » Il ne pouvait pas se douter que je parlais de Jake. Il ignorait qu'il avait des dettes. Il croyait donc…

Mais comment pareille pensée a-t-elle pu lui traverser l'esprit ? *Comment ?*

— Fixie, est-ce que ça va ? s'inquiète Hannah.

— Une tasse de thé ne me ferait pas de mal.

— Vu ta tête, je choisirais plutôt un whisky, ajoute Jake.

Hannah m'entraîne dans l'arrière-boutique où nous tombons sur Nicole qui déballe des décorations de Noël. Hannah ferme la porte, branche la bouilloire et me dit :

— Ça n'a pas l'air d'aller bien, mon chou. Ne raconte pas tout mais…

— La serviette en papier !

C'est un cri d'agonie, un râle étranglé.

Car l'énigme est résolue. Et l'histoire est encore plus sinistre que je le pensais.

En quittant le bureau de Seb, je m'étais étonnée de voir la serviette en papier sur une étagère. Je la croyais dans mon sac, chez moi. Mais je n'avais pas attaché trop d'importance à ce détail. En fait, c'est la clé du quiproquo. Ryan a dû la piquer et aller l'agiter sous le nez de Seb en lui sortant des mensonges énormes – de quoi le convaincre que nous étions à nouveau ensemble.

Mon pouls résonne dans mes oreilles tandis que j'imagine cet imposteur pathologique abreuver Seb de fables abjectes. Oh ! son air désinvolte quand il disait avoir piqué un chewing-gum dans mon sac. Apparemment, il n'y avait pas que ça.

Quel salaud ! Toxique, ignoble ! J'en tremble de rage, contre lui, contre moi-même…

— Fixie, on se fait du souci. Que s'est-il passé ?

Hannah s'est agenouillée devant moi et me tient les mains.

Elle si compréhensive, si bienveillante ! Je cesse de lutter et je déballe tout. En commençant par le début, la première rencontre au café. Car, même si Nicole et Hannah connaissent déjà l'épisode, en respectant l'ordre chronologique des faits, je me sens maîtresse de la situation.

Le récit dure un moment. Elles écoutent dans un silence religieux. Quand j'en arrive à mes soupçons sur Ryan, elles se révoltent. Et je souris, en dépit de tout.

— Tu vas faire quoi maintenant ? demande Hannah qui, toujours pratique et tournée vers l'avenir, a déjà sorti son stylo.

— Dis-lui tout, suggère Nicole.

— Il le faut, confirme Hannah.

— Va le voir…

— Explique-lui le malentendu.

— Mais il n'est pas libre ! Il a quelqu'un dans sa vie. Je ne suis pas le genre à piquer les mecs des autres filles. C'est ma règle. Au nom de la solidarité féminine.

Je sirote mon thé qui, bien que tiède, me réconforte gentiment.

— Mais si l'autre fille est une garce patentée ? argumente Hannah. Dans ce cas, la règle est caduque.

— Ce n'est pas une garce !

Voilà que je prends la défense de Whiny ! Je n'arrive pas à y croire.

Je corrige :

— Enfin, elle n'est pas si épouvantable. Elle est brillante, elle l'amuse et ils partent skier ensemble…

— Skier ! Tu m'en diras tant ! ricane Hannah. Fixie, trouver une partenaire de ski, ce n'est pas sorcier. Ce qui vous unit, toi et Seb, est exceptionnel. Tu ne peux pas laisser passer ça.

— Je n'en suis pas sûre.

Je ne me vois pas aborder le sujet au téléphone. Et si j'avais tout faux ? S'il ne voulait pas de moi pour des milliers d'autres raisons ?

— Bon ! je conclus. Je dois retourner travailler. Ce n'est pas sympa pour les autres. L'après-midi, c'est toujours la folie au magasin.

— D'accord, fait Hannah en se relevant. Mais tu dois agir.

— Peut-être. Pas sûr. Faut que je réfléchisse.

— Mon conseil : rentre chez toi pas trop tard, marine dans un bon bain chaud, cogite à fond et appelle-le.

Je pose ma tasse et m'apprête à me lever à mon tour quand mon téléphone bipe. Un SMS.

— Tu crois que c'est lui ? demande aussitôt Nicole.

— Regarde ! dit Hannah. Je te parie ce que tu veux que c'est lui.

— J'ai eu une prémonition, déclare ma sœur. J'étais certaine qu'il allait t'envoyer un message. Une intuition.

— Et moi, je suis certaine que ce n'est pas lui, je déclare en sortant mon téléphone d'une main tremblante. Tenez, j'ai raison. C'est maman.

J'ouvre le texto et… je reste à fixer le message, incrédule. Seb vient d'être remplacé dans la liste de mes priorités.

— Elle dit quoi ? demande Nicole.

Je brandis le téléphone pour qu'elles puissent lire :

Finalement, je rentre pour Noël. Très impatiente de vous voir. J'arriverai dimanche matin, à temps pour le déjeuner. Gros bisous. Maman

— La maison ! gémit Nicole.

— La cuisine ! je bredouille.
— Le magasin !
L'horreur de la situation nous frappe de plein fouet.
— *Noël !* gémissons-nous en chœur.

27

Dimanche matin, 10 heures. Cette nuit, je n'ai dormi que deux heures et demie. Je suis comme une pile électrique mais tout est sous contrôle.

Vendredi soir, on s'est attaqués à la maison. Ensemble. C'est-à-dire moi, Nicole, Jake et Leila qui a insisté pour apporter son aspirateur à main. Jake s'est chargé des salles de bains. Il s'est porté volontaire et je l'ai admiré pour ça. J'ai briqué la cuisine de fond en comble. Nicole était responsable du ménage et pas une fois elle n'a dit : « Je ne comprends pas comment marche l'aspirateur. » En vérité, quand je lui ai conseillé d'utiliser la brosse spéciale tapis pour aspirer les marches de l'escalier, elle est restée bouche bée. Puis elle s'est ruée sur Google pour chercher « embouts spéciaux d'aspirateur ».

Nous avons consacré le samedi au magasin. Journée chargée avec deux événements spéciaux et un flux constant de clients. Nous avons fermé boutique à 10 heures du soir. J'ai insisté pour qu'on fasse une dernière inspection en règle, histoire de vérifier qu'il n'y avait pas de trou dans les rayons, de marchandises mal rangées ou d'étiquettes défraîchies.

Nous y retournerons cet après-midi. En attendant, Morag va se charger de l'ouverture. Et nous préparons le déjeuner. J'ai décidé du menu, Nicole a fait les courses hier. À cet instant précis, elle coupe les brocolis. Jake écrase les biscuits pour la base du cheesecake. Leila dresse le couvert. Jake a proposé que nous portions tous un tablier vert « Farr Traiteur & Saveurs ». Comme les membres d'une même équipe. Les membres d'une famille.

— OK, je dis en mettant mon agneau au four. Tout a l'air de rouler. Ta table est superbe, Leila ! je lui crie à travers le passe-plat.

— Le mousseux est froid, annonce Jake, la tête dans le frigo.

Je lance à son dos un regard affectueux. Car vous savez quoi ? Il n'y a pas si longtemps, la seule idée d'être vu en train de boire du mousseux l'aurait fait disparaître sous terre.

C'est bizarre, mais je m'entends de mieux en mieux avec mon frère. Au fond, je le connaissais mal. Nous sommes finalement assez semblables. Intransigeants quand il est question du magasin. On a le même genre d'idées. On voit grand.

Rien de nouveau. Simplement, avant, Jake ne voyait grand que pour ce qui le concernait.

— Bon, où en est-on, je fais en consultant ma liste. (Je ne suis pas la meilleure amie d'Hannah pour rien !) Amuse-gueules ? Prêts. Agneau ? En cours. Brocolis ? Presque cuits. Pommes de terre ? Pareil. (Un coup d'œil sur mon téléphone.) Maman arrive dans quarante minutes. Quoi d'autre ?

— Fixie, assieds-toi une minute, implore Leila.

— Pas besoin.

— Tu es sûre que ça va ? s'enquiert-elle avec délicatesse.

Nicole a mis la famille au courant de mes démêlés avec Seb. Résultat, toutes les cinq minutes, quelqu'un vient me demander si je vais bien, ce que je vais faire ou si je veux « en parler ». Même Jake, hier soir, a voulu savoir si je désirais m'épancher. Et quand j'ai dit « non merci », il a déblatéré sur Ryan pendant une heure. Ce qui ne m'a pas spécialement réconfortée. Mais qui l'a peut-être aidé, lui.

Donc, premièrement, je ne veux pas « en parler ». Et deuxièmement, je ne sais pas quoi faire. Pousser Seb et Briony à rompre ? Le mettre devant le fait accompli pour voir s'il veut toujours de moi ? Soulever toutes sortes d'hypothèses qui peuvent se révéler fausses ?

Ces pensées me font mal au crâne, mal au cœur, mal partout. Donc, aujourd'hui, je ne bronche pas. L'important, c'est que le déjeuner de retour de maman soit parfait. Tel est mon but.

— Problème ! déclare Nicole, penchée sur la machine. On est à court de café.

— Comment est-ce possible ? Hier, elle était à moitié pleine.

— Peut-être mais regarde ce qui s'affiche : « Remplir le réservoir. »

Ça alors !

J'examine la machine. Hier, il restait plein de café. J'en suis sûre.

— Cet engin est capricieux, décrète Nicole. Aucune importance. Le café Allegro est ouvert. Quelqu'un n'a qu'à y faire un saut.

— Je suis en plein cheesecake, proteste Jake. Leila va y aller.

— Jake, tu sais bien que je me suis cogné le gros orteil, se plaint celle-ci. Il est tout gonflé.

— Nicole, vas-y, toi.

Ma sœur semble offusquée.

— Impossible ! J'ai un rendez-vous téléphonique avec Drew dans un petit moment. Pourquoi pas toi, Fixie ? C'est l'affaire de dix minutes.

— Et moi qui croyais que tu avais changé ! je lance avec un regard mauvais. Bon, d'accord, puisque personne ne veut se déplacer…

— Prends-toi un café pendant que tu y es. Pas besoin de te presser, conseille ma sœur.

En sortant avec mon sac sur l'épaule, je râle sec. Pourquoi les corvées me tombent toujours dessus ? C'est vraiment pénible.

Mais, tandis que je marche, ma mauvaise humeur retombe. Je suis contente de respirer l'air frais ; ravie de cette pause imprévue. Les deux derniers jours ont été tellement intenses. En plus, ce matin, je me suis réveillée avec une sorte d'appréhension. Ce n'est pas que le retour de maman me rende nerveuse, mais…

En fait, je suis sans doute nerveuse car je ne veux pas la décevoir.

À l'approche du café Allegro, mon cœur recommence à battre furieusement. Pas à cause de maman, cette fois. J'y suis retournée plusieurs fois depuis ma rupture avec Seb et… ça n'a jamais été agréable. « Qu'est-ce qui t'arrive, ma pauvre Fixie ? Tu vas te sentir mal *chaque fois* que tu mettras les pieds au café Allegro ? Tu vas revivre non-stop chaque instant de votre première rencontre ? » L'ordinateur… le plafond en miettes… la serviette en papier…

Ridicule ! Je me sermonne en poussant la porte. Je suis là pour achcter du café en grains. Pas pour ressasser le premier chapitre d'une histoire terminée. Plusieurs personnes sont attablées. Pas de queue à la caisse. J'avance d'un pas assuré vers le comptoir, demande un paquet de café, commande un cappuccino à emporter. Puis je fais demi-tour.

C'est là que le café se met à tourner autour de moi.

J'hallucine ou c'est réel ?

Il est assis près d'une fenêtre, à la même table, et travaille sur son ordinateur. En face de lui se trouve un siège vacant. Seb lève brièvement la tête, comme s'il sentait mon regard posé sur lui. Dans ses yeux, je vois tout ce que je désire y lire.

Par quel miracle se trouve-t-il ici même ? Je suis incapable d'élaborer une réponse. Mon cerveau est au point mort. Qu'importe ! Il est là. Et ses yeux me disent qu'ils m'aiment.

Le souffle court, je me dirige vers sa table et m'assieds. Seb continue à taper sur son clavier. Moi, je regarde par la fenêtre en faisant comme si je ne le connaissais pas.

« Tu ne peux pas remonter le temps et recommencer à zéro. »

Peut-être que si, justement !

Son téléphone vibre. Je le regarde répondre, remontée comme une pendule. Je ne dois pas faire d'erreur. *Nous* ne devons pas faire d'erreur.

— Salut, Fred, dit-il. Oui, une seconde.

Il écoute un moment puis se lève.

— Excusez-moi, fait-il poliment d'une voix qui m'est étrangère. Je vais dehors pour prendre cet appel. Pourriez-vous surveiller mon ordinateur ?

— Bien sûr, je murmure.

Je le regarde se frayer un chemin parmi les tables.

— Merci, mon pote. Ouais ! je l'entends dire avant de sortir.

Mon cappuccino me semble insipide. Je suis en mode alerte maximum. Le plafond devrait s'effondrer maintenant. Mais il a été réparé : j'ai vu les ouvriers le mois dernier.

Seb revient à l'intérieur. Je ne serre pas son ordinateur contre moi sous un déluge d'eau et de plâtre. Il est là, sur la table. Pourtant, avant de retourner à sa place, Seb s'arrête net. Son regard plonge dans le mien. Comme si un tremblement de terre se produisait.

Ou venait de se produire.

— Bonjour, dit-il. Je suis Sebastian.

— Moi, je suis Fixie.

— Merci d'avoir gardé un œil sur mon ordinateur.

— Pas de problème.

Il hoche la tête. J'ai l'impression que nous sommes tous les deux soulagés.

Nous avons rejoué la scène. Différemment.

— Puis-je vous offrir un café ? propose-t-il avec ses parfaites bonnes manières. Une tasse de thé ? Un jus de fruit ?

— À vrai dire, je dois vraiment filer, je dis pour respecter à la lettre le dialogue du scénario. Une fête familiale m'attend.

Son visage s'affaisse. Je vois le doute s'insinuer. Et, pendant un court instant, je le laisse mariner. Et puis, je lui dis avec un sourire tentateur :

— Ça te ferait plaisir de venir ?

Maman est superbe. Vraiment magnifique. Pas seulement bronzée et amincie dans un nouveau pull rouge, pas seulement plus coquette avec ses pendants d'oreilles en perle. Mais plus énergique. Pleine de dynamisme. Dès sa sortie du taxi, nous l'entourons. Elle crie sa joie de nous voir, nous serre contre elle et nous embrasse encore et encore. Ensuite nous portons ses bagages dans la maison tandis qu'elle nous raconte les préparatifs de Noël en Espagne.

— Karen projetait de servir du homard. J'étais décidée à rester. Et puis… vous savez comme on change d'avis. Un soir, alors que je regardais *White Christmas*, j'ai eu un coup de blues. J'ai commencé à pleurer. Votre tante Karen m'a dit : « Tu vas rentrer chez toi, hein ? » Et le lendemain, je retenais un billet d'avion. Je ne pouvais pas passer Noël loin de chez moi. Impossible. Je devais absolument être avec vous, Jake, Nicole, Fixie et Leila bien sûr et…

Elle regarde Seb comme si c'était la première fois qu'elle le voyait. En fait, c'est le cas.

— Maman, je te présente Seb.

— Seb ! s'écrie-t-elle comme si elle le connaissait depuis toujours mais qu'elle n'arrivait pas à mettre un nom sur son visage. Oh, quel bonheur d'être de retour ! poursuit-elle. Vous avez tous l'air en pleine forme. Et la maison est superbe.

C'est clair : tante Karen a transmis à maman un peu de sa joie de vivre. En allant dans la cuisine, les questions fusent.

Moi :

— Tu as faim, maman ?

Nicole :

— Tu veux un café ? Je peux te faire un *latte*, un *macchiato*, un café au lait…

Jake :

— J'ouvre le mousseux ? C'est un jour à marquer d'une pierre blanche.

— Je suis d'accord, dit Seb en m'entraînant dans l'entrée.

Ses lèvres effleurent les miennes.

— J'ai tellement envie de toi, me chuchote-t-il à l'oreille.

Je ressens le même désir.

— Plus tard, je dis en souriant.

On se regarde sans rien dire. J'aimerais ne jamais me détacher de son étreinte. Un bruit provenant de la cuisine nous fait sursauter.

— Allons rejoindre les autres, je dis d'une voix enrouée.

Au moment où nous entrons dans la cuisine, Leila donne un coup de coude triomphant à Nicole. Bon Dieu ! J'espère qu'elles ne vont pas m'embarrasser pendant tout le déjeuner. Tout à l'heure, quand nous sommes arrivés, Leila a crié : « Les voilà ! Ils sont ensemble ! Youpi ! » J'aurais pu rentrer sous terre.

Un petit retour en arrière s'impose, car la lumière est faite sur la présence de Seb au café Allegro, qui n'avait rien d'un miracle. Nicole et Hannah ont tout organisé. Vendredi soir, elles ont contacté Seb et révélé quelques faits essentiels. Hannah avait carrément prévu une visioconférence pour traiter le problème. Tout à fait elle. Il paraît qu'elle lui a demandé de but en blanc : « Pourquoi vous êtes-vous remis avec Briony ? » Seb a répondu : « Mieux vaut un mal connu qu'un bien qui reste à connaître. » Sur quoi, Hannah l'a sanctionné d'un « Vous avez tout faux ! », comme si elle s'adressait à un de ses collaborateurs débutants.

Quel dommage d'avoir raté ce coup de fil !

C'est Hannah qui a eu l'idée d'organiser notre rencontre d'aujourd'hui. Mais c'est Nicole qui a trouvé le prétexte en vidant la réserve de la machine à café. Franchement ! Depuis quand ma sœur a-t-elle un tel sens pratique ?

— Je peux faire quelque chose ? je demande un peu trop abruptement. Nous étions juste…

— On sait ! pouffe Leila.

Puis elle redevient sérieuse.

— Fixie, laisse-moi t'arranger un peu. Voilà ! C'est mieux ! dit-elle après avoir lissé mes cheveux d'une main experte.

— Comment va Drew ? demande maman.

Nicole rosit légèrement avant d'annoncer :

— Je voulais te prévenir que je ne serai pas là pour Noël. Je pars le retrouver demain à Abu Dhabi.

L'œil de lynx maternel se pose sur le visage de Nicole. Crise conjugale en vue ? Problèmes à l'horizon ? Non. Le visage de maman se détend :

— Quelle bonne idée, ma chérie !

— Buvons à toi, maman ! lance Jake en levant son verre. À ton retour !

Tout le monde boit une gorgée, puis maman porte un autre toast :

— Je bois à vous, mes chéris, à vous tous ! Je vous félicite pour votre efficacité. Pour avoir si bien entretenu la maison et vous être occupés de tout. Au magasin, tout semble aller pour le mieux. J'ai vu des photos de toi, Jake, déguisé en bonhomme pain d'épice (grand sourire à mon frère). Et l'idée de distraire les enfants est excellente…

J'interviens avec empressement :

— Les ventes se portent plutôt bien. Les résultats de la semaine dernière sont en hausse par rapport à l'an dernier.

Hier, c'est en souriant que Bob m'a tendu les chiffres. Oui ! En souriant de toutes ses dents.

En fait, je suis un peu nerveuse car je veux me débarrasser d'un truc. À plusieurs reprises, j'ai pris mon courage à deux mains pour l'annoncer à maman. Mais entre sa maladie et mes problèmes, je ne l'ai pas fait. Puis j'ai pensé qu'il valait mieux le lui dire en face plutôt qu'au téléphone. Mais à présent, je n'en suis plus si certaine. Pourquoi ne lui ai-je pas envoyé un mail au milieu de la nuit ? Quoi qu'il en soit, je n'ai pas d'autre choix que de me lancer.

— Il faut que je te dise, maman : j'ai nommé Morag directrice.

— Je sais, ma Fixie, dit-elle en me tapotant la main. Tu as pris la bonne décision. Tu as apporté une vision nouvelle à notre affaire. J'aurais dû moi-même y penser plus tôt ! Au fond, j'aurais dû partir en voyage il y a des années ! Vous ne dites rien sur oncle Ned : est-ce qu'il vous a bien aidés ?

Silence chargé. J'ai l'impression que je vais exploser. J'aimerais tout déballer. J'aimerais que maman sache la vérité. Au sujet d'oncle Ned… de Bob, de tout. En fait, j'aimerais voir ma mère en ninja liquidant son beau-frère une fois pour toutes.

Mais pas maintenant. Un autre jour.

— Buvons à la Maison Farr ! s'exclame Jake, en ignorant complètement la question posée par maman.

— À la Maison Farr, le meilleur magasin de toute l'Europe ! ajoute Seb.

— Et à ta santé, Jake ! renchérit maman. Je te remercie d'avoir tenu le rôle de chef de famille à ma place, d'avoir maintenu de bonnes relations entre vous, de t'être impliqué dans les affaires du magasin quand c'était nécessaire.

Jake lève la main.

— J'adorerais mériter ces compliments, mais j'ai acquis une nouvelle et ennuyeuse manie : l'honnêteté. Et donc, en vérité, je vous le dis, tout le mérite revient à Fixie.

Nouveau silence. Je n'y crois pas.

— Fixie ? s'étonne maman.

— Fixie a été le patron de la famille pendant ton absence. Il s'est passé plein de choses et elle s'est chargée de tout.

— Fixie a tout dirigé comme un chef, confirme Nicole. Avec clairvoyance, compétence et autorité.

— Autoritarisme, tu veux dire, rectifie Jake, très pince-sans-rire.

Leila s'empresse d'étouffer un petit rire nerveux.

— Eh bien, levons notre verre à la santé de Fixie, dit maman en nous regardant tous les trois.

— À toi, Fixie ! dit Jake. Et à tout ce que tu as accompli.

Il me regarde dans les yeux avec sérieux. Incapable d'ouvrir la bouche, je me contente de hocher la tête.

— Bravo, dit Nicole, en levant elle aussi son verre.

Je prends finalement la parole :

— Vous me connaissez. Il faut toujours que je m'implique. Je prends tout à cœur. C'est mon défaut…

À ce moment, Seb secoue la tête et me fixe de ses yeux pleins d'amour.

— Non, c'est ta force. C'est ce qui fait de toi une personne exceptionnelle. Par pitié, ne renonce jamais à arranger les choses !

— Oui, on a besoin de tes talents de réparatrice, confirme Nicole. Sauf pour la machine à café. Son fonctionnement n'a plus de secrets pour moi.

— À Fixie ! s'enthousiasme Leila.

Et Seb, tout en serrant fort ma main dans la sienne, lève aussi son verre.

— Merci beaucoup à vous tous, je dis. Et… et… et si on passait à table ?

Pendant que maman va se faire une beauté, tout le monde s'active. Dans les minutes qui suivent, l'agneau, les pommes de terre et les brocolis sont servis. Et un morceau du pain favori de maman, la baguette croustillante, est posé à côté de chaque assiette.

Elle s'assied, puis Jake commence à remplir les verres à vin.

— Attends ! je m'écrie. Il manque une chaise. Je ne comprends pas…

Après un rapide tour de table, je me rends compte que le compte n'y est pas, à cause de Seb.

— Assieds-toi là, suggère-t-il en montrant le siège vide de papa.

Je me raidis.

— Non, personne ne s'assied là. C'était la place de notre pèrc. Mais pas de problème. Il n'y a qu'à apporter une chaise de la cuisine…

— Prends cette place, Fixie, dit alors Nicole. Ça ne t'ennuie pas, maman ?

Maman ne répond pas tout de suite. Elle réfléchit, pèse le pour et le contre. Elle doit penser : « Rien n'est plus comme avant. » Elle hésite. Et, pour finir, laisse tomber son verdict :

— Oui. Il est temps. Ma Fixie, assieds-toi donc dans le fauteuil de ton père.

— Mais ? Son fauteuil ? Pour présider la table ? Moi ?

— Vas-y, m'encourage Jake. Franchement, tu l'as bien mérité. Si tu n'obéis pas, c'est moi qui vais l'occuper.

— Je vais chercher un siège supplémentaire, propose Leila. Ça ne prendra qu'une seconde.

Je m'avance vers le fauteuil imposant. En le tirant, je me souviens de papa assis à cette même place. De son ascendant sur nous. Pendant un bref instant, je me dis que je ne suis pas à la hauteur. Puis je capte le regard de Seb et son minuscule geste d'approbation. Me reviennent alors en mémoire les mots qu'il m'a lancés au plus fort de sa colère : « Tu devrais moins penser à tes obligations envers les autres et davantage à toi-même. »

Il était furieux mais il avait raison.

Je me dois bien ça à moi-même. J'y ai droit.

Pleine de ma nouvelle assurance, je m'assieds à la place du capitaine, déplie la serviette que Leila a arrangée avec soin, la remercie d'un sourire et commence à passer en revue les membres bien-aimés de mon équipage. Il y a de quoi se réjouir. Car, vous savez quoi ? Notre bateau n'est pas un yacht somptueux, ni un hors-bord de compétition. Mais il est solide. Nous voguons à vue sans trop savoir où va nous pousser le vent. Cependant le navire est à flot. La famille tient la barre. Il a de beaux jours devant lui.

Remerciements

J'en dois à beaucoup, beaucoup de gens.

Francesca chez Transworld ; Kara et Susan chez Penguin Random House, à New York, et tous mes merveilleux éditeurs autour du monde.

Julia et Becky, Jess, Debbie et Sharon et toute la formidable Équipe Kinsella, Richard Ogle tout particulièrement.

Mes inépuisables agents, Araminta, Marina, Kim, Nicki et Sam, et tout le monde chez LAW et ILA.

Mes amis et amies écrivains et écrivaines pour leurs sages avis et les cocktails bus ensemble – surtout Jojo, Jenny, Lisa, Kirsty, Linda, Joanna, Tom et le Conseil.

Les propriétaires si coopératifs et le personnel de Harts of Stur, un extraordinaire magasin familial dont je suis une fidèle cliente et qui a été ma source d'inspiration pour créer ma propre boutique familiale : la Maison Farr.

Ma famille, envers laquelle j'ai une gratitude infinie.

Et, pour finir : un Américain anonyme qui m'a demandé un jour chez Starbucks de veiller sur son ordinateur portable et qui a enflammé mon imagination…

Je lui suis redevable aussi.

Composition et mise en pages
Nord Compo à Villeneuve-d'Ascq

Imprimé en France par

MAURY IMPRIMEUR
à Malesherbes (Loiret)
en novembre 2021

POCKET - 92 avenue de France, 75013 PARIS

N° d'impression : 258409
S31360/02